ullstein

Das Buch

Als die siebzehnjährige Liv mit ihrer Mutter in eine Kleinstadt an der Elbe zieht und eigentlich nichts als Einöde erwartet, überschlagen sich die Ereignisse: Ihre neue Freundin Nessie wird ungewollt schwanger, und sie trifft Leo, den Keyboarder einer Coverband. Seit dem ersten Live-Auftritt der Jungs will Liv nur noch in seiner Nähe sein. Leo kann nicht glauben, dass Liv ihn wirklich liebt; er ist blind. Die Anziehung zwischen den beiden ist stark, aber die Widerstände sind groß. Da gibt es nämlich noch jemanden. Der Bad Boy Felix verliebt sich Hals über Kopf in Liv. Er kutschiert sie mit seinem Motorrad am Elbstrand entlang, tut alles, um ihr zu gefallen. Die Gefühle spielen verrückt …

Die Autorin

Nicole Brausendorf ist Ergotherapeutin und lebt in der Nähe von Hamburg. Vor einigen Jahren beschloss sie, sich einen Jugendtraum zu erfüllen und sich ausschließlich dem Schreiben zu widmen. *Die einzige Art Spaghetti zu essen* ist ihr erster Roman.

Mehr über die Autorin: www.nicole-brausendorf.de

NICOLE BRAUSENDORF

Die einzige Art SPAGHETTI zu essen

Roman

Ullstein

Besuchen Sie uns im Internet:
www.ullstein-taschenbuch.de

MIX
Papier aus verantwortungsvollen Quellen
FSC
www.fsc.org
FSC® C083411

Originalausgabe im Ullstein Taschenbuch
1. Auflage August 2016

Umschlaggestaltung: ZERO Werbeagentur, München
Titelabbildung: © plainpicture/fStop
Copyright-Nachweise verwendeter Lied-/Textzitate:
Barclay James Harvest: *Life is for Living* (Seite 277)
aus dem Album: Berlin, A Concert for the People; Les Holroyd, 1982.
Hermann Hesse: *Stufen* (Seite 8) aus: Stufen
Ausgewählte Gedichte, Suhrkamp 1972.
Metallica: *Nothing Else Matters* (Seite 361)
aus dem Album: Metallica (Das schwarze Album); James Hetfield, 1991.
Quelle der Braille-Grafiken (Seite 206): www.fakoo.de
Satz: Pinkuin Satz und Datentechnik, Berlin
Gesetzt aus der Fairfield Mesium 55
Druck und Bindearbeiten: CPI books GmbH, Leck
Printed in Germany
ISBN 978-3-548-28671-6

Für Cassandra –
mein Licht im Dunkeln

1. NEUE UFER

Eigentlich gab es drei gute Gründe, weshalb ich mit einem Dopamin-getränkten Dauergrinsen durch die Gegend hüpfen sollte: Ich war siebzehn, ich hatte gerade meinen Realschulabschluss in der Tasche, und ich durfte umziehen. Wenn nicht hinter jedem dieser Gründe ein fettes *Aber* gestanden hätte. *Aber* Nummer eins: Ich hatte keine Freunde. *Aber* Nummer zwei: Ich hatte keine Lehrstelle. *Aber* Nummer drei: Ich zog bereits zum fünften Mal um.

Das Grinsen wollte mir irgendwie nicht gelingen.

Natürlich goss es an unserem Umzugstag. Aus sämtlichen Eimern, die der Himmel vorrätig hatte. Nach der wochenlangen Junihitze dampfte unser Heidekaff wie ein Grillsteak, das mit zu viel Bier abgelöscht wurde. Ich hasste schwitzen. Und Regen erst recht, weil man dann Regenjacken tragen musste, in denen man noch mehr schwitzte. Und meine war auch noch geblümt.

Ich stand oben an meinem Zimmerfenster, meine uralte Werkzeugkiste zwischen den Füßen, und betrachtete ein letztes Mal den großen Garten mit den knorrigen Apfelbäumen. Ein Farbenrausch, der durch den Regenschleier verschwamm wie auf einem Aquarellbild. Inmitten dieser Postkartenidylle schunkelte schwächlich meine sonnengelbe Hängematte – mein Lieblingsplatz zum Träumen –, die würde ich wohl hierlassen müssen. Wie gern hätte ich in dem Ding meinen letzten freien Sommer verdöst, bevor für mich der Ernst des Lebens begann.

Aber das konnte ich nun wohl vergessen. Denn Holger – oder besser: Mamas Ex-Lover – war endgültig in die Loser-Liga aufgerückt, nachdem sie ihn vor ein paar Wochen mit seiner Fitnesstrainerin im Bett erwischt hatte. Der zermürbende Zoff danach wäre bester Stoff für eine RTL2-Dokusoap gewesen. Und das alles während meiner Prüfungen … Keine Ahnung, wie viel von meinem mickrigen Taschengeld ich inzwischen der Chips- und Keksindustrie in den Rachen geworfen hatte, um das alles ohne Hirnexplosion zu überstehen. Meine Lieblingsjeans ging jetzt jedenfalls nicht mehr zu. Danke, Holger. Danke, Mama.

Und jetzt auch noch Umziehen.

Hör auf zu jammern, Liv!, versuchte ich mir selber einzureden. *Denk gefälligst mal positiv* (klar, auf Knopfdruck – kein Problem): ›*Jedem Anfang wohnt ein Zauber inne*‹ … Diesen Spruch von Hermann Hesse auf unserem Küchenkalender las ich täglich wie ein Mantra, aber es hatte nicht geholfen. Denn Veränderungen machen mir Angst. Grundsätzlich.

In der Einfahrt hievten gerade mein Opa und Andy, Mamas Arbeitskollege aus dem Altenheim, die letzten Kartons in den Transporter. Mama gestikulierte hektisch herum und geriet dabei ins Stolpern. Ich entdeckte einen Riss hinten in ihrer Regenjacke und musste unwillkürlich schmunzeln: *Mama hat mal wieder zugenommen.* Diese Feststellung speicherte ich vorsichtshalber unter *Wirkungsvolle Wehrworte für fiese Figurkritik* ab. Leider war es mir noch nie gelungen, diese Datei in den passenden Augenblicken aufzurufen, denn Mamas ständige Kritteleien an meinem Aussehen machten mich meistens sprachlos.

Nun hieß es also wirklich Abschied nehmen. Von *meinem Zimmer*, das die fragwürdigen Freuden der Pubertät mit mir geteilt hatte. Immerhin drei Jahre hatte Mama es in diesem Haus mit Holger ausgehalten. Ihr persönlicher Rekord, seit mein Vater, Matthias, uns vor elf Jahren verlassen hatte. Langsam scannte ich jeden Winkel des Raums, den wir absichtlich nicht mehr gestrichen hatten, »damit Holgers neue Tussi auch noch was zu tun hat außer Nägel lackieren« (O-Ton Mama). Das kahle Zimmer war mir jetzt schon merkwürdig fremd geworden. Ich fühlte in diesem Moment rein gar nichts.

Plötzlich Schritte hinter mir. Ich blickte zur Tür. Opa stand tropfend auf der Schwelle und schenkte mir ein aufmunterndes Lächeln.

»Na, mien Deern, dat is'n Schietwetter, was?«

Ich liebte es, wenn er in seinen plattdeutschen Dialekt verfiel – immer ein Zeichen, dass er gut drauf war. Er kam auf mich zu und legte mir die Hand auf die Schulter. Ich schaute wieder aus dem Fenster. Aber auf einmal kullerte mir doch eine Träne aus dem Auge.

So viel zum Thema »nichts fühlen« …

Eine Weile standen wir schweigend da. Mit Opa hatte ich schon immer prima schweigen können, ohne dass es peinlich wurde. Im Gegenteil, es hatte etwas Tröstliches, Beruhigendes. Zwischen uns wirkte eine ganz besondere Opa-Enkelin-Magie.

»Kommst du runter, Livilein?« Er tätschelte meine Wange. »Anja piesackt mich schon, wo du denn wieder abbleibst.«

Ich atmete tief durch und griff nach meiner Kiste, die Opa mir sogleich abnehmen wollte.

»Opi, lass doch!«, wehrte ich ab. »Du hast heute schon genug geschleppt.«

»Ach wat. Gib her und sieh zu, dass du Land gewinnst!«, befahl er und schnappte sich das schwere Ding. »Puh, wat hast du denn da drin?«

»Meine Bastelsachen.«

»Oh …« Schon umfasste er die Kiste viel sanfter, als wäre sie voller Juwelen. Und für mich war sie das auch, denn sie enthielt meine wertvollsten Schätze: Farben, Pinsel, Ton und Speckstein – alles, was ich für meine kreativen Werkeleien benötigte, um dem öden Alltag zu entfliehen.

»Olivia! Wo bleibst du denn?«, rief meine Mutter von unten. Wie ich diesen Namen hasste. Warum nannte sie mich nicht Liv, wie alle anderen auch?

»Ich komm ja schon!«, rief ich genervt und folgte Opa die Treppe hinab.

Unten warteten Mama und Andy, völlig durchnässt, vor der offenen Haustür.

Mama wippte nervös auf Zehen und Fersen und deutete auf ihre Uhr. »Es ist schon nach eins, und der Transporter muss vor sieben wieder zurück sein.«

»Ach, das schaffen wir doch locker«, beruhigte Andy sie mit einer kaum sichtbaren Berührung am Arm. »Und außerdem könnten wir so langsam mal etwas zwischen die Kiemen gebrauchen. Was hältst du von einem kleinen Zwischenstopp bei Doro's Theke?«

Opa und ich nickten Beifall. Die *Theke* war der beste Gyros-Tempel im ganzen Landkreis.

Meiner Mutter stand leichte Panik ins Gesicht geschrieben, und ich sah, wie sie mit sich rang. »Ich dachte, wir machen jetzt erst mal fertig, und dann bestellen wir uns heute Abend eine Pizza oder so …«

»Also, ihr Frauen mögt ja diese stundenlange Askese gewohnt sein«, meinte Andy, »aber ich muss so langsam mal was nachtanken. Sonst krieg ich keinen … Karton mehr hoch.«

Opa und ich kicherten über diese Zweideutigkeit.

Mama kniff die Lippen zusammen. »Aber dann müssten wir nachher die Fähre nehmen, und das wäre ein Riesenumweg.«

Opa nahm sie milde lächelnd beiseite. »Guck mal, mien Deern, unser junger Maat hier ist schon ganz käsig um die Nase.« Er deutete auf Andy. »Hungrige Matrosen neigen über kurz oder lang zur Meuterei …«

Opa mit seinen Sprüchen. Aber es schien zu wirken: Mama blickte von einem zum anderen und gab sich schließlich geschlagen.

»Also gut«, schnaufte sie und wandte sich zum Gehen, während Andy und Opa sich hinter ihrem Rücken grinsend ein High-Five gaben.

»Müssen wir nicht noch aufwischen?«, fragte ich beim Rausgehen. »Da drinnen sieht's aus, als wäre 'ne Rotte Wildschweine durchgelaufen.«

»Nichts da, das kann Miss Nagellack machen!«, giftete Mama. »Falls die mit ihren langen Krallen überhaupt schon mal einen Schrubber in die Hand genommen hat.«

Als sie die Haustür hinter uns abgeschlossen hatte, blieb sie stehen und schaute mit versteinerter Miene an der hübschen Fachwerkfassade hoch. Gleich über der Tür war das Fenster von ihrem und Holgers Ex-Schlafzimmer. All ihre schönen Träume vom lauschigen Landleben konnte ich in diesem Moment zerplatzen sehen. Plötzlich beugte sie sich vor, als wollte sie den Schlüssel in den Hortensientopf vor dem Eingang legen. Doch stattdessen schnappte sie sich einen der Ziersteine und richtete sich mit erhobenem Arm auf.

Andy begriff als Erster, was sie vorhatte, und hielt sie fest, bevor sie richtig ausholen konnte. Sie wehrte sich mit aller Kraft, aber gegen ihn war sie chancenlos. Andy hatte den schwarzen Gürtel in einer dieser Sportarten, deren Namen ich nicht aussprechen konnte.

»Lass mal gut sein, Anja«, versuchte er sie zu beruhigen.

Mama zitterte vor Anspannung und Wut. In ihren Augen stand Wasser, das nichts mit dem Regen zu tun hatte. Beharrlich hielt Andy sie fest, bis sie endlich aufgab und den Stein fallen ließ.

»Arschloch!«, brüllte sie das Schlafzimmerfenster an, bevor sie schluchzend in Andys Armen zusammensackte.

Opa und ich standen etwas hilflos daneben und betrachteten dieses so vertraut wirkende Paar, das doch keines war. Mit Holger hatte ich Mama nie in so liebevoller Umarmung gesehen, er war eher der grobschlächtige Typ gewesen, der einem höchstens mal auf die Schulter klopfte und den Kommentar »Stell dich nicht so an!« als Gipfel des psychologischen Feingefühls betrachtete. Was für ein Neandertaler. Ich hatte nie begriffen, was Mama an ihm gefunden hatte.

Opa stupste mich in die Seite und deutete auf sein Wohnmobil.

»Komm, Livie«, raunte er mir ins Ohr. »Lass uns schon mal einsteigen.«

Wortlos gingen wir zu dem Ungetüm, dessen Fahrerkabine so hoch lag, dass ich fast einen Spagat machen musste, um auf den Beifahrersitz zu kommen. Opa schwang sich behände auf die Fahrerseite und fummelte schon am Zündschloss herum, als ich ihn plötzlich am Arm fasste.

»Meine Hängematte! Ich will sie *doch* mitnehmen …«

Ich riss die Tür auf, um sie zu holen. Draußen sah ich, wie Mama und Andy Arm in Arm die Auffahrt hinuntergingen. Mama drehte sich ein letztes Mal um und warf den Schlüssel achtlos mitten ins Blumenbeet. Andy begleitete sie bis zu ihrem alten Fiesta und hielt ihr sogar die Tür auf, bevor er selbst in den Möbeltransporter stieg. Ein echter Gentleman.

Der Zwischenstopp bei Doro's Theke tat uns allen gut. Mama begutachtete zwar argwöhnisch meine Riesenportion Currywurst mit Pommes, verkniff sich aber ausnahmsweise einen Kommentar und verputzte sogar selbst ein halbes Hähnchen. Sonst aß sie in der Öffentlichkeit nie mehr als einen Salat. Sie hatte sogar wieder bessere Laune, was bewies, dass Andys Vorschlag goldrichtig gewesen war.

Die anschließende Fahrt mit der Elbfähre, mit der wir von Niedersachsen nach Schleswig-Holstein gelangten, hätte meinetwegen gern länger als zehn Minuten dauern können. Ein Hauch von Wehmut überschattete meinen Blick zurück – aber nur kurz. Denn als wir am anderen Ufer anlegten, kribbelte es plötzlich in meinem Bauch. Nicht bedrohlich, wie sonst auf unbekanntem Terrain, sondern irgendwie verlockend. Als würde hier drüben etwas ganz Neues, Aufregendes auf mich warten … War es vielleicht das, was mit diesem berühmten *Zauber* gemeint war?

Steinberg, eine Kleinstadt östlich von Hamburg, begrüßte uns mit einem breiten Grinsen, das irgendein vielversprechender Nachwuchskünstler auf das Ortsschild gesprüht hatte. Ich nahm es als gutes Omen. Der bessere Teil der Stadt kuschelte sich an einen bewaldeten Hügel, aus dem hier und da eine schmucke Villa hervorlugte. Unser Konvoi bog jedoch in die Unterstadt ab, wo das Fußvolk hauste.

Hoffentlich waren wir bald da, denn so langsam musste ich mal aufs Klo. Mit zusammengebissenen Zähnen versuchte ich mich auf die bunten Regenschirme da draußen zu konzentrieren. Samstäglicher Familieneinkaufshorror: Hektik und Gedränge, Reizüberflutung. Das war überhaupt nichts für mich. Unerträglich langsam quälten wir uns durch die verstopfte Innenstadt, bis wir in eine ruhigere Wohngegend kamen.

Im nächsten Moment wurde ich von einem Erdbeben durchgeschüttelt: Kopfsteinpflaster! Na super! Meine Blase tanzte Hip-Hop.

»Wie lange noch?«, fragte ich etwas ungeduldig.

Doch Opa reagierte nicht. Stattdessen lehnte er sich vor und kniff die Augen zusammen.

»Was ist denn los?«, fragte ich.

Meine Mutter, die ein gutes Stück vorausfuhr, hatte das Warnblinklicht angeworfen und rollte auf den Bürgersteig. Andy hinter uns hupte, als wir abbremsten.

»Da stimmt wat nich«, meinte Opa. »Warte, ich geh mal gucken.«

Mama klappte die Motorhaube auf. Oh nein, hatte ihre Schrottkiste etwa endgültig den Geist aufgegeben? Inzwischen war auch Andy zur Stelle, um gemeinsam mit Opa einen Blick auf den Motor zu werfen. Als Opa nach ein paar Minuten zurückkam, verhieß seine Miene nichts Gutes.

»Den Düvel ook. Nu is vörbi …«

»Wie?«, fragte ich entsetzt. »Der Fiesta ist hin?«

»Sieht ganz so aus. Andy schleppt ihn erst mal in die Werkstatt. Dat nützt all'ns nix, Deern.«

»Scheiße, Mama wird durchdrehen«, stöhnte ich.

Das Klo in der Autowerkstatt war so eng, dass ich Mühe hatte, mich auf der Stelle zu drehen. War ich wirklich so fett, oder hatte der Architekt seine magersüchtige Ehefrau als Maß genommen? Und dann dieses walnussgroße Waschbecken … Ich drückte auf den Wasserhahn, aber es kam nichts. Zuerst. Dann schoss mit einem Mal eine Fontäne heraus! Ich quiekte wie ein Ferkel und polterte rückwärts gegen die Wand.

Patschnass stand ich da und konnte noch nicht mal richtig fluchen. Stattdessen fing ich fast hysterisch an zu lachen. Ich konnte gar nicht mehr aufhören.

»Soll ich helfen?«, fragte eine männliche Stimme von draußen.

Vor lauter Kichern vergaß ich glatt, mich zu erschrecken, und öffnete die Tür einen Spaltbreit. Ein blonder Typ, vielleicht zwanzig, stand da im Blaumann und lächelte mich an. Ich musste ihn angeglotzt haben wie ein Erdmännchen auf LSD, denn er zog fragend die Brauen hoch. Dann blieb sein Blick an meinem nassen T-Shirt kleben – *Shit*, es war weiß! Sein Grinsen wurde breiter, als ich reflexartig die Arme vor der Brust verschränkte.

»Warte, ich hol dir ein Handtuch«, sagte er augenzwinkernd – und weg war er.

Wie peinlich! Notdürftig tupfte ich mich mit Papierhandtüchern ab und wollte gerade fliehen, als ein abgewetzter grauer Lumpen durch den Türspalt schwebte.

»Hier, nimm mich! Ich bin ganz sauber«, krächzte das kleine Lumpengespenst mit seinem Frotteemaul.

Wie süß war das denn?

»Danke«, kicherte ich und griff nach dem Tuch. Die Hand darunter zögerte einen Moment, verschwand aber gerade noch rechtzeitig, bevor ich die Tür zudrückte.

»Hi, ich bin Felix.«

Der durchtrainierte Blonde lehnte lässig rauchend an der Hauswand, als ich nach draußen trat. Er drückte seine Kippe aus und musterte mich mit freundlichen braunen Augen.

»Äh … hi. Ich bin Liv«, stammelte ich überrumpelt.

An seinem Ohr glitzerten mehrere Ohrringe, und ein Tattoo lugte unter seinem Ärmel hervor. Er gehörte eindeutig in die Kategorie »gutaussehend« – also *out of reach* für jemanden wie mich.

Peinliches Schweigen.

»Fahrt ihr in Urlaub?«, fragte er schließlich und nickte zu Opas Wohnmobil auf dem Parkplatz hinüber.

»Nein, ähm, wir ziehen gerade um … ich meine, hierher.«

Meine Güte, jetzt stammelte ich wie eine Zwölfjährige, die Justin Bieber backstage trifft.

Konzentrier dich, Liv!

»Der Wagen von meiner Mutter hat kurz vorm Ziel das Handtuch geworfen.«

»Ach, der rote Fiesta mit dem Motorschaden? Dann gehört ihr also zusammen.« Er klang erleichtert. »Und ich dachte schon …«

»Was dachtest du?«

»Na ja …« Er sah betreten zu Boden. »Ich hab gesehen, wie du aus dem Camper von so 'nem alten Knacker gestiegen bist, und da wollte ich nachgucken, ob es dir gutgeht. Nicht, dass du … ich meine …«

Entsetzt über diese Hintergedanken lief ich puterrot an. »Sag mal, spinnst du? Dieser *alte Knacker* ist zufällig mein Opa! Er hilft uns beim Umzug.«

»Oh.« Nun wirkte er fast genauso erschrocken wie ich.

»Was geht dich das überhaupt an?« In meinem Ärger klang ich viel abweisender als eigentlich beabsichtigt.

»Nichts …« Er blickte mich betreten, aber zugleich forschend an. Der Ausdruck in seinen Augen war erstaunlich sanft. Irgendwie faszinierte mich dieser Gegensatz zu seiner kräftigen Gestalt.

»Es tut mir leid, ehrlich«, sagte er. »Aber du glaubst gar nicht, was hier manchmal für schräge Typen rumlaufen. Ich hab dich ins Haus gehen sehen und dein … Opa … hat dir so komisch hinterhergeguckt. Ich wollte nur sichergehen, dass bei dir alles okay ist – verstehst du?«

Nun war ich baff. Anscheinend war er ehrlich besorgt gewesen.

»Ist schon gut«, sagte ich. Ich wandte mich bereits zum Gehen, da mir nichts mehr zu sagen einfiel, als er an dem Handtuch zupfte, das ich immer noch umklammert hielt.

»Krieg ich das wieder?« Schief grinsend zwinkerte er mir zu. »Oder möchtest du's als Erinnerung an mich behalten?«

Schnaubend drückte ich ihm den hässlichen Lumpen in die Hand und machte mich vom Acker.

»Gern geschehen!«, hörte ich ihn noch hinter mir rufen.

Ich drehte mich nicht um. Erst als ich wieder im Wohnmobil saß, wagte ich einen Blick zurück. Doch Felix war verschwunden.

Mama, Andy und Opa gestikulierten unter dem Vordach der Montagehalle mit einem bärtigen Mechaniker herum. Das würde wohl noch eine Weile dauern. Also schaltete ich das Radio ein: Der Wetterbericht verkündete eine neue Hitzewelle. Trotzdem konnte ich nicht aufhören zu lächeln.

2. ALLES GUTE KOMMT VON OBEN

Die erste Nacht in der neuen Wohnung.

Edward Cullen hatte sich gerade zu mir gelegt und strich mir zärtlich übers Haar. Ich zerfloss unter seiner Hand. Er raunte mir unaussprechliche Dinge ins Ohr, die nicht nur mein Gesicht zum Glühen brachten.

Plötzlich ein Scheppern! Ich zuckte zusammen und riss die Augen auf. Da, vor meinem Fenster bewegte sich etwas! Mein Atem ging stoßweise. Am liebsten hätte ich mir die Decke über den Kopf gezogen, aber ich wagte nicht, mich zu bewegen. Meine Gedanken überschlugen sich: Einbildung – oder Einbrecher?

Ganz ruhig, Liv! Bleib jetzt bei Verstand und hör auf zu hecheln.

Ich vernahm ein metallisches Kratzen, es hörte sich an wie Krallen auf einer Regenrinne. In meinem Kopf flackerte das gruselige Bild einer buckligen Hexe auf, doch ich zwang mich, diesen Märchenmist auszublenden.

Die blanke Angst kroch mir den Rücken rauf. Wenn dieses Etwas nun zu mir hereinkam? Schreien würde nichts nützen. Meine Mutter schlief immer mit Ohrstöpseln – sie könnte höchstens morgen früh meine Leichenteile aufsammeln. Wieso hatten wir auch ins Erdgeschoss ziehen müssen?

Versuch die Angst wegzuatmen! Ein … aus …

Aber der Schatten war immer noch da. Die Scheißangst auch. Verdammte Dunkelheit! Einer von Mamas geliebten Filmklassikern fiel mir ein, wo Audrey Hepburn eine Blinde spielt, die von einem Einbrecher terrorisiert wird. Ihr kommt natürlich irgendein starker Held zu Hilfe und rettet sie. Wahrscheinlich, weil sie so dünn ist und riesige Rehaugen hat. Leute von meiner Statur müssen sich in Filmen immer selber retten. Ich wäre zu schwer, um auf Heldenarmen hinausgetragen zu werden. Selbst Spiderman wären die Fäden gerissen.

Wieder bewegte sich der Schatten vor dem Fenster. Angestrengt versuchte ich, etwas zu erkennen, und konnte nun tatsächlich Konturen ausmachen. Das Ganze sah eigentlich nicht wie ein Einbruchsversuch aus, eher wie ein tölpeliger Aufstieg.

Jetzt stand eine Gestalt auf der niedrigen Mauer, die meine Eckterrasse umgab, und reckte die Arme. Etwas glitzerte. Eine Uhr, ein Handy? Der Lichtschein beleuchtete für einen Augenblick ein helles Oberteil. Weiße Schuhe balancierten auf der Mauerkrone, dann folgte ein erschrecktes Quieken. Die Schuhe rutschten ab und verschwanden mit einem dumpfen *Pumpf* aus meinem Blickfeld.

»Scheiße!«, fluchte eine helle Stimme.

Eindeutig weiblich und jung. Hinter der Fensterscheibe tauchte ein blasses, bebrilltes Gesicht auf, von einer langen, dunklen Mähne umkränzt, einer Vampirfrau nicht unähnlich. Erschrocken riss sie den Mund auf, als sie mich erblickte. Dann war sie plötzlich verschwunden.

Ein Mädchen, bestimmt nicht älter als ich. Aber was hatte sie um drei Uhr nachts an der Fassade herumzuturnen? Dann fiel mir ein, dass es Samstagnacht war. Na klar, sie kam wohl zu spät von einer Party und wollte unbemerkt über den Balkon nach Hause in die Wohnung klettern. Augenblicke später hörte ich Geräusche im Treppenhaus. Offenbar hatte sie sich nun doch entschieden, den legalen Weg nach oben zu nehmen. Nun wusste diese Nachtschwärmerin wenigstens, dass hier unten wieder jemand wohnte. Sollte sie diese Fensternummer zur Gewohnheit machen, würde ich in Zukunft Eintritt verlangen.

Ich schüttelte mich und strampelte die viel zu warme Decke von mir. Langsam kühlte ich ab, beruhigte mich und versuchte wieder einzuschlafen, was mir nach kurzer Zeit auch gelang.

Nur Edward kam leider nicht mehr wieder.

»Was hältst du von einer Kaffeepause auf der Terrasse?«, fragte meine Mutter am Sonntagnachmittag, als wir das Wohnzimmer fertig gestrichen hatten.

»Oh, genial«, stöhnte ich und ließ mich auf die hohe Luftmatratze fallen, die uns vorerst als Sofa dienen musste.

Aus dem *genial* wurde allerdings kurz darauf ein *Shit*, als ich die unsäglichen Stapelstühle erblickte, die Mama im Keller gefunden hatte: Plastikhorror im Kindergartenformat – mit Armlehnen! Keine Chance für meine XL-Hüften mit integriertem Hohlkreuz.

»Stell dich nicht so an, das wird schon gehen«, bügelte meine Mutter rücksichtslos meine Beschwerden herunter und schleppte die Dinger nach draußen.

Grrr. Immer schön rein in meinen wunden Punkt.

»Ach, und *wie* bitte schön soll das gehen?«, schimpfte

ich ihr hinterher. »Soll ich mir mit dem Brotmesser ein Stück Hintern abschneiden?«

»Ich weiß gar nicht, warum du dich immer gleich so aufregst«, gab sie zurück, während sie die albernen Zwergenstühle abwischte. »Probier es doch erst mal aus.«

»Vergiss es! Ich pass da nicht rein, Punkt. Ich hol mir was anderes.«

Meine Laune sackte in den Keller, aber zum Streiten war ich zu erschöpft. Was erwartete ich denn auch von ihr? Verständnis, Solidarität?

Nicht in diesem Punkt, Liv, das weißt du doch, also: tief durchatmen …

Deutlich entspannter wippte ich wenig später auf meinem Pezziball und betrachtete die riesigen Kastanienbäume, die weiter hinten den Rasen beschatteten. In der Ferne floss leise der Autobahnverkehr, was hin und wieder von dezentem Zuggeratter untermalt wurde. Ansonsten hörte ich nur Blätterrauschen und Vogelgezwitscher.

Mama hatte mir versprechen müssen, dass wir nicht wieder in so einem Hochhaus-Ghetto landen würden wie damals, nach der Trennung von Papa. Dort hatte ich die schlimmsten Monate meines Lebens verbracht. Jetzt blickte ich erleichtert auf ein Karree normaler Mehrfamilienhäuser, die um eine Grünfläche mit einem verwaisten Abenteuerspielplatz angeordnet waren.

Larry, mein koboldgesichtiger Riesenkaffeebecher mit der vorstehenden Nase, grinste mich erwartungsvoll an, als ich seinen Bauch mit Kaffee füllte.

Gegenständen Namen zu geben ist voll kindisch, Liv. Werd mal erwachsen …

Mit verstohlenem Seitenblick auf meine Mutter griff ich zur Schlagsahne und rührte einen ordentlichen

Schluck hinein. Doch Mama hatte die Augen geschlossen und hielt ihr Gesicht in die Sonne.

»Ist auszuhalten hier, findest du nicht?«, fragte sie nach einer Weile.

»Ja, glaub schon«, murmelte ich und trank einen Schluck.

Plötzlich ein Klacken von oben. Metall schrammte auf Beton. Neugierig blickte ich zu den Blumenkästen hoch, die den Balkon im ersten Stock verunstalteten. Ein Teil eines Wäscheständers ruckelte über die Brüstung.

Auf einmal platschte etwas voll auf Larry drauf! Kaffee spritzte herum. Ich kreischte, verlor auf dem Ball das Gleichgewicht und landete filmreif auf meinem gut gepolsterten Hinterteil. Ungläubig sah ich zu, wie mein keramischer Freund durch die Luft flog und mit erstaunlich unspektakulärem Scheppern sein Leben auf den Steinfliesen aushauchte.

»Was war das denn?«, schrie ich und wischte hektisch über mein rosa Shirt, das nun durchfallbraun gesprenkelt war.

Etwas wie eine glitzernde grüne Qualle schwamm in der Kaffeepfütze am Boden zwischen den Scherben. Ein toter Vogel war es zum Glück nicht. Leicht angewidert hob ich das Ding an einem Zipfel hoch.

»Igitt!«, stieß Mama hervor, griff dann aber doch neugierig danach. »Zeig mal her.«

Das Teil war, gelinde gesagt, rattenscharf: etwas wie ein raffiniert geschnittenes Push-up-Bustier mit Fransen, mindestens Cup C, aus türkisgrüner Spitze, über und über mit Perlen und Pailletten bestickt. Es sah aus wie das Faschingskostüm einer Meerjungfrau, die auf den Unterwasserstrich ging.

»Himmel, wer trägt denn so was?«, rief meine Mutter.

»Na, ich zum Beispiel!«, antwortete eine helle Stimme von oben.

Wir reckten die Hälse und blickten in ein blasses, bebrilltes Mädchengesicht, dessen lange schwarze Haarmähne in der Sonne lila schimmerte. Ich erkannte sie sofort wieder – es war die Vampirlady von gestern Nacht. Sie grinste verlegen, als meine Mutter das triefende Corpus Delicti mit vorwurfsvollem Blick hochhielt.

»Sorry, war keine Absicht«, rief das Mädchen. »Normalerweise schmeiß ich nur bei Rockkonzerten mit Reizwäsche.«

Eine Weile starrten wir drei uns einfach nur an. Dann prusteten wir alle gleichzeitig los.

»Ich bin übrigens Vanessa. Vanessa Jankowski. Aber meine Freunde nennen mich Nessie«, stellte die Vampirlady sich vor, als wir uns wieder eingekriegt hatten.

»Anja Roth«, erwiderte meine Mutter. »Und das ist meine Tochter Olivia.«

»Liv!«, korrigierte ich und verdrehte die Augen. Vanessa strahlte mich an, als würde ich Eis verkaufen. Etwas in ihrem Blick faszinierte mich.

»Ähm«, begann sie mit verlegener Miene. »Sag mal, war das sehr teuer, was da eben geklirrt hat?«

»Du hast Larry ermordet!«, gab ich mit gespielter Trauermiene zurück und deutete auf den Scherbenhaufen.

»Wen?«

»Meinen Lieblingsbecher.« Ich hob eine Scherbe auf, die noch ein Stück des Gesichts erkennen ließ. »Und seit fünf Jahren mein bester Freund.«

»Oh nein, der Arme!« Sie ging auf das Spiel ein und

schlug theatralisch die Hände vors Gesicht. »Ich will nicht in den Knast! Bitte ... Ich mach's wieder gut, okay?«

Dabei schaute sie so unschuldig drein, dass man ihr einfach nicht böse sein konnte. Auch meine Mutter war offensichtlich Vanessas Charme erlegen. Sie schüttelte nur grinsend den Kopf und begann, den Tisch abzuräumen.

»Hey, wenn du noch mal Dosenwerfen spielen willst, solltest du dich beeilen«, scherzte ich, als Mama Richtung Küche verschwunden war. »Ist gleich nichts mehr da zum Kaputtschmeißen.«

»Ich glaub, ein High Score genügt mir. Sorry noch mal!«

»Was soll's. Larrys Zeit war wohl gekommen. Ähm, soll ich dir das Teil hier – was is'n das überhaupt? – wieder hochwerfen?«

Vanessa lehnte sich weit über die Brüstung und streckte die Arme aus. »Okay, dann schmeiß mal!«

Doch nach dem dritten Versuch gab ich lachend auf.

Disziplin Werfen: Sechs, setzen.

»Warte, ich komm runter ...«, rief Vanessa.

Eine Minute später klingelte es.

Da stand sie, lässig an den Türrahmen gelehnt, und lächelte mit großen blauen Kulleraugen aus der luftigen Höhe von mindestens 1,75 Meter auf mich herunter. Diese megalangen Wimpern konnten doch verflucht noch mal nicht echt sein, oder? Ich hatte es geahnt: Vanessa war von nahem betrachtet ein verdammtes Topmodel! Glattes, dunkles Haar mit knalllila Strähnen floss über ihre üppigen Brüste, die aus einem rosa Glitzershirt quollen. Überhaupt glitzerte so einiges an ihr, vor allem an Nase und Ohren. Dazu trug sie schwarze Jeansleggings (in Size Zero!) und Flipflops mit Strasssteinchen.

Meine Güte – ein Himmelreich für diese Beine …!

Endlich brachte ich ein piepsiges »Hi« über die Lippen, nachdem ich mich an einer großen Flasche Neid sattgetrunken hatte.

Drinnen warf mir Vanessa einen verschwörerischen Blick zu, schaute kurz Richtung Mama, dann nach oben und schüttelte mit flehender Miene unauffällig den Kopf. Ich hatte verstanden und nickte. Unser nächtliches Intermezzo sollte also geheim bleiben. Dafür schuldete sie mir was.

»Hallo, Vanessa«, funkte Mama aus der Küche, wo sie am Waschbecken hantierte. »Sieh dich bloß nicht zu genau um, ist noch ein bisschen Umzugschaos hier.«

»Ach, da solltet ihr mal mein Zimmer sehen«, winkte Vanessa ab.

»Ich wollte deinen, äh … BH eben noch einweichen«, erklärte Mama, als wir in die Küche kamen. »Kaffeeflecken beißen sich ja schnell fest.«

»Oh, danke. Aber vielleicht sollte ich das lieber selbst …«

»Nein, lass nur. Gib mir ein paar Minuten. Willst du was trinken? Einen Kaffee vielleicht?«

»Lieber was Kaltes.«

Ich lotste Vanessa zum Tisch und schenkte eine Runde Apfelschorle aus. Mama rührte derweil mit einem Kochlöffel im Waschbecken herum, in dem die grüne Stoffqualle ihre Runden drehte.

»Ähm, ich will ja nicht indiskret sein«, begann meine Mutter zögerlich. »Aber, das reizende Stück hier – so was hab ich noch nie gesehen. Das trägst du doch nicht als Alltagswäsche, oder?«

»Nee.« Vanessa kicherte. »Das gehört zu einem Bauchtanzkostüm. Ist selbstgemacht.«

Einen Moment badete sie grinsend in unseren bewundernden Blicken. »Nein, nicht von mir. Meine Freundin Nadine hat den gemacht. Sie ist Halbtunesierin, und ihre Mutter gibt so orientalische Tanzkurse für Mädchen.«

»Oh, dann hast du das bei einem Auftritt angehabt?«, fragte Mama. Sie klang geradezu begeistert – dabei hatte sie vom Tanzen etwa so viel Ahnung wie eine Ente vom Bootfahren. *Typisch Mama*, dachte ich gekränkt: Andere Mädchen fand sie immer toll, besonders wenn sie so klapperdürr waren. Ich jedenfalls konnte mir Vanessa kaum hüftkreiselnd beim Bauchtanz vorstellen. Wie sollte das gehen, wenn man praktisch keine Hüften hatte? Da wäre ich eindeutig im Vorteil.

»Na ja …«, druckste Vanessa herum. »Ich hab's mir eigentlich nur mal ausgeliehen. Für einen eher … privaten Auftritt.«

Sie lief rosa an. Ich konnte es mir denken: ein einziger Zuschauer, wahrscheinlich männlich, und nur spärlich bekleidet.

»Bin leider bauchtanzmäßig ziemlich talentfrei«, gestand sie und zwinkerte mir zu. »Aber gewirkt hat's trotzdem.«

Meine Mutter hob skeptisch die Augenbrauen.

»Schicke Uhr«, wechselte ich schnell das Thema, bevor sie etwa auf die Idee käme, detaillierter von ihrem Auftritt zu berichten. Sie schaute mich fragend an, schien dann aber zu kapieren und hob die Hand. Um ihr schmales Handgelenk wand sich ein zweifingerbreites rosa Nietenlederband, das eine Uhr mit von Strasssteinchen umrandetem Zifferblatt hielt.

»Wow«, sagte meine Mutter und begutachtete das Stück. »So viel Geglitzer, ist ja witzig. Zu meiner Zeit, in den Achtzigern, war so was auch schon mal in. Jede Menge Strass und Nieten haben wir damals getragen.«

Ich muss wie ein Auto geglotzt haben, denn Mama schaute fragend zurück. »Brauchst gar nicht so erstaunt zu gucken! Ich war auch mal jung und hab mich für Mode interessiert.«

Ich machte eine entschuldigende Geste und zuckte mit den Schultern. Wenn ich mir Mama so ansah mit ihren stets unauffälligen Klamotten, die sich ihren jährlich wechselnden Kleidergrößen schnell anpassten, konnte ich sie mir nur schwer als stylishe Teenagerin in einer Popper-Disco der Achtzigerjahre vorstellen. Ich hätte sie eher in der Mauerblümchenszene vermutet, denn sie hatte kaum je etwas von früher erzählt. Wie sollte ich da keine Vorurteile haben?

Vanessa lächelte höflich in Mamas Richtung, so wie man alte Leute anlächelt.

»Wie alt bist du eigentlich?«, wollte ich wissen.

»Siebzehn«, antwortete Vanessa mit verstellter Bassstimme. »Aber frag jetzt bitte nicht, *wie lange* ich schon siebzehn bin.« Sie zog einen Mundwinkel hoch und entblößte einen spitzen Eckzahn.

Meine Mutter und ich kicherten. *Twilight*-Fans waren wir also alle drei.

Nachdem Vanessa und ich unsere Gleichaltrigkeit festgestellt hatten, kamen wir richtig ins Plaudern. Vanessa plapperte ohne Punkt und Komma und war permanent mit irgendeinem Körperteil in Bewegung. Fasziniert hingen Mama und ich an ihren Lippen. So erfuhren wir unter anderem Tratschgeschichten aus der Nachbarschaft, die offensichtlich ein paar skurrile Exemplare aufwies. Dann erzählte Vanessa von ihrem miesen Hauptschulabschluss und ihrer schlecht bezahlten Lehrstelle als Friseurin. Sie trug deswegen zusätzlich noch Zeitungen aus. Ihre Mutter war arbeitslos und lebte seit ein paar Jahren mit einem wesentlich älteren Kerl zusammen. Ihren Andeutungen entnahm ich, dass es mal »Schwierigkeiten mit Hochprozentigem« in ihrer Familie gegeben hatte, doch sie führte das nicht näher aus.

Für ein erstes Kennenlernen fand ich Vanessa erstaunlich offenherzig. Sie redete, wie ihr der Schnabel gewachsen war, blieb aber immer nett und freundlich. Das lockerte sogar meine sonst eher arbeitsscheue Zunge, und ich quatschte vertrauensselig mit. Es war, als würde ich diese quirlige Sabbeltasche schon ewig kennen. Und doch schien sie in allem das genaue Gegenteil von mir zu sein. Vielleicht stimmte ja die Sache, dass Gegensätze sich anziehen: Ich mochte Vanessa schlicht und einfach. Punkt.

»Ich sollte wohl draußen noch den Tatortreiniger machen«, bot sie an, als sie nach eineinhalb Stunden schließlich doch wieder nach oben wollte.

»Ach, das mach ich schon«, sagte ich gutgelaunt. »Aber du kannst für den armen Larry die Grabrede halten.«

Damit zog ich sie raus auf die Terrasse, wo wir gemeinsam die Spuren des Gemetzels beseitigten und dabei fröhlich weiterquatschten.

»Und? Seid ihr beiden allein hier, oder gibt's dazu noch einen …?«

»Nein, nur wir beide«, beeilte ich mich zu versichern, bevor das heikle Thema *Mann* in Mamas Hörweite vordrang.

Wir grinsten uns an. Es war wie Magie: Man konnte richtig zusehen, wie sich zwischen uns ein unsichtbarer Draht spannte. Ein warmes Gefühl nistete sich in meinem Bauch ein. Meine Unsicherheit, ob es ihr ebenso ging wie mir, verflog endgültig, als sie auf dem Weg zur Tür noch einen neugierigen Blick in mein Zimmer warf.

»Ist noch nicht so viel zu sehen«, entschuldigte ich mich. »Muss erst noch gestrichen werden.«

»Echt lustig, mein Bett steht genau über deinem«, stellte sie fest und wies an die Zimmerdecke. »Komische Vorstellung, dass ich nachts direkt über dir schwebe. Wenn der Boden durchsichtig wäre, könntest du die Müllhalde unter meinem Bett sehen.«

»Oder die Kerle, die du dort versteckst«, raunte ich mit hochgezogener Augenbraue. »Was sollte eigentlich diese Schattentheater-Performance letzte Na…«

»Psst! Erzähl ich dir Samstag«, unterbrach sie mich. »Wenn wir dein Zimmer streichen.«

»Wir?«

»Klar. Aber nur unter der Bedingung, dass du mich endlich *Nessie* nennst.«

Ich schenkte ihr mein schönstes Lächeln und nickte. Dann umarmte sie mich plötzlich, als wären wir alte Freundinnen, und drückte mir ein Küsschen auf die Wange. Keins von diesen albernen Promi-links-rechts-Tüt-Tüts, sondern einen echten Kuss. Ich war gerührt von dieser unkomplizierten Herzlichkeit.

»Hast du Farbe da, oder müsst ihr erst noch zum Baumarkt?«, fragte Nessie und pflanzte sich einfach auf mein Bett.

»Ähm, Mamas Auto ist kaputt«, gab ich zu bedenken.

»Echt? Und wie seid ihr dann hierhergekommen?«

»Ist erst kurz vorm Ziel passiert. Der Wagen ist noch in der Werkstatt, unten an der Hauptstraße.«

»Ach, bei Kellers? Dann hast du bestimmt schon Bekanntschaft mit Felix gemacht. Seinen Eltern gehört der Laden. So 'n Blonder, mit 'ner Menge Ohrringe und Muckis.«

Ich riss die Augen auf.

»Dacht ich's mir doch! Felix ist der beste Kumpel von meinem … äh … Freund Sven.«

Ihr Zögern vor dem Wort *Freund* machte mich stutzig.

»Die machen zusammen Jiu-Jitsu, oder wie das heißt«, plapperte sie weiter. »Felix ist echt schnuckelig. Und immer hilfsbereit. Zumindest bei Mädchen.«

»Ja, das hab ich schon mitgekriegt«, sagte ich und berichtete von meinem peinlichen Desaster auf dem Bonsai-Klo.

Nessie lachte sich schlapp. »Wow! Der steht auf dich, aber hundertpro.«

»So 'n Quatsch, wie kommst du denn darauf? Der hat doch bestimmt an jedem Finger eine, so wie der aussieht …«

»Blödsinn, doch nicht Felix. Der ist überhaupt nicht so 'n Aufreißertyp. Eher der klassische Beschützerbruder.«

Beschützerbruder, soso … Deshalb die Nummer mit dem »alten Knacker«, der angeblich junge Mädchen entführt.

»Hast du ihm wenigstens deine Nummer gegeben?«

»Natürlich nicht!«, entrüstete ich mich.

»Na, dann bin ich ja mal gespannt. Vielleicht sollte ich doch mal Sven anrufen. Felix hat ihm bestimmt schon berichtet, dass Frischfleisch in der Stadt ist …«

Bei den letzten Worten wackelte sie neckisch mit den

Schultern und spitzte ihre vollen Lippen. Mir blieb die Spucke weg.

Nessie betrachtete mich amüsiert. »Also, was ist nun mit Samstag?«, nahm sie übergangslos unser voriges Thema wieder auf. »Baumarkt, Farbe holen und loslegen?« Dabei fuchtelte sie mit einem imaginären Pinsel in der Luft herum.

Warum eigentlich nicht, Liv? Nicht immer nur zweifeln und zögern – sei mal spontan!

»Okay.« Ich lächelte und atmete tief durch.

3. MÄDCHENKRAM

Ich konnte mich nicht erinnern, wann ich das letzte Mal so viel Spaß gehabt hatte. Die Musik voll aufgedreht, alberten wir rum wie die Zwölfjährigen. Dass meine Zimmerwände nebenbei auch etwas Farbe abbekamen, war eher Zufall. Nessies überbordende Energie flutete den ganzen Raum mit Sonnenlicht. Ich fühlte mich wie auf einem anderen Planeten mit ihr, schwerelos und geborgen zugleich. Wie war das möglich, wo wir uns doch erst seit so kurzer Zeit kannten?

Erschöpft und mit lila Farbspritzern übersät ließen wir uns nach drei Stunden Schufterei auf mein Bett plumpsen.

»Hey, hast *du* das alles gezeichnet?«

Nessie hatte, neugierig wie sie war, meine Zeichenmappe unterm Bett geortet und stöberte nun neugierig darin herum. Ein Bild nach dem anderen hielt sie ans Licht und konnte nichts anderes als »Wow!« hervorbringen.

Meine Wangen verfärbten sich rosa. Das war mir jetzt echt unangenehm.

»Mann, du bist ja eine richtige Künstlerin, Liv! Der Luchs hier zum Beispiel – wie hast du bloß diese Augen hingekriegt? Die glänzen ja wie Juwelen.«

»Danke«, sagte ich nicht ohne ein bisschen Stolz. »Die Augen sind immer das Schwierigste – und das Wichtigste, gerade bei Tieren.«

Aber Nessie fragte nicht weiter nach. Sie gab zu, von Kunst in etwa so viel zu verstehen wie vom Bauchtanz. Irgendwann fiel ihr ein, dass sie noch eine Flasche Sekt unter der Kellertreppe gebunkert hatte. Und ich plünderte dazu meinen geheimen Futtervorrat im Nachtschränkchen.

So fand meine Mutter uns am frühen Abend vor, kichernd und Chips mampfend, auf meinem Bett – mit albernen, farbbesprenkelten Papiermützen auf dem Kopf und einer halbleeren Sektflasche zwischen uns.

»Na, ihr lasst es euch ja gutgehen«, unkte Mama mit vorwurfsvollem Unterton und stapfte über die Zeitungen, um die Musik leiser zu drehen.

Oh weia, welche Laus war ihr denn nun wieder über die Leber gelaufen? Vorsorglich spannte ich mich innerlich an, um ihre miese Laune an mir abprallen zu lassen.

Als sie aber unser vollendetes Werk betrachtete, konnte sie ein anerkennendes Pfeifen nicht unterdrücken: »Das sieht ja aus wie von Profis gemacht! Alle Achtung.«

Hinter meinem Bett tanzte ein riesiger weißer Schmetterling auf der lila Wand, den ich trotz steigendem Alkoholpegel ganz gut hinbekommen hatte. Nun gut, sein Körper war leicht schief, aber hey, er *tanzte!* Genauso wie meine Seele in diesem Moment. Es war lange her, dass Mama mich für irgendetwas gelobt hatte.

»Willst du auch ein Schlückchen?«, bot Nessie ihr vertrauensselig von unserem Sekt an.

»Nee, lass mal lieber«, lehnte Mama ab. »Andy kommt nachher und hilft mir beim Schrankaufbau. Da sollte ich besser noch geradeaus gucken können.« Sie verschwand wieder.

»Oh, oh«, machte ich und hob die Augenbrauen. Nessie sprang sofort drauf an.

»Läuft da was zwischen den beiden?«, fragte sie.

»Nee, glaub ich nicht. Die beiden sind seit Jahren nur *gute Freunde.*« Die letzten beiden Worte unterstrich ich mit Luft-Gänsefüßchen. »Andy leitet das Altenheim, wo Mama demnächst neu anfängt. Wenn du mich fragst, war er schon immer ein bisschen in Mama verknallt. Aber sie merkt nix. Dabei sollte sie sich den echt warmhalten. Er ist ganz anders als die Kerle, die sie früher angeschleppt hat.«

Ich erzählte ihr die Geschichte mit Holger. Nessie hörte mir ohne Unterbrechung zu.

»Na, dann darf man ja gespannt sein, wie sich die Dinge noch entwickeln«, kommentierte sie meine Story. »Und du?« Sie gab mir einen Knuff in die Rippen. »Wie sieht's bei dir aus? An der Liebesfront, mein ich.«

Sofort kroch Hitze über meine Wangen.

»Na ja«, druckste ich herum und schaute betreten auf meine Hände. »Bisher sieht es dort eher … trostlos aus.«

Nessie lehnte sich in mein Kissen zurück, verschränkte die Arme hinter dem Kopf und sah mich herausfordernd an.

»Du willst mir jetzt aber nicht erzählen, dass du noch Jungfrau bist«, bohrte sie gnadenlos nach.

»Du willst es aber genau wissen«, piepste ich und musste schlucken. Das Wort *Schamgrenze* gehörte offensichtlich nicht zu ihrem Repertoire. Der Alkoholpegel war schuld daran, dass meine Zunge sich löste, bevor ich es verhindern konnte.

»Na und?«, platzte ich heraus. »Ist das ein Verbrechen mit siebzehn?«

»Quatsch, natürlich nicht. Es wundert mich nur. Weil du irgendwie so einen erfahrenen Eindruck machst.«

Ich verschluckte mich an meinem Sekt und musste husten. »W-was? Wie kommst du denn darauf?«

»Weiß nicht, einfach so. Deine Ausstrahlung eben. Du wirkst irgendwie so reif und selbstsicher.«

Ich grinste gequält. »Ich und selbstsicher? Wenn das nicht so lächerlich wäre, könnte ich echt losheulen …«

Nessie blickte verständnislos. »Wieso ist das lächerlich?«

Sprachlos über das satte Pfund Tomaten, das sie offenbar auf ihren blauen Augen hatte, zog ich sie am Arm aus dem Bett.

»Ich zeig's dir.«

Ich pflanzte uns nebeneinander vor meinen großen Spiegel, der an der Wand lehnte. »Deswegen!«

»Hm? Was meinst du?«

»Bist du blind?«, regte ich mich auf. »Falls es dir noch nicht aufgefallen ist: Das hier«, ich piekte in ihr Spiegelbild, »entspricht so ziemlich genau dem heute angesagten Schönheitsideal: lange, glatte Haare, große Brüste und dünne Beine. Ich dagegen …« Neidisch schaute ich an ihr herunter und kniff demonstrativ in meinen Hüftspeck.

Nessie schüttelte verständnislos den Kopf. »Pfff … ich weiß echt nicht, was du hast. Ich find dich total hübsch.«

»Wie bitte?«

»Ja, im Ernst! Guck doch mal richtig hin. Du hast ein wunderschönes Gesicht, wie eine Märchenprinzessin. Und dann …« Sie zog mein weites T-Shirt nach hinten. »Was für eine Wahnsinnstaille du hast … wie eine Sanduhr. Richtig schön weiblich.« Sie strich über meine hellbraunen Haare. »Und diese weichen Naturwellen, so was kriegt kein Lockenstab hin. So schön.«

Mir klappte der Unterkiefer runter.

»Ich dagegen bin etwa so fraulich wie ein Bleistift«, grinste Nessie. »Oben so breit wie unten.«

Jetzt konnte ich nicht mehr an mich halten und prustete los. »Dass ich nicht lache, du … Bleistift!« Ich imitierte mit den Händen in der Luft ihre beachtliche Oberweite.

Nessie lächelte süffisant, beugte sich vor und pulte ein handgroßes Polster aus ihrem Push-up-BH. Ich riss erstaunt die Augen auf. Alles nur Geschummel?

»Also, ich würde was drum geben, wenn ich ein bisschen fraulichere Formen hätte«, sagte sie und ließ sich auf die Bettkante plumpsen.

Nun verstand ich gar nichts mehr. Alle Mädchen wollten doch immer möglichst dünn sein – hatte ich zumindest gedacht. Und wer das nicht schaffte, wurde gnadenlos ausgegrenzt. So kannte ich das.

»Weißt du, wie sie mich früher in der Grundschule immer genannt haben?«, unterbrach Nessie meine Gedanken. »Hungerlatte! Und stell dir vor: Meine ehemalige beste Freundin – Betonung auf *ehemalige* – hat mich damals sogar bei der Vertrauenslehrerin angeschwärzt, wegen meiner angeblichen Magersucht. Die ich niemals hatte, ich schwör's!«

Ich staunte einen großen Kasten Bauklötze. Dass man auch fürs Zu-dünn-Sein gemobbt werden konnte, erschütterte mich. Verwirrt setzte ich mich neben sie.

»Mich haben sie immer *Entenarsch* genannt«, erinnerte ich mich bitter. »In der siebten Klasse hat mal eine behauptet: *Man kann niemals zu dünn sein.* Sie hatte Bulimie.«

»Gott, ist das krank«, stöhnte Nessie und griff nach der Sektflasche, die sie bis auf einen kleinen Rest leerte. Sie hielt sie mir zum Austrinken hin, doch ich lehnte ab. Mir war ohnehin leicht übel, vielleicht von den ätzenden Erinnerungen.

Eine Weile hing jeder stumm seinen Gedanken nach, während im Hintergrund leise Musik lief. Wie absurd das Ganze war: Jeder betrachtete sich selbst total verzerrt, als hätte man in sich eine Art Photoshop-Programm, das immer nur eine Fälschung zeigte.

»Weißt du was?«, durchbrach Nessie unser Schweigen. »Schluss mit der Trübsalblaserei. Ich meine, was soll's? Du fühlst dich anscheinend zu dick, ich mich zu dünn. Und all die anderen denken doch eh, was sie wollen. Also: Scheiß drauf! Lass uns lieber ein bisschen Spaß haben.«

»Klar«, sagte ich, etwas überrascht, wie schnell sie wieder gut drauf sein konnte. Da kam ich nicht mit.

»Hey, lächle mal wieder!«, grinste sie. »Wusstest du, dass Felix Keller ein geiles Tribal-Tattoo an der Leiste hat? Willst du wissen, wie weit das runtergeht?«

Ich gab's auf und kicherte. In Nessies Gegenwart konnte nicht mal ich lange Trübsal blasen.

»Schon besser! Also, schöne Frau«, näselte Nessie mit tiefer Vampirstimme und zeigte mit einem Pistolenfinger auf meine Brust. »Ich hätte da ein unmoralisches Angebot: *Du* gehst morgen mit mir und meiner Freundin Nadine ins Kino – keine Sorge, sie ist echt cool, ihr werdet euch prächtig verstehen. Und nächsten Samstag …«, sie machte eine theatralische Pause, »… gehen wir drei Hübschen aufs Stadtfest! Und vorher wird sich bei mir zusammen aufgebrezelt.«

Ich zog eine skeptische Schnute.

»Keine Widerrede! Nadine ist die geborene Stylistin. Und mich lässt du vorher mal in deinem Kleiderschrank wühlen, okay?« Sie blickte sich um. »Wenn der bis dahin aufgebaut ist.«

Oje, Stadtfest? Menschenmassen, Krach, Reizüberflutung …

»Äh, ja, kein Problem«, stammelte ich.

Nessie blickte mich verwundert an. »Hey, keine Panik! Da ist zwar immer viel los, aber keine Randale oder so. Nadine und ich passen schon auf, dass dich Landei keiner klaut. Aber vor allem …« Sie grinste verschmitzt. »… muss ich dir auf dem Fest unbedingt jemanden vorstellen.«

»Aha?« Auf dieses Thema hatte ich schon den ganzen Tag gewartet. »Lass mich raten: Der Typ, bei dem du Samstagnacht versackt bist? Als du versucht hast, am Balkon hochzuklettern?«

»Nee, da war ich bloß auf 'ner Party und hab die Zeit vergessen. Mein Stiefvater macht immer Stress, wenn ich nicht bis Mitternacht zu Hause bin. Tut mir übrigens echt leid, dass ich dich so erschreckt hab.«

»Schon gut«, wehrte ich ungeduldig ab. »Sag schon! Wen willst du mir vorstellen?«

Sie antwortete nicht sofort. Stattdessen ließ sie sich aufs Bett zurücksinken und begann dämlich grinsend mein Kissen zu knuddeln.

»Na los, wie heißt er?«, drängelte ich.

»Lasse!«, seufzte sie und sah dabei aus wie ein Groupie, das ein Justin-Bieber-Poster anschmachtet. »Er sieht sooo heiß aus! Sexiest man alive, ich schwör's! Suuupercool. Und küssen kann er … Wow!«

»Ach, so weit wart ihr schon?«, konnte ich kurz einwerfen, bevor sie weiterschwärmte.

»Und jetzt halt dich fest: Lasse ist der Leadsänger von Compilation! Das ist 'ne total angesagte Coverband hier im Umkreis.«

»Coverband?«, wiederholte ich skeptisch. »Du meinst doch hoffentlich nicht so eine peinliche Schützenfest-Combo, die Schlager und Oldies der 60er Jahre spielt?« In der Heide hatte es reichlich von der Sorte gegeben.

Nessie kicherte kopfschüttelnd. »Quatsch! Ich hab sie leider noch nie live gesehen, aber die sollen es richtig draufhaben.« Wieder seufzte sie. »Oh Mann, ich krieg echt 'ne Krise, wenn ich Lasse nicht bald in die Finger bekomme! Er wollte sich eigentlich dieses Wochenende wieder melden.«

»Ich dachte, du hättest einen Freund – Sven?«, wunderte ich mich.

»Och, Sven ...« Nessie zog eine Schnute. »Wir kennen uns schon ewig und drei Tage, haben uns zwischendurch aber immer mal wieder getrennt. Sven ist, na ja, echt süß und treu und das alles. Aber im Grunde 'ne Schlaftablette. Und ich brauch hin und wieder mal ein bisschen Action. Also haben wir vor ein paar Wochen erst mal Sendepause vereinbart.«

Dass Sven damit einverstanden war, wagte ich zu bezweifeln. Innerlich schüttelte ich den Kopf über dieses kleine Luder.

»Na, dann muss ich ja wohl mitkommen, wenn ich die nächste Folge deiner persönlichen Soap mitkriegen will.«

Da grinste meine neue Freundin wie ein Honigkuchenpferd. »Weißt du, Liv, ich bin echt froh, dass ich neulich zu doof zum Wäscheaufhängen war ...«

»Ja, ich auch«, erwiderte ich und nahm spontan ihre Hand.

Wir grinsten uns an, beide mit glänzenden Augen. Das warme Kribbeln im Bauch war wieder da. Zum Glück waren wir beide hetero, sonst hätte ich mich in diesem Moment in sie verlieben können.

4. ALPHAMÄNNCHEN

»Wow!«

Ich kriegte den Mund gar nicht mehr zu, als Nessie mich herumdrehte, um mir ihr vollendetes Werk zu zeigen. Aus der großen verspiegelten Schranktür neben ihrem Bett glotzte mir ungläubig eine fremde Katalogschönheit entgegen. Fassungslos schüttelte ich den Kopf.

»Wer, äh … ist das?«, fragte ich und zeigte auf mein Spiegelbild.

Nadine hockte neben mir und fummelte an meinem neuen Oberteil herum, das sie extra für mich geändert und verziert hatte.

»Tja, meine Süße«, flötete Nessie, während sie hier und da kleine, lockige Strähnchen aus meiner Hochsteckfrisur zupfte. »Das kommt dabei heraus, wenn man sich mit den zwei begabtesten Stylistinnen der Stadt einlässt.«

Das Make-up sah profimäßig aus, zugegeben. Aber wenn meine Mutter mich so aufgebrezelt gesehen hätte, hätte sie mich garantiert nicht auf die Straße gelassen.

»Und? Wie findest du dich?«, fragte Nadine, als sie sich zu uns vor den Spiegel stellte.

»Na ja …« Ich wurde rot. »Okay, ihr habt gewonnen! Es sieht echt super aus.«

Die beiden Grazien klatschten sich ab und grinsten bis zu den Ohren.

Das Ganze war ein abgekartetes Spiel gewesen. Nessie hatte die ganze Woche lang nichts Besseres zu tun gehabt, als in jeder freien Minute über meinen Kleiderschrank herzufallen, um dann letztendlich zusammen mit Nadine meine *Rundumerneuerung* zu beschließen und mich zum Klamottenkauf in die Innenstadt zu schleifen. Kla-mot-ten-kauf! Ich hasste es, abgrundtief. Vor allem Hosen-Anprobieren sollte bei meiner Figur nur auf Rezept verschrieben werden, mit anschließender Psychotherapie, um das zerrüttete Nervenkostüm wieder zusammenzuflicken.

Doch erstaunlicherweise war es diesmal anders gelaufen. Die beiden Beauty-Expertinnen hatten sich genau abgesprochen, was ich anprobieren durfte und was nicht: Enges, Tailliertes oder Kurzes – ja. Formloses oder lange Säcke – nein. Ich hatte nichts zu melden gehabt. Besonders Nadine, selbst eine kurvige Schönheit, wie man sie sich in einer 1001-Nacht-Geschichte vorstellte, schien sich besonders gut in meine Problemzonen einfühlen zu können. Nach gefühlten acht Litern Schweißausbrüchen hatte ich schließlich klein beigegeben und mein ganzes Taschengeld für zwei Tüten voller figurbetonter Fummel auf den Kopf gehauen.

Nun stand ich hier in diesen schwarzen Jeansleggings und einer hellgrünen Tunika mit Spaghettiträgern, die unter der Brust gerafft war und meine Taille betonte. Nadine hatte noch eine breite goldgrüne Borte angenäht, was wunderschön aussah. Sie hatte wirklich Talent. Dazu trug ich eine meiner selbstgemachten Ketten und Nessies Ohrringe mit den Glastropfen, die das gleiche Grün wie meine Augen hatten. Von der Taille aufwärts gefiel ich mir also schon mal ganz gut. Der Rest war, na ja, gewöhnungsbedürftig. Ein wenig beneidete ich Nadine, die ihre

Kurven mit einem glühenden Stolz trug, den ich mir nur durch ihre orientalischen Wurzeln erklären konnte.

»Nadine, du solltest beruflich was mit Modedesign machen«, lobte ich sie. »Bei deiner Begabung! Ich hab das grüne Bauchtanzkostüm gesehen.«

Nadine lächelte. »Ja, ich mache fast alle meine Oberteile selbst. Das ist bei uns in der Familie Tradition.«

»Wow, Respekt! Ich sehe dich schon deine eigene Modelinie entwerfen und die Laufstege der Welt erobern.«

Es sollte ermunternd wirken, doch Nadines Miene wurde ernst.

»Das stell dir mal nicht so einfach vor«, seufzte sie. »Mit meinem schlechten Hauptschulabschluss kann ich froh sein, dass ich überhaupt die Lehrstelle als Verkäuferin bekommen habe. Und wenn ich später mal Familie habe, dann bleibt mit viel Glück höchstens noch die billige Änderungsschneiderei …«

»Och nöö, Kinder! Müsst ihr jetzt unbedingt Probleme wälzen?«, nölte Nessie dazwischen. »Hey, heute ist Feiern angesagt, schon vergessen? Wird Zeit, dass ich die Glühlampen hole.«

Sie hüpfte aus dem Zimmer.

Ich schaute verwirrt. »Glühlampen?«

»Na, die Sachen zum Vorglühen«, erklärte Nadine. »Sekt und so ’n Zeug. *Glühlampen* ist nur ein Insider-Code, falls unerwünschte Lauscher in der Nähe sind.«

Oh Mann, jetzt kam ich mir wirklich wie das begriffsstutzige Landei vor, als das sie mich immer wieder aufzogen.

Eine Stunde und ein paar Piccolos später trudelten wir in Orgelpfeifenreihe eingehakt auf dem Stadtfest ein. Die sinkende Sonne übergoss den Marktplatz mit weichem orangefarbenem Licht und ließ alle Gesichter sonnengebräunt schimmern. So viele Menschen auf einem Haufen … mein Gehirn brummte. Nessie und Nadine, die bestimmt dreimal so viel getrunken hatten wie ich, gackerten aus jedem nichtigen Grund. So mähten wir uns eine Schneise durch die Menschenmasse, die um die zahlreichen Buden, Karussells und Verkaufsstände herumwaberte.

Wenn zu viele Eindrücke auf einmal auf mich einstürmten, konnte ich sie irgendwann nicht mehr sortieren. Um nicht vor Reizüberflutung durchzudrehen, konzentrierte ich mich auf Nessies Arm und schaltete auf Tunnelblick. Deshalb bemerkte ich auch zu spät, wie sich von links zwei Typen aus dem Menschendickicht schälten und uns in den Weg traten. Ich prallte gegen einen von ihnen und stolperte.

»Ups, sorry!«, rief ich erschrocken und fand mich in zwei kräftigen Armen wieder, die mich am Fallen gehindert hatten.

»Gern geschehen, schöne Frau«, raunte eine Stimme, die mir vage bekannt vorkam.

»Och nööö …!«, stöhnten Nessie und Nadine gleichzeitig. »Wird man euch Affen denn niemals los?«

Nessie verschränkte die Arme und verzog das Gesicht, als der Größere von beiden sich zu ihr hinüberbeugte und sie mit einem Wangenkuss begrüßte.

»Was, darf ich dich jetzt nicht mal mehr freundschaftlich begrüßen?«, schnaubte der Lockenkopf.

»Ach Sven, mach nicht so ’n Drama«, antwortete Nessie genervt.

Das also war Sven? Ihr Immer-mal-wieder-Ex-oder-

Jetzt-doch-nicht-Freund? Dann konnte der andere ja nur … Jetzt bemerkte ich auch die vielen Ohrringe. Oh nein!

»Livie, darf ich dir diese beiden Möchtegern-Casanovas vorstellen?« Nessie wies auf den lockigen Lulatsch mit dem sympathischen Allerweltsgesicht. »Das hier ist Sven, wie du dir wohl schon gedacht hast. Und dieses Schnuckelchen hier …«, sie kniff dem Blonden in den muskulösen Oberarm, »… ist Felix. Ihr kennt euch ja schon.«

Verdutzt starrte Felix mich an. Den Zahnrädern in seinem Kopf konnte man beim Einrasten förmlich zusehen.

»D-du bist Liv?«, stammelte er und schüttelte den Kopf. »Hammer! Dich hätte ich echt nicht wiedererkannt.« Sein Blick blieb an meinem Ausschnitt hängen.

»Hey, Felix! Hör auf, meine neue Freundin auszuziehen, die hat noch Welpenschutz«, warnte Nessie und legte demonstrativ den Arm um meine Schulter.

Was redete sie denn da? Ich blickte beschämt zu Boden. Aber das Wort *Freundin* aus ihrem Mund umhüllte mich wie ein weiches, duftendes Badetuch.

Auch wenn Nessie anfänglich über die Anwesenheit der Jungs stöhnte, erwies es sich doch als vorteilhaft, mit männlicher Begleitung über das Stadtfest zu ziehen. Felix und Sven flankierten unsere Weiberreihe wie zwei Seiten-Airbags, die weitere Zusammenstöße erfolgreich verhinderten. Sven hatte sich bei Nadine eingehakt und schielte immer wieder zu Nessie hinüber, die ihn aber weitgehend ignorierte.

Ich hätte mich am liebsten in einen Vogel verwandelt, um das ganze Treiben von oben zu betrachten, denn schon bald hatte ich die Orientierung verloren. Wäre ich allein gewesen, hätte ich längst panisch die Flucht angetreten. Felix ging neben mir und schien mich die ganze Zeit anzugaffen. Jedes Mal, wenn ich mich nach links drehte, blickte ich direkt in seine Augen, die mich haselnussbraun anlächelten. Irgendwann spürte ich seine warme Hand auf meinem Rücken. Als Antwort auf seinen fragenden Blick ließ ich zu, dass er seinen Arm unter meinen schob, und musste sogar schmunzeln. Es fühlte sich irgendwie gut an. Mit einem Gefühl, rundherum beschützt zu sein, schwamm ich zwischen Nessie und Felix in dem lauten Menschenbad, als könnte mir nichts und niemand etwas anhaben.

An einem Blumenrondell vor dem Rathaus legten wir eine Rast ein. Felix ließ keine Gelegenheit aus, mich anzuflirten, aber so sachte, dass meine Unsicherheit sich gemütlich in ihrer Höhle zusammenrollte und mich erstaunlich mutige Sachen sagen ließ. Felix war wirklich nett und – ja, zugegeben – auch ziemlich süß mit seinem dunklen Hundeblick. Dabei kam er überhaupt nicht aufdringlich rüber.

Sven dagegen rückte Nessie immer wieder auf die Pelle, und bald gerieten die beiden ins Kabbeln. Nessie hatte beschlossen, ihre glitzernden Plateausandalen auszuziehen – »Diese Dinger sind die Hölle!« –, und versuchte, mit grotesken Verrenkungen, sich dabei nicht an Sven abzustützen. Er dagegen sah eine willkommene Gelegenheit, seine Ex-oder-wie-auch-immer-Freundin zu berühren. Nessie schüttelte ihn immer wieder ab, bis sie sich schließlich mit trotziger Miene auf einen Blumenkasten setzte.

Felix schüttelte darüber nur den Kopf und grinste mich an. *Echt schräg, die beiden, was?*, sagte sein Blick.

Die Rathausgasse mündete in einen kleinen Park, auf dessen zentraler Wiese sich zwei Bühnen, ein Bierzelt und eine große, lichterkettenübersäte Grillstation verteilten. Auf der kleineren Bühne hüpfte ein kusshandwerfender Typ in weißem Glitzeranzug herum und schmetterte einen dieser unsäglichen Schlagerhits. Das Publikum grölte grauenhaft schief mit.

»Ohh, Leute, riecht ihr das?« Nessie schnupperte in die Luft. »Ich *muss* was essen! Wer kommt mit?«

»Gute Idee«, seufzte Felix. »Mir hängt der Magen auch schon in den Kniekehlen.«

»*Oh oh*, gar nicht gut«, meinte Sven und musterte seinen Freund argwöhnisch.

»Was meinst du damit?«, fragte ich.

»Na ja, wenn Felix richtig Kohldampf schiebt, sollte man ihm sofort etwas in den Rachen werfen«, erklärte Sven augenzwinkernd. »Sonst wird's ungemütlich.«

»Hey, sollst du mich hier in die Pfanne hauen?« Felix boxte Sven freundschaftlich gegen den Arm. »Da kriegt sie doch einen ganz falschen Eindruck von mir, Mann.«

»Na komm, Livie«, ermunterte mich Nadine, die sich schwesterlich bei mir unterhakte. »Unsere Kurven brauchen Füllmaterial!«

Ich seufzte. Von ihrem Selbstbewusstsein könnte mir dieses Plus-Size-Model echt mal was abgeben. In aller Öffentlichkeit zu essen mochte ich überhaupt nicht gern, erst recht nichts mit einem »Ungesund«-Stempel wie Pommes oder Bratwurst. Zu oft schon hatten sich die vorwurfsvollen Blicke der anderen Leute in meinen Hüftspeck gebohrt. Aber der leckere Grillduft ließ meinen Magen verzweifelt aufjaulen. Nessie humpelte barfuß voraus, was Sven offensichtlich gar nicht gefiel.

»Was, wenn du in eine kaputte Bierflasche trittst?«, regte er sich auf. »Komm, ich trag dich.«

»Davon träumst du wohl!«, rief Nessie vogelzeigend.

Felix schüttelte den Kopf und redete auf Sven ein. »Mann, Alter, lass sie doch in Ruhe. Die kriegt sich schon irgendwann wieder ein.«

»Und wenn nicht?«, fragte Sven kleinlaut.

An der Theke der Grillstation drängelte sich das Volk dicht an dicht. Wir fünf hatten Mühe, einen Platz zu ergattern. Im engen Kreis zusammenstehend, machten wir uns über unser Futter her. Und zum ersten Mal schmeckten meine Pommes nicht nach schlechtem Gewissen, sondern einfach nur lecker. Felix, der seine Portion in null Komma nichts inhaliert hatte, starrte gierig auf meine Reste, die ich ihm spendierfreudig anbot. In diesem Moment wurde ich von hinten angerempelt! Ich taumelte gegen Felix, und meine Pommes segelten zu Boden. Felix stellte sich reflexartig vor mich und nahm Angriffshaltung ein.

»Pass doch auf, du Penner!«, schnauzte er den Rempler an, der gerade verzweifelt versuchte, die Biergläser in seinen Händen nicht zu verschütten.

»Sorry, bin gestolpert«, murmelte der Mann und machte sich flugs davon.

Felix blickte ihm wütend hinterher.

Sven legte seinem Freund beruhigend eine Hand auf die Schulter. »Reg dich ab, Sportsfreund. Das war doch keine Absicht.«

»Aber er hat Liv …« Felix blickte mich besorgt an. »Geht's dir gut?«

Ich nickte, immer noch etwas geschockt von seinem Ausbruch. Sven lotste Felix vom Tatort weg und setzte sich mit ihm auf die nächste freie Bank.

»Vielleicht hätte er doch mehr essen sollen«, flüsterte ich meinen Freundinnen zu, als wir den Jungs folgten.

»Ach, das mit der Unterzuckerung ist doch bloß 'ne Ausrede«, meinte Nadine. »Ich glaube, der ist schlicht und einfach verknallt. Da kommt halt der Beschützertrieb raus, wie bei Gorillamännchen so üblich.«

»Ja«, lachte Nessie. »Nur dass er keinen ganzen Harem beschützen will wie so ein alter Silberrücken, sondern nur ein einziges Weibchen.«

Beide grinsten mich zweideutig an.

»Was?«, fragte ich.

Synchron hochgezogene Augenbrauen.

»So ein Quatsch!«, wehrte ich ab. »Da ist nichts.«

»Na, wenn du dich da mal nicht täuschst«, raunte Nessie mit vielsagendem Blick.

Mittlerweile war die Sonne als glutroter Ball hinter den Bäumen verschwunden, und die zunehmende Dunkelheit ließ die Lichter um uns herum doppelt so hell erstrahlen.

Felix sah mit seinem unwiderstehlichen Hundeblick zu mir hoch. »Tut mir leid, dass ich eben so ausgerastet bin.«

»Du hast ein Stück Pommes im Haar«, schmunzelte ich und griff in seine blonde Strubbelmähne.

Felix' Lachen steckte alle anderen an, und so bekam keiner mit, dass die Schlagermusik hinter uns soeben verstummt war.

»Ey, seid doch mal ruhig! Hört ihr das?«, fragte Nessie.

Eine Durchsage aus Richtung der großen Bühne: »... aus technischen Gründen vorverlegt. Compilation also gleich hier auf der großen Showbühne!«

»Waaas?«, quiekte Nessie. Offenbar war ihr wieder eingefallen, warum sie eigentlich aufs Stadtfest gewollt hatte: Jetzt kam der Auftritt von ihrem Superküsser, Lasse.

Wie ein Flummi sprang sie von der Bank und wippte aufgeregt auf und ab, während sie versuchte, ihre Schuhe wieder anzuziehen. »Livie, Nadine, kommt ihr? Sonst sind die besten Plätze gleich weg. Tschau, Jungs, wir sehen uns später.«

Und schon hüpfte der Gummiball mit Nadine im Schlepptau davon. Ratlos schauten wir Übrigen uns an. Ich murmelte eine Entschuldigung, dann folgte ich dem liebeskranken Groupie zu der riesigen Bühne am anderen Ende des Platzes, deren bombastische Aufbauten uns lockend entgegenblinkten.

5. VON WEGEN »SCHLAGER UND OLDIES DER 60ER ...«

Wo kamen all diese Leute her? Das mussten Hunderte sein – und bei weitem nicht nur junge, sondern auch viele, die eher aus Mamas Baujahr stammten. Nessie hatte uns direkt vor die Bühne geschleift. Es gab keine Absperrgitter, und einige sehr junge Mädchen klebten förmlich an dem brusthohen Bühnenrand. Es war richtig anstrengend, einen Sicherheitsabstand zur Wand zu halten.

Solche Enge konnte ich normalerweise überhaupt nicht ertragen. Aber ich war auch neugierig auf Nessies Eroberung und ließ mich von der allgemeinen Aufregung anstecken.

»Ich dachte, das sind bloß ein paar Jungs aus dem Ort, die hier auftreten«, schrie ich Nadine ins Ohr. Der Lärmpegel machte eine normale Unterhaltung unmöglich.

»Dann hat Nessie wohl recht gehabt«, brüllte Nadine zurück. »Das müssen richtige Profis sein!«

Auf der anderen Seite rief mir eine männliche Stimme ein freudiges *Hi!* ins Ohr. Felix und Sven hatten es geschafft, sich zu uns durchzukämpfen. Weil Sven so groß war, erntete er böse Kommentare von einigen Mädels, die mit Teddys bewaffnet ihren Standplatz verteidigten. Teddys ... Oh Mann. Und ich hatte gedacht, die bevorzugten Wurfgeschosse bei Rockkonzerten wären eher in der Wäscheabteilung zu finden.

Ich ließ mich mit den Jungs ein bisschen weiter nach hinten treiben und bemühte mich, Nessie und Nadine im Blick zu behalten, die vor uns am Bühnenrand klebten. Dichter Nebel füllte inzwischen die gesamte Bühne aus, so dass man nichts mehr erkennen konnte.

»Kennst du die Band?«, rief ich Felix ins Ohr.

»Nein, aber neulich war bei uns ein schwarzer Van mit dem Bandnamen … *Abgefahrenes Tattoo* …«

Doch den Rest hörte ich nicht mehr. Das Licht auf der Bühne ging aus, bis auf ein paar funzelige Lampen dicht am Boden. Augenblicklich ging ein Raunen durch die Menge.

Wechselnde Lichter blitzten auf und bemalten die Watteluft mit knallbunten Farben. Dann begann von irgendwo in dem Nebel ein Keyboard zu spielen, zuerst nur liegende Akkorde. Dann, lauter, setzte die Intromelodie von Liquidos »Narcotic« ein – und nicht nur die Girlies in der ersten Reihe kreischten. Fünf schattenhafte Gestalten entstiegen dem schwindenden Nebelmeer. Ein weißer Spot beleuchtete den Sänger, und die Musik explodierte wie ein Feuerwerk! Die Menge brüllte.

Wow! Sobald der Sänger seine dunkle, raue Stimme erhob, wurde mir klar, was Nessie an ihm so anziehend fand: Der Typ da oben war schlicht und einfach eine geballte Ladung Sex! Mit seinen kurzen braunen Wuschelhaaren und den markanten Gesichtszügen erinnerte er mich an irgendeinen Schauspieler. Ich kam nur nicht drauf, an welchen. Dieser Lasse sah einfach unverschämt gut aus.

Die Zwölfjährigen vorne skandierten seinen Namen, und schon flogen die ersten Teddys und Plüschherzen auf die Bühne. Lasse flirtete profimäßig mit jeder von ihnen, hob sogar eines der hässlichen Plüschviecher auf und küsste es, was der Besitzerin wahrscheinlich gerade ihren ersten Orgasmus bescherte.

Alle Musiker bis auf Lasse trugen Sonnenbrillen. Das sah cool aus und passte zu ihren schwarzen Klamotten. Als der erste Song zu Ende war, jubelte Lasse mit seiner voluminösen Stimme ins Mikro: »Einen wunderschönen guten Abend, everybody! Wir sind Compilation und feiern heute mit euch die Rocklegenden der Achtziger, Neunziger und auf jeden Fall das Beste von heute!«

Nessie hüpfte vor der Bühne auf und ab und befand sich nun endgültig auf einem anderen Planeten. Das kriegte auch Sven mit, dessen Miene immer finsterer wurde. Felix schaute nicht minder grimmig zu dem Sänger hinauf. Sollten sie alle schmollen, ich war gefesselt!

Während Lasse vor den gigantischen Lichteffekten die Leute aufheizte, spielte das Schlagzeug leise weiter, nur mit einer Basedrum (es hatte zwei!) und einem Becken. Alle Blicke hefteten sich auf den Drummer, der als Einziger auf der Bühne lange Haare hatte und von Lasse als »Rrrrockooo« vorgestellt wurde. Wie ein Irrer drosch Rocko auf seine Trommeln ein, die Rastazöpfe wirbelten mit den Sticks um die Wette. Kaum zu glauben, dass dieser Typ nur zwei Arme hatte! Ich ertappte mich dabei, dass ich völlig unkontrolliert im Rhythmus mitwippte.

Aber das war erst der Anfang.

Nun trat der blonde Bassist, »Tiger Tim«, nach vorne, stimmte in den Beat mit ein, und innerhalb weniger Minuten hatten die beiden jedem im Publikum die Beine angezündet.

Kreischende E-Gitarren fand ich normalerweise nervtötend. Ich mochte lieber den klassischen Gitarrenklang, seit ich in der Schule mal angefangen hatte, ein paar Akkorde zu zupfen. Aber das, was jetzt »Jimmy Blues« mit seiner Klampfe veranstaltete, sollte mich für alle Zeiten mit dem Instrument versöhnen. Der Rotschopf rockte die Bühne, indem er, stilecht auf den Knien rutschend, irre Kaskaden von schnellen Tönen mit seinen vibrierenden Fingerspitzen aus den Saiten lockte.

Wenn ich mir vorstellte, dass er das auch bei seiner Freundin …

Liv! Du schamloses Luder! Musst du ständig an Sex denken?

Wieso? Googel doch mal, was der Begriff Rock'n'Roll ursprünglich bedeutet, befahl ich dem Moralapostel in meinem Kopf.

Ich jubelte und hüpfte mit der Menge. Es war einfach nur genial, was die Jungs da oben anstellten und wie harmonisch sie miteinander agierten.

Aber auch dazu sollte es noch eine Steigerung geben. Und die würde ich niemals wieder vergessen …

Denn nun mischte sich das Keyboard ein, zuerst mit einem einzigen liegenden Ton. Die anderen Musiker – als würden sie wie Untertanen die Luft anhalten, wenn ihr König auf den Platz tritt – verstummten einer nach dem anderen.

Der dunkelhaarige Keyboarder begann, immer mehr Töne und Klangfarben zu einer Art Sinfonie zu verschmelzen. Mal leise und verführerisch, mal laut und wild ließ er sein Instrument singen, säuseln, schreien und jubeln, als wäre es ein ganzes Orchester. Nirgendwo sah ich Noten – der Typ improvisierte einfach! Er schaute kaum auf die Tasten, schüttelte höchstens mal seine zotteligen Ponyfransen, machte aber sonst keine große Show.

Überall am ganzen Körper bekam ich Gänsehaut. Und mit meinen Gefühlen passierte Unglaubliches: Die Musik trug mich davon – in einem wilden Wirbelsturm aus Farben hob ich vom Boden ab. Immer höher flog ich, inmitten all dieser wundervollen Töne, die mich wie bunte Strudel umtanzten. Und dabei fühlte ich mich unendlich geborgen und zugleich leicht und frei. Ich wollte immer weiterfliegen, weiter bis ins All …

Und doch zog mich etwas wieder zur Erde zurück – etwas Warmes, tief in meinem Inneren, wollte zurück zur Bühne. Ich wollte *ihn* sehen, wollte sehen, ob dieses Wunderwesen wirklich ein Mensch war, dessen Hände Zauberkräfte haben mussten, wenn sie eine Musik hervorbrachten, die Seelen auf Reisen schicken konnte.

Hitze flutete in meinen Bauch, als ich in meinen Körper zurückkehrte, und meine Augen füllten sich mit Tränen. Was war da gerade mit mir passiert?

Wie paralysiert starrte ich auf die Bühne. Langsam drangen die übrigen Geräusche wieder zu mir durch, als wäre ich aus einer Ohnmacht erwacht.

Über dem tosenden Applaus vernahm ich Lasses sonoren Bass: »… unser Mann an den Tasten, niemand anderes als *my little brother* – dein Applaus, Leo!«

Leo. Lasses *kleiner Bruder*? Ich war völlig geplättet. Unfähig, meinen Blick zu lösen, starrte ich auf dieses Genie. Er stand so cool und gelassen da, als predigte er für den Weltfrieden, während ich hier unten gerade nicht mal mehr wusste, wo und wer ich war.

Eine Hand strich mir über den Rücken, und jemand brüllte mir ins Ohr: »Alles okay mit dir, Liv?«

Doch ich nahm es kaum wahr, ebenso wenig wie die fulminante Show, die Lasse und seine Jungs als Nächstes auf der Bühne abzogen. Das Einzige, was ich sah, waren wilde schwarze Ponysträhnen, die sich immer wieder frech nach vorn schummelten, sobald sie weggepustet wurden. Dazu ein schmales Gesicht mit ziemlich sinnlichen Lippen, die hin und wieder lächelten oder sich im Songtext mitbewegten. Was hätte ich darum gegeben, die passenden Augen zu diesem Gemälde zu sehen – blöde Sonnenbrille …

Die Menge kochte, während die Jungs (und eine sehr blonde Backgroundsängerin) weiter durch die Superhits von AC/DC, Metallica, Linkin Park und anderen rockten. Sogar an solche Altgrößen wie die Stones und Queen trauten sie sich heran. Bei den ersten Beats von »We Will Rock You« bebte der Boden, denn das gesamte Publikum stampfte und klatschte mit!

»Boom, boom, clash – boom, boom, clash …«

Besonders die Ü40-Clique neben mir grölte sich beim Refrain die Seele aus dem Leib. Jetzt verstand ich, warum Compilation hauptsächlich solche Klassiker spielten: Ihr Programm vereinte die Generationen – jeder kam hier auf seine Kosten, ganz gleich ob fünfzehn oder fünfzig.

Schon längst fühlte ich mich nicht mehr wie eine einzelne Person, sondern verschmolz mit der Masse wie in Trance. Deshalb machte es mir auch nichts mehr aus, als Felix seinen Arm um meine Taille legte und wir im Feuerzeugmeer mitschunkelten, während Lasse im Duett mit der Blondine Bon Jovis »Bed of Roses« ins Mikrofon schmalzte.

Aber bald sollte ich sehr deutlich merken, dass ich doch ein einzelnes, fühlendes Wesen war – als die ersten Töne von Snow Patrols »Chasing Cars« mir einen so verstörenden Schauer über den Rücken laufen ließen, dass ich heftig und megapeinlich aufstöhnte – denn nun sang *ER!* Lasse hatte tatsächlich für diesen einen Song das Mikro seinem kleinen Bruder überlassen, der mühelos auch das obere Tonregister meisterte. Seine Stimme war … nicht zu beschreiben, sie war ein Abenteuer. Nicht ganz so tief wie Lasses, aber voluminös und mit einzigartigem Timbre, so wie leicht erkältet. Alles in mir vibrierte, und mein Bauch verwandelte sich in einen Kohleofen.

Nach gefühlten zwei Stunden forderten die Leute eine Zugabe nach der anderen, bis Lasse völlig nassgeschwitzt, mit einem Handtuch um den Hals, um Gnade bat. Und dann tat er etwas, das ganz sicher in der nächsten Wochenblattausgabe Schlagzeilen machen würde: Mitten im brodelnden Applaus griff er am Bühnenrand nach unten und zog zwei ausgestreckte Arme hoch: Nessie! Kaum hatten ihre Füße den Bühnenboden berührt, zog Lasse sie an seine Seite, hauchte die letzten Worte ins Mikro und dann … küsste er sie!

Lange. Vor aller Augen.

Das durfte doch nicht wahr sein! War ich hier im Kino? Die Hand in meinem Rücken krampfte sich zusammen und verschwand. Felix schnellte nach vorne, um Sven aufzufangen, der soeben in unsere Richtung taumelte. Sein Gesicht war eine einzige Anklage: Das Maß war voll. In seinen Augen standen Tränen, als er sich dicht an mir vorbei durch die Leute drängelte. Felix rief mir irgendetwas zu, während er ihm zu folgen versuchte. Sven und Felix würden wir heute mit Sicherheit nicht mehr wiedersehen. Wenn überhaupt irgendwann. *Nessie, Nessie … weißt du, was du da gerade anrichtest?*

»Nadine!«, rief ich und schob mich nach vorne zu ihr

durch, während Nessie mit den Jungs auf der Bühne von frischem Nebel verschluckt wurde.

»Hey, Liv! Hast du das gesehen? Der totale Wahnsinn, oder?« Nadines strahlende Augen quollen ihr fast aus den Höhlen. »Und so romantisch!«

»Ja, irre Show«, ersparte ich mir einen direkten Kommentar zu diesem Schlussakkord. »Wo ist Nessie denn jetzt hin?«

Nadine zuckte mit den Schultern und schlug vor, um die Bühne herumzugehen. Das war allerdings gar nicht so einfach, weil eine Art Bauzaun und ein Security-Gorilla uns den direkten Weg versperrten. In diesem Moment drang aus Nadines Tasche ein irres Kichern.

»Oh, mein Handy …« Sie fummelte ihr rosa Smartphone heraus und las vor. »SMS von Nessie: *Hey ihr Süßen, sind auf dem Weg zum Bierzelt, kommt ihr? Aber bitte ohne die Jungs.*«

Ich schüttelte den Kopf. Nessie hatte doch wohl nicht ernsthaft erwartet, dass Sven und Felix nach *dieser* Nummer noch mit uns feiern wollten?

6. STROMSCHLÄGE

Das riesige Bierzelt war rappelvoll.

»Hey, da hinten sind sie!«, rief Nadine und zog mich an der Hand durch die viel zu engen Gänge zwischen den langen Holzbänken und Tischen. Ich stolperte hinter ihr her, mich pausenlos entschuldigend, weil ich ständig irgendjemanden anrempelte. Am anderen Ende des Zelts blitzte der Rotschopf des Gitarristen auf, der gerade einen Kellner herbeiwinkte.

Meine Nerven flatterten. Wir konnten uns doch nicht einfach so zu dieser Band setzen, wir waren doch keine Groupies! Bis auf Nessie vielleicht, die mitten zwischen ihnen saß und gerade dabei war, Lasses Gesicht förmlich aufzuessen. Über was redete man denn bloß mit ... richtigen Musikern?

»Hey, ihr zwei Hübschen! Setzt euch ruhig, wir beißen nicht!«, rief der rastamähnige Drummer uns zu.

Oh nein, jetzt richteten sich natürlich alle Blicke auf uns! Ich lief knallrot an.

Plötzlich hatte ich einen schwarzen Haarvorhang im Gesicht und jede Menge Pailletten am Hals, als Nessie zuerst mich, dann Nadine ansprang und quietschend vor Freude drückte.

»Mensch, Nessie, was machst du denn für Sachen?«, lachte Nadine. »Lässt dich einfach entführen.«

Nessie, kichernd und Unverständliches brabbelnd, zog uns mit nach vorne, wo King Lasse am Kopfende des Tisches über ein Dutzend Kumpane Hof hielt. Kurz stellte sie uns der gemischten Runde vor, bevor sie sich wieder auf Lasses Schoß pflanzte. Nadine und ich setzten uns auf die Bank neben Lasse, die nur zur Hälfte besetzt war.

»Hi, ich bin Robin«, sagte der Rastamann, der mir gegenübersaß, und streckte mir die Hand hin. »Besser bekannt als Rocko. Bin der Cousin von dem liebestollen Affen da.« Er nickte zu Lasse und Nessie hinüber, die wieder vollkommen in ihre Liebeswolke eingetaucht waren und nichts mehr mitkriegten.

»Hi, ich bin Liv.«

Merkwürdig, dieses förmliche Händeschütteln. Es passte so gar nicht zu seinem wilden Äußeren. Robin begrüßte ebenso freundlich Nadine und stellte seinen rothaarigen Nebenmann als Jeremy, den Gitarristen, vor. Der bekam bei Nadines Anblick gleich Stielaugen.

»Wollt ihr auch was trinken?«, lud Robin uns ein. »Die erste Runde geht auf mich, ich hab heute Geburtstag.«

»Oh, Happy Birthday«, beglückwünschte ich ihn.

»Danke. Bei so hübschen Gästen macht sogar das Älterwerden Spaß. Was darf ich euch bestellen?«

»Ein Alsterwasser wär gut«, lächelte Nadine. »Du auch, Livie?«

Ich nickte.

Weil ich nichts weiter zu sagen wusste, ließ ich meinen Blick über die Runde schweifen. Mann, waren die alle hübsch hier, Jungs wie Mädchen. Ich kam mir vor wie ein Ackergaul inmitten einer Herde edler Araberpferde. Doch zwei der Hochglanztraber fehlten augenscheinlich.

Suchend schwirrte mein Blick durch das Bierzelt. Wo waren der Keyboarder und der Bassist?

»Das ist *mein* Platz.«

Als ich mich nach der unfreundlichen Stimme umdrehte, stand da … *Galadriel?* Hellblonde Haare bis zur Taille umrankten eine hochgewachsene Filmschönheit. Doch statt auf ein weißes Elbengewand starrte ich auf ein prall gefülltes, schwarzes Tanktop und mehrere Schmucksteinketten, die sich mit der forcierten Atmung ihrer Trägerin klimpernd bewegten.

»Ach komm, sei lieb, Denny-Mäuschen«, beschwichtigte Robin die aufgebrachte Elbenfrau, die ich jetzt als Lasses Duett-Partnerin wiedererkannte. »Das sind Liv und Nadine, meine Special Guests heute. Du kannst doch hier beim Onkel Rocko sitzen, hm?«

»Ist mir egal, wer die sind. Die sollen ihre fetten Ärsche …«

»Denise, es reicht!« Das war Lasse.

Sofort spurte die Blonde und setzte sich folgsam neben Rocko. Dem giftigen Blick aus ihren mit Kunstwimpern beklebten grauen Augen hielt ich tapfer stand – irgendwo hatte ich mal über diesen Trick gelesen. Als ich sie noch dazu anlächelte, schüttelte Galadriel nur arrogant ihre Goldmähne und vertiefte sich dann in anscheinend wichtige Geschäfte auf ihrem Smartphone. Offensichtlich gab es in diesem Rudel eine eindeutige Rangordnung.

Als endlich die Getränke kamen, wurde reihum auf Rockos Geburtstag und den gelungenen Auftritt angestoßen. Zwei einsame Colas auf dem Tisch erinnerten nicht nur mich daran, wer fehlte.

»Ey, wollen wir nicht auf Tim und Leo warten, Leute?«, fragte Rocko.

»Nee, ist ganz gut, dass die beiden noch nicht da sind«, meinte Lasse. »Wir müssen noch über Leos Geburtstag reden, wo wir schon mal alle beieinanderhocken. Das Gesche-henk!«

»Oh, hast du den Gutschein bekommen?«, fragte Denise, die plötzlich auf freundlich umgeschaltet hatte.

»Klar, Baby. Du weißt doch, ich krieg *immer* alles, was ich will«, grinste er mit einem Augenzwinkern Richtung Nessie.

Denise verdrehte die Augen. Ob sie und Lasse etwas miteinander hatten, Schrägstrich, *gehabt* hatten? Lasse ließ sicher nichts anbrennen, so wie der drauf war. Hoffentlich war Nessie klar, worauf sie sich einließ.

»Also, Leute, raus mit der Kohle! Ich krieg von jedem 10 Euro, der Löwenanteil kommt natürlich von mir.«

»Was kriegt er denn geschenkt?« Nessie war aus ihrer Liebeswolke aufgetaucht.

Lasse senkte die Stimme. »Da es diesmal ein besonderer Anlass ist, wollten wir ihm einen Wunsch erfüllen …«

»Was denn für 'n Anlass?«, fiel sie ihm ins Wort.

»Na, der Kleene wird endlich ein Twen und hat noch dazu sein Abi bestanden. Und das mit Bravour!« Ein stolzes Lächeln erhellte Lasses Gesicht.

Der mochte seinen »kleenen« Bruder, keine Frage.

»Hey, ihr drei müsst unbedingt auch kommen!«, rief Rocko.

»Ich weiß nicht«, piepsten Nadine und ich wie aus einem Mund. Schließlich kannten wir das Geburtstagskind gar nicht, und er uns erst recht nicht.

»Sollte Leo nicht selbst entscheiden, wen er dabeihaben will?«, warf Denise ein, diesmal wieder im vertrauten Zickenton.

»Kannst ihn ja gleich mal fragen, ob er *dich* überhaupt dabeihaben will«, giftete Rocko zurück. »Da hinten kommt er.«

Alle Köpfe wandten sich Richtung Eingang. Nur schemenhaft konnte ich dort im Schummerlicht zwei dunkel gekleidete Typen ausmachen, einen Blonden und einen Dunkelhaarigen. Aber wieso hatten die beiden immer noch diese blöden Sonnenbrillen auf? Die mussten sich ja für echte Rockstars halten, wenn sie so affektiert … obercool … verdammt attraktiv … durch die Gegend stolzierten. Eingehakt versuchten die beiden sich ihren Weg zu uns freizuschaufeln.

Eingehakt? Waren die beiden etwa … ein Paar? Ein kleiner Enttäuschungskiesel kullerte in meinen Magen. Aber gleich würde ich den Klangmagier live und in Farbe vor mir sehen!

Atmen, Liv, atmen …

Allgemeines Begrüßungsgejohle, als die Nachzügler endlich bei uns ankamen.

»Hey, kommt hier rüber!«, rief Lasse über unsere Köpfe hinweg.

»Leo, an meiner goldenen Seite ist noch was frei.«

Moment. An Lasses *goldener* Seite saß doch ich! Hieß das etwa …?

»Oh shit!«, tönte es in meinem Nacken. Jemand fiel gegen mich. Eine Hand traf meine nackte Schulter – und der Blitz schlug ein.

Die fremde Hand und ich zuckten zurück. Entgeistert wandte ich mich um – und sah in zwei dunkle Brillengläser: *der Zauberer!*

»Entschuldigung«, kam es gleichzeitig aus unseren Mündern.

»Mann, wer packt denn hier seine Tasche in den Weg!«, schimpfte Tim dazwischen. Er legte seinem Freund die Hand auf die Schulter. »Sorry, Leo, hab sie nicht gesehen. Alles okay bei dir?«

Der Angesprochene schien jedoch mit irgendwas unter seiner Jacke beschäftigt zu sein und nickte nur kurz. Dann setzten sich die beiden, völlig synchron wie ein eingeschworenes Ehepaar. Der Zauberer saß wahrhaftig neben mir … ich vergaß fast zu atmen. Allerdings würdigte er mich keines Blickes, sondern schälte sich aus seiner schwarzen Jacke, die sein Freund ihm fürsorglich abnahm. Musste wahre Männerliebe schön sein. Trotzdem hätten die beiden ruhig hallo sagen und ihre beknackten Angeberbrillen abnehmen können, selbst wenn es noch so cool aussah. Ein Blick zu Nadine auf meiner anderen Seite bestätigte mir, dass sie Ähnliches dachte. Achselzuckend widmeten wir uns wieder unserem Alsterwasser. Dann eben nicht.

Ein unterdrücktes Fluchen neben mir ließ mich herumfahren, und ich tauchte mitten hinein in eine betörende Duftwolke. Würzig wie Sommerregen im Wald. Etwas in meiner unteren Bauchregion wurde plötzlich warm. Sehr warm … Mixten die Hersteller etwa Aphrodisiaka in ihre Duftwässerchen?

Unter Leos schwarzem T-Shirt, das seidig schimmerte, bewegten sich schlanke Muskeln. Feucht glänzten seine kurzen, dunklen Haare im Nacken mit einer feinen Silberkette um die Wette. Ob er gerade geduscht hatte? Wie sonst konnte man nach einem schweißtreibenden Konzert so unwiderstehlich lecker duften?

Mit einem erleichterten Seufzen richtete er sich endlich auf und legte eine Handvoll heller Stäbe auf den

Tisch. Was für ein Aufwand für so ein blödes XL-Mikado. Ähm … wollten die jetzt spielen? Ich schaute genauer hin: Was war das für eine komische Kugel an einem der Stäbe? Und diese Verdickung dort sah aus wie … ein Griff?

Oh …!

Die Erkenntnis krachte wie ein Eisenhammer auf meinen Kopf. Erschrocken schlug ich eine Hand vor den Mund und taumelte seitwärts gegen Nadine, die in ein Gespräch mit ihrem Gegenüber vertieft war und mich lachend zurückschubste.

Keine Mikadostäbe. Ein zusammengefalteter Blindenstock.

Oh Gott … das war jetzt nicht wahr, oder? Mein Zauberer – er war blind? Aber seine Musik … das war doch unmöglich!

Atmen, Liv, atmen.

Geschockt saß ich da und konnte ihn einfach nur anstarren.

»So schlimm?«, raunte seine sanfte Stimme, als hätte er es gemerkt. Dabei neigte er leicht den Kopf zu mir.

»W-was? Nein!«, stotterte ich und versuchte meine Schnappatmung unter Kontrolle zu bringen.

»Tja, der Überraschungseffekt ist doch immer wieder spannend«, amüsierte sich Tim, während er mit affektiert abgespreiztem Finger seine Cola trank.

Nadine, die aufmerksam geworden war, sah mich fragend an. Ich blickte fassungslos zurück.

»Sie haben euch also nicht vorgewarnt?«, fragte Leo mich erstaunt. Dann wandte er sich an seine Truppe. »Mann, Jungs, das ist voll daneben! Ich hab euch schon zigmal gesagt, dass ich es unfair finde, wenn ihr eure Mädchen immer so auflaufen lasst.«

Eure Mädchen und *immer* …! Wäre mein Arbeitsspeicher nicht gerade übergelaufen, hätte ich mir ernsthaft Gedanken über den tieferen Sinn dieser Worte gemacht.

»Keiner wollte dich vorführen, Lillebror«, versicherte Lasse. »Die Mädchen sitzen hier erst ein paar Minuten.«

Lasse nickte Tim zu, auf die einsame Cola weisend. Tim griff nach dem Glas und zog es zu sich heran. Dann lehnte er sich an seinen Freund und senkte die Stimme:

»Komm, Leo! Trink mal was, bevor das Eis ganz weg ist. Auf zwei Uhr.«

Leo öffnete die rechte Hand und umfasste das Glas geschickt, sobald es seinen Handrücken berührt hatte. Ein eingespieltes Team, die beiden.

»Auf dein Spezielles, Rocky-Schatz!«, rief Tim übertrieben munter, indem er dem Drummer zuprostete. Auch Leo hob verhalten lächelnd sein Glas.

Ich nutzte die Gelegenheit, um einen Augenblick in meine innere Badewanne abzutauchen und den Schock von eben zu verdauen. Der Zauberer war blind. Unfassbar. Wie konnte er trotzdem so ein Musikgenie sein? Und warum hatte ich das nicht auf der Bühne schon bemerkt? Ich starrte ins Leere und wälzte tausend Fragen, während die Stimmen um mich herum zu einem undefinierbaren Lärm verschwammen.

»Entschuldige, ich hab mich noch gar nicht vorgestellt …« Die wundervolle Stimme war ganz nah und schien doch unwirklich.

»Ich bin Leander. Und du?«

»Hm?«, piepste ich abwesend.

»Noch immer unter Schock?«, hakte er nach.

»Äh, nein.« Ich räusperte mich. »Ich war nur gerade abgelenkt …« Was zur Hölle faselte ich denn da?

Er kicherte leise. »Und …?«

»Was und?« Noch immer stand ich auf dem Schlauch.

»Verrätst du mir auch deinen Namen?«, raunte er, leicht zu mir gelehnt.

Endlich fasste ich mich und nuschelte: »Sorry, ja. Liv.«

»*Soriejaliff*? Das klingt orientalisch.«

»Nein, *nur* Liv«, verbesserte ich.

»Und ich hab *nur* Spaß gemacht. Hallo, Liv. Nett, dich kennenzulernen.« Diese Stimme … wie fließender Samt streichelte sie mich. Jetzt hielt er mir auch noch seine Hand hin. Zögernd nahm ich sie – und wieder passierte es! Scharf sog ich die Luft ein. Kein Schlag diesmal, sondern ein plötzliches Kribbeln, das sich wie ein Tsunami über meinen ganzen Arm ausbreitete. Er musste auch etwas gespürt haben, denn seine Hand zuckte kurz in meiner – doch er zog sie nicht weg. Ein paar Sekunden länger als nötig blieben unsere Hände zusammen. Seine Haut war unglaublich weich, die Finger schmal und doch kräftig.

Wie gern hätte ich in diesem Moment seine Augen gesehen, die immer noch hinter der Sonnenbrille verborgen waren. Seine Mundwinkel zuckten kurz, ansonsten blieb seine Mimik unbewegt, sein Gesicht leicht nach unten geneigt. Sehr langsam lösten sich unsere Hände voneinander. Dabei streifte mich ein breiter silberner Ring. Leander räusperte sich. Es dauerte einige Sekunden, bis er seine Stimme wiederfand.

»Ähm … neben dir höre ich noch eine unbekannte Stimme.«

»Oh, das ist Nadine«, stellte ich sie vor.

Er begrüßte Nadine ebenso freundlich, nur ohne Handschlag. Dann ließ er sich von Rocko in ein Gespräch einbinden und schien uns Mädchen wieder zu vergessen.

Also begnügte ich mich aus alter Gewohnheit damit, die Leute zu beobachten. Da war sie wieder, die schüchterne Olivia: Maulsperre aktiviert, sobald mehr als eine Handvoll Leute um sie herum sprachen. Tim beäugte mich argwöhnisch. Immer wieder sah er Leander an – wenn mich nicht alles täuschte, waren es Blicke, die man nur jemandem schenkte, den man sehr, *sehr* gern mochte.

Neben mir spürte ich die ganze Zeit Leanders Körperwärme.

Leander. Der Klang seines Namens schmolz auf meiner Zunge wie Sahnekaramell.

Jetzt denkt sie schon wieder ans Futtern …

Ganz im Gegenteil, belehrte ich den Giftzwerg in meinem Kopf. *Ich könnte jetzt keinen einzigen Bissen runterkriegen.*

7. SCHRITTE IM GRAS

Als Lasse und Rocko zu vorgerückter Stunde begannen, über irgendwelche Sport-Ergebnisse zu diskutieren, hatte bei Nessie und mir der Fluchtreflex eingesetzt.

»Boah, Fußball! Ist das ööde«, moserte Nessie, kaum dass wir uns nach draußen durchgeschlagen hatten.

Eingehakt schlenderten wir über die Rathauswiese zum Klowagen.

Eingehakt … wie Leander und Tim vorhin. Hatte das jetzt etwas zu bedeuten, oder nicht?

»Hast du es gewusst?«, fragte ich das kichernde Geschöpf an meinem Arm, das ständig über die eigenen Füße stolperte.

»Was? Das mit Leo?«

Ich nickte.

»Nö. Lasse hat noch nicht mal erwähnt, dass er überhaupt 'nen Bruder hat. Geschweige denn, dass er be-*hicks!*-hindert ist.«

Oh weia, ihr letztes Bier war wohl zu kalt gewesen.

»Wieso behindert? Er ist doch bloß blind.«

Sie glotzte verständnislos. »Na ja, dassis *schon* 'ne ziemliche Einschränggung, oder?«

Wo sie recht hatte, hatte sie recht.

»Aber sag mal, wie findste nun Lasse?«, wechselte sie abrupt das Thema. »Ist doch 'n steiler Zahn, oder?«

»Joah, gar nicht so übel«, untertrieb ich maßlos.

»Ts, ts – stehst wohl eher auf den z-zotteligen Roggo, was? Wie der dich immer angeglotzt hat …«

»Quatsch, ich steh auf gar keinen von denen!«, protestierte ich.

Da krochen auf einmal sehr unfeine Gerüche in meine Nase.

»Och nööö«, stöhnte Nessie beim Anblick der Schlange vor dem Toilettenwagen. Von irgendwo aus dem Bauch dieses gruseligen Güllesammlers kamen Kotzgeräusche. »Bah! Hier kriegen mich keine zehn Pferde rein!«

Sie zog mich weg und steuerte eine kleine Baumgruppe an.

»Ziemlich dunkel hier«, stellte ich überflüssigerweise fest.

»Ist doch gut! Kann dir keiner was abgucken. Aber pass auf die Brennnesseln auf, die fackeln dir die M-Muschi ab.«

»Du sprichst wohl aus Erfahrung?«, kicherte ich.

Sie nickte mit schmerzverzerrtem Gesicht. *Autsch.*

»Erspar mir die Details«, bat ich, als wir uns unweit voneinander hinhockten.

Selbst *dabei* hörte sie nicht auf zu plappern: »Hach, Lasse ist ja soo süüß! Er will uns nachher nach Hause fahren. Vielleicht kommt er ja mit zu mir hoch …«

»Na, da bin ich ja mal gespannt, wie ihr zu zweit betrunken über den Balkon kraxeln wollt.«

»Bin nich betrunggn«, kicherte sie. »Aber Lasse kann bestimmt so Spinnseile aus den Händen schießen wie – *hicks!* – Schbaidermän. Damit zieht er uns dann hoch …«

Spiderman?

»James Franco!«, platzte ich heraus.

»Wer?«

»Na, Lasse! Ich meine, der Schauspieler, an den er mich die ganze Zeit erinnert. Aus den *Spiderman*-Filmen mit Tobey Maguire.«

»Nie gehört …«

»Lasse hat genau die gleichen Augen«, erklärte ich. »Und dieses, äh, leicht arrogante Grinsen.«

»Lasse is nich arro… Aua! Scheiße!« Ein klatschendes Geräusch aus Nessies Ecke.

»Was ist? Brennnesseln?«

»Nee, Viehzeuch. Bah, haut ab!« Mit fuchtelnden Armen stolperte sie aus dem Gebüsch.

Auf dem Rückweg plapperte und kicherte sie unermüdlich weiter.

»Sag mal, Nessie …«, unterbrach ich sie vorsichtig.

»Was?«

»Dir ist schon klar, dass Sven das vorhin alles mitgekriegt hat? Ich meine, das mit dir und Lasse auf der Bühne.«

»Na und? Dann weiß er wenigstens, was Sache ist.«

»Er ist heulend weggelaufen, und Felix hinterher.«

Kurz blitzte Betroffenheit in ihren Augen auf, dann aber schaute sie wieder auf ihre Füße. »Is doch nich mein Problem …«

»Ich glaube, eure Bühnenshow hat ihn ganz schön verletzt. Der liebt dich immer noch, Nessie.«

»Klar liebt der mich«, bestätigte sie mit einer Schnute. »Aber ich ihn … nich so richtig – *hicks!* – … glaub ich – ach, egal. Wenn du so 'ne Granate wie Lasse abschleppen kannst, was willst du dann mit so 'ner Lusche wie S-Sven?«

Ob Sven wirklich so eine Lusche war – und auf welchem Gebiet – sollte ich nicht mehr erfahren. Etwas hatte mich abgelenkt. Unter dem Vorwand, noch an der frischen Luft bleiben zu wollen, ließ ich Nessie den Rest des Wegs allein zurückgehen. Ich hatte aus dem Augenwinkel etwas gesehen, das mich magisch anzog: Unweit der geschlossenen Grillbude stand eine dunkle Gestalt unter einem Baum. Deutlich ragte eine weiße Linie schräg aus dem Schatten hervor.

Leander. Den Langstock neben sich und den Kopf an den Stamm gelehnt, stand er einfach nur da wie ein schwarzer Scherenschnitt auf grauem Papier. Verstohlen blickte ich mich um: Keine andere Menschenseele weit und breit. Sollte ich einfach hingehen?

Liv, das ist die Gelegenheit, abzuchecken, wie er wirklich tickt. Sei nicht so feige.

Ich ging zwei Schritte Richtung Baum – und blieb wieder stehen.

Aber ich weiß doch gar nicht, was ich sagen soll! Vielleicht will er lieber allein sein?

Ich könnte so tun, als hätte ich mich verlaufen.

– Ja klar, ist ja auch so irre verwinkelt, diese Wiese. Mann, Liv, Schluss mit den Skrupeln, nun geh endlich!

Mein Puls galoppierte mir voraus, als ich leise durch das taufeuchte Gras pirschte, um ihn nicht zu erschrecken.

»Es wäre besser, laut zu trampeln, als sich anzuschleichen«, erhob sich seine Samtstimme, als uns noch etwa drei Meter trennten. »Hallo, Liv.«

Perplex blieb ich stehen. »Woher weißt du, wer ich bin? Du kannst doch nicht etwa hellseh…« *Ups.*

»Eher nicht«, kicherte er. »Es ist dein Parfüm. Der Wind steht günstig.«

Mir fehlten die Worte. Hier war doch gar kein Wind! Verlegen schnupperte ich an mir: Mein Parfüm war fast verflogen. Doch als ich weiter auf ihn zuging, hüllte mich eine herrliche Duftwolke ein, die ganz klar nicht von mir stammte.

Was redet der von meinem *Parfüm?* Er *ist es doch, der hier so schamlos herumduftet wie ein junger Gott!*

»Tut mir leid, ich wollte dich nicht erschrecken«, sagte ich.

»Schon gut. Ich hab dich ja erkannt.«

»Ich kann ehrlich gesagt kaum glauben, dass du mich nur am Duft …«

»So ganz stimmt das auch nicht«, gab er zu, als ich direkt neben ihm stand.

Einen Moment wunderte ich mich, dass er nicht größer war. Ich ging ihm vielleicht bis zur Nasenwurzel. Eine schöne gerade Nase, mit einem winzigen Aufwärtsschwung an der Spitze, was seinem männlichen Profil zusammen mit den vollen Lippen einen Hauch von Kindlichkeit bewahrte.

»Ich hab da hinten eure Stimmen gehört, deine und Nessies. Ich weiß aber nicht, *was* ihr geredet habt, Ehrenwort«, betonte er. »Und dann war es tatsächlich meine Nase, die mir verraten hat, wer sich da anschleicht.«

Endlich drehte er mir das Gesicht zu. Der schwache Schein der fernen Laternen spiegelte sich in seiner Sonnenbrille, umtanzt von den widerspenstigen Ponyfransen. Meine Finger kribbelten. In diesem Moment wollten sie nichts lieber als durch diese herrlichen Strähnen streichen …

Liv, was ist in dich gefahren? Der Typ schwimmt doch nicht mal auf deiner Uferseite.

»Klingt, ähm, trotzdem unglaublich.« Ich räusperte mich. »Ich meine, dass du dir meinen Duft gemerkt hast, wo doch so viele Leute da waren.«

»Na ja, du hast ja auch eine ganze Weile neben mir gesessen.«

Wieder strich er sich die frechen Strähnen aus der Stirn, und wieder fielen sie nach vorne. Zu süß, diese vergebliche Mühe. Ich hätte ihm stundenlang dabei zusehen können.

Liv, nun komm endlich aus dem Ei …

Ich straffte mich und atmete einmal durch. »Sag mal, wartest du hier auf jemanden?«

»Eigentlich nicht«, antwortete er und versenkte die Hände in den Hosentaschen. »Ich brauchte nur mal eine Pause von dem Lärm. Und du?«

»Oh, ging mir ähnlich«, gestand ich. »Mir klingelt es inzwischen auch in den Ohren. War wohl ein bisschen zu viel heute.«

Er hob abrupt den Kopf.

»Damit meinte ich nicht eure Musik!«, beeilte ich mich klarzustellen. »Die war Weltklasse, ehrlich. Ihr seid richtige Profis, oder?«

Zum ersten Mal lächelte Leander mich direkt an, es wirkte, als schaute er mir tief in die Augen. Seltsame Vorstellung, dass er mich gar nicht sehen konnte.

»Danke für das Kompliment, aber … nein, Profis sind wir nicht.«

»Na ja, vielleicht kann ich das nicht beurteilen, aber für mich war es ziemlich überwältigend. Ich meine, wie macht ihr das bloß? Die Songs klangen immer wie das Original, aber auch wieder nicht – eher wie etwas ganz Eigenes von euch.«

Zum ersten Mal zeigte er beim Lächeln seine ebenmäßigen Zähne.

»Hm, du hast recht«, bestätigte er und lehnte sich seitlich an den Baumstamm. »Manchmal versuchen wir tatsächlich, die Songs ein wenig zu verändern. Das fällt kaum jemandem auf, aber es macht viel mehr Spaß.«

»Ja, das hat man euch angemerkt. Die Leute sind total abgegangen. Ihr könntet bestimmt eine ganze Arena füllen.«

»Davon sind wir weit entfernt«, stapelte er tief. »Sag mal, könnten wir uns hinsetzen? Ist doch etwas ungemütlich hier.« Er deutete hinter sich, wo in einiger Entfernung die Holzbänke der Grillbude standen. »Oder hast du's eilig?«

»Nein, ich meine, ja.«

»Wie jetzt?«

»Nein, ich hab's nicht eilig. Und ja, hinsetzen ist 'ne gute Idee.«

»Okay.«

Schmunzelnd schulterte Leander seine Jacke und ging voraus. Dabei bewegte er die Spitze des langen Stocks nah am Boden hin und her, bis er an eine der Holzbänke stieß. Fasziniert beobachtete ich, wie sicher er sich bewegte.

Ich setzte mich neben ihn, hielt aber zwei Handbreit Sicherheitsabstand. Mein Volt-Bedarf war fürs Erste gedeckt. Dafür beschwipste mich sein Duft jetzt umso mehr.

»Wann ist euer nächster Auftritt?«, versuchte ich bei der Sache zu bleiben.

»Ich fürchte, der Gig heute war erst mal der letzte in dieser Gegend. Einmal treten wir noch bei der Kitesurf-WM in St. Peter-Ording auf, aber dann war's das wohl.«

»Was?«, rief ich erschrocken. »Ihr löst euch auf?«

»Nun ja, es wird halt immer schwieriger, die Proben zu organisieren. Tim studiert in Berlin, und Jimmy geht nächsten Monat nach England. Lasse studiert in Erfurt und kommt meist nur in den Ferien nach Hause. Außer Rocko wohnt keiner mehr dauerhaft hier.«

»Du auch nicht? Ich dachte, du hast gerade erst Abi gemacht.«

»Ja, aber nicht hier. Ich gehe, oder besser, *ging* auf ein spezielles Internat in Marburg. Ich war immer nur an den Wochenenden und in den Ferien hier.«

»Oh, Internat, klingt spannend. Ist das so wie bei *Schloss Einstein*, in einem schicken Gutshaus, zu dritt auf einem Zimmer und so?«

Liv, du hast doch nicht wirklich gerade diese Serie für vorpubertäre Kids erwähnt?

Er lachte. »Schloss Einstein kenne ich zwar nicht, aber nein. Wir leben in WGs, über die Stadt verteilt. Und ich hatte zum Glück mein eigenes Zimmer.«

»Ist bestimmt lustig, so ganz ohne Eltern.«

»Na ja …«, sagte er gedehnt und mit einem schiefen Grinsen. »Ist schon nicht übel, jede Nacht Orgien feiern, Drogenanbau auf dem Balkon, Komasaufen an den Wochenenden …«

Hey, der hatte ja richtig Humor!

»Was ein richtiger Rockstar eben so braucht«, spielte ich den Ball zurück.

Leander schüttelte schmunzelnd den Kopf.

»Ihr fünf kennt euch schon lange, nicht wahr?«, versuchte ich herauszufinden.

»Kann man so sagen. Abgesehen von Jimmy, der erst vor zwei Jahren dazukam, sind wir praktisch zusammen aufgewachsen. Robin ist unser Cousin, und Tim kenne ich auch schon aus dem Sandkasten.«

»Wow, so treue Freunde hätte ich auch gerne! Muss toll sein, wenn man über so lange Zeit eng zusammenhält.«

»Ja, das ist es. Aber nun haben wir die ganze Zeit über mich geredet …« Er lehnte sich ein wenig zu mir herüber. »Was ist mit dir? Was machst du so, wenn du nicht gerade mit blinden Rockstars auf einsamen Bänken rumhockst?«

Ich kicherte. Zu gern hätte ich jetzt ein Repertoire an schlagfertigen Sprüchen parat gehabt, aber mir wollte partout nichts einfallen. Also berichtete ich in groben Zügen von unserem Umzug und den Umständen, die mich auf dieses Stadtfest gebracht hatten. Ich erkannte mich selbst kaum wieder, wie ich so drauflosplapperte. Leander hörte aufmerksam zu. Er lachte sich schlapp, als ich ausschmückte, wie ich Nessie kennengelernt hatte, ihre nächtliche Balkonnummer inklusive.

»Jetzt bin ich endgültig beruhigt«, sagte er am Ende meines Monologs.

»Wieso das denn?«

»Na ja, ich war mir anfangs nicht ganz sicher, woher du …« Er fuhr sich durchs Haar. »Das ist mir echt peinlich jetzt.«

»Erzähl schon!«

»Also … ich dachte zuerst, du wärest eine von Jimmys oder Rockos Groupies, die sie gerne mal nach Konzerten anschleppen.«

»Was?«, rief ich entsetzt. »Wie kommst du denn auf so was?«

Nun erinnerte ich mich an die in meinem Zwischenspeicher abgelegten Worte *eure Mädchen* und *immer.*

»Entschuldige, das war blöd«, sagte er. »Eigentlich konnte ich mir das bei dir sowieso kaum vorstellen.«

»Warum nicht?«

»Dafür warst du zu … still. Deine Ausstrahlung sagte einfach etwas anderes.«

Und ich dachte, er hätte mich im Bierzelt gar nicht weiter beachtet … Jetzt wurde ich doch nervös. Leander wirkte auf einmal so ernst.

»Ich wusste nicht, dass du so viel von mir mitgekriegt hast«, sagte ich.

»Hellsehen kann ich zwar nicht, aber ich bekomme schon so einiges mit. Liegt wohl daran, dass ich drauf angewiesen bin, meine Antennen ständig auf Empfang zu haben.«

»Kommt mir bekannt vor, das mit den Antennen. Bei mir ist es allerdings umgekehrt«, wagte ich mich vor.

»Wie meinst du das?«

»Ich versuche ständig, meine blöden Antennen einzufahren, weil sie viel zu viele Außenreize mitkriegen. Zu viele Bilder, Stimmungen und Geräusche, die ich dann nicht mehr sortiert bekomme. Irgendwann hab ich einfach eine Reizüberflutung und muss mich abschotten, um wieder zu mir zu kommen.«

Leander öffnete den Mund, um etwas zu sagen. Oder war er bloß erstaunt? Die fehlende Mimik machte es schwer, in seinem Gesicht zu lesen.

»Deshalb war ich auch bisher noch nie auf einem Konzert«, fügte ich hinzu. »Ist heute mein erstes Mal gewesen.«

Zum Glück sah er ja nicht, wie ich knallrot anlief, als mir die Zweideutigkeit meiner Wortwahl bewusst wurde.

»Na, dann freut es mich umso mehr, dass dein *erstes Mal* dir offenbar gefallen hat.«

Lächelnd lehnte er sich zurück. Humor hatte er wirklich. Irgendwie fand ich es beruhigend, dass ein Teil dieses Wunderwesens einfach bloß ein ganz normaler, frecher Junge war.

»Tja, zu traurig«, sagte ich. »Bei dem einen Mal wird es dann wohl bleiben, denn ihr wollt euch ja auflösen.«

»Na ja, zumindest einige von uns könntest du wiedersehen«, sagte Leander ernst.

»Ach ja?«

»Ich hoffe, du findest es nicht aufdringlich, aber … ich hab nächsten Monat Geburtstag, und die anderen wollen unbedingt eine große Party machen.« Er knetete seine Hände, war er etwa verlegen? »Und da frage ich mich … ob du vielleicht auch kommen möchtest?«

Mir sackte fast der Boden unter den Füßen weg. *Jetzt nicht zu begeistert klingen! Ganz cool!*

»Kommt drauf an, wann«, antwortete ich möglichst ruhig.

»Am 11. August. Ist ein Samstag.«

»Oh, dann komm ich gerne.«

»Du darfst natürlich auch jemanden mitbr…«

Plötzlich drehte Leander den Kopf nach hinten. Dann hörte ich es auch: Schritte raschelten hinter uns. Der Junge hatte Ohren wie ein Luchs!

»Leo? Ich bin's.«

Tim. Als er mich erkannte, zögerte er kurz, sagte aber keinen Ton.

»Was ist, wollen die anderen schon los?«, fragte Leander mit merkwürdig angespannter Stimme. »Wie spät ist es überhaupt?«

»Kurz nach eins«, antwortete Tim.

»Was?«, riefen Leander und ich wie aus einem Munde. Wir hatten fast eine ganze Stunde verquatscht.

»Lasses neuer Flamme geht's anscheinend nicht gut. Sie ist im Bus eingeschlafen, und er will sie lieber nach Hause fahren, bevor …«

Erschrocken fuhr ich hoch. »Was macht Nessie denn in Lasses Bus?«

Tim musterte mich mit hochgezogenen Augenbrauen.

»Na, was wohl?«, frotzelte er und wandte sich wieder seinem Freund zu, um ihm etwas ins Ohr zu flüstern.

»Lass mal, geht schon«, sagte Leander und schob sanft, aber unmissverständlich Tims Hand weg, der sich bei ihm einhaken wollte. Dabei fiel unbemerkt etwas Glitzerndes zu Boden.

Schnell bückte ich mich und fand im nachtdunklen Gras … Leanders Ring! Meine Faust umschloss ihn fest. Den würde ich ihm lieber nachher in aller Ruhe wiedergeben, nicht vor Tim, der mich mit einem grimmigen Blick bewarf.

Lasses Bus sah ziemlich abgefahren aus: Riesige verschnörkelte Tattoos, die sich um den Bandnamen rankten, zierten die ganze Breitseite des schwarzen Vans, genau wie Felix erzählt hatte. Auf der anderen Seite entdeckte ich Nadine, die mit Jeremy herumknutschte.

Gut, hier hätte mal jemand aufräumen müssen, kam mir als Erstes in den Sinn, als ich einen Blick ins Innere erhaschte. Lasse saß bereits auf der vorderen der beiden Rückbänke und hielt die schlafende Nessie auf dem Schoß. Sie war ein wenig blass, sonst schien sie okay zu sein.

»Leo, willst du nach vorne wie immer?«, fragte Rocko.

»Nö, ich geh nach hinten«, antwortete Leander und

flüsterte in meinen Nacken: »Nach dir.« Diese Stimme … so nah … Ob er ahnte, was sein samtiges Säuseln in mir anrichtete?

Rocko legte den Kopf schief, sah von ihm zu mir – und grinste breit.

»Dann geh ich eben nach vorne«, hörte ich Tims beleidigte Stimme von draußen, bevor er die Seitentür zuknallte. War er etwa wütend, weil er mal ein paar Minuten nicht neben seinem »Schatz« sitzen durfte?

Die Hälfte der Rückbank war von einem Haufen Taschen und Klamotten belegt, weshalb es sich nicht vermeiden ließ, dass Leander und ich auf Tuchfühlung saßen. Schamlos genoss ich jede Kurve, in der ich gegen ihn gedrückt wurde. In den Boxen wummerte das schwarze Album von Metallica, während wir durch die holprigen Gassen der Altstadt schaukelten. Viel zu laut für eine Unterhaltung.

Aber worüber hätten Leander und ich auch reden sollen? Über die Hitzewellen, die durch meinen Körper rollten, sobald seine Schulter meine berührte? Oder über das wohlige Kribbeln in meinem Bauch, wenn ich seinen betörenden Duft einatmete?

Als dann die sanften Gitarrenklänge von »Nothing Else Matters« einsetzten, hatte ich das Gefühl, dass die Stelle, wo Leander und ich uns berührten, noch heißer wurde. Aber das war bestimmt nur Einbildung. Leander legte den Kopf schräg und schien andächtig zu lauschen. Dann ging alles ganz schnell.

»Stopp!«, rief Leander plötzlich, mitten in das Lied hinein. Sofort wurde vorne die Musik leiser gestellt.

Jetzt hörte ich es auch: ein merkwürdiges, unterdrücktes Keuchen.

»Scheiße, halt sofort an!«, schrie Lasse. Er riss die Tür auf und zerrte Nessie nach draußen, wo sie sich auf den Bürgersteig erbrach. Oje. So betrunken war sie doch gar nicht gewesen …?

»Das war knapp«, kommentierte Rocko von vorne.

»Wie konntest du das hören – bei der Lautstärke?«, fragte ich meinen Sitznachbarn staunend.

Da tat Leander etwas sehr Niedliches: Er streckte seine beiden Zeigefinger über den Schläfen hoch und schmunzelte mich an. »Wie gesagt, meine Antennen sind immer dienstbereit.«

Todmüde und gleichzeitig überdreht lag ich eine Stunde später in meinem Bett und wartete vergeblich auf den Schlaf, als es mir einfiel: *Du hast vergessen, ihm den Ring zurückzugeben! Und du hast weder seine Adresse noch seine Telefonnummer.*

Scheiße.

8. KONTRASTPROGRAMM

Wochenlang hatte ich es nicht mehr getan. Es ging irgendwie nicht. Aber heute brauchte ich nur die Erinnerungen an gestern heraufzuholen, und es floss aus mir heraus. Schon bei der ersten Berührung dieser feuchten Herrlichkeit fiel alles Denken von mir ab, und ich war ganz bei der Sache, *ganz im Flow.* Mit geschlossenen Augen die samtig-weiche, erdige Modelliermasse zu streicheln hatte fast etwas Erotisches.

In meinen Ohren plätscherte leise Gitarrenmusik aus dem Kopfhörer und ich konnte abtauchen – niemand störte mich, und nichts war kompliziert. Mama arbeitete in der Küche. Die würde mich erst mal in Ruhe lassen. Wie von selber entstand eine abstrakte Figur nach der anderen: Formen, die nichts Konkretes darstellten, sich aber wunderbar anfühlten. Wie herrlich entspannend es war, endlich mal wieder etwas Kreatives zu tun. Meine Gedanken konnten frei umherschweifen, doch sie kehrten immer wieder zu den Bildern vom Stadtfest zurück.

So viel war an einem einzigen Abend auf mich eingestürzt, dass ich all die verwirrenden Gedanken und Gefühle erst einmal sortieren musste. Ich konnte es immer noch nicht ganz begreifen, was diese Musik mit mir gemacht hatte, die Musik eines blinden Jungen, dessen Berührungen mich wie Stromschläge durchzuckt hatten …

Leanders Ring lag vor mir auf dem Tisch. Erst beim Abzeichnen hatte ich die Genialität seines verschnörkelten Musters erfassen können: eine Mischung aus keltischen Knoten und Blätterranken. Während ich versuchte, dieses Muster mit einem feinen Stäbchen in die Modelliermasse zu kopieren, kamen immer wieder dieselben Erinnerungen hoch: freche schwarze Haarsträhnen, die sich nicht wegpusten ließen, die dunkel-samtige Stimme in meinem Ohr, sein unwiderstehlicher Duft.

Bestimmt fragte sich Leander verzweifelt, wo sein Ring abgeblieben war. Er konnte ja nicht mal selber danach suchen.

Vergeblich hatte ich im Internet nach näheren Informationen über die Mitglieder der Band geforscht. Aber es schien, als wollten sie nichts Privates preisgeben. Vielleicht um zu verhindern, dass ihnen die Groupies die Türen einrannten? Ihre Homepage war bereits deaktiviert, auf Facebook fanden sich nur ein paar veraltete Einträge von begeisterten Fans, aber nirgendwo fand ich die vollständigen Namen oder Adressen der Jungs. Immerhin kam ich auf YouTube in den Genuss eines supergeilen Auftritts vom letzten Jahr. Ansonsten: Fehlanzeige.

Hatte da eben mein Handy geklingelt? Ich nahm die Kopfhörer raus – nein, es schlummerte selig auf meinem Schreibtisch. Jetzt hörte ich meine Mutter nebenan im Wohnzimmer reden. Wer das wohl sein mochte? Sie hatte eigentlich keine richtige Quasselfreundin. Opa war im Urlaub irgendwo in Skandinavien und hielt nichts von Handys, »diesem neumodischen Kram«. Und so wie Mama jetzt zu schimpfen anfing, konnte der Anruf nur eins bedeuten: Ärger. Ärger mit Männern.

Kümmere dich um deinen eigenen Kram, Liv. Antennen einfahren!

Doch mit meiner Konzentration war es vorbei. Ich schlich über den Flur und spähte durch den Türspalt: Oh nein … wenn sie *diesen* Film brauchte, dann schob sie wirklich ernsthaft Frust. Und wenn es nach dem Abspann nicht besser wurde, bestand die Gefahr, dass sie wieder voll auf ihren Depri-Trip kam. Das passierte bei ihr ganz unberechenbar. Ihr strubbeliger Hinterkopf verdeckte nur einen Teil des Bildschirms, auf dem jetzt in Großaufnahme die galaktisch schönen Augen von Edward Cullen glühten, der sich seiner künftigen Braut-für-die-Ewigkeit vorstellte. Jedes Mal ärgerte ich mich über diese Szene: Kaum hatte man sich verzückt in den Anblick dieses blassen Model-Vampirs verloren, fuhr die Kamera zurück und katapultierte einen aus der Illusion einer makellosen Schönheit – und das nur, weil die Maskenbildnerin seinen Hals nicht ganz mitgeschminkt hatte … Als ich einmal den Fehler gemacht hatte, Mama darauf hinzuweisen, hatte ich nur einen bösen Blick geerntet, nach dem Motto: *Wie kannst du es wagen, meine Illusion zu zerstören!*

Leise schlich ich mich näher. Die Sachen auf dem Tisch bestätigten meinen Verdacht: eine Schüssel Chips, eine Packung Vanilleeis und eine Flasche Sherry – das volle Anti-Frust-Programm. Der Anruf musste sie richtig umgeworfen haben.

»Mama?«, fragte ich leise. Keine Reaktion.

Der ganze Raum war erfüllt von ihrer gedrückten Stimmung, und ich tauchte mitten hinein. Mit jeder Faser meines Körpers nahm ich diese unerträgliche Mischung aus Wut und Traurigkeit wahr, die sie ausdünstete. Ich konnte nichts dagegen tun, dass ihre Gefühle zu meinen wurden. Ich spürte, wie sie von mir Besitz ergriffen, mich anfüllten wie eine Badewanne, die mit schmutzigem Wasser volllief.

In meinem Bauch brannte es. Ich merkte gar nicht, wie meine Hände zur Eisschüssel griffen und ich die süße Creme löffelweise hinunterschlang, als meine Mutter mich plötzlich am Arm fasste. Ertappt zuckte ich zurück und sah, dass ich bereits die halbe Packung geleert hatte. Scheiße.

»Iss nicht so viel«, sagte Mama mit tonloser Stimme und nahm mir das Eis weg.

Heiß brannte die Scham in meinem Gesicht. Ich versuchte krampfhaft, mich auf den Film zu konzentrieren. Gerade hatte der Held seine Angebetete zum ersten Mal vor dem sicheren Tod gerettet, da hörte ich ein leises Schniefen neben mir.

»Was ist denn los?«, fragte ich vorsichtig. »Der Anruf?«

Sie nickte. »Das Arschloch …«

Mir war klar, wen sie so betitelte. »Was hat Holger gewollt?«

»Der Mistkerl behauptet doch tatsächlich, ich wäre ihm noch Miete schuldig und einen Abschlag für die Möbel, die wir mitgenommen haben. Dabei waren das unsere.«

»Was? Der hat sie doch nicht mehr alle! Leg dir bloß 'ne neue Handynummer zu.«

Sie schwieg und starrte auf den Bildschirm. »Scheiß Männer. Warum kann mir nicht auch mal so ein Vampir begegnen … und mich auf Händen tragen«, seufzte sie und war schon wieder abgetaucht in ihre heile Filmwelt.

Mamas Frust klebte wie eine erstickende Staubschicht auf mir.

Ich muss hier raus!

Kaum spürte ich den lauen Sommerwind im Gesicht, schien es mir, als würde er alle meine Sorgen mit sich davontragen. Wie ich es liebte, ziellos durch die Gegend zu radeln, meine Beine zu spüren, ohne dass sie mein ganzes Gewicht schleppen mussten. Es war eigentlich ziemlich schön hier, wenn man die Stadt erst mal hinter sich gelassen hatte. Ich fuhr die Elbe entlang, deren Ufer von Bäumen und Gebüsch zugewuchert war. Sogar ein paar kleine Sandstrände gab es hier. Sicher würde ich dort unten irgendwann auch meinen neuen Lieblingsplatz zum Träumen finden.

Auf dem Rückweg holte ich mir an einem Kiosk was zu trinken und setzte mich an den Deich. Der Ausblick war herrlich. Hinter mir erhob sich der bewaldete Elbhang von Steinberg mit den schicken Villen, die von hier aus jedoch nicht zu sehen waren. Die Sonne war schon tief gesunken, als ich mich wieder auf den Weg nach Hause machte.

Kurz vorm Ortseingang passierte es: Das Tretlager hakte beim Gangschalten, es knackte, und die Kette sprang ab.

»Mist! Nicht schon wieder«, stöhnte ich und schob mein Rad auf den Grünstreifen. »Ausgerechnet jetzt musst du mich im Stich lassen, blödes Schrottding!«

Ich hätte mir zum Geburtstag ein neues Fahrrad wünschen sollen statt der blöden Hängematte, die ich jetzt sowieso nicht mehr benutzen konnte. Vor mich hin schimpfend, überlegte ich, ob es sich lohnte, die verfluchte Kette hier an Ort und Stelle notdürftig zu befestigen, oder ob ich lieber den ganzen Weg bis nach Hause schieben sollte. Gerade hatte ich das Rad umgekippt und auf Sattel und Lenker gestellt, als mein Handy klingelte. Unbekannte Rufnummer.

»Hi, hier ist Felix.«

Fast wäre mir der Hörer aus der Hand gefallen.

»Oh! Hi. Ähm, woher hast du meine Nummer …?«

»Sorry, Nessie hat sie weitergegeben.«

»Wann hast du denn mit Nessie gesprochen?«, fragte ich erstaunt. »Ich versuch schon den ganzen Tag vergeblich, sie zu erreichen.«

»Gerade eben. Sie ist krank, hat sie gesagt. Magen-Darm-Infekt oder so.«

»Oje, die Arme …«

Dann war gestern doch nicht nur das Bier der Übeltäter gewesen …

»Weswegen ich anrufe …«, begann Felix, doch ein LKW rauschte an mir vorbei und ich verstand vom Rest kein Wort.

»Sag mal, bist du irgendwo draußen?«, erkundigte er sich.

»Ja, ich hatte gerade eine Fahrradpanne und steh hier an der Landstraße. Deshalb der Lärm.«

»Warum sagst du das nicht gleich? Soll ich dir helfen? Wo genau bist du denn?«

»Äh, ich weiß gar nicht so genau, wo ich bin. Und das mit dem Rad krieg ich schon hin.«

»Liv, du willst doch nicht ernsthaft im Halbdunkeln an der Straße dein Fahrrad reparieren! Nachher hält noch ein verrückter Fernfahrer und …«

Jetzt ließ er schon wieder den Beschützer raushängen. Aber diesmal sollte es mir recht sein.

»Schon gut, du hast ja recht. Könntest du mich wirklich abholen?«

»Klar. Sag mir einfach, wo du bist.«

»Danke, das ist wirklich lieb von dir«, sagte ich, als Felix wenig später mein Fahrrad in den Kofferraum seines Wagens hievte.

»Gern geschehen! So kann ich ein bisschen was wiedergutmachen.«

»Wieso wiedergutmachen?«, wunderte ich mich und stieg ein. Sein Auto war ziemlich zugemüllt, aber gemütlich.

»Na ja, wegen gestern. Es war nicht besonders nett, dich beim Konzert einfach so stehenzulassen, und überhaupt … Ich bin sonst nicht so … aufbrausend.«

»Schon okay. Wie geht's denn Sven?«, fragte ich.

»Das interessiert dich?«

»Klar! Das muss schrecklich für ihn gewesen sein, mit anzusehen, wie Nessie mit einem anderen Typen … Ich meine, ich weiß, wie es zwischen den beiden steht.«

»Und ich dachte, ihr Mädchen haltet immer zusammen.«

»Ich hab gern meine eigene Meinung.«

»Gut zu wissen«, sagte er und bog an der Hauptstraße in eine Einfahrt.

»Was machst du? Ich dachte, du fährst mich nach Hause.«

»Wir machen kurz halt, damit ich deine Kette reparieren kann. In der Werkstatt hab ich den nötigen Kram dafür.«

»Oh, aber das musst du doch nicht.«

»Tu ich aber gerne!«

Schon hatte er das Rad aus dem Kofferraum geladen und schob es zum Nebeneingang der Autowerkstatt. Drinnen öffnete er einen Kühlschrank und holte eine kalte Cola heraus.

»Möchtest du?«, fragte er lächelnd und sah mir einen Moment zu lange in die Augen.

»Äh, ja, danke«, stammelte ich und setzte mich auf einen Plastikstuhl.

Während Felix geschickt an meinem Fahrrad herumbastelte, tat ich so, als würde mich das Equipment ringsum interessieren. Der Geruch nach Autoreifen und Öl war beißend. Wie konnte er das nur den ganzen Tag aushalten?

»Hast du eigentlich schon ausgelernt?«, unterbrach ich das Schweigen.

»Was denkst du denn? Ich bin zweiundzwanzig.«

»Oh – da hab ich mich ja knapp verschätzt.«

Er grinste. »Das liegt nur an meiner tollen Gesichtscreme«, witzelte er und strich über seine Wange. Keine gute Idee, wenn man gerade eine ölige Kette angefasst hatte …

»Äh, du hast da was …«, schmunzelte ich und zeigte auf den schwarzen Streifen in seinem Gesicht. »Kriegsbemalung …«

Er kicherte. »Mach jetzt bloß kein Foto!«

Mit einem Taschentuch rieb er über seine Wange, aber so machte er die Sache bloß noch schlimmer.

»Lass mich mal.« Ich holte meine kleine Handcreme aus der Tasche und betupfte das Tuch damit. »Damit kann man sich prima abschminken. Siehst du? Geht doch.«

»Danke«, strahlte er und wollte mir das Taschentuch abnehmen. Dabei hielt er kurz meine Hand fest.

»Vorsicht! Das Öl!«, ermahnte ich ihn und zog meine Hand weg, bevor er sie auch noch einschwärzte.

Felix räusperte sich und machte sich wieder an die Arbeit.

Als er fertig war, wollte er mich noch nach Hause fahren, aber ich konnte ihn davon abbringen, mich die paar hundert Meter zu kutschieren.

»Danke, Felix. Sag mir einfach, wie ich mich revanchieren kann.«

»Brauchst du nicht! Ist doch Ehrensache. Aber vielleicht …« Er schabte verlegen mit der Fußspitze auf dem Boden.

»Hm?«

»Vielleicht hättest du ja Lust, mit mir einen kleinen Ausflug zu machen. Auf dem Motorrad. Deswegen hab ich eigentlich auch angerufen.«

»Ähm, Motorrad? Das klingt gefährlich. Hab ich noch nie gemacht.«

»Dann wird's ja mal Zeit!«

»Ich weiß nicht …«

»Hey, das macht total Spaß, wirst sehen«, blieb er hartnäckig. »Frag Nessie! Sie weiß, dass ich ein sicherer Fahrer bin.«

Was ist denn schon dabei, Liv? Felix ist doch wirklich nett.

Aber ich kann doch nicht einfach mit einem Typen durch die Gegend heizen, den ich kaum kenne.

Du redest wie deine Mutter …!

»Okay, ich komme mit.«

Von Motorrädern hatte ich zwar genauso wenig Ahnung wie von Autos, aber dass eine Harley Davidson etwas

Besonderes war, wusste sogar ich. Mann, sah das Ding schick aus!

»Hast du die extra poliert?«, fragte ich Felix, als er am Montagabend mit dem schwarz glänzenden Kultgefährt auf unsere Einfahrt geknattert kam.

»Klar, wir wollen doch Eindruck schinden.« Er klapste seiner Maschine auf den Sattel wie einem Mädchen auf den Hintern.

Zugegeben, nicht nur das Motorrad beeindruckte mich. Felix sah in seiner Lederkluft ebenfalls verdammt cool aus.

»Du musst doch furchtbar schwitzen in den Klamotten«, mutmaßte ich.

»Ach, du wirst dich wundern, wie der Wind einen auskühlt. Außerdem schützt das Leder gut bei Stürzen.«

»Bist du etwa schon mal gestürzt?«

»Nein, zum Glück nicht«, erwiderte er und holte etwas aus einer Satteltasche. »Hier, probier mal, die müsste passen.«

Er hielt mir einen Haufen dunkelrotes Leder hin. Die Jacke saß ziemlich knapp und betonte wirklich alles, was ich so hatte. Felix' Augen wurden immer größer, als ich langsam den Reißverschluss zuzog. Er räusperte sich.

»Was?«, fragte ich.

»Das Teil steht dir verdammt gut«, schmunzelte er. »Du siehst … echt heiß aus.«

Verlegen schaute ich zu Boden. Liv, die Motorradbraut …

In diesem Moment hörte ich ein klapperndes Geräusch hinter mir. Ich drehte mich um. Meine Mutter stand am offenen Küchenfenster und putzte die Scheibe – was sie bereits gestern getan hatte.

»Oh, Mann …«, stöhnte ich und verdrehte die Augen. »Sie kann's nicht lassen …«

»Was meinst du?«

»Meine Mutter und ihre Tochter-Kontrollsucht«, flüsterte ich. »Schau bloß nicht so auffällig hin!«

Felix aber setzte sein schönstes Lächeln auf und winkte meiner Mutter zu. Mama hielt kurz inne und beäugte ihn skeptisch, dann winkte sie mit ihrem Staubtuch zurück. Vor Peinlichkeit wäre ich am liebsten im Boden versunken.

»Lass uns lieber schnell abhauen, bevor sie noch deinen Ausweis sehen will«, drängelte ich.

»Na dann …« Er hielt mir den zweiten Helm hin. »Bereit für ein kleines Abenteuer?«

Ich atmete tief durch und setzte ihn auf. »Bereit.«

Nachdem ich Felix' Bauch beim Start vor Angst fast zerdrückt hatte, dauerte es eine ganze Weile, bis ich mich einigermaßen entspannen konnte. Doch dann begann ich mit jeder Faser meines Körpers zu begreifen, was mit *Rausch der Geschwindigkeit* gemeint war. War das toll! Kopf und Bauch kribbelten um die Wette. Doch an Felix' Rücken fühlte ich mich sicher. Irgendwann traute ich mich sogar, auf die Landschaft zu schauen, die als blaugrünes Band an uns vorbeizischte. Ich heftete meinen Blick auf den Horizont, der ständig vor uns flüchtete – an nichts konnten meine Augen sich festhalten. Wieso machte mir das keine Angst? Felix war mein Schutzschild. Meinetwegen hätten wir endlos so weiterfahren können, immer geradeaus, einmal um den Erdball herum.

Wie anstrengend das Ganze war, merkte ich erst, als wir bei einem Ausflugslokal eine Pause einlegten. Mit zitternden Knien und schweißnassem Rücken stieg ich ab.

»Und? Wie war ich?«, schmunzelte Felix mit hochgezogener Braue, als wir den letzten freien Tisch auf der Terrasse ansteuerten.

»Blödmann«, gluckste ich.

»Nein, im Ernst«, fuhr er fort. »Könntest du dir vorstellen, das noch mal zu machen? Oder denkst du jetzt: einmal und nie wieder?«

»Nein, es war der Oberhammer! Ich fühle mich bloß wie durch den Fleischwolf gedreht.«

»Alles Gewöhnungssache. Übrigens ist es leichter, wenn man selbst am Lenker sitzt. Willst du mal probieren?«

»Um Himmels willen!«, wehrte ich lachend ab. »Ich bleib lieber hinten und vertrau mich deinem starken Rücken an.«

»Das heißt … du vertraust mir?«

»Glaub schon …«

Er sah mich lange an. In seinen haselnussbraunen Augen glühte ein goldener Schimmer.

Bilde dir nichts ein, das ist nur die untergehende Sonne hinter deinem Rücken …

9. HITZE

»Du warst *was*?«, quiekte Nessie, als ich ihr in ihrem glühend gelb gestrichenen Zimmer einen Krankenbesuch abstattete.

»Mo-tor-rad-fah-ren. Mit Felix«, sagte ich wie zu einer Schwerhörigen. »Hat er dir nichts davon erzählt?«

»Nö. Ist ja cool!« Sie saß im Schlafanzug auf ihrem Bett, immer noch leichenblass, und grinste mich herausfordernd an. »Und?«

»Was und?«

»Och, Livie, nun lass dir doch nicht alles aus der Nase ziehen! Hat er dich geküsst?«

»Nessie! Kannst du an nichts anderes denken? Das war alles rein freundschaftlich.«

»Rein freundschaftlich, aha.«

»Oh, Mann, was willst du denn hören? Ja, zugegeben, Felix ist supernett und echt süß. Aber mehr auch nicht.«

»Dann bin ich ja mal gespannt, ob's dabei bleibt.«

»Wieso?«

»Na ja ... das mit Sven und mir hat damals auch so harmlos angefangen«, gestand Nessie. »Es muss nicht immer gleich der Blitz einschlagen, wie man das so aus Filmen kennt. Ich hab nie gedacht: Das wird jetzt die große Liebe, oder so ...«

»Ist es das denn?«, warf ich ein.

»Ach, ich weiß auch nicht.« Sie seufzte. »Irgendwie komme ich von Sven wohl nicht los. Versucht hab ich's schon oft, aber irgendwas zieht mich immer zu ihm zurück.«

»Also, dass er nach deinem Auftritt mit Lasse noch zu dir zurückwill, kann ich mir kaum vorstellen.«

»Wer weiß … vielleicht … liebt er mich ja wirklich noch …«

Sie schwieg eine Weile, als würde dieser Gedanke sie mehr berühren, als sie zugeben wollte.

Auch ich hing meinen Gedanken nach – aber sie waren weder bei Nessie und Sven noch bei Felix. *Es muss nicht immer gleich der Blitz einschlagen*, echoten Nessies Worte in meinem Kopf. Schlagartig waren die Bilder von Samstag wieder da: eine sanfte Hand, die mich berührte … und ein Gefühl wie ein Stromschlag.

»Ach, Livie, ich wollte dich noch um einen Gefallen bitten …«, schwenkte Nessie um.

»Worum geht's?«

Sie bat mich, ihre Zeitungstour am folgenden Tag zu übernehmen, weil sie noch so wackelig auf den Beinen war. Begeistert sagte ich zu, denn dieser unerwartete Job passte bestens in meine Pläne.

»Hat Lasse sich eigentlich wieder gemeldet?«, fragte ich unverfänglich.

»Nee«, sagte sie traurig.

»Aber ihr zwei habt doch am Samstag im Bus … ich meine, *habt* ihr?«

»Oh ja, sogar zweimal«, verkündete sie stolz.

»In der einen Stunde?« Ich wurde rot.

»Hey, ich hatte es dringend nötig! Seit Sven und ich

Sendepause haben, hatte ich echt schon Spinnweben zwischen den Beinen …«

»Bah, Nessie! Musst du immer so direkt sein?«, prustete ich los.

»Wieso? Ist doch ganz normaler Sex-Talk unter Mädels.«

»Sorry, aber da kann ich alte Jungfer nicht mitreden.«

»Ach, wart's mal ab, das geht schneller, als du denkst! Der erste Bewerber steht ja schon in den Startlöchern.«

»Nessie, du bist echt ein kleines Seeungeheuer!« Ich warf ein Kissen nach ihr. »Sag mir lieber, wie es mit dir und Lasse weitergeht.«

»Abwarten. Der wird mich schon bald vermissen.«

»Weißt du wenigstens seinen Nachnamen und wo er wohnt?«

»Johansson. Wieso?«

»Na, ich dachte nur, vielleicht solltest du einfach mal bei ihm auf der Matte stehen. Damit er das *Vermissen* nicht vergisst. Ich komm auch mit, wenn du willst.«

»Hm. Gar keine schlechte Idee«, meinte Nessie.

»Wo wohnt er denn?«, hakte ich nach.

»Irgendwo auf dem Schnöselhügel.«

»Schnöselhügel?«, kicherte ich.

»Na, die Waldsiedlung oben am Hang, wo die Reichen und Schönen hausen.«

»Klingt spannend. Dann sieh mal zu, dass du bald wieder auf die Beine kommst, damit wir uns Schloss Johansson ansehen können.«

»Ich geb mein Bestes …«

Die Tür flog auf, und Nessies Mutter kam mit einem Tablett herein.

»Oh, der Mama-Drachen will mich schon wieder mit

lauwarmer Hühnerbrühe vergiften! Ich kann's nicht mehr sehen ...«

»Aber was anderes verträgst du noch nicht, mein Schatz«, sagte ihre Mutter und stellte das Essen auf dem Nachtschränkchen ab.

Ich verabschiedete mich von der armen, kranken Socke, denn ich konnte es kaum abwarten, das Telefonbuch auf den Bildschirm zu kriegen. Insgeheim klopfte ich mir auf die Schultern. Ob Nessie gemerkt hat, dass ich sie hintenrum ausgefragt hatte? Und was hatte mich eigentlich davon abgehalten, ihr von Leander zu erzählen ...?

Jedenfalls wusste ich nun, was ich in Erfahrung bringen wollte. Die Familie stand im Telefonbuch: Lars-Ole und Susanne Johansson, Zeisigweg 8. Kartenansicht ausdrucken – perfekt. Die Zeitungstour würde vermutlich etwas länger werden als geplant ...

Ausgerechnet am Mittwoch war es tropisch heiß und schwül. Nachdem ich mit dem Fahrrad durch die halbe Stadt gekurvt war und das letzte Wochenblatt eingeworfen hatte, gönnte ich mir keuchend eine Pause unter einem Baum und trank den kläglichen Rest meiner Wasserflasche. Der Schweiß lief mir in Bächen runter, ich fühlte mich ausgelaugt und klebrig. Jetzt war ich fast zwei Stunden in dieser Sauna herumgeradelt, nur damit die Leute wieder Nachschub für ihre Altpapiertonnen bekamen.

Willst du wirklich noch auf diesen Berg? Muss das gerade heute sein?

Ja, es musste heute sein. Ich wollte zumindest mal gesehen haben, wo die Jungs wohnten. Denn so verschwitzt, wie ich war, würde ich sowieso niemandem begegnen wollen. Und für den Fall, dass ich plötzlich ganz viel Mut verspüren sollte, hatte ich Leanders Ring mit einer Notiz in einen Umschlag gesteckt, um ihn in den Briefkasten zu werfen. Etwa zehnmal hatte ich neu anfangen müssen, um die richtigen Worte zu finden. Es war mir wichtig gewesen, dass sie neutral klangen, denn schließlich würde jemand sie ihm vorlesen müssen:

Hallo, Leander, ich glaube, dieser Ring gehört dir. Du hast ihn Samstagnacht auf der Stadtfestwiese verloren. Sorry, ich hatte in der Aufregung vergessen, ihn dir wiederzugeben. Liebe Grüße, Liv.

Im Schneckentempo des zweiten Gangs nahm ich den Waldhügel in Angriff. Laut Karte sah es gar nicht so weit aus, wie es in Wirklichkeit war. Die schmale, asphaltierte Straße wand sich in Serpentinen den Hügel hinauf. Schön war es hier, ohne Zweifel. Aber hätten die nicht eine Seilbahn aufstellen können?

Liv, der Hügel ist gerade mal ein Pickel in der Landschaft.

– Ja, aber nicht bei 33 Grad im Schatten.

Meter für Meter schleppte ich mich und den zum Glück leeren Fahrradanhänger nach oben. Hier und da zweigten Auffahrten ab, irgendwelche schicken Villen hatte ich aber noch nicht zu Gesicht bekommen. Die versteckten sich sicher hinter all den Bäumen.

Irgendwann gab ich auf und schob das Rad. Weit oben lichtete sich der Wald zu einer Art Aussichtsplattform. Endlich Bänke! Erschöpft ließ ich mich auf eine davon plumpsen.

Wie kühl es hier im Baumschatten war. Und so ruhig. Die herrliche Aussicht hier konnte ich jedoch kaum genießen. Ich war ganz schön zittrig. Der gelb-grüne Flickenteppich aus Feldern und Wiesen, die sich bis zum

Horizont erstreckten, verschwamm vor meinen Augen. Hitze war Folter, und feuchte Hitze war Mord.

Auf einmal hörte ich von links Stimmen. Zwei weiß gekleidete Gestalten kamen im Laufschritt näher.

Wie irre muss man sein, um bei diesem Wetter zu joggen?

Ich kniff die Augen zusammen: Der Typ da vorne sah fast aus wie … nein, er war es! Lasse. Na, so ein Zufall. Das Mädchen kam mir ebenfalls bekannt vor. Wenn mich nicht alles täuschte, war es die zickige Schnulzensängerin Denise, die blonde Mähne streng zusammengebunden. Sie schwatzten und schäkerten beim Laufen: Sie schubste ihn, er schubste sie zurück – wie niedlich. Ich hatte ja geahnt, dass die beiden sehr vertraut miteinander waren. Arme Nessie …

Dann blieb Lasse stehen und beugte sich vornüber, die Hände auf die Oberschenkel gestützt. Denise winkte ihm, ihr zu folgen, und bog in einen kleinen Querweg ein, den ich noch gar nicht gesehen hatte. Lasse winkte ab, er brauchte noch mehr Zeit zum Verschnaufen.

Unsichtbar machen konnte ich mich jetzt sowieso nicht mehr, also sammelte ich all meinen Mut zusammen und rief: »Hallo Lasse!«

Verwirrt blickte er zu mir herüber. Ich stand auf und wollte zu ihm gehen, als ich ins Taumeln geriet und mich an der Bank festhalten musste. Schnell kam Lasse herübergelaufen.

»Hey, geht's dir nicht gut? Du bist ja knallrot«, bemerkte er besorgt und musterte mich. »Ich kenn dich doch …«

Sogar verschwitzt sah dieser Kerl noch gut aus und versprühte seinen Charme. Nessie hätte sicher was drum gegeben, jetzt an meiner Stelle zu sein.

»Ja. Ich bin Liv, Nessies Freundin. Wir haben uns auf dem Stadtfest gesehen.« Mann, war Reden anstrengend. Mir war schwindlig. Ich hätte nicht so schnell aufstehen sollen.

»Natürlich erinnere ich mich. Aber was machst du denn hier? Doch nicht etwa … Zeitungen austragen?«, fragte er mit skeptischem Blick auf den Anhänger.

»Nur als Vertretung«, erklärte ich. »Eigentlich hab ich euer Haus gesucht, weil ich … ähm … deinem Bruder etwas geben wollte.«

Ein Rauschen in meinen Ohren ließ meine eigene Stimme merkwürdig fern klingen.

»Oh, da wird sich aber jemand mächtig freuen«, sagte Lasse augenzwinkernd. Dann wurde sein Blick ernster. »Du siehst aus, als wärst du überhitzt. Hast du nicht genug getrunken?«

»Kann sein«, sagte ich matt.

Er hob seine Trinkflasche hoch. »Leider ist die schon alle. Du solltest schleunigst aus der Hitze raus! Komm, wir wohnen gleich da um die Ecke.«

Inmitten einer Waldlichtung glühte ein riesiges skandinavisch-rotes Holzhaus mit mehreren Anbauten und Nebengebäuden in der Mittagssonne. Mit offenem Mund blieb ich stehen und starrte. Es sah aus wie ein Bild aus einem Ferienkatalog. Fast erwartete ich, dass gleich Michel aus Lönneberga aus der Tür gelaufen käme. Stattdessen trafen wir auf Denise, die an einem weißen Cabrio lehnte.

»Wo bleibst du denn?«, rief sie. »Meine Autoschlüssel sind noch im Haus.« Bei meinem Anblick hielt sie erstaunt inne. »Was will die denn hier?«

Natürlich hatte sie mich erkannt und musterte mich

verächtlich von oben bis unten. Ungeschminkt und nassgeschwitzt, wie ich war, noch dazu in unvorteilhaften Leggings und einem schlabberigen T-Shirt, passte ich zweifellos gerade noch in die unterste Schublade ihrer Bewertungsskala.

»Komm, sei lieb, Denny!«, bat Lasse. »Liv geht es nicht gut. Stell doch mal ihr Fahrrad in die Garage. Ich bring sie eben rein.«

Denise kniff mürrisch die Lippen zusammen, tat aber wie geheißen und folgte uns dann zum Eingang des seitlichen Anbaus.

Aus dem Haus wehte Klaviermusik herüber. Ich lauschte, es war irgendwas Klassisches. Ein Schild neben dem Eingang verkündete:

Hier hausen Lasse und Leander Johansson
Betreten auf eigene Gefahr

Mein von der Hitze erweichtes Hirn zeichnete ein lustiges Bild, wie diese Junggesellenbude wohl von innen aussehen mochte: Wahrscheinlich bekam jeder Besucher erst mal einen Spaten in die Hand, damit er sich den Weg durch das Chaos freischaufeln konnte.

Drinnen aber sah es überraschend hell und aufgeräumt aus. Staunend blickte ich mich um, während Denise an mir vorbeihuschte, sich ihren Schlüsselbund schnappte, Lasse ein Küsschen auf die Wange drückte und wieder zur Tür hinauseilte.

»Leo! Hier ist Besuch für dich!«, brüllte Lasse über die Musik hinweg, die daraufhin abrupt verstummte.

Leander hatte das eben doch nicht etwa … selber gespielt? Ich spähte um die Ecke: Hinter einem Raumteiler erkannte ich ein Stück eines echten Konzertflügels – Wahnsinn!

Und dahinter saß, die Hand an einer blaugetönten Sonnenbrille, Leander. Mein Herz schlug mir bis zum Hals. Das half einen Augenblick gegen das lähmende Schwindelgefühl.

»Besuch?«, fragte er erstaunt und fuhr sich durch die wilden Haare. Schon wieder löste sich eine seiner Ponysträhnen.

»Du wirst es nicht glauben, Lillebror«, grinste Lasse vielsagend.

»Entschuldige, Leander, dass ich einfach so reinplatze«, sagte ich kleinlaut.

Leander zuckte zusammen. »Liv? Das glaub ich jetzt nicht ...« Ein Strahlen erhellte sein Gesicht, als er aufstand und, mit einer Hand am Flügel entlanggleitend, auf uns zukam. »Was machst du denn hier?«

»Leo, die Kleine ist überhitzt und vermutlich dehydriert«, sagte Lasse ernst. »Kannst du dich eben um sie kümmern? Ich hol ihr schnell was zu trinken, aber dann muss ich unter die Dusche, hab's eilig. Okay?«

»Klar. Was ist denn los, Liv?«, fragte Leander. »Komm, setz dich erst mal.«

Er deutete auf ein großes Ledersofa in der Ecke und ging voraus. Er bewegte sich vollkommen sicher, ohne seinen Stock. Deshalb also die penible Ordnung im Zimmer – das übliche Jungschaos wäre für ihn wohl das reinste Minenfeld gewesen.

Seufzend sank ich in das weiche, kühle Sofa. Leander setzte sich vorsichtig neben mich. Sofort umhüllte mich wieder sein umwerfender Duft ... nicht gerade förderlich, wenn einem sowieso schon schwindlig war.

»Was machst du denn für Sachen?«, raunte er mit seiner Samtstimme.

»Diese blöde Hitze«, stöhnte ich. »Hab mich wohl überschätzt.«

»Bist du etwa mit dem Fahrrad gekommen?«

»Ja. Und vorher hab ich noch zwei Stunden Zeitungen ausgetragen, weil Nessie krank ist.«

»Hier, Liv, dein Drink!«, flötete Lasse dazwischen und drückte mir eine Flasche mit isotonischem Durstlöscher in die Hand.

»Danke«, murmelte ich.

»Und das hier kannst du dir um den Nacken legen.« Er gab mir ein feuchtes Handtuch und verschwand in den Keller.

»Was ist denn da unten?«, fragte ich zwischen zwei gierigen Schlucken.

»Oh, da ist unser Übungsraum, eine Dusche … und der Folterkeller«, grinste Leander.

»Ah. Und wen foltert ihr da so für gewöhnlich?«, schmunzelte ich schwächlich.

»Nur uns selbst. Auf dem Laufband oder an der Hantelbank.«

»Wow …« Ich nahm noch ein paar Schlucke von dem herrlich kühlen Gesöff.

»Ziemlich edel habt ihr's hier«, bemerkte ich. »Und vor allem elternfrei.«

»Na ja, nicht ganz.« Er deutete auf eine Tür hinter dem Flügel. »Da ist der Durchgang zum Haupthaus. Aber keine Sorge, die Oldies kommen nicht einfach so reingeschneit. Sind gut erzogen.«

»Geht's dir besser?«, fragte Leander nach einem kurzen Schweigen.

»Ich weiß nicht«, antwortete ich wahrheitsgemäß und wendete das Handtuch in meinem Nacken, weil ich es schon durchgewärmt hatte.

»Darf ich mal deinen Puls fühlen?«

Ich legte meinen Arm in seine ausgestreckte Hand. Kaum hatte er mich berührt, passierte – seltsamerweise gar nichts. Aber seine Hand war schön warm. Er tastete nach meinem Puls.

»Deine Haut ist kalt, Liv. Ist dir schwindlig?«

»Ein bisschen.«

»Dann solltest du dich besser hinlegen.«

»Es geht bestimmt gleich wieder«, log ich.

»Nein, das glaube ich nicht. Ich glaube, du hast einen leichten Hitzschlag, und damit ist nicht zu spaßen. Komm, leg mal die Beine hoch.«

Oh, tat das gut …

»Wir müssen dich unbedingt abkühlen«, beschloss Leander. »Ich lasse dich ungern allein, aber ich muss noch ein paar Handtücher holen. Auf keinen Fall aufstehen, okay? Bin gleich wieder da«, raunte er dicht an meinem Ohr und strich mir flüchtig übers Haar.

Ein wohliger Schauer durchfuhr mich.

»Das ist lieb von dir«, murmelte ich und beobachtete durch die halbgeschlossenen Lider, wie er zur Kellertreppe ging, wobei er sich hier und da an Wänden und Möbeln absicherte. Wie viel Ruhe er ausstrahlte! Dicker Wattenebel senkte sich über meinen Kopf und ich döste weg.

Jetzt schön am Elbstrand unter kühlen Bäumen liegen, einen eiskalten Drink in der Hand, mit Orange und Schirmchen verziert, der süß und fruchtig die Kehle hinabrinnt … klebrig süß … viel zu süß!

Etwas schlug mir kräftig von innen gegen den Magen. Ich schaffte es gerade noch, vom Sofa aufzuspringen und in die Küche zu stürzen, bevor ich mich geräuschvoll ins Spülbecken erbrach. Es wollte überhaupt nicht mehr aufhören. Mir war sterbenselend.

Fahrig spülte ich mir den Mund aus. Doch um mich herum schwankten auf einmal die Wände, und meine Hände suchten vergeblich nach Halt. Jemand rief meinen Namen – dann fiel der Vorhang.

»Maria, hilf mir!«, hörte ich einen Engel singen.

War ich im Himmel? Die Stimme des Engels hüllte mich ein wie ein weiches Federbett. Ich wärmte mich an ihrem tiefen, vibrierenden Klang und fühlte mich leicht und frei.

»Halt Beine höher, Leo!« Eine blecherne Frauenstimme zerschnitt wie mit einer Kettensäge meinen Himmel und ließ mich brutal wieder auf die Erde plumpsen. Offenbar war ich also doch nicht tot.

»Kannst mich hörren, Mättchen?«, knarzte die Kettensäge in widerlicher Lautstärke.

Etwas klatschte mehrfach gegen meine Wange. Aua!

»Sie heißt Liv, Maria«, sprach die Engelsstimme über mir. »Und hör bitte auf, sie zu verprügeln.«

»Heisichnich Livmaria. Nur Liv«, nuschelte ich benommen.

»Ist ja gut, Liv. Hast du mir einen Schrecken eingejagt!«

Diese dunkle, samtige Stimme … Oh, bitte sprich weiter.

»Kann ich ihre Beine wieder runterlassen?«, fragte die Stimme.

»Is gutt, aber machst du langsam, sonst sie kippt wieder aus Latschen.« Netterweise hatte die Kettensäge ihre Dezibel gedrosselt.

Ich spürte, wie meine Beine behutsam von der Senkrechten auf den Boden gelegt wurden. Warme Hände verweilten etwas länger als nötig auf meinen nackten Unterschenkeln, bevor sie sich plötzlich entfernten und unangenehme Kälteinseln auf meiner Haut hinterließen.

Mein Kopf lag auf etwas Flauschigem. Widerwillig öffnete ich die Lider und blickte in blaugetönte Brillengläser, von dunklen Ponyfransen umgeben: Leander kniete neben meinem Kopf. Oh nein! Ich war doch nicht etwa umgekippt? Hier, auf dem Küchenfußboden?

»W-was ist denn los?«, krächzte ich mit allem Mut, den ich in dieser peinlichen Situation aufbringen konnte.

»Dir ist ein bisschen schlecht geworden, und du warst kurz weggetreten«, sagte Leander, während seine Hand über meinen Arm strich und dort eine Gänsehaut hinterließ.

»Wie kurz war ich denn weg?«, fragte ich verwirrt.

»Ein paar Minuten, ich weiß nicht genau«, sagte er so betörend samtig, dass mir wieder schwindlig wurde. »Wie fühlst du dich?«

»Ziemlich erledigt.«

Über meinem Kopf turnte ein hellblauer Kittel herum. Die Frau ließ Wasser in das Spülbecken laufen. Oh nein! Das war doch voll mit meiner …

»Ich mach das schon!«, rief ich verzweifelt und versuchte mich ungeschickt aufzurichten.

»Du bleibst schön liegen!« Sanft drückte Leander mich wieder in die Horizontale.

Ich wusste nicht, wie er es angestellt hatte, aber plötzlich lag mein Kopf auf seinem Schoß. Hitze durchflutete mich, und das nicht nur im Gesicht … Ich spürte, wie er über meine Haare strich, ganz zart nur, als hätte er Angst, dass ich ihn abschütteln würde. Ich konnte mich nicht erinnern, dass mich jemals jemand so gestreichelt hatte. Mein ganzer Körper begann zu kribbeln. Das weckte auch die letzten schlafenden Lebensgeister in mir.

»Das ist mir alles so peinlich!«, jammerte ich, und schon schummelten sich Tränen in meine Augen.

Ich schluchzte auf. Da legte er auf einmal seine Arme um mich.

»Schhhh, ist ja gut«, flüsterte er und streichelte meinen Kopf.

Die Vibrationen seiner Stimme wirkten auf mich wie beruhigende Wellen. Ein Gefühl von tiefer Geborgenheit öffnete alle Schleusen in mir, und ich vergrub weinend mein Gesicht an seinem warmen Bauch.

Leander hielt mich weiter im Arm, bis ich endlich mit der Heulerei aufhören konnte. Irgendwoher zauberte er ein Taschentuch, und ich griff dankbar danach.

Als wir uns voneinander lösten, fühlte ich mich ausgelaugt, leer – aber auch irgendwie gut.

»Geht's wieder?«, fragte er sanft.

Ich nickte, dachte zu spät daran, dass er es nicht sehen konnte, und schickte ein verschnupftes »M-hm« hinterher.

»Was musst du jetzt bloß von mir denken?«, murmelte ich, als wir einige Zeit später wieder im Wohnzimmer saßen. »Erst platze ich einfach so rein, dann kotze ich eure Küche voll, und nun hab ich auch noch dein T-Shirt mit Tränen geflutet. Geht's noch peinlicher?«

»Hey, das war nun wirklich nicht schlimm«, sagte er und strich lächelnd über seinen nassen Bauch.

»Ganz im Gegenteil, ich …« Er verstummte.

»Im Gegenteil?«, fragte ich ein wenig verwirrt. »Sag jetzt nicht, es hat dir Spaß gemacht, mich vom Boden aufzusammeln.«

»Nein, natürlich nicht. Ich hatte Angst um dich.«

Ich musste schlucken. Er war besorgt gewesen – um mich?

»Aber ich gebe zu, es war ein schönes Gefühl. Er zwirbelte verlegen an seinen Ponyfransen herum. »Ich hab nicht so oft Gelegenheit, jemandem zu helfen, wie du dir vielleicht vorstellen kannst.«

Im Hintergrund schepperte es blechern.

»Ich glaube, wir sollten lieber verschwinden«, sagte Leander. »Maria hat hier noch zu tun. Meinst du, du kannst Treppen steigen?«

»Ich denk schon. Habt ihr oben auch ein Bad? Ich würde mich gern ein bisschen frisch machen.«

»Na klar, komm mit.«

»Na, Mättchen, geht dir besser?«, fragte Maria, die eben hereinkam, mit ihrem sympathischen Akzent. »Hast wieder Farbe in dein hübsche Gesicht.«

»Ja. Noch mal vielen Dank für Ihre Hilfe.«

»Gern. Aber meiste Leo hat gemacht. Immer ist viel zu bescheiden, deine Freund.« Sie zwinkerte mir zu, als ich knallrot anlief.

»Die ist ja süß«, bemerkte ich, während wir nach oben gingen.

»Ja, Maria ist klasse. Sie ist schon seit zehn Jahren unsere Haushälterin, und immer sehr besorgt, besonders um mich.«

Er blieb dicht hinter mir, als befürchtete er, ich könnte wieder umkippen. Zum Glück bekam er nicht mit, was seine Nähe gerade in mir auslöste.

10. TAKTILITÄTEN

»Da rechts ist das Bad«, sagte er oben und schloss die Zwischentür zum Flur. »Ich leg dir noch ein frisches Handtuch raus.«

Er schob sich dicht an mir vorbei ins Badezimmer und benebelte mich dabei mit seinem frisch-würzigen Duft. Von der Tür aus beobachtete ich, wie er zielsicher ein paar Utensilien aus den Schränken holte. Ein Jungsbad hatte ich mir komplett anders vorgestellt – vor allem nicht so sauber und ordentlich.

Einen Augenblick standen wir uns stumm gegenüber. Ein breiter Streifen Sonnenlicht fiel durch das Sprossenfenster und ließ Leanders Haut golden schimmern. Ein seltsames Gefühl von Vertrautheit umgab die Szene, als wäre es das Normalste auf der Welt, mit ihm in diesem Raum zu sein. Plötzlich blitzte ein Bild in meinem Inneren auf: Ich sah uns beide in diesem Badezimmer vor dem Fenster stehen – nackt und eng umschlungen in wilde Knutscherei vertieft, während draußen ein Unwetter tobte …

Jetzt geht deine Phantasie aber langsam mit dir durch, Liv!

Mit einem Stoßseufzer pustete ich die verwirrende Vision wieder weg und zwang meinen Puls auf eine halbwegs normale Frequenz herunter.

»Danke, Leander. Danke für alles.«

»Schon okay. Ich … bin dann gegenüber in meinem Zimmer.«

Als er sich an mir vorbei zur Tür schob, streifte sein Arm meine Schulter und – *bong!* – durchfuhr mich wieder ein heißer Blitz. Ich hätte es wissen müssen: Die erotische Vision von eben hatte meine Sinne wieder auf Empfang geschaltet. Ob er auch etwas gespürt hatte?

Nachdem ich mir mindestens dreimal die Zähne geputzt hatte, wagte ich mich wieder in die Zivilisation zurück. Die Tür gegenüber war nur angelehnt.

»Leander?«, fragte ich vorsichtig in den Türspalt.

»Komm rein«, antwortete er und stand von seinem Schreibtisch auf.

Dies also war Leanders Reich. Die leise Musik im Hintergrund passte zu der beruhigenden Ordnung dieses hellen, großzügigen Raums.

»Wie fühlst du dich?«, fragte er.

»Viel besser, danke.«

»Möchtest du was trinken?«

Er deutete auf eine gemütliche Sitzecke vor einem niedrigen Tisch, auf dem Getränke, Obst und ein paar Snackschalen standen.

»Oh ja, gern«, seufzte ich und ließ mich dankbar auf das schwarze Ledersofa fallen.

Leander setzte sich auf den Schwingsessel daneben und begann mir eine Cola einzuschenken, wobei er den Zeigefinger ein Stück in das Glas ragen ließ, um den Füllgrad festzustellen. Cooler Trick.

Neugierig sah ich mich um. Hinter einem Raumteiler lugte das Fußende eines breiten Bettes hervor.

Wer da wohl schon alles drin geschlafen hat?

»Wow, hast du viel Musik!«, staunte ich über ein Regal voller Bücher und CDs, das neben mir die ganze Wand einnahm.

»Das meiste sind Hörbücher«, berichtigte er.

Ich wollte gerade fragen, wie er da jemals eine bestimmte CD finden konnte, als mir die feinen Punkte auf den Regalkanten auffielen: durchsichtige kleine Pickel in regelmäßiger Anordnung.

»Das ist diese besondere Tastschrift, nicht?«, fragte ich, während ich über die Muster fuhr.

»Ja, das ist Braille, auch Punktschrift genannt. Jeder Laut hat ein Muster von ein bis sechs Punkten, Computer- und Musikschrift sogar acht.«

»Das ist ja cool gemacht! Alles Handarbeit?«

»Die Punkte auf dem Holz waren Robins Idee, er hat das Regal auch gebaut. Er ist der Handwerker in unserer Sippe – gelernter Tischler.«

»Wow.« Ich strich über die CD-Hüllen, die ebenfalls mit kaum sichtbaren Punktmustern aus geprägtem Plastikband markiert waren. »Aber wie, um Himmels willen, kannst du da irgendwelche Muster fühlen? Die Punkte stehen doch viel zu dicht zusammen.«

»Alles Übungssache.«

Er muss wahnsinnig sensible Finger haben …

»Und das sieht ja abgefahren aus!«, rief ich, als ich zwischen Schrank und Tür ein großes Bild entdeckte. »Das 3-D-Bild da.« Es war eine Art wilde Materialcollage in irren Farben.

»Das war mal so ’n Schulprojekt«, erklärte er. »Ein Fühl-Bild. Man muss drüberstreichen, um es zu erkennen.«

»Darf ich?«

Leander zögerte.

»Na gut … auf eigene Gefahr«, sagte er schließlich mit einem seltsamen Lächeln.

Mit geschlossenen Augen tastete ich über das Bild und erfühlte die verschiedenen Oberflächen der aufgeklebten Gegenstände und Materialien. Das reinste Sinnenfest! Erst ganz allmählich fügten sich die Strukturen zu Linien, die einen Sinn ergaben – und zwar einen sehr speziellen. Ich errötete.

»Das ist ja … eine Frau?«, erriet ich. »Und, ähm … ziemlich unbekleidet.«

Er grinste den Boden an, sagte aber nichts.

»Wann hast du das gemacht?«, überspielte ich meine Verlegenheit.

»Mit fünfzehn oder so.« Er fuhr sich durch die Haare. »Oh Mann, das ist mir echt peinlich, dir meine pubertären Eskapaden zu offenbaren …«

Süß! Jetzt wurde er tatsächlich auch mal rot.

Moment!, schoss es mir durch den Kopf. *Wenn er Phantasien von Frauenkörpern hat, kann er ja wohl schlecht auf Jungs stehen … Oder war er sich damals vielleicht noch nicht sicher gewesen?*

Ich war ernsthaft verwirrt. Und noch etwas Erstaunliches stellte ich fest: nämlich dass die unsichtbare Lady ziemlich kurvig dargestellt war und dem gängigen Schönheitsideal einiges an Umfang voraushatte. Ich setzte mich wieder aufs Sofa.

»Hat dir jemand Bestimmtes … Modell gesessen?«, wollte ich wissen.

Leander grinste. »Ja, meine Gitarre. Die wollte ich nämlich ursprünglich darstellen … aber dann ist wohl meine Phantasie mit mir durchgegangen.«

»Du spielst also auch Gitarre? Richtig Konzertgitarre?«

»Ja. Ich hatte mal so eine Songwriting-Phase, das ging damit einfach besser.«

»Das ist ja witzig. Ich wollte immer schon Gitarre lernen. In der Musik-AG in der Neunten hab ich mal ein paar Akkorde geübt. Aber ein eigenes Instrument war damals einfach nicht drin.«

»Dann könnte ich mir denken, dass dir vielleicht ein alter Freund von mir gefällt …« Leander stand auf und öffnete einen der Einbauschränke.

»Wow, ist die schön!«, schwärmte ich und strich über den rötlich glänzenden Korpus der Konzertgitarre, der zweifellos an weibliche Formen erinnerte.

»Na, dann zeig mal, was du draufhast«, ermunterte er mich.

»Oh nein! Ich kann doch gar nichts mehr«, versuchte ich mich zu drücken.

»Ich wette, deine Finger erinnern sich. Na komm, trau dich.«

Mit der Fernbedienung schaltete er die Musik aus und begann, die Gitarre zu stimmen. Allein diese paar Töne reichten, um mir ein schwärmerisches Grinsen aufs Gesicht zu pinseln. Er zeigte mir drei Griffe, die mir tatsächlich noch vage bekannt vorkamen.

»Siehst du? Geht doch«, lobte er mich, als ich es selber probierte.

Doch meine eingerosteten Finger verkrampften sich beim Akkordwechsel immer mehr. Nach ein paar Minuten gab ich es auf.

»Kannst du nicht mal etwas spielen?«, flehte ich. »Bitte.«

Zögernd knetete er seine Hände.

»Na gut. Weil du es bist. Aber erwarte nicht zu viel, ich bin ein bisschen aus der Übung.«

Als er anfing zu spielen, hätte ich nicht sagen können, was schöner war: sein Anblick, wie er völlig konzentriert und dennoch entspannt mit dem Instrument verschmolz, oder die zauberhafte Melodie, die er ihm entlockte. Genau wie auf dem Stadtfestkonzert durchflutete seine Musik jede meiner Körperzellen, zauberte bunte Bilder in meinen Kopf und wärmte mein Herz. Doch blieb ich diesmal auf der Erde, blieb hier bei ihm, meinem Zauberer, der jetzt nur für mich spielte – und nicht einmal ahnte, was er da in mir auslöste.

Es war nicht allein die Musik. Es war Leander, der meine Gefühle mit Farben bemalen konnte, ohne dass er auch nur die leiseste Ahnung hatte, was Farben überhaupt waren.

»Bitte nicht aufhören …«, seufzte ich, als er endete. »Wenn du wüsstest, was du gerade wieder angerichtet hast.«

»Angerichtet? Wieder?« Irritiert runzelte er die Stirn und stellte die Gitarre beiseite. »Ich hab doch hoffentlich keine traurigen Erinnerungen oder so was ausgelöst?«

»Nein, ganz im Gegenteil«, begann ich und holte tief Luft. Dann flossen die Worte auf einmal von ganz allein. »Du wirst mich jetzt vielleicht auslachen, aber ich muss dir etwas gestehen. Neulich auf eurem Konzert, als du ganz allein gespielt hast, hat deine Musik etwas ganz Unglaubliches mit mir gemacht. Ich konnte die Töne körperlich spüren! Ich habe Bilder und irre Farben gesehen, sah mich selbst von oben, sah all die Leute, sah … dich … Es war magisch.«

Als hätte ich mich gerade nackt ausgezogen, überschwemmte mich eine Welle von Scham. Aber Leander lachte nicht. Er saß da, knetete seine Hände und schwieg. Wie gern hätte ich jetzt sein Gesicht gedeutet. Diese blöde Sonnenbrille.

Dann atmete er heftig aus. »Puh, das muss ich erst mal sacken lassen.«

»Verrückt, oder?«, murmelte ich.

»Ich würde es eher faszinierend nennen«, meinte er nachdenklich. »Ich habe selbst starke Gefühle bei Musik. Natürlich kann ich nicht wie du von Bildern oder Farben sprechen. Ich weiß ja gar nicht, was das ist. Aber irgendwelche Empfindungen sind da, und manchmal sind sie ziemlich intensiv. Es ist schwer zu beschreiben. Ich könnte vielleicht sagen, dass ein Klang für mich eine bestimmte Farbe hat oder vielmehr das, was ich mit dem Begriff Farbe assoziiere. Klingt das zu abgedreht?«

Nun war es an mir, fasziniert zu sein.

»Du meinst, wenn du Musik hörst«, formulierte ich vorsichtig, »dann ist es so, als ob du sehen könntest?«

»Nicht nur bei Musik«, stellte er richtig und zögerte einen Moment. »Deine Stimme zum Beispiel. Die löst auch Eindrücke bei mir aus, die ich schwer beschreiben kann. Wenn ich deine Stimme höre, denke ich an …«

Ich wartete mit klopfendem Herzen.

»Grün«, sagte er schließlich. »Frag mich nicht, wie ich darauf komme. Ich habe keine Vorstellung davon, was Grün bedeutet. Aber ich weiß, was andere mir darüber erzählt haben. Grün ist die Farbe von frischem Gras und die Farbe von Wald. Ich liebe es, im Wald zu sein, und ich liebe das Gefühl, mit der Hand über Gras zu streichen, besonders, wenn ein wenig Tau darauf liegt. Es fühlt sich so zart an, so frisch, so lebendig und zerbrechlich zugleich.«

Er schwieg betreten, als hätte er mehr ausgeplaudert, als ihm lieb war. In der Stille versuchte ich angestrengt zu verstehen, was er mir erklärt hatte, und das Kompliment zu verdauen, das in seinen Worten lag.

»Verrückt, oder?«, murmelte er schließlich, genau wie ich eine Minute zuvor.

»Nein«, wehrte ich ab, »überhaupt nicht! Ich bin zwar noch nie auf die Idee gekommen, ich hätte eine *grüne* Stimme, aber ich habe grüne Augen. Hellgrün.«

»Ist ja irre«, sagte er leise und wie zu sich selbst.

Nun schwiegen wir beide. Gedankenverloren nahm ich wahr, dass irgendwo im Haus Schritte tappten und dass draußen vor dem Fenster ein Vogel zwitscherte. Ich begriff, dass Musik für Leander viel mehr war als ein Hobby. Sie war ein Teil seiner Persönlichkeit.

»Vom wem hast du bloß diese besondere Begabung?«

»So was Besonderes ist es auch wieder nicht«, stapelte er tief. »Die Musiksucht hab ich eindeutig von meiner Mutter. Sie ist Musikdozentin und Hornistin.«

»Was ist sie? *Hornisse*?«

»Nein!«, prustete er los. »Hor-nis-tin. Sie spielt Horn im Hamburger Staatsorchester.«

»Ups – das war jetzt wohl mein Peinlichkeitspokal Nummer zwei für heute«, stöhnte ich.

»Ach was, ist doch süß«, grinste er. »Ich musste nur lachen, weil ich als Kind auch immer *Hornisse* gesagt habe, wenn ich nach ihrem Beruf gefragt wurde. Ich liebe es, wenn sie übt – zwar dröhnt das ganze Haus davon, aber der Klang eines Horns ist wundervoll.«

»Also seid ihr eine richtige Musikerfamilie …«

»Bis auf meinen Vater. Der beschränkt sich aufs Zuhören und Plattensammeln – die guten alten Vinylscheiben. Mit denen hat er Lasse und mich schon früh auf Rockmusik gebracht.«

Als er mir dann noch erzählte, dass er sogar am liebsten Musik studieren wollte, kam ich aus dem Staunen gar nicht mehr heraus. Meine eigenen künstlerischen Ambitionen kamen mir dagegen richtig dilettantisch vor. Doch Leander lauschte fasziniert, als ich von meinen Porträt-Zeichnungen und Skulpturen erzählte.

»Also eine richtige Künstlerin bist du …«, sinnierte er mit seiner Samtstimme.

»Zeigst du mir irgendwann mal etwas von dir?«

»Oh, ähm, klar … wenn du willst«, stammelte ich.

Hieß das etwa, dass er mich wiedersehen wollte?

»Vielleicht solltest du auch dein Hobby zum Beruf machen und Malerin werden«, schlug er vor.

»Ach, dafür bin ich nicht gut genug. Aber etwas Kunsthandwerkliches würde ich schon gerne machen. Vielleicht Goldschmiedin oder so. Ist nur schwer, eine Lehrstelle zu finden.«

»Ein Freund von mir ist Goldschmied. Er kann sich ja mal für dich umhören.«

»Oh, woher kennst du den denn?«

»Sein Sohn ging in meine Schule. Um den hab ich mich intensiv gekümmert, weil er damals frisch erblindet war und total gefrustet, dass er nicht mehr Klavier spielen konnte. Aus Dankbarkeit hat Micha mir einen abgefahrenen Ring geschmiedet, der bedeutet mir sehr viel. Aber ich fürchte, ich hab diesen Ring erst vor kurzem …«

»Scheiße! Das hab ich ja total vergessen!«, fiel es mir siedend heiß ein. Hektisch suchte ich in meiner Tasche herum.

»Was ist los?«, fragte Leander.

Er wird sauer sein …

Tief atmend sammelte ich meinen ganzen Mut. »Leander, es tut mir so leid. Ich hätte das schon am Samstag tun sollen, aber bei der ganzen Aufregung im Bus hab ich es einfach vergessen. Bitte sei nicht böse.«

»Was denn?«, drängelte er.

»Hand auf«, bat ich und legte ihm seinen Schatz in die Handfläche. Er zuckte zusammen. »Mein Ring! Wo hast du ihn gefunden? Ich dachte schon, der ist für immer futsch!«

»Der ist dir auf der Festwiese runtergefallen, als Tim uns abgeholt hat. Es ging alles so schnell …«

»Das ist ja unglaublich! Ich weiß gar nicht, was ich sagen soll.« Freudestrahlend steckte er den Ring wieder an seinen Platz. »Hm, kein Wunder, dass der irgendwann mal abrutschen musste«, murmelte er, als er ihn prüfend hin- und herdrehte. »Er sitzt tatsächlich ein bisschen locker. Mist, offenbar hab ich doch Gewicht verloren, wie alle behaupten.«

»Was? Du ärgerst dich, dass du abgenommen hast?«, prustete ich. »Oh Mann, wollen wir tauschen?«

»Wieso?«, fragte er erstaunt. »Du bist doch nicht zu dick.«

»Woher weißt du das?«

»Ich durfte dich vorhin im Arm halten, schon vergessen?«

Wie könnte ich das vergessen …

»Das war nur die obere Hälfte«, murmelte ich. »Der Rest ist … na ja.«

Er schmunzelte den Boden an. Wurden seine Wangen etwa rosa?

»Ach, Liv, wie soll ich dir nur danken …«, seufzte er. »Du hast echt was gut bei mir.«

»Meinst du das ernst?«

»Und wie ernst ich das meine! Wünsch dir was.«

»Ich wüsste tatsächlich etwas. Hoffentlich ist es nicht zu viel.«

»Alles, was du willst.«

Ich atmete tief durch.

»Zeig mir deine Augen«, bat ich. »Ich möchte dein Gesicht sehen.«

Er verzog den Mund wie im Schmerz. »Liv, ich weiß nicht. Ich kann meine Augenmuskeln nicht immer auf Anhieb kontrollieren, womöglich schreckt dich das ab.«

»Bitte, Leander! Weißt du, wie blöd sich das anfühlt, immer nur mein eigenes Spiegelbild zu sehen, wenn ich mit dir rede?«

Er seufzte tief. »Okay.«

Und dann tat er es.

Mit offenem Mund starrte ich ihn an und vergaß für einen Moment zu atmen. Zuerst hielt er den Blick gesenkt, was ihm etwas Verträumtes verlieh. Dann öffnete er die Augen ganz und hielt sie parallel, als würde er mich ansehen. Was für ein Anblick: Umrahmt von dunklen Brauen glitzerten unter langen schwarzen Wimpern zwei große, mandelförmige Edelsteine. In Ozeanblau.

Gott im Himmel …

Mein Herz raste. Ich konnte mich gar nicht an ihm sattsehen. Leander sah seinem Bruder unheimlich ähnlich, nur waren seine Züge weicher, jungenhafter. Der leichte Bartschatten und die verruchten Ponyfransen bestäubten sein wunderschönes Gesicht mit einem Hauch Männlichkeit, was eine unwiderstehliche Mischung ergab.

Mir entfuhr ein leiser Seufzer.

»Was ist?«, fragte er unsicher.

»Ich hab's geahnt«, murmelte ich.

»Was denn?«

»Du bist … Entschuldige, wenn ich das so direkt sage, aber du bist einfach eine Augenweide.«

»Was für ein merkwürdiges Wort«, kicherte Leander und senkte den Blick.

Es sah bezaubernd aus. Wie gern hätte ich das gezeichnet.

»Wie machst du das bloß?«, fragte ich fasziniert. »Dass es so aussieht, als würdest du mich ansehen?«

»Das musste ich von Kindheit an trainieren. Ich folge deiner Stimme.«

»Ist das nicht sehr anstrengend?«

»Nur, wenn ich mich auf etwas anderes konzentrieren muss. Bei einem Auftritt zum Beispiel oder wenn ich in der Stadt rumlaufe, würde ich die Brille niemals abnehmen.«

»Aber warum willst du nicht, dass die Leute deine Augen sehen?«

»Ich weiß nicht. Ist vielleicht eine Macke von mir. Vielleicht will ich, dass man zuerst mich sieht, und dann erst meine … Behinderung.«

»Was für ein merkwürdiges Wort«, imitierte ich ihn. »Aber ich glaube, ich kann dich verstehen. Bei dir muss man ja wirklich zweimal hingucken, so sicher wie du dich bewegst, und auf der Bühne merkt man erst recht nicht, dass du blind bist. Die anderen tragen ja auch alle Sonnenbrillen, deinetwegen etwa?«, erriet ich.

»Ja, aus Solidarität. Sie stehen voll hinter mir.«

»Deshalb auch der Aufwand mit der Nebelmaschine«,

fiel mir ein. »Damit die Leute nicht sehen, wie du zu deinem Platz geführt wirst?«

»Genau. Das Publikum soll uns mögen, weil wir gute Musik machen, und nicht, weil ich so etwas wie eine Attraktion bin. Ich will keinen Behindertenbonus, verstehst du?«

»Ich glaub schon. Aber meinetwegen musst du dich wirklich nicht maskieren, schon gar nicht zu Hause. Also, lässt du die Brille jetzt bitte ab? Auch wenn sie noch so cool aussieht.«

»Dann hast du keine Angst vor meinen toten Augen?«

»Tot? Himmel, wer hat dir denn so was eingeredet?«, erschrak ich. »Deine Augen sind doch nicht tot. Sie leben und bewegen sich. Sie sind ein Teil von dir, und sie sind wunderschön.«

Leanders Lächeln sah unendlich erleichtert aus. Heimlich war ich froh, dass er nicht sehen konnte, wie ich ihn weiterhin hemmungslos anstarrte.

Als wäre eine erste Schlacht geschlagen, lehnten wir uns gleichzeitig zurück und tranken entspannt unsere Gläser aus. Leander stellte wieder leise Musik an, und so lauschten wir eine Weile, ohne dass das Schweigen irgendwie peinlich wurde. Ich wurde angenehm müde und machte mich auf dem Sofa lang, während Leander auf dem Schwingsessel vor sich hin wippte.

»Liv, ich weiß, wir sind jetzt sozusagen quitt«, durchdrang seine Samtstimme meine Schläfrigkeit. »Aber meinst du, ich dürfte mir trotzdem auch eine Kleinigkeit wünschen?«

»Was denn?«, murmelte ich.

»Du weißt jetzt, wie ich aussehe. Aber dein Gesicht

kenne ich nicht. Würdest du mir erlauben, dich mit meinen Ersatzaugen zu betrachten?« Er hob seine Hände.

»Oh!« Jetzt war ich hellwach. Er wollte mein Gesicht berühren? Mir brach der Schweiß aus. »Natürlich darfst du«, sagte ich heiser.

»Ist es okay, wenn ich mich neben dich setze? Dann geht's leichter.«

»Klar«, piepste ich.

Mir schlug das Herz bis zum Hals, als er sich zu mir aufs Sofa setzte.

»Bitte schließ vorsichtshalber deine Augen«, warnte er, »damit ich dich nicht aus Versehen pikse.«

Dann begaben sich seine Hände auf die Reise über mein Gesicht. Seine Berührungen waren fast unerträglich zart. Es kribbelte bis in meine Zehen. Ich zwang mich zu regelmäßigen Atemzügen, was meine Aufregung etwas milderte. Er nahm sich viel Zeit, alles zu erkunden. Einmal musste ich kichern, als er die kitzelige Stelle hinter meinem Ohr berührte. Sofort ergriff er die Gelegenheit und folgte der Bewegung meiner Mundwinkel.

»Du hast ja Grübchen, wenn du lächelst«, raunte er. Es war bezaubernd zu sehen, wie seine Juwelenaugen dabei strahlten. Wirklich eine Verschwendung, dass er das der Welt vorenthielt.

Als er mit dem Daumen behutsam über meine Lippen fuhr, ging sein Atem hörbar schneller, und meiner setzte gleich ganz aus. Am Schluss strich er zärtlich über meine offenen Haare und die Schultern hinab, bevor er sich seufzend zurücklehnte.

»Wow«, hauchte er. »Danke.«

Völlig weggetreten verharrte ich in meiner Haltung und spürte den verebbenden Schauern seiner Berührung nach.

»Ich kann Robin nur beipflichten«, sagte er nach einer Weile.

»Was meinst du?«, nuschelte ich benommen.

»Er hat gesagt, du hättest ein sehr hübsches Gesicht. Wie ein Renaissance-Gemälde.«

Eine Stichflamme loderte in meinem Bauch auf.

»D-das hat er gesagt?«, stammelte ich ungläubig.

»Oh ja. Und du hättest so einen tiefgründigen, ernsten Blick. Ich fürchte, er ist ein klein bisschen in dich verschossen.«

»Was, Robin? Das glaube ich nicht.«

Ein altmodischer Hippiesong unterbrach unsere Unterhaltung.

»Oh, das ist mein Vater. Kann ich eben rangehen?«, entschuldigte sich Leander, stand auf und hob sein Handy ans Ohr.

Ich konnte nicht erfassen, worum es ging, also streckte ich mich auf dem Sofa aus und überließ mich meinen Gedanken. Draußen wurde es merklich dunkler. Eine erfrischende Brise streifte mich aus dem offenen Fenster.

Warum sagte Leander so verwirrende Sachen zu mir? Mochte er mich wirklich, oder war er zu jedem so nett? Er strahlte eine unbeschreibliche Mischung aus Lässigkeit und leichter Unsicherheit aus, die ihn so anziehend machte – nicht der coole Macho wie sein Bruder, aber eben auch kein kleiner Junge. So ganz wurde ich nicht schlau aus ihm. Vielleicht lag es daran, dass er als Blinder eine sparsamere Körpersprache zeigte als andere Menschen: wenig Mimik, wenig Gestik – viel Freiraum für Rätsel und Geheimnisse.

Leanders Stimme drang wieder zu mir durch. »Nein, im Moment geht's nicht, ich hab Besuch.«

Und dann gab er einen Schwall völlig unverständlicher Worte von sich. Was war denn das für ein Kauderwelsch? Nach einer Pause verabschiedete er sich mit einem fröhlichen *Hej då!* und kam wieder zu mir herüber.

»Entschuldige, mein Dad wollte, dass ich rüberkomme, aber …«

»Sprecht ihr so was wie eine Geheimsprache?«

Er kicherte. »Nein, das war Schwedisch.«

»Was? Wieso kannst du das?«

»Mein Vater ist gebürtiger Schwede, und Robins Vater ist sein Zwillingsbruder. Wir sind alle zweisprachig aufgewachsen.«

Ich war geplättet. Was hatte er noch alles drauf? Aus all den Bauklötzen, die ich mir heute Nachmittag zusammengestaunt hatte, hätte ich inzwischen ein ganzes Schloss bauen können.

»Aber ihr seht gar nicht so aus! Ich dachte immer, Schweden sind blond.«

Leander lachte. »Ja, das kriege ich oft zu hören. Mein Vater ist ja auch wirklich so blond wie ein Wikinger. Lasse ist eine Mischung. Nur ich komme angeblich komplett nach meiner Mutter. Sie muss regelmäßig schwören, dass ich kein Kuckuckskind bin«, schmunzelte er. »Am Wochenende fliegen wir alle zusammen nach Stockholm. Eine große Familienfeier, Opa wird achtzig.«

»Muss schön sein, so eine große Familie …«

Ein lauter Donner ließ mich zusammenfahren.

»Oje, ich sollte zusehen, dass ich nach Hause komme, bevor das Gewitter losgeht«, sagte ich.

»Eigentlich kann ich das nicht verantworten in deinem Zustand.«

»Aber ich muss wirklich nach Hause!«

»Okay, Liv. Aber ich möchte wirklich nicht, dass du alleine fährst, schon gar nicht bei Gewitter. Ich geh mal Maria fragen, ob sie dich mitnehmen kann.«

»Das ist ja nett, danke. Aber was ist mit meinem Fahrrad und dem Anhänger von Nessie?«

»Hm«, überlegte er. »Wenn das für dich okay ist, bringen wir es dir morgen vorbei, wir müssen sowieso in die Stadt.«

Irgendetwas in mir sträubte sich mit Händen und Füßen, zu gehen, als Maria losfahren wollte. Doch als Leander an der Haustür ein verheißungsvolles »Bis morgen« hauchte, wusste ich instinktiv, dass dies nicht mein letzter Besuch auf Schloss Johansson gewesen war.

11. SONDERKONZERT

Eine wehmütige Erinnerung an duftendes Gras und ozeanblaue Augen zupfte an meinem Bewusstsein, das sich vehement weigerte zu erwachen. Ich wollte in diesem wunderbaren Traum bleiben, wollte weiter auf der Wiese in seinem Arm liegen und in die blaue Tiefe blicken, in diese funkelnden Juwelen, die durch mich hindurchsahen.

Aber mein Körper kannte keine Gnade und zwang mich schließlich doch, aufzustehen.

Im Bad betrachtete ich mein Spiegelbild. Dabei überkam mich die Erinnerung an Leanders sanfte Hände auf meinem Gesicht. Ob er das mit jeder neuen Bekanntschaft machte? Auch bei Jungs? Wie mochten wohl seine inneren Bilder aussehen? Von den Menschen, den Räumen, der Landschaft um ihn herum?

Spaßeshalber probierte ich aus, wie es war, mir blind die Zähne zu putzen. Der Trick mit dem Finger im Zahnputzbecher klappte schon mal ganz gut. Aber die Zahnpasta zog es vor, lieber auf meiner Hand oder im Waschbecken zu landen. Bei dem Versuch, blind in die Dusche zu steigen, wäre ich beinahe gestürzt. Abseifen und Haarewaschen gestalteten sich da schon einfacher, obwohl ich um ein Haar Rasierschaum statt Shampoo in meine Haare geschmiert hätte.

Nun hatte ich eine vage Ahnung davon, was es bedeuten musste, niemals etwas zu sehen. Es versetzte mir einen Stich ins Herz. Und meine Bewunderung für Leander, der seinen Alltag anscheinend so spielend meisterte, vervielfachte sich.

Meiner Mutter hatte ich nicht erzählt, wo ich gestern den Nachmittag verbracht hatte. Seit dem Stadtfest beäugte sie skeptisch jeden meiner Schritte. Daher hatte ich beschlossen, den Informationsfluss auf das Nötigste zu beschränken.

Heute hatte sie Spätschicht, und das bedeutete Ruhe bis um neun. Ihre neue Arbeitsstelle schien ihr zu gefallen, obwohl sie natürlich trotzdem herumstöhnte, wie anstrengend alles sei. Also versuchte ich ihr den Rücken freizuhalten und machte freiwillig etwas mehr im Haushalt. Schließlich hatte ich Ferien.

Zum Glück hatte es sich an diesem Tag merklich abgekühlt, so dass ich die Wohnung schrubben konnte, ohne mich halbtot zu schwitzen.

Es klingelte an der Haustür.

»Nessie?«, begrüßte ich sie überrascht. »Geht's dir wieder besser?«

»Viel besser«, strahlte sie. »Rate mal, wer eben angerufen hat?«

»Lasse«, erriet ich sofort.

»Ja, endlich!« Seufzend warf sie sich auf mein Bett. »Stell dir vor, er kommt mich nachher sogar besuchen. Allerdings …« Sie schaute mich herausfordernd an. »Mit *deinem* Fahrrad im Gepäck! Sag mal, hast du mir vielleicht irgendwas zu erzählen, Livie?«

Ich atmete tief durch. Und dann erzählte ich ihr die ganze Geschichte.

»Das ist nicht dein Ernst! Du bist in Lasses Bruder verknallt?«, rief Nessie bestürzt.

»Ich hab nicht gesagt, dass ich …«

»Natürlich bist du das, so wie du von ihm redest! Was willst du von dem, Livie? Der ist doch andersrum. Und außerdem … na ja, blind.«

»Beim Zweiten hast du wohl recht«, gab ich zurück. »Beim Ersten bin ich mir nicht mehr so sicher.«

»Ach, komm, du hast doch selber erzählt, wie dieser Tim ihn immer angeschmachtet hat! Mach dir nichts vor, Livie. Ich dachte eigentlich, mit dir und Felix könnte es was werden.«

»Ach, ich weiß nicht. Im Moment ist alles ziemlich verwirrend. Klar mag ich Felix, aber Leander ist … etwas Besonderes. Wusstest du, dass der Vater der beiden aus Schweden kommt?«, lenkte ich ab.

»Ach, echt? Nee, wusste ich nicht. Bisher haben wir eher wenig … äh … geredet.«

»Na, dann wäre das heute ja mal eine Gelegenheit. Wann kommt er denn?«

Nessie schaute auf ihre Glitzeruhr. »Oh! In einer halben Stunde schon. Dann werde ich mich mal lieber stylen gehen. Mit diesem Leichenlook verscheuche ich ihn ja gleich wieder.«

Kaum war Nessie nach oben gehüpft, klingelte mein Telefon. Als ich den Anrufer sah, war ich plötzlich wie gelähmt. Ich konnte einfach nicht rangehen und überließ der Mailbox den Job.

»Hallo, hier ist Leander. Ich, ähm … wollte nur fragen, ob du zu Hause bist. Wir fahren in einer Viertelstunde los. Wenn das in Ordnung geht, bringen wir dein Rad dann vorbei. Okay, bis dann.«

Wow. Mit so einer erotischen Telefonstimme konnte er sich ohne Bedenken bei einer Gay-Hotline bewerben. Ich hörte mir die Nachricht noch dreimal an und saugte jedes Wort gierig auf.

Liv, du bist unverbesserlich! Solange du nicht sicher bist, wie er tickt, hör lieber auf mit diesem Geschwärme. Du weißt, wie es sich anfühlt, enttäuscht zu werden …

Oh ja, das wusste ich nur zu gut. Wie lange war ich in der Schule hinter unserem Dorfschönling hergeschlichen, ohne jemals ein Wort mit ihm zu wechseln. Und als ich es dann tat, in einer Scheunendisco, kriegte ich nur zu hören: *Was willst du? Die Abteilung für Übergrößen ist da hinten im Schweinestall.*

Nie wieder hatte ich seitdem gewagt, einen Jungen anzusprechen.

»Hey, Liv!«, hallte Lasses Bass, als er mein Fahrrad ins Treppenhaus schob. »Wo sollen wir es hinstellen?«

Leander folgte ihm mit dem Anhänger im Schlepptau. Die beiden und ihre doppelte Beauty-Power nebeneinander zu sehen war schon irre, vor allem im Gegensatz zu unserem hässlich gekachelten Hausflur.

»A-am besten gleich in den Keller«, stammelte ich und stolperte die Stufen vom Hochparterre herunter.

»Hi«, sagte Leander sanft, als ich vor ihm stand.

»Hi«, piepste ich und starrte ihn an.

Lasse grinste nur breit und hievte mein Rad die Kellertreppe hinunter.

»Du hast dich ja dran gehalten«, sagte ich leise zu Leander. »Keine Sonnenbrille?«

»Na ja, ich bin wohl doch lernfähig«, samtete er mich an.

»Liv?«, rief Lasse von unten. »Der Schlüssel …«

»Oh ja, warte!«

Leander blieb oben, während ich Lasse die Kellertür öffnete. Als alles verstaut war und wir wieder nach oben kamen, hievte Leander plötzlich noch etwas in den Flur, einen großen Kasten, der die Form einer Gitarre hatte. Er lächelte, als ich auf ihn zutrat.

»Oh, du hast deine Gitarre dabei?«, fragte ich.

»Ja, und ich würde dir auch gerne unter vier Augen erklären, warum, wenn ich darf.«

»Oh, dann … ähm … komm doch einfach rein«, bat ich und bekam Herzklopfen.

»Ich geh dann mal meinen Krankenbesuch machen«, verkündete Lasse und ging voraus. »Dauert nicht lange. Vorsicht, Leo, hier kommen fünf Stufen!«

Leander schulterte die Gitarrentasche und hielt seinen Langstock senkrecht vor sich, als er die Treppe hochging. So konnte er ziemlich mühelos feststellen, wo eine Stufe endete.

»Hier links«, sagte ich aufgeregt.

Und dann stand er tatsächlich in meinem Zimmer!

»Willst du dich erst mal orientieren?«, fragte ich, als er mitten im Raum stehen blieb.

»Es reicht schon, wenn du mir sagst, was in welcher Richtung steht.«

»Okay, also geradeaus ist mein Schreibtisch, etwa drei Meter entfernt. Rechts daneben steht ein kleines Sofa.«

»Hier links ist ein Fenster, richtig?«

»Du kannst hell und dunkel unterscheiden?«, fragte ich verwirrt.

»Nein, aber ich kann hören, dass es offen ist. Was ist rechts von mir?«

»Da steht mein Bett. Etwa zwei Schritte entfernt.«

»Okay, danke.«

Auf meinem kleinen Zweiersofa ließ es sich nicht vermeiden, dass wir uns dicht auf der Pelle saßen.

»Also, Liv«, begann er zögernd. »Ich dachte, ich könnte dir vielleicht eine Weile meine Gitarre überlassen. Damit du wieder üben kannst.«

»Was? Das geht doch nicht …«

»Klar geht das.«

»Aber du kennst mich doch kaum. Warum willst du mir deine wertvolle Gitarre anvertrauen?«

»Weil es eine Schande wäre, dein Talent verkümmern zu lassen. So schnell, wie du gestern wieder eingestiegen bist, machst du bestimmt bald Fortschritte.«

Leander befreite die Gitarre aus ihrer Hülle. »Ich hab dir in die Seitentasche eine Grifftabelle und ein paar Anfängerübungen gesteckt.«

»Das ist … echt lieb von dir«, krächzte ich. Meine Stimme drohte zu kippen. »Aber ich weiß nicht, ob ich ganz allein damit klarkomme.«

»Ich helfe dir natürlich. Wenn du willst.«

»Das heißt, du würdest mir … Unterricht geben? Aber das kann ich mir gar nicht leisten.«

»Was redest du denn?«, fragte er entrüstet. »Ich würde doch niemals Geld von dir annehmen!«

»Leander, mir fehlen die Worte. Warum tust du das?«

Er atmete tief durch, bevor er weitersprach. »Weil ich mir vorstellen könnte, dass es schön wäre, hin und wieder etwas mit dir zusammen zu machen.«

Das rührte mich so tief, dass ich etwas tat, bei dem ich mich selbst nicht wiedererkannte: Ich beugte mich vor und küsste ihn auf die Wange.

»Danke«, flüsterte ich und genoss das feine Prickeln, das die kurze Berührung seiner Haut durch meinen Körper schickte.

»Gern geschehen«, erwiderte er mit rauer Stimme und lächelte den Fußboden an.

Plötzlich polterte es über unseren Köpfen und dann – lautes Gekicher und Gequieke! Leander legte den Kopf schräg und lauschte mit leicht geöffneten Lippen, was verboten sexy aussah.

»Oh nein, das darf doch jetzt nicht wahr sein, oder?«, stöhnte er und deutete nach oben.

Ich wurde knallrot, was er zum Glück nicht sehen konnte. »Ich, ähm … wusste gar nicht, dass es hier so hellhörig ist.«

Als die Geräusche nach einer Weile eindeutiger wurden, fingen wir beide an zu kichern.

»Ich glaub, ich mach mal lieber Musik an«, sagte ich und kramte in meinen CDs.

Um das Gejuchze und Gestöhne von oben zu überdecken, musste Adele so laut grölen, dass wir uns kaum mehr richtig unterhalten konnten.

»Komm, wir gehen in die Küche«, schlug ich vor, schnappte mir kurzerhand die Gitarre und griff nach Leanders Hand. Der Stromschlag, der mich dabei einmal mehr durchfuhr, und die Tatsache, dass er meine Hand nicht losließ, als ich ihn in die Küche zog, brachte die Luft um uns herum förmlich zum Knistern. Erst als ich ihn auf die Eckbank dirigierte, lösten wir unendlich langsam unsere Hände. Ich hätte schwören können, dass er dabei rot geworden war.

Eine Weile sagte keiner ein Wort. Die Musik aus meinem Zimmer war hier nur noch leises Backgroundgesäusel.

»Irgendwie ganz schön peinlich, oder?«, bemerkte ich zerknirscht.

Er kicherte kopfschüttelnd. »Das werde ich ihm heimzahlen, aber hundertpro! Na ja, einen Vorteil hat die Sache immerhin ...«

»Nämlich?«

»Ich kann wohl noch ein bisschen länger bei dir bleiben.«

»M-hm«, bestätigte ich und räusperte mich verlegen. »Aber vielleicht sollten wir uns ablenken. Du kannst mir ja ein paar Tricks auf der Gitarre zeigen.«

»Gute Idee ...«

Er schlug ein paar Töne an, und sofort erkannte ich die Begleitakkorde von »Someone like you«, Adeles Superhit, der gerade nebenan lief.

»Cool, dass du das einfach so nachspielen kannst«, sagte ich voller Bewunderung.

»Das ist nicht schwer. Für den Anfang reichen diese vier Akkorde ...«

Keine Ahnung, wie ich es schaffen konnte, mich auf die Gitarre zu konzentrieren: Neben mir saß der heißeste Typ, der mir je begegnet war, und benebelte mein Hirn mit seinem verführerischen Duft und seiner dunklen, samtigen Stimme, während nebenan ein lautes Konzert gegeben wurde, um die peinliche Pornoszene in der ersten Etage zu übertönen. Was für eine schräge Situation!

Irgendwann trudelte eine SMS seines Bruders ein, die wir nur mit viel Mühe entziffern konnten:

Ich komm gleich! Gib mir noch 'ne Viertelstunde.

Die Vorlesestimme des Sprachprogramms hatte vor den unzähligen Tippfehlern kapituliert, und wir lachten uns schlapp, als wir uns ausmalten, in welcher verrenkten

Haltung Lasse dieses Kauderwelsch wohl getippt haben mochte. Dabei kamen wir uns so nahe, dass ich Leanders Körperwärme spüren konnte.

»Was soll ich ihm antworten?«, fragte er.

Ich überlegte nicht lange. »Hm, wie wär's mit: *Lasst euch ruhig Zeit*?«

Er hob den Kopf, und ich versank in diesem irrsinnig strahlenden Blau seiner Augen, die mich direkt ansahen. Und dann lächelte er, als wollte er nie wieder damit aufhören.

Puh! War es vorhin hier auch schon so heiß gewesen?

Dass Leander überhaupt mit dem Touchscreen eines Smartphones zurechtkam, war für mich unbegreiflich. Fasziniert beobachtete ich, wie seine Finger wieselflink über die Buchstaben huschten, die vorgelesen wurden, bis er den richtigen durch Loslassen markierte. Ich verstand kein Wort, als die seelenlose Automatenstimme in einem Affentempo den Text wiederholte.

»Schon irre, diese Technik«, überspielte ich meine Verlegenheit.

»Ja, aber die Stimme ist furchtbar, findest du nicht?«, bemerkte er. »Deshalb telefoniere ich lieber. Allerdings … wenn deine schöne, *grüne* Stimme es vorlesen würde, könnte ich doch noch zum SMS-Fan werden.«

Ich schluckte – und hielt es für besser, mich wieder meinen Etüden zu widmen.

»Wie passt dir der Montag?«, fragte er am Schluss. »Für die nächste Lektion?«

»Montag ist prima«, schmunzelte ich. »Aber bitte ohne deinen Bruder.«

12. DELPHINSPRUNG

Nicht mal zwei Tage konnte ich die Sache mit dem Gitarrenunterricht vor meiner Mutter geheim halten. Bis sie in mein Zimmer platzte und mich beim Üben erwischte. Sie fiel aus allen Wolken, als ich ihr von Leanders und meinem Vorhaben erzählte.

»Aber du kannst doch nicht einfach von einem wildfremden Mann so ein teures Instrument annehmen! Das macht der doch nicht ohne Hintergedanken!«

Es dauerte eine Weile, bis ich ihr klarmachen konnte, dass Leander weder wild noch fremd war, sondern einfach nur mit mir üben wollte. Komischerweise beruhigte sie sich ein wenig, als sie erfuhr, dass er blind war. Wahrscheinlich nahm sie an, dass er damit als potentieller Triebtäter ausfiel. Manchmal fragte ich mich wirklich, auf welchem Planeten Mama lebte.

Von meinen Gefühlen für Leander hatte ich ihr wohlweislich nichts erzählt. Und solange ich nicht absolut sicher war, ob er überhaupt etwas für Mädchen übrighatte – geschweige denn für mich –, wollte ich auch mir selbst nicht wirklich eingestehen, was ich für ihn empfand. Bei dem Gedanken, ihn in ein paar Tagen wiederzusehen, bekam ich Herzrasen.

So war mir jede Form von Ablenkung willkommen, um das Wochenende zu überstehen. Dass es aber ausgerechnet Felix sein sollte, dessen Anruf am Samstagmorgen für diese Ablenkung sorgte, hätte ich nicht erwartet.

»Hey, Liv. Ich weiß, das ist jetzt ein kleiner Überfall …«, begrüßte er mich gut gelaunt, »… aber es hat sich eben erst spontan ergeben. Hast du Lust, nachher mit auf eine Paddeltour zu kommen?«

Einen Moment bekam ich außer »Ähm …« nichts heraus. Ich stellte mir vor, mit Felix allein in einem Boot auf einem See herumzudümpeln. War das sein Ernst?

»Wir fahren vom Barumer See aus die Neetze runter und wollen nachher am Reihersee grillen«, erklärte er. »Nessie und Sven kommen auch mit.«

»Nessie und Sven?«, fragte ich überrascht. »Haben die beiden sich etwa wieder versöhnt?«

Das allerdings konnte ich mir nach dem eindrucksvollen Sonderkonzert von Lasse und ihr neulich kaum vorstellen.

»Soweit ich weiß, haben die beiden sich gestern ausgesprochen«, antwortete Felix. »Genaueres weiß ich auch nicht. Aber es scheint erst mal wieder Waffenstillstand zu herrschen.«

»Das ging ja schnell …«, sinnierte ich.

Nessie war wirklich ein Phänomen: Wie ein Schmetterling flatterte sie von Blüte zu Blüte. Ob das gutgehen würde?

»Also, kommst du mit?«, hakte er nach, als ich immer noch zögerte.

Nachdem er mir versichert hatte, dass als potentielle Konfliktpuffer noch ein paar andere Leute mitfahren würden, willigte ich schließlich ein.

»Und bring Badesachen mit!«, rief er noch, bevor ich auflegte.

Während meine Mutter mich die ganze Zeit mit ihren Ratschlägen *ermutigte* (»Denk an frische Klamotten zum Wechseln, falls ihr kentert!«), suchte ich mit gemischten Gefühlen meine Sachen zusammen. Bikini oder Badeanzug? Neidvoll dachte ich an Nessie, der es piepegal war, sich halbnackt öffentlich zu zeigen. Also doch lieber die weiten Badeshorts? Die waren zwar nicht mehr ganz up to date, aber wenigstens musste ich damit nicht ständig ans Baucheinziehen denken.

Pünktlich um eins stand Felix vor der Tür und glühte mich mit seinen haselnussbraunen Augen an.

»Na, wie sieht's aus? Bereit für ein weiteres Abenteuer?«

Ich musste grinsen. »Klar!«

Meine Mutter staunte nicht schlecht, als Felix sie höflich mit Handschlag begrüßte. Im Treppenhaus winkte sie uns zum Abschied hinterher, mit einem Lächeln, das ich lange nicht mehr bei ihr gesehen hatte.

»Hey! Wollt ihr etwa ohne mich los?«, rief Nessie und kam pfeifend die Treppe heruntergehüpft.

»Hi, Schnuckelchen!«, begrüßte sie Felix mit einem Wangenküsschen. Mich nahm sie in den Arm und zwinkerte – mit einem Seitenblick auf Felix –, was auch immer sie mir damit sagen wollte.

Als wir auf die Straße traten, standen ein paar Leute vor einem alten Kleinbus und unterhielten sich. Im Anhänger stapelten sich drei Kanus und etwas, das aussah wie eine überdimensionale gelbe Zigarre. Felix führte uns zu der Gruppe und stellte mich mit deutlichem Stolz in der Stimme vor.

»Liv? Das sind meine Eltern, Andrea und Ulli.«

Der stämmige Mann mit dem graumelierten Bart, der

an unserem Umzugstag Mamas Auto repariert hatte, reichte mir die Hand. Er lächelte mich aus denselben braunen Augen an wie sein Sohn. Felix' Mutter, klein und drahtig, umarmte mich herzlich, und auch ihre beiden Freunde begrüßten uns wie alte Bekannte. Dann öffnete sich die Seitentür des Kleinbusses, und Sven winkte uns zu.

»Hi, Mädels!«

Sein Blick blieb etwas verlegen an Nessie hängen. Neben ihm lugte ein blasser, mürrisch blickender Junge mit Basecap durch die Tür und murmelte etwas Unverständliches.

Auf meinen fragenden Blick hin sagte Felix: »Die kleine Zecke da ist Nico, mein bekloppter Bruder. Beachte ihn gar nicht, er ist fünfzehn und benimmt sich auch so.«

»Ich hab's gehört, Arschloch!«, tönte es aus dem Wageninnern.

»Kommt, Jungs, hört auf zu zanken!«, sagte Felix' Vater. »Was macht das denn für einen Eindruck auf die jungen Damen hier? Na los, alles einsteigen!«

In einem alten VW-Bus ohne Klimaanlage durch die Mittagshitze zu rumpeln, war eine einzigartige Erfahrung. Entweder würde ich heute Abend einen steifen Nacken haben, weil alle Fenster offen waren, oder ich könnte mein T-Shirt zur Salzgewinnung in die Sonne legen. Dann hätte sich die Schwitzerei wenigstens gelohnt.

Aber die Stimmung war einfach nur klasse. Amüsiert lauschten wir Felix' Vater Ulli, der mit beeindruckender Bassstimme uralte Deutschrocklieder mitgrölte, die aus den Boxen knisterten. Der Wagen hatte tatsächlich noch eins von diesen antiken Kassettendecks.

Felix saß neben mir und hörte nicht mehr auf zu grinsen.

»Ich freu mich so, dass du mitgekommen bist«, flüsterte er mir ins Ohr.

Ich lächelte und fühlte mich pudelwohl inmitten all dieser fröhlichen Leute.

Am Barumer See angekommen, luden die Männer die schweren Boote ab, und wir Frauen sortierten das Gepäck.

»Hat jemand Handy, Brieftasche oder sonst was, das nicht nass werden darf?«, fragte Andrea, die Mutter von Felix, in die Runde.

»Ja, ich!«, meldeten Nessie und ich uns gleichzeitig.

»Dann her damit! Das muss in die Trockentonne.« Ein kleines blaues Kunststofffass mit fest verschraubbarem Deckel nahm unsere Schätze auf. »Falls wir kentern«, setzte sie grinsend hinzu.

Nessie und ich schauten uns erschrocken an.

»Kentern?«, piepste ich.

»Keine Sorge, Fett schwimmt oben«, höhnte eine Stimme hinter mir.

»Nico!«, schimpfte Andrea, doch ihr Jüngster ignorierte sie und lief an uns vorbei zu den Booten.

Ich stand da und bekam kein Wort heraus. Wie schaffte es so ein pickliges, pubertierendes Milchbrötchen, mit einem einzigen Wort mein mühsam erkämpftes Selbstwertgefühl plattzutreten?

»Diese miese kleine Ratte!« Nessie ballte die Fäuste. »Irgendwann kriegt der von mir noch mal eine saftige Abreibung!«

Felix, der aufmerksam geworden war, kam zu uns rüber.

»Was ist los?«, fragte er.

Nessie deutete auf Nico, der sich an dem gelben Kajak zu schaffen machte. »Der Einzeller da hat Liv beleidigt.«

Felix packte seinen Bruder am Arm. »Noch mal so 'n Ding und ich polier dir …«

»Lass gut sein, Felix«, sagte ich ruhig.

Sofort ließ er seinen Bruder los. Nico flüchtete zum Ufer, schnappte sich ein Doppelpaddel und schob die gelbe Zigarre ins Wasser. Flott schipperte er davon, indem er das Paddel windmühlenartig durchs Wasser zog. Wäre der Knilch nicht so ein ausgemachter Idiot, hätte das jetzt ziemlich cool ausgesehen.

»Nico hätte eigentlich zu Hause bleiben sollen«, erklärte Felix. »Er hat Stubenarrest, aber Mum wollte nicht riskieren, dass er allein im Haus irgendeinen Unfug anstellt. Manchmal ist er etwas … schwierig.«

»Der hatte schon immer einen kompletten Dachschaden, wenn du mich fragst«, sagte Nessie und zog mich zum Ufer. »Komm, Livie! Wir wollen uns von der Windelfraktion nicht den Spaß verderben lassen.«

Wir verteilten uns auf die Boote. Ich sollte bei Felix und seiner Mutter mitfahren. Felix zeigte mir, wie man das Ruderblatt richtig durchs Wasser zog, bevor ich auf dem Mittelbrett Platz nahm.

»Achte immer darauf, was Andrea macht«, leitete er mich an. »Wenn sie auf der linken Seite paddelt, musst du rechts paddeln, und umgekehrt, sonst fahren wir Slalom. Wirst sehen, es ist gar nicht schwer.«

Und ob das schwer war! Es dauerte eine ganze Weile, bis wir eine halbwegs gerade Richtung einhielten. Nach einigen Minuten spürte ich Muskeln in Rumpf und Armen, die ich vorher gar nicht gekannt hatte. Erst allmählich kriegte ich den Dreh raus, und wir beiden Frauen fanden in einen gemeinsamen Rhythmus, der mich fast in eine Art Trance fallen ließ.

Das langsame Dahingleiten in einer Landschaft, die ich noch nie zu Gesicht bekommen hatte, war wie ein Traum. Ich wurde innerlich ganz ruhig. Hin und wieder hörten wir auf zu paddeln und ließen uns einfach treiben. Dann legte ich den Kopf zurück und betrachtete verträumt die vom Sonnenlicht durchsprenkelten Baumkronen, die sich über uns wölbten, oder die Wasservögel und Blumen am Ufer, die ich noch nicht mal aus dem Biounterricht kannte. Einmal erschrak ich, als zwischen den Pflanzen eine Art Wasserratte mit niedlichem Bibergesicht auftauchte, die offensichtlich so an Menschen gewöhnt war, dass sie sich von uns nicht stören ließ.

Diese Langsamkeit, diese Ruhe – es war so schön, dass ich die ganze Zeit ein verträumtes Lächeln auf dem Gesicht hatte. Das einzig Unangenehme waren meine nassen Schuhe, denn jedes Mal, wenn ich mit dem Paddel die Seite wechselte, bekam ich eine ordentliche Ladung Spritzwasser ab. Felix hinter mir lachte, wenn ich mich darüber aufregte.

»Hey, Liv, du kriegst heute den Preis für das süßeste Fluchen des Tages!«

»Sei bloß still da hinten!«, konterte ich, als der nächste Schwall meine Sneakers durchtränkte. »Was machst du überhaupt die ganze Zeit? Rumhängen und uns bei der Arbeit zugucken, oder was?«

Das Boot scherte nach rechts aus, und ich erschrak derart, dass ich mein eigenes Paddel beinahe fallen gelassen hätte.

»Siehst du? Das passiert, wenn ich wirklich bloß rumhänge und nichts weiter tue, als die Aussicht auf deinen entzückenden Rücken zu genießen«, grinste Felix. »Ich bin hier der wichtigste Mann an Bord: Ich steuere.«

»Achtung, Kinder!«, warnte Andrea. »Piraten von rechts!«

Mit lautem Gegröle steuerten Sven und Ulli in einem Affentempo auf uns zu. Nessie in ihrer Mitte hielt sich kreischend die Augen zu.

»Rückwärtsgang!«, brüllte Felix.

Verzweifelt versuchten wir, andersrum zu rudern. Sven drehte gerade noch rechtzeitig bei, sonst hätten die Idioten uns gerammt.

»Ihr hirnlosen Affen!«, schnauzte Andrea.

Ulli grinste nur. »Lass uns doch den Spaß, Mausi! Svenni hatte alles im Griff.«

Die beiden Boote drehten sich, bis sie Seite an Seite vor sich hin dümpelten.

»Diese Paviane sollten wir lieber ins Wasser kicken«, wandte sich Andrea an Nessie und mich. »Was haltet ihr davon, Mädels?«

»Gute Idee!«, kicherte Nessie. »Aber nackt! Damit wir auch was davon haben.«

»Ihr spinnt wohl!«, protestierten die Männer im Chor.

»Wir können ja ein Wettrennen machen«, schlug ich vor. »Wer zuerst am Reihersee ankommt …«

»Och nöö, keinen Stress bitte«, stöhnte Felix' Vater.

»Lass uns doch den Spaß, *Hasi*«, äffte seine Frau ihn nach. »Der Steuermann des Verliererbootes wird nackt ins Wasser geschmissen!«

Allgemeines Zustimmungsgejohle an der Frauenfront.

Felix' Mutter war echt cool. Wie musste es wohl sein, mit solchen Eltern aufzuwachsen, fragte ich mich, während ich Felix beobachtete, wie er mit seinem Vater ein

Bier trank. Eltern, die das Leben nicht ganz so ernst nahmen und auch mal Spaß haben konnten.

Die »Wettfahrt« verlief dann wesentlich gemütlicher als geplant. Kurz vor dem Ziel aber packte Andrea und mich der Ehrgeiz. Das Ergebnis jedoch war niederschmetternd: Keuchend sahen wir zu, wie Ulli, Nessie und Sven uns hoffnungslos abhängten.

Der Fluss öffnete sich zu einem wahrhaft verwunschenen See mit grünen Ufern: kein Strand, keine badenden Leute, nur Stille und Natur. Nach eineinhalb Stunden in praller Sonne sehnte ich mich nach dem kühlen Schatten, der unter den Laubbäumen lockte. Nessie und ich reservierten uns einen der besten Plätze, wo ich mich erschöpft auf meine Isomatte fallen ließ. Eine feine Brise streichelte meine Haut, und das leise Rauschen der Blätterkuppel über mir machte mich sofort schläfrig. Doch kaum hatte ich die Augen geschlossen, zerrissen laute Stimmen meine Idylle.

»Ausziehen, ausziehen!« Unten am Ufer hatten Andrea und ihre Freundin Felix in die Mangel genommen.

»Okay, okay, ich geb mich geschlagen!«, lachte er und schüttelte seine Peinigerinnen ab.

Unter dem Applaus der Umstehenden zog Felix eine kleine Show ab, indem er strippermäßig langsam sein T-Shirt auszog und dabei gekonnt mit den Hüften wackelte. Die Frauen johlten. Das Spiel seiner perfekt trainierten Muskeln sah wirklich ästhetisch aus. Plötzlich stand Sven an seiner Seite. Die zwei grinsten sich vielsagend an, drehten sich um, rissen sich in Windeseile die Hosen runter und sprangen grölend ins Wasser.

»Diese Betrüger!«, lachte Nessie, während wir zurück zum Lagerplatz gingen.

»Du scheinst dich ja mit Sven wieder gut zu verstehen«, nutzte ich die Gelegenheit, sie auszufragen. »Wie kommt's?«

»Ach … wir hatten gestern ein längeres Gespräch«, erklärte sie.

»War's sehr schlimm?«

»Na ja, es war … anstrengend. Sven hat mir ordentlich den Kopf gewaschen – wegen der Sache auf dem Stadtfest, und überhaupt … ach, ich bin so durcheinander!« Die Hände an die Stirn gedrückt, ließ sie sich auf unser Deckenlager fallen.

»Das kann ich mir vorstellen«, sagte ich mitfühlend.

»Er meint, ich soll mir endlich mal Gedanken machen, was ich wirklich will. Er hat die Nase voll von all dem Hin und Her mit uns.«

»Hm. Also will er dich wirklich noch?«

»Scheint so. Jedenfalls haben wir erst mal eine Art Waffenstillstand ausgehandelt. Aber ich weiß einfach nicht – das mit Lasse … Ach, das ganze Thema ist so anstrengend! Ich kann mich einfach nicht entscheiden.«

Wie zwei junge Götter entstiegen Sven und Felix wenig später dem See und kehrten lachend zu unserem Platz zurück. Mir klappte der Kiefer auf bei diesem unbestreitbar schönen Anblick. Nessie hatte nicht zu viel versprochen: Das verschnörkelte Tattoo an Felix' linker Leiste schlängelte sich gefährlich nah bis an sein allerheiligstes Teil.

»Mund zu!«, zischte Nessie mir ins Ohr und schoss unbemerkt ein Foto von den Jungs, genau in dem Moment, als Felix sich das Wasser aus den Haaren schüttelte. »Das schick ich dir aufs Handy.«

Netterweise hatten die beiden FKK-Helden sich wieder

sittsam verpackt, bevor sie sich zu uns gesellten. Ich hatte den Eindruck, dass Felix meinem Blick auswich, während Sven und Nessie ausgelassen herumalberten. Ob es ihm peinlich war, dass ich ihn nackt gesehen hatte?

Im Lager kehrte langsam Ruhe ein, selbst Nico hatte aufgehört, mit seinem Kajak den Angeber zu markieren, und widmete sich friedlich seinem Handy.

»Kommst du mit ins Wasser, Livie?«, fragte Nessie und entledigte sich ohne Scham ihrer Klamotten bis auf den Bikini.

Hätte ich doch bloß schon zu Hause meine Badesachen untergezogen.

»Wir gehen schon mal vor«, reagierte Sven charmant, als ich mich nervös nach einem Versteck zum Umziehen umsah.

Schwimmen war herrlich! Das Wasser war angenehm kühl. Nessie und ich drehten ein paar Runden, während sich die Jungs eine Wasserschlacht lieferten.

»Wie die Kleinkinder«, lästerte Nessie kopfschüttelnd.

Ich konnte nicht aufhören zu grinsen. Einfach so – weil ich mich in diesem Moment so rundherum wohl fühlte. Ich ließ mich auf dem Rücken treiben und beobachtete ein paar Enten, die über mich hinwegflogen. Vorne ein braungefiedertes Weibchen, dem zwei grünköpfige Erpel dicht auf den Bürzel folgten. Die wollten der Entendame doch nicht etwa an die Wäsche? Jetzt flüchtete die Gejagte ins Schilf, die beiden Rüpel hinterher, und ein wildes Gespritze und Geschnatter brach los! Schockiert starrte ich auf das Geschehen.

»Na, die gehen aber ran«, kicherte Felix dicht hinter mir.

Vor Schreck hätte ich beinahe Wasser geschluckt. »Hey, das ist nicht witzig!«, schoss ich zurück. »Stell dir mal vor, zwei Frauen würden so über *dich* herfallen …«

»Och, na jaa …«, grinste er breit.

»Du …!« Mit Schwung schaufelte ich ihm eine Ladung Wasser ins Gesicht.

Doch er schüttelte sich nur und schenkte mir sein allersüßestes Lächeln. Etwas Schelmisches blitzte in seinen Augen auf, und ehe ich mich's versah, schleuderte er einen Wasserschwall in meine Richtung. Kreischend flüchtete ich zum Ufer, wo mich Felix aber am Fuß erwischte und wieder ins Wasser zog. Dieser freche Erpel …!

Im seichten Wasser schwamm er um mich herum, ohne den Blick von mir zu lösen. »Wetten, ich kann dich tragen?«, fragte er und streckte die Arme aus.

»Mach das lieber mit Nessie, die ist federleicht.«

»Die ist grad beschäftigt.«

Tatsächlich – ich traute meinen Augen kaum: Sven stand im bauchtiefen Wasser und trug Nessie, die ihre Arme um seinen Hals geschlungen hatte. Schweigend sahen Felix und ich zu den beiden hinüber.

»Meinst du, die rappeln sich wieder zusammen?«, fragte ich.

Er schmunzelte. »Ich glaub, sie können einfach nicht mit-, aber auch nicht ohne einander leben.« Versonnen blickte er auf die beiden, die jetzt Stirn an Stirn im Wasser standen. Dann wandte er sich abrupt zu mir. »Hey, willst du mal fliegen?«, strahlte er mich an.

»Wie das denn?«

»Delphinsprung! Kennst du nicht?« Felix versenkte die gefalteten Hände im Wasser und blickte mich auffordernd an. »Steig einfach auf und halt dich an mir fest.

Dann gehst du ein wenig in die Hocke, und wenn ich *jetzt* sage, spannst du dich an wie ein Flitzebogen, und ich gebe dir einen Schubs. Keine Angst, das ist voll lustig!«

Oje, das hieß nun wohl, dass ich ihn um den Hals fassen musste … Ich betrachtete die Wassertropfen auf seiner muskulösen Brust. Die sanfte Bräune der Haut brachte seine Formen attraktiv zur Geltung. Das musste man ihm lassen: Er war wirklich gut gebaut.

Ich fasste mir ein Herz und stieg auf. Seine Haut war warm und roch nach irgendeinem leckeren Gewürz. Wie sollte mir da nicht das Wasser im Mund zusammenlaufen?

Beherrsch dich, Liv!

»Bist du bereit?«, rief Felix konzentriert.

»M-hm«, nickte ich verlegen.

»Spür in meine Hände, dann weißt du, wann du dich abdrücken musst. Eins, zwei, *drei!*«

Und ich flog! Juchzend durchschnitt ich die Luft in gestrecktem Bogen und fühlte mich tatsächlich eine Sekunde lang wie ein Delphin mit Flügeln. Mein Aufklatscher war dann allerdings nicht ganz so elegant.

Felix lachte. »Na? Noch mal?«

»Ja!«, kicherte ich begeistert. Noch zweimal flog ich. Keuchend tauchte ich beim letzten Mal auf und ließ mich auf dem Rücken treiben. Felix schob seine Arme unter meinen Rücken und trug mich langsam durchs Wasser.

»Genug gesprungen, kleiner Delphin?«, fragte er ein bisschen zu sanft.

»Ich glaube, fürs Erste reicht's«, nickte ich.

War das schön, getragen zu werden! In diesem Moment wusste ich, dass Felix' Arme stark genug wären, um selbst mich aus einem brennenden Haus zu retten …

Langsam lotste er mich zurück zum Ufer. Auch Sven und Nessie gingen aus dem Wasser – Hand in Hand. Als ich mich wieder aufrichten wollte, ließ Felix mich nicht los, sondern zog mich sanft an sich. Seine braunen Augen leuchteten voller goldener Sprenkel, als er meinen Blick festhielt. Verlegen sah ich zur Seite, doch er drehte mein Gesicht vorsichtig mit dem Finger wieder zu sich.

Er will mich doch nicht etwa …?

Bevor ich den Gedanken zu Ende führen konnte, streiften seine Lippen meinen Mund. Erschrocken stieß ich ihn von mir, er taumelte und platschte rückwärts ins Wasser.

13. SCHERBEN BRINGEN …?

Auf dieser Seite der Elbe gab es jede Menge lauschige Plätze am Ufer, mit seltsam verformten Bäumen, die eher waagerecht als hoch wuchsen und deren Blätterkronen verwunschene Höhlen bildeten. Ich hatte einen kleinen Sandstrand gefunden, der vom Deich aus nicht einsehbar war. Am Wassersaum stehend, beobachtete ich die Bugwellen eines vorbeifahrenden Lastkahns, die erst bei meinen Füßen ankamen, als das Schiff schon längst wieder weit weg war. Wie gern wäre ich da jetzt mitgefahren. Einfach geradeaus, irgendwohin, fort von den ganzen Verwirrungen hier an Land.

Ich ging zurück zu meinem Fahrrad und holte mein Handy raus. Felix hatte mir jetzt schon die dritte Entschuldigungs-SMS geschrieben:

Bitte nicht mehr böse sein. Werde dich erst wieder küssen, wenn du mir die Erlaubnis gibst, versprochen. Ich mag dich, kleiner Delphin. Felix.

Mir wurde ganz heiß.

Was sollte ich ihm bloß antworten?

Ich musste mir eingestehen, dass ich es auf der Paddeltour ziemlich genossen hatte, ein wenig mit ihm zu flirten. Aber nun bekam ich die Rechnung präsentiert: totales Gefühlschaos. Felix ging mir einfach nicht aus dem Kopf! Nessie hatte gemeint, dass ich nur mit dem Finger zu schnippen brauchte, um ihn *an Land zu ziehen.* Hatte ich ihm so deutliche Signale gegeben?

Mühsam versuchte ich, meine Gedanken zu sortieren, während sich mein Blick auf dem silber glitzernden Wasser verlor. Gestern, bei seiner Familie und seinen Freunden, hatte ich mich so wohl gefühlt wie selten zuvor. Aber wie viel hatte das mit ihm zu tun? Ich stellte mir vor, wie es wohl wäre, mit ihm zusammen zu sein. Zweifellos hatte das seinen Reiz: Felix war ein verdammt attraktiver Typ, lebenslustig, warmherzig, hilfsbereit. Man konnte mit ihm sicherlich eine Menge toller Sachen unternehmen. Und ich mochte ihn, keine Frage. Wenn ich in seine haselnussbraunen Augen schaute, spürte ich viel Wärme.

Aber reichte das? Wo blieben die berühmten Schmetterlinge, die aufflatterten, wenn man den anderen sah, wenn man seine Stimme hörte oder auch nur an ihn dachte? Wo blieben das Herzklopfen und die glühende Sehnsucht im Bauch?

Eine Ahnung von alldem hatte ich doch schon bekommen, aber ich verband sie mit einem anderen Gesicht …

Die Sonne blendete mich schon auf Augenhöhe, als ich wieder nach Hause radelte. Ob Felix meine Antwort richtig verstanden hatte?

Bin dir nicht böse, aber gib mir ein bisschen Zeit.

Keine drei Sekunden später schrieb er zurück: *So viel du willst* mit drei Smileys. Als hätte er die ganze Zeit mit dem Finger im Anschlag auf sein Handy gestarrt.

Zu Hause wehte mir der Geruch von Essen in die Nase, der mich daran erinnerte, wie hungrig mich das ganze Grübeln gemacht hatte. Ich wollte gerade in mein Zimmer gehen, da bemerkte ich auf der Kommode eine

Postkarte aus Schweden. Mein Herz stolperte. Sollte etwa Leander …? Nein, das war rein technisch nicht möglich. Fast erleichtert erkannte ich Opas Schrift. Er war mit seinem alten Freund im Wohnmobil unterwegs durch Skandinavien. Ich freute mich, dass es ihm offenbar gutging. Wie gern hätte ich ihn jetzt um Rat gefragt. Mit Opa hatte ich immer schon besser über meine Sorgen reden können als mit Mama.

»Olivia, da bist du ja endlich!« Mama wedelte mit einem Geschirrtuch. »Wir wollten doch heute nach dem Essen zusammen Tatort gucken. Hast du das vergessen?«

Tatort gucken …

»Muss das sein?«, stöhnte ich. »Ich hab einfach keine Lust auf Fernsehen.«

»Aber du hast es mir versprochen.«

»Ja, aber jetzt bin ich eben nicht in der Stimmung.«

»Wann ist Madame denn mal wieder in der Stimmung, mit ihrer eigenen Mutter etwas Zeit zu verbringen?«, fragte Mama spitz. »Du hängst nur noch mit deinen neuen Freunden rum, und ich kriege dich kaum noch zu Gesicht!«

Ich fühlte mich wie eine Knetmasse, an der jeder herumdrückte.

Ach, lasst mich doch alle in Ruhe!

Dem traurigen Blick meiner Mutter hatte ich jedoch nichts entgegenzusetzen. Resigniert versuchte ich, mit ihr einen Kompromiss auszuhandeln: Essen ja, Tatort nein. Mama war mega enttäuscht, aber es interessierte mich einfach nicht die Bohne, wer heute Abend der Mörder war.

Mein Kopf war total überladen. Also verzog ich mich nach dem Essen in mein Zimmer, schnappte mir die Gitarre, probierte ein paar neue Griffe aus und übte das

Zupfen von Tonleitern und Akkordfolgen. Der Klang der Saiten, auch wenn ich nichts Gescheites hervorbrachte, legte sich wie eine beruhigende Lotion über meine strapazierten Nerven. Unterbrochen wurde ich erst, als mein Handy eine Nachricht ankündigte. Als ich den Absender sah, war es vorbei mit der inneren Ruhe: Leander!

Hallo, Liv, hattest du ein schönes Wochenende? Sind gerade wieder gelandet. Bleibt es bei morgen?

Ich konnte nicht verhindern, dass meine Finger zitterten, als ich die Antwort tippte:

Hallo, Leander, 2× JA. Bin gestern Kanu gefahren. Übe gerade Gitarre, ob du's glaubst oder nicht. Wie war's bei deinen Wikingern?

För mycket sång, för lite sömn.

Genau, finde ich auch, schrieb ich zurück.

Statt einer Antwort klingelte mein Handy. »Das heißt so was wie: zu viel Gesang, zu wenig Schlaf«, sagte Leander. »Und wie geht's dir, Liv?«

Flüssiger Samt umspülte mein Ohr. Gott, wie hatte ich diese wundervolle Stimme vermisst!

»Ganz gut«, stammelte ich, noch völlig überrumpelt von seinem Anruf. »Nur ein bisschen kaputt. War anstrengend gestern.«

»Bootfahren, hm? Klingt spannend. Machst du das öfter?«

»Nee, war das erste Mal. Deshalb hab ich ja auch Muskelkater ohne Ende. Aber wie komme ich denn zu der Ehre, dass du mich anrufst?«

Kurze Stille am anderen Ende. »Ich finde es einfach Zeitverschwendung, wenn diese doofe Computerstimme mir deine Nachrichten vorliest. Ich höre deine Stimme lieber in natura.«

Ich schluckte. »Ich, ähm … hab nur nicht damit gerechnet, dass du dich überhaupt meldest. Hast du gedacht, ich wollte dich morgen versetzen?«

»Nein, das nicht.«

»Sondern?«

»Auch wenn ich mich jetzt vielleicht zu weit aus dem Fenster lehne …« Er holte tief Luft. »Ich hab dich vermisst, Liv.«

Ich vergaß zu atmen. Hatte er das wirklich gesagt?

Du wolltest doch mutig sein, Liv …

»Ich … dich auch«, sagte ich leise.

Jetzt war es heraus und konnte nicht mehr gelöscht werden. Leander atmete langsam aus.

»Was ist?«, fragte ich sanft.

»Nichts. Ich freu mich nur, das ist alles«, sagte er mit Erleichterung in der Stimme. »Bist du wirklich am Üben? Streberin. Andere liegen jetzt faul in der Sonne.«

»Ja, ich übe tatsächlich. Aber es ist sauschwer. Meine Finger sind total eingerostet. Wie soll ich bloß jemals lernen, so schnell die Akkorde umzugreifen?«

»Das wird mit der Zeit leichter, glaub mir. Ich höre es mir morgen mal an. Könntest du mich vielleicht beim Jugendzentrum abholen, damit ich mir den Fußweg in Ruhe einprägen kann?«

»Klar, mache ich. Warum ausgerechnet dort?«

»In den Sommerferien gebe ich da immer Musikkurse – Gitarre, Songwriting und so.«

»Echt?«, sagte ich verwundert. »Das stelle ich mir nicht ganz einfach vor, so einen Haufen Teenies zu bändigen.« Erst recht, wenn man nichts sehen konnte. Es wunderte mich, dass die Kids ihm nicht auf der Nase herumtanzten.

»Oh, es ist eigentlich ganz lustig. Wenn du willst, kannst du ja etwas früher …«

Ein gewaltiges Klirren und Scheppern aus der Küche ließ mich zusammenfahren.

»Warte mal kurz«, unterbrach ich ihn und lauschte angestrengt.

»Was ist los?«, fragte Leander.

Dann hörte ich nicht mehr zu.

»Olivia!«, rief meine Mutter. In ihrer Stimme lag dieser verzweifelte Unterton, der sämtliche Alarmglocken in mir zum Klingeln brachte.

»Oh nein!«, flüsterte ich angespannt.

»Liv, was ist da los?«, rief Leander an meinem Ohr, als auch schon meine Zimmertür aufsprang.

»Olivia, bitte! Weißt du, wo der verdammte Verbandskasten ist?«

Meine Mutter stand leichenblass im Türrahmen. In ihrer Hand zitterte ein blutiges Geschirrtuch. Scheiße.

»Was ist passiert?«, fragte ich erschrocken.

»Omas alte Gläser«, krächzte sie und sackte auf meine Bettkante. »Alles voller Scherben …« Ihre Stimme brach weg.

»Entschuldige, Leander, ich rufe zurück, kleiner Notfall hier!«

Fahrig drückte ich ihn weg, wobei mir das Handy aus der Hand rutschte. Vorsichtig nahm ich Mamas Arm, um mir die Bescherung anzuschauen. Sie zuckte zusammen und schloss die Augen.

Meine Mutter konnte kein Blut sehen, und das, obwohl sie sonst nicht zimperlich war. Schließlich war es ihr Job, alten Leuten den Hintern abzuwischen. Aber ich hatte schon ein paarmal zu oft bei solchen Gelegenheiten nur noch das Weiße in ihren Augen gesehen und wusste, dass keine Zeit zu verlieren war.

»Bleib einfach sitzen! Ich mach das schon«, sagte ich mit bewusst ruhiger Stimme.

Sie machte Anstalten aufzustehen, doch ich hielt sie fest.

»Leg dich hin, okay? Bin gleich wieder da.«

Ich musste unbedingt verhindern, dass sie einen ihrer nervösen Schocks bekam, denn das rief üble Erinnerungen in mir wach. In einem der noch nicht ausgepackten Bücherkartons fand ich endlich den blöden Verbandskasten, füllte eine Wasserschüssel, eilte zurück und machte mich ans Werk.

»Am besten geht's im Sitzen, Mama. Meinst du, du kriegst das hin?«

Ich sah ihr direkt in die Augen. Kein Anzeichen von Wegdriften, zum Glück. Schweigend richtete sie sich auf und heftete ihren Blick an die Deckenlampe, während ich mir ihre Handfläche ansah. Es steckten tatsächlich einige Splitter darin. Ich reinigte die Wunde, so gut es ging, und klaubte die Glasteile mit einer Pinzette raus.

Mama gab keinen Ton von sich. Aber ich bemerkte, dass ihre Augen feucht wurden. In diesem Moment tat sie mir leid. Ich wusste, wie sehr sie es hasste, Hilfe annehmen zu müssen. Ein Wunder, dass sie überhaupt in mein Zimmer gekommen war. Doch mit den Jahren hatte sie wohl kapiert, dass ich in solchen Situationen diejenige mit den stärkeren Nerven war.

»Das könnte jetzt ein bisschen brennen«, warnte ich sie vorsorglich, bevor ich das Desinfektionsmittel auf die Wunde sprühte.

Erst als ich den Verband um ihre Hand gewickelt und

das blutige Handtuch aus ihrem Blickfeld entfernt hatte, atmete sie erleichtert auf und krächzte ein kaum hörbares *Danke*.

»Kein Problem«, log ich. »Bleib ruhig noch sitzen, ich bringe eben die Sachen weg.«

Kaum hatte ich die Badezimmertür hinter mir geschlossen, sank ich erschöpft aufs Klo. Meine Knie zitterten. Ich versuchte, tief zu atmen, um das lähmende Gefühl loszuwerden, das sich wie Säure in meinen Magen fraß. Erst als ich kaltes Wasser über meine Unterarme laufen ließ, spürte ich, wie sich mein Puls allmählich wieder beruhigte und die Spannung von mir abfiel. Ich war erschöpft bis auf die Knochen.

Ich musste sofort Leander zurückrufen, auch wenn ich eigentlich noch viel zu aufgewühlt war. Gerade wollte ich seinen Namen aufrufen, da stockte mir der Atem – die Leitung war immer noch offen!

»Oh nein … Leander? Bist du etwa noch dran?«, rief ich entsetzt.

»Liv, Gott sei Dank! Ich hab immer wieder deinen Namen gerufen«, sagte er besorgt.

»Tut mir leid, mir ist das Handy runtergefallen. Sag bloß, du hast alles mitgehört?«

»Ja. Hörte sich ziemlich dramatisch an, was ist denn passiert?«

Es war mir unendlich peinlich, dass Leander Zeuge unseres kleinen Mutter-Tochter-Dramas geworden war. Vor lauter Angst, dass er mich lächerlich finden könnte, fand ich keine Worte.

»Dir geht es gerade nicht gut, oder?«, fragte er sanft, als ich immer noch schwieg.

»Nein«, flüsterte ich.

»Das höre ich doch. Magst du mir erzählen, was los ist?«

Ein dicker Kloß im Hals drückte mir die Kehle zu. Doch etwas in Leanders Stimme sank tief in meinen Bauch und wärmte mich von innen. Mit einem tiefen Atemzug sammelte ich allen Mut, den ich in mir finden konnte, und begann zögernd zu erzählen: von Mamas Panikattacken, die sie ganz plötzlich ereilen konnten, mitten auf der Straße, beim Einkaufen oder wenn sie irgendwo Blut sah …

»… und deshalb musste ich vorhin unbedingt vermeiden, dass sie einen Schock bekommt, so wie damals, als ich mich so fies in die Hand geschnitten hatte, dass ich geblutet hab wie ein abgestochenes Schwein. Da ist sie einfach vor meinen Augen umgekippt und liegen geblieben, wie tot! Und ich hab dagestanden, acht Jahre alt, blutend und hilflos …«

Bei der Erinnerung schluchzte ich auf.

Leander atmete heftig aus. »Und wie ist das damals ausgegangen?«

»Na ja, zum Glück war eine Nachbarin zu Hause«, fuhr ich fort. »Die ist ganz cool geblieben, hat Mamas Beine hochgelegt und sie wie durch Zauberei wieder zum Leben erweckt. Glaub mir, nie wieder wollte ich mich so hilflos fühlen! Also hab ich mir angewöhnt, mich in solchen Situationen zusammenzureißen und die nötigen Handgriffe zu lernen, falls meine Mutter wieder mal in Panik verfällt.«

»Und was ist mit deiner eigenen Panik, Liv?«, fragte er ernst.

Ich stockte.

»Die besucht mich meistens erst später, wenn ich wieder allein bin«, versuchte ich mit scherzhaftem Unterton meine Gefühle zu überspielen.

Noch nie hatte sich jemand dafür interessiert, wie es *mir* mit dieser Sache ging. Leanders Einfühlsamkeit drohte mich von innen heraus aufzuweichen. Meine Fassade begann zu bröckeln.

»Das heißt also, du bist permanent für deine Mutter in Alarmbereitschaft?«, fragte er. »Das muss dich doch irre viel Kraft kosten.«

»Wenn ich reagieren und was Konkretes tun kann, ist es schon okay«, krächzte ich und versuchte vergeblich, den Kloß im Hals runterzuschlucken. »Mit ihren Angstattacken kann ich inzwischen einigermaßen umgehen. Schlimmer ist es, wenn sie eine ihrer depressiven Phasen hat. Da kann ich praktisch überhaupt nichts tun, um ihr zu helfen. Dann heißt es nur: aushalten, warten und mich ablenken.«

»Depressive Phasen?«, fragte Leander behutsam nach und bat mich weiterzuerzählen.

Aber das war alles andere als einfach. Wo in dem großen Schutthaufen meiner Erinnerungen sollte ich die Schaufel zuerst ansetzen?

Mit klopfendem Herzen begann ich, von Mamas unberechenbaren Stimmungsschwankungen zu erzählen. Wie ich manchmal gutgelaunt nach Hause kam und dann in die leeren Augen meiner Mutter blickte, die wie eine Statue auf dem Sofa saß und kaum noch ansprechbar war. Wie ich sie ein paarmal heulend auf der Treppe sitzend vorgefunden hatte und alle Versuche, sie zu trösten, vergeblich gewesen waren. Wie ich mich einige Male kaum noch getraut hatte, aus dem Haus zu gehen, aus Angst, ihr könnte in der Zwischenzeit etwas passieren.

Leander schwieg eine ganze Weile. Nur sein Atem war zu hören, ziemlich laut.

»Puh!«, machte er schließlich. »Das ist ja echt heftig. Ich hatte keine Ahnung, was für ein Päckchen du da zu tragen hast, Liv. Weiß deine Mutter eigentlich, was für eine starke Tochter sie hat?«

Seine Stimme klang so weich und mitfühlend, dass mein Staudamm endgültig brach und die Tränen nur so aus mir herausliefen.

»Hey«, hauchte er.

»Mann, wieso bringst du mich schon wieder zum Heulen?«, schniefte ich.

»Tut mir leid. Ich würde dich lieber zum Lachen bringen, das kannst du mir glauben. Obwohl es eigentlich wunderschön ist, wenn du weinst.«

»Wieso das denn?«

»Weil du in diesem Moment einfach echt bist und mir deine wahren Gefühle zeigst. Das ist ein ganz großes Geschenk. Ich weiß nicht, ob ich das überhaupt richtig würdigen kann.«

Mir fehlten die Worte.

»Eigentlich wollte ich nicht, dass ausgerechnet du meine dunkle Seite zu sehen kriegst.«

»Wieso dunkle Seite? Was meinst du?«

»Na ja, ich klinge wahrscheinlich schon genauso depressiv wie meine Mutter.«

»Finde ich nicht. Du bist bloß traurig und leidest darunter, dass du dich ständig um sie kümmern musst.«

»Das meine ich ja. Ich will nicht rumjammern und erst recht keine Heulsuse sein … schließlich soll man positiv denken, oder?«

»Kein Grund, negative Gefühle in irgendeine dunkle

Ecke zu schieben«, meinte Leander. »Ich verstehe solche Unterteilungen ohnehin nicht. Erklär mal einem Blinden den Unterschied zwischen hell und dunkel! Für mich existiert so etwas nicht. Gefühle sind nie gut oder schlecht – sie sind immer nur eins: Gefühle. Und die wollen gezeigt werden, sonst vergiften sie einen von innen. Ich weiß, wovon ich rede, Liv.«

»Ich will aber eigentlich nicht, dass jemand das merkt.«

»Damit niemand sieht, was in dir steckt? Damit niemand sieht, was für ein wundervolles, empfindsames Wesen du bist? Das find ich wirklich tragisch, Liv.«

Wie konnte er so etwas sagen? Er kannte mich doch kaum. Eine Welle der Zuneigung überspülte mich. In diesem Moment fühlte ich mich ihm so nah, als säße er neben mir. Was hätte ich dafür gegeben, ihn jetzt bei mir zu haben …

»Liv? Alles okay?«, fragte er sanft, als ich ewig kein Wort herausbrachte.

»M-hm«, krächzte ich. »Ich bin nur gerade ein bisschen überfordert, glaub ich. So was hat noch nie jemand zu mir gesagt.«

»Dann wird es aber Zeit.«

Wieder verstrichen Sekunden des Schweigens, während ich auf seinen Atem lauschte und das Chaos in meinem Inneren im Zaum zu halten versuchte.

»Versprichst du mir etwas?«, fragte er nach einer Weile.

»Kommt drauf an.«

»Bitte hör nicht auf, dich wirklich zu zeigen! Das meine ich ernst. Ich kenne ja bisher nur einen Bruchteil dessen, was in dir steckt, aber schon das lässt mich ahnen, was für eine riesige Schatzkammer du verbirgst. Ich wäre schon dankbar, wenn du mir hin und wieder ein kleines Juwel daraus zeigen würdest – egal ob hell oder dunkel.«

Seine Stimme war am Ende nur noch ein Flüstern und traf mich mitten ins Herz. Ich schniefte.

»Wenn du nicht bald aufhörst, so liebe Sachen zu sagen, dann komme ich aus dem Heulen gar nicht mehr raus.«

»Ach, Liv. Wenn ich könnte, würde ich dir noch ganz andere Sachen sagen.«

»Aber?«, piepste ich.

»Das ist … nicht so einfach. Schon gar nicht am Telefon.« Er atmete tief und schien sich zu sammeln. »Vielleicht sollten wir über was Leichteres reden.«

»Gute Idee«, sagte ich und atmete auf.

»Zum Beispiel: Warum hast du mir eigentlich deinen richtigen Namen verschwiegen, Olivia?«

»Ich mag den Namen nicht.«

»Ich finde ihn total schön.«

»Vielleicht, weil ich ihn immer nur mit Ausrufezeichen zu hören kriege?« Ich konnte nicht vermeiden, dass ein bitterer Unterton mitschwang, denn natürlich dachte ich dabei an meine Mutter.

»Hmm, Olivia …«, raunte Leander, als würde er sich jeden Buchstaben auf der Zunge zergehen lassen. »Ich finde, dein Name hat eher ein genüssliches *Punkt-Punkt-Punkt* am Ende verdient. Darf ich es versuchen?«

»Nein, bitte nicht!«, wehrte ich mich reflexartig. »Dich nennt ja auch keiner bei deinem vollen Namen.«

»Doch, du! Alle anderen sind bloß zu faul, die drei Silben auszusprechen.«

»Und warum dann Leo?«

»Sollen sie mich etwa Lea nennen?«

»Eher nicht«, schmunzelte ich.

»Hey, hab ich da eben ein Lächeln rausgehört?«, fragte er. »Schön, dass es dir besser geht. Dann kann ich dich ja beruhigt wieder deinen Etüden überlassen, oder?«

»Ja, kannst du. Also dann, Leander-Leo, wir sehen uns morgen. Ich bin um halb fünf beim JUZ, okay?«

»Ja, bis morgen, Olivia-Liv. Ich freue mich.«

Wenn ich nicht aufpasste, würde diese dunkelrote, samtige Stimme mich eines Tages noch mit meinem Namen versöhnen.

14. INTRO

Das Jugendzentrum sah aus wie in einem knallbunten Comic: blaue Fensterrahmen, überall kunstvolle Graffitibilder. Ich schob mein Fahrrad auf den mit Hüpfquadraten vollgekritzelten Hof und schloss es an den Fahrradständer an. Auf der Suche nach dem richtigen Eingang lief ich um das Haus herum, bis ich auf der Rückseite Gitarrenmusik – mehrstimmig und schräg – hörte, die aus einem weit geöffneten Fenster drang.

Plötzlich vernahm ich Leanders Stimme.

»Okay, Leute! Das war schon mal nicht mehr ganz so schaurig wie vorhin. Luka, kannst du mal bitte allein vorspielen, ab der ersten Wiederholung? Und ihr anderen achtet bitte darauf, wie er das mit dem Rhythmus hinkriegt. Luka, übertreib ruhig ein bisschen mit der Betonung, du hast eben als Einziger den Takt gehalten.«

Neugierig lugte ich durch das offene Fenster. Da saßen sechs Jungs und Mädchen mit Leander im Kreis, keiner älter als zwölf oder dreizehn, und jeder mit einer Gitarre auf dem Schoß. Von wegen, die würden ihm auf der Nase herumtanzen – er hatte die Bande voll im Griff! Der blonde Junge, den Leander gerade Luka genannt hatte – ein hübscher kleiner Kerl mit Harry-Potter-Brille –, begann konzentriert ein paar Akkorde zu zupfen.

Doch dann konnte ich nicht anders, als Leander anzustarren. Er sah so umwerfend aus, dass ich mich unwillkürlich noch ein Stück weiter vorlehnte.

»Hey, Leo!«, rief ein pummeliger Junge in Rapperkluft. »Da draußen steht ein Mädchen am Fenster und schmachtet dich an. Ist das deine Freundin?«

Das Solospiel verstummte. Erschrocken wich ich zurück, doch leider stand ich längst im Zentrum der allgemeinen Aufmerksamkeit.

Leander straffte sich unwillkürlich. »Wo genau steht sie denn?«, fragte er das zierliche Mädchen neben sich.

»Genau gegenüber, wenn du einen Tick nach rechts guckst«, sagte das Mädchen. Auf ihren Zähnen blinkte jede Menge Metall.

Leander wandte mir das Gesicht zu und schickte mir ein bezauberndes Lächeln.

»Die ist aber hübsch«, flüsterte das Zahnspangenmädchen ihm zu.

»Findest du?«

»Ja, so schöne Locken hätte ich auch gerne.« Verlegen strich sie über ihre eigenen, ziemlich dünnen Strähnen.

»So, ihr konzentriert euch jetzt bitte wieder auf die Musik und spielt das Stück noch einmal von vorne. Michelle, zählst du bitte an?«

Er kam zu mir ans Fenster, während die anderen zu spielen begannen.

»Liv?«, fragte er leise.

»Ich bin hier.«

»Möchtest du reinkommen?«

»Ich glaube, ich bleibe lieber draußen.«

Es wäre mir viel zu peinlich, mich mitten in diese Gruppe zu setzen, alle Blicke auf mich geheftet. Er klappte das Glas seiner Armbanduhr auf und betastete das Zifferblatt.

»Wir haben noch zehn Minuten.«

»Gut, dann warte ich da auf der Bank vor dem Seiteneingang.«

Eine Viertelstunde später öffnete sich endlich die Tür, und die Kids drängelten heraus, gefolgt von Leander als Schlusslicht. Zwei der Mädchen tuschelten, während sie immer wieder zu ihm hinblickten. Die himmelten ihn schamlos an!

»Hi.«

Mehr bekam ich nicht heraus, als er sich zögernd neben mich setzte. Seine Nähe knipste sämtliche Lichter in meinem Denkapparat aus. Auf einmal kam ich mir seltsam entblößt vor. Ich dachte an all das, was ich ihm gestern von mir offenbart hatte. Wieso war mir das jetzt so peinlich?

»Wie geht's dir?«, fragte er sanft.

»Ganz gut«, räusperte ich mich. »Und dir?«

»Okay.« Er klang auch nicht gerade entspannt.

»Ich … finde es cool, wie du mit den Kids umgehst«, versuchte ich ein Gespräch in Gang zu bringen. »Du wärst bestimmt ein guter Lehrer.«

»Meinst du?«

»Ja, ernsthaft. Alle waren voll bei der Sache. Und die Mädchen himmeln dich sogar offen an.«

»Tatsächlich? Warum sollten sie?«

»Na ja … also, ich denke, deine … ähm … attraktive Erscheinung hat eine gewisse Wirkung auf sie.«

Und nicht nur auf sie …

»Ehrlich gesagt, ist es mir ziemlich egal, was für eine Wirkung ich auf *dreizehnjährige* Mädchen habe«, schnaubte Leander, öffnete seinen Rucksack und holte eine Wasserflasche heraus. »Möchtest du?«

»Nein, danke, ich bin versorgt. Seit neulich achte ich immer darauf, dass ich genug zu trinken bei mir habe.«

»Brav«, sagte er lächelnd und nahm einen Schluck.

»Wollen wir los?«, wechselte ich das Thema. »Ich kann deinen Rucksack in den Fahrradkorb nehmen.«

»Das musst du nicht, er ist nicht schwer.«

»Wie du willst. Ich will dich nicht bevormunden.«

»Das weiß ich. Du hast mich von Anfang an ganz normal behandelt, nicht wie jemanden, der ständig Hilfe braucht.«

»Wieso denn auch? Du kommst doch erstaunlich gut klar.«

»Auf vertrautem Terrain schon. Jetzt allerdings bin ich auf deine Augen angewiesen, denn ein unbekannter Weg ist immer ein Abenteuer für mich. Wie weit ist es ungefähr?«

»Wenn wir aus der Fußgängerzone raus sind, dann im Prinzip nur die Hauptstraße runter und noch eine Querstraße rein. Vielleicht eine Viertelstunde.«

»Gut.«

Wir brachen auf, und Leander manövrierte sich an meiner Seite erstaunlich zielsicher durch die Innenstadt. Die Kugel am Ende seines weißen Stocks ratterte im Rhythmus seiner Bewegungen über das rote Pflaster. Ein paar Leute drehten sich neugierig zu uns um. Bestimmt war Leander in Steinberg bekannt wie ein bunter Hund. Ich quasselte die ganze Zeit, damit er immer wusste, wo ich war.

»Das ist wirklich süß von dir, dass du mich mit deiner wunderschönen Stimme auf Kurs halten willst«, sagte er schmunzelnd, als wir die Hauptstraße erreichten. »Aber könntest du kurz eine Pause machen? Ich muss auf die Geräusche achten.«

»Oh, entschuldige …«

»Ist hier rechts ein großes Gebäude? Das Echo klingt so anders.«

»Ja, da ist ein riesiger Betonklotz, irgendeine Firma. Du kannst Häuser hören?«

»Das nicht. Aber der Schall bricht sich an einer hohen Hauswand anders als zum Beispiel an einem Gartenzaun. Es gibt Leute, die können sogar eine Laterne von einem Baum unterscheiden, indem sie sich mit dem sogenannten Klicksonar orientieren.«

»Was ist das denn?«, fragte ich.

»Eine spezielle Technik, mit der Zunge zu schnalzen und am zurückgeworfenen Echo Objekte zu erkennen. In Amerika gibt es ein paar Freaks, die damit sogar Mountainbike fahren.«

»Unglaublich«, sagte ich fasziniert.

»Ja, das ist mir auch zu hoch. Ich finde die klassische Variante völlig okay.«

Ich versuchte, die Straße aus seiner Sicht wahrzunehmen: Geräusche und markante Orientierungspunkte in Bodennähe, die er mit dem Stock erkennen konnte. An der Ampelkreuzung stoppte er, ohne dass ich ihn warnen musste.

»Woher weißt du, dass hier eine Kreuzung ist?«, fragte ich erstaunt.

»Wegen der Bodenmarkierungen.«

Sein Stab fuhr über die Rillen der weißen Platten, die den Fußweg von der Straße trennten. Ähnlich wie an einem Bahnsteig.

»Hier. Die Längsrillen markieren den Straßenrand.« Er

folgte mit dem Stock den Rillen ein Stück weiter. »Und dort die Querrillen zeigen, in welcher Richtung man an dieser Stelle über die Straße kommt.«

»Cool! Die Streifen sind mir noch nie aufgefallen.«

»Die Ampel ist auch cool. Pass auf.« Routiniert drückte er etwas unter dem Schaltkasten. »Hier, fass mal an.«

Ich legte meine Hand unter den Kasten und ertastete dort ein kleines Dreieck.

»Der Pfeil zeigt die Gehrichtung«, erklärte er. »Lass mal die Finger drauf.«

Als die Ampel auf Grün sprang, ertönte ein akustisches Signal.

»Huch! Das vibriert ja!« Ich schüttelte meine Finger.

Er kicherte und übernahm gelassen die Führung, als wir über die Straße gingen. Und ich bekam gehörigen Respekt vor der Leistung, die es für einen Blinden bedeutete, sich in einer Stadt zu orientieren.

»Da vorne rechts ist ein Verteilerkasten«, verkündete ich, als wir durch unser Wohnviertel spazierten. »Vielleicht zehn Meter entfernt. Direkt dahinter müssen wir rechts rein.«

»Okay. Siehst du irgendwo eine Bushaltestelle?«

»Ja, ein Stück hinter der Kreuzung.«

»Bestens, die muss ich beim nächsten Mal finden können.«

»Das heißt … du willst noch öfter zu mir kommen?«, folgerte ich zaghaft.

»Wenn es dir recht ist?«

»Mehr als recht«, sagte ich leise.

Sein Lächeln zeigte er wieder mal nur dem Boden.

»Du musst ja einen ganzen Haufen innerer Landkarten

haben«, wunderte ich mich. »Wie kannst du dir bloß die ganzen Wege merken?«

»Kann ich gar nicht. Nur die wichtigsten Fußstrecken zu den paar Hotspots, die ich öfter brauche. Die Besonderheiten der Strecken hab ich auf dem Handy als Sprachnotiz aufgenommen. Für alles andere nehme ich ganz dekadent den Bus oder auch mal ein Taxi.«

Meine Mutter war zum Glück nicht zu Hause. Sie hatte angekündigt, nach der Arbeit – wie wollte sie mit verbundener Hand überhaupt arbeiten? – noch mit Andy zum Baumarkt zu gehen. Umso besser, das bedeutete jede Menge störungsfreie Zeit.

Wie letztes Mal stand Leander ein paar Sekunden mitten in meinem Zimmer und orientierte sich. Ich wusste nicht recht, was ich sagen sollte.

»Ähm … möchtest du eine Cola? Hab auch Eiswürfel.«

»Oh ja, gerne.« Er kam zu mir aufs Sofa.

Schweigend tranken wir. Sein Duft benebelte mich schon wieder. Nur mit Mühe konnte ich mich davon abhalten, an ihm herumzuschnuppern.

»Dann zeig mir doch mal, was du geübt hast«, unterbrach er die Stille.

Einen Moment lang überlegte ich verwirrt, was er wohl meinen könnte, als mir endlich die Gitarre einfiel. Stimmt, deswegen war er ja hier … Mit dem Instrument auf meinem Schoß wurde es nun definitiv zu eng auf dem Minisofa.

»Vielleicht sollte ich mich woanders hinsetzen«, schlug er vor. »Dann kann ich besser zuhören.«

»Hier rechts am Schreibtisch ist ein Stuhl.«

Er stand auf und setzte sich seitlich von mir. Unsicher

begann ich, ein paar Fingerübungen zu spielen, was alles andere als flüssig vonstattenging.

»Ich weiß nicht, wie ich am besten die Finger bewegen soll, wenn ich Arpeggien spiele.«

»Das war schon gar nicht schlecht, nur noch ein bisschen unregelmäßig. Gib mal her.«

Während er erklärte, hing ich an seinen Lippen und starrte gebannt auf seine Finger, wie sie lässig über die Saiten tanzten. Das würde ich nie hinkriegen.

Und wie immer verwirrte es mich, dass ich seine Augen nicht sehen konnte. »Leander? Entschuldige, wenn ich dich unterbreche, aber … jetzt kannst du sie doch wieder abnehmen, oder?«

»Was? Oh ja.«

Als er die Sonnenbrille abgenommen hatte, lächelte er zuerst verlegen den Boden an. Dann wandte er mir das Gesicht zu – und ich konnte nur mit Mühe ein Seufzen unterdrücken, als die funkelnden Saphire mich scheinbar ansahen. Mein Herz stolperte.

»Die Fingerbeweglichkeit ist am Anfang immer das Schwierigste. Ist aber bloß Übungssache. Hier, probier noch mal.«

Er gab mir die Gitarre wieder, und ich versuchte es.

»Oh Mann, das nervt total, dass ich die Finger beim Akkordwechsel nie synchron kriege«, beschwerte ich mich.

»Vielleicht verlangst du ein bisschen viel von dir für den Anfang. Bist du bei deiner Kunst auch so ungeduldig?«

»Manchmal schon. Wenn ich eine neue Technik ausprobiere, will ich das am liebsten gleich perfekt können – und bin dann schnell frustriert«, gab ich zu.

Leander schmunzelte. »Da gibt es doch diesen Witz, wo eine Entenmutter ihre Kinder zum ersten Mal in den

Teich führen will – und das eine Küken sich weigert, weil es erst ins Wasser will, wenn es schwimmen kann.«

Wir kicherten beide über diesen Vergleich.

»Wolltest du mir nicht mal etwas von deinen Werken zeigen?«, erinnerte er mich.

»Jetzt?«

»Warum nicht? Pause machen gehört zum Üben.«

»Wenn du willst ... Ist mir aber ein bisschen peinlich.«

Er kicherte. »Darf ich dich daran erinnern, dass mir mein Fühl-Bild neulich auch ganz schön peinlich war?«

»Also gut. Komm am besten mit rüber, die meisten Sachen stehen auf der Kommode.«

Ich nahm die kleine Meerjungfrau, einen meiner ersten Versuche aus rosa Speckstein, und legte sie in seine geöffnete Hand. Dabei streifte ich unbeabsichtigt seine Finger. Er sog hörbar die Luft ein und schloss die Augen. Also hatte auch er den Blitz bemerkt.

Vorsichtig betastete er die Figur mit beiden Händen. »Eine Nixe?«, erriet er.

»Ja.«

»Wow, wie hast du die so glatt gekriegt?«

»Mit Nass-Schleifpapier, ist nicht schwer.«

»Fühlt sich toll an. Sogar das Gesicht hast du ganz filigran ausgearbeitet – unglaublich.«

Ich gab ihm noch eine getöpferte Schale mit verschiedenen Blättern und Blüten drum herum.

»Oh, da ist ja eine ganze Blumenwiese drauf. Ich erinnere mich noch an meine eigenen Versuche in der Schule. So was Fitzeliges hätte ich aber nie zustande gebracht.«

Und dann gab ich ihm mein Prachtstück: den faustgroßen Kopf eines spitzohrigen Phantasie-Elfen aus Fimo.

»Wow, ist ja der Hammer!« Er tastete jedes einzelne Detail des Gesichtes ab. »Du hast wirklich Talent, Liv. Er hat übrigens die gleiche Nase wie du.«

»Was?«

»Aber ja.«

»Du hast dir meine Nase gemerkt?«

»Nicht nur deine Nase …«, murmelte er.

Ich räusperte mich verlegen. »Mal sehen, ob du das hier auch wiedererkennst«, sagte ich und gab ihm eine der abstrakten Figuren, die ich neulich gemacht hatte. Sie ähnelte einer halb geschlossenen Blüte, und darauf hatte ich ein bestimmtes Muster geprägt.

»Das glaub ich jetzt nicht«, staunte er. »Das ist ja dasselbe Muster wie auf meinem Ring!«

»Ich fand es so schön«, erklärte ich entschuldigend. »Und da dachte ich mir, ich hätte dann eine Erinnerung an dich. Findest du das schlimm?« Meine Stimme wurde dabei immer leiser.

Leander seufzte tief. »Schlimm? Ganz im Gegenteil, das ist wunderschön. Das einzige … Schlimme hier ist, dass ich mich nicht traue, dir zu sagen, was ich wirklich denke.«

»Aber warum denn nicht?«

»Weil ich damit ein gewaltiges Risiko eingehen würde.«

»Was soll denn passieren? Glaubst du, ich reiß dir den Kopf ab, wenn du meine Werke kritisierst?«

»Es geht nicht um deine Werke«, sagte er leise. »Aber den Kopf abreißen könntest du mir trotzdem. Oder zumindest könntest du mich rausschmeißen und nicht mehr wiedersehen wollen.«

Unbeholfen legte er die Skulptur auf die Ablage.

»Deine Hand zittert ja«, stellte ich betroffen fest.

Instinktiv trat ich einen Schritt näher und stand so dicht vor ihm, dass ich seine Körperwärme spüren konnte. Ohne nachzudenken, nahm ich seine Hand und verschränkte sie mit meiner. Der Hitzestrahl schoss bis in meine Zehenspitzen und ließ mich erschauern.

Leander sog scharf die Luft ein. »Was ist das bloß, Liv?«, raunte er. »Seit ich dich das erste Mal berührt habe, fühle ich mich dabei jedes Mal wie elektrisiert. Du spürst das auch, nicht wahr?«

»Ja«, flüsterte ich.

Dann hatte ich mich also nicht darin getäuscht, dass er genauso stark auf mich reagierte wie ich auf ihn.

»Das ist … ganz schön verrückt, oder?«, versuchte ich meine Unsicherheit zu überspielen.

»Ja, verrückt«, sagte er. »In den letzten Tagen hab ich tatsächlich gedacht, ich dreh durch.«

»Aber wieso denn?«

Plötzlich zog Leander seine Hand weg, und die Stelle auf meiner Haut fühlte sich augenblicklich eisig kalt an.

»Herrgott, Liv, was soll ich sagen …!« Nervös strich er sich durchs Haar. »Soll ich dir wirklich erzählen, dass … ich seit unserem Auftritt kaum noch geschlafen hab, weil ich die ganze Zeit an dich denken musste? Frag meinen Bruder, wie sehr ich ihn letzte Woche damit gepestet habe, Nessie nach deiner Telefonnummer zu fragen. Und dann am Mittwoch, da tauchst du plötzlich wie durch ein Wunder bei uns auf – ich dachte echt, ich kipp um! Und Robin, mit dem ich dieses Wochenende ein Zimmer geteilt habe, hab ich auch total genervt mit meiner Unruhe. Bis er irgendwann gecheckt hat, was mit mir los ist. Und da hat er gedroht, mich *einliefern* zu lassen, wenn ich nicht endlich den Mut finde, dir zu gestehen …«

Er stockte. Etwas Heißes plumpste in meinen Magen und schnürte mir die Kehle zu. Leander knetete seine Hände.

»*Was* gestehen?«, krächzte ich fast unhörbar. Meine Knie drohten nachzugeben.

Zitternd atmete er ein. Und dann fand er seinen Mut.

»Ich wollte dir schon damals sagen, wie unglaublich faszinierend ich dich finde. Und dass … ich mich in dich verliebt habe.«

Ich musste heftig schlucken, als plötzlich eine Million Flatterwesen in meinem Bauch Samba tanzten!

Verlegen wandte Leander das Gesicht ab. Ich konnte ihn nur fassungslos anstarren, während sich ein Strom heißer Lava in meiner Brust ausbreitete. Was passierte hier gerade? Der Junge, der mir seit über einer Woche nicht mehr aus dem Kopf ging – und den ich für absolut unerreichbar gehalten hatte –, hatte mir gerade eine Liebeserklärung gemacht? Ich musste im falschen Film sein. Und ich hatte mir von Nessie einreden lassen, er sei schwul. War ich wirklich so naiv gewesen, das zu glauben?

Sag endlich was, Liv, sonst löst er sich noch in Luft auf, und du stellst fest, dass du alles nur geträumt hast!

Ich atmete hörbar aus. Sofort drehte Leander sich wieder zu mir. Er hatte knallrote Wangen.

»Kannst du dir vielleicht vorstellen, dass … es mir genauso geht?«, flüsterte ich und hatte das Gefühl, mit diesem einen Satz meine sämtlichen Vorräte an Courage aufgebraucht zu haben.

»Was?«, hauchte er ungläubig. »Weißt du, was du da sagst?« Seine Stimme drohte zu kippen.

Eine schmerzhafte Sehnsucht, ihn zu berühren, zog an mir.

Und dann tat ich es einfach. Sanft legte ich meine Hand an seine Wange. Leander schloss die Augen. Wie weich seine Haut war … ich war unfähig zu sprechen. Ich wollte ihm zeigen, was ich fühlte. Ganz dicht stand ich vor ihm, und meine Hand tat endlich, was ich schon so lange hatte tun wollen: Ich strich ihm die langen, frechen Ponyfransen aus der Stirn und fuhr durch seine herrliche Chaos-Frisur.

Da hielt er plötzlich meinen Arm fest. »Ich hab Angst, Liv«, wisperte er.

»Aber wovor denn?«, fragte ich und hörte nicht auf, ihn sanft im Nacken zu kraulen, obwohl er mich festhielt.

»Dass ich dir nicht genügen könnte. Willst du dich wirklich auf einen *Behinderten* einlassen? Ich kann so vieles nicht mit dir tun – und wenn du das erst richtig merkst, ist es vielleicht zu spät und du steckst schon zu tief drin. Dann wirst du dir jemand anderen suchen, mit dem alles einfacher ist …«

»Was redest du denn da?«, fragte ich verwirrt. »Bist *du* jetzt etwa die kleine Ente, die nicht ins Wasser will, bevor sie schwimmen kann?«

»T-tut mir leid«, stammelte er. »Aber du solltest wissen, worauf du dich einlässt, wenn du wirklich … ich meine …«

»Du redest zu viel«, sagte ich, und dann küsste ich ihn auf den Mund.

Als unsere Lippen sich trafen, war es wie ein Urknall – als würde mein persönliches Universum erst in diesem Moment die Erlaubnis bekommen, zu existieren. Erst vorsichtig und zart, dann langsam fordernder erwiderte Leander meinen Kuss. Mir wurde schwindelig, als er mich sanft an seine Brust zog, bis kein Blatt mehr zwischen uns passte.

Alles um mich herum verschwand – nur ein dumpfes, schneller werdendes Pochen war zu hören. Irgendwo am Rande meines Bewusstseins merkte ich, dass es mein Herzschlag war. Bald fanden sich unsere Zungen, begannen scheu ihren ersten langsamen Walzer. Es war, als hätte ich nie etwas Köstlicheres geschmeckt als ihn. Als ich mutiger wurde und meine Zunge einen hungrigen Tango begann, stöhnte Leander auf. Es war dieser Laut, der einen heißen Feuerstrahl in meinen Unterleib schoss und dort eine dunkelrote Glut entfachte, von der ich mir wünschte, dass sie nie wieder verlöschen sollte.

Stunden, Tage oder ein Jahrtausend später standen wir Stirn an Stirn da, die Hände verschränkt, und versuchten wieder zu Atem und Verstand zu kommen. Irgendwann fingen wir beide an zu kichern. Leander nahm mein Gesicht in beide Hände und küsste mich auf die Stirn.

»Sag mir, dass ich nicht träume«, flüsterte er.

Als Antwort küsste ich ihn in die Halsbeuge – dort wo sonst die Vampire zu beißen pflegen. Er erschauerte und schlang die Arme fest um mich.

So an ihn gekuschelt dazustehen, seinen frisch-herben Duft einzusaugen, seinen beschleunigten Herzschlag zu spüren – all das fühlte sich in diesem Moment einfach nur richtig an.

»Sieh mich an«, bat ich ihn.

Er öffnete die Lider, und ich versank in den Tiefen seiner schönen ozeanblauen Augen – die meinen Blick nicht erwidern konnten. Ein winziger Nadelstich schummelte sich dabei in mein Herz.

Er hat recht, Liv: Es gibt etwas, das du nicht wahrhaben

willst. Niemals wird er dich wirklich ansehen können. Immer wird es nur eine Illusion bleiben – ein Schattenspiel, bei dem du der einzige Zuschauer bist. Und das ist nur eins der vielen Dinge, an die du jetzt noch gar nicht denkst.

– Ich will jetzt auch nicht denken, ich will verliebt sein! Also sei still, befahl ich meinem inneren Spielverderber.

»Ich fürchte, ich muss mich hinsetzen«, seufzte ich. »Meine Beine sind auf einmal wie Gummi.«

Ich zog ihn zum Sofa. Mit verschränkten Händen lauschten wir eine Weile unserem Atem und mussten immer wieder plötzlich grinsen. Sanft streichelte er mit den Daumen meine Handrücken. Ich schloss die Augen und sah die glühenden Muster, die er dabei auf meine Haut malte.

»Fällt dir was auf?«, bemerkte er. »Es hat aufgehört.«

»Was meinst du?«, fragte ich benommen.

»Na, diese Stromschläge. Als hätten sie nun ihren Zweck erfüllt und sich verzogen.«

»Ja, aber wahrscheinlich nur, um sich irgendwo zu verstecken – bis zum nächsten Gewitter«, schmunzelte ich.

»Hmm, das könnten wir doch zusammen herausfinden, oder?«, raunte er mit dunkelrotem Samt in der Stimme und zog mich wieder in seine Arme.

15. Lippenbekenntnisse

»Na, kannst du auch nicht schlafen?«

Es war nachts um eins, als mein Handy vibrierte und Leanders Stimme mich von meinen vergeblichen Entspannungsversuchen erlöste.

»Nicht die Spur«, seufzte ich. »Ich wollte dich auch schon anrufen, hab mich aber nicht getraut.«

»Oh, bitte, Liv – versprich mir, dass du dich nächstes Mal traust«, bat er inständig. »Du darfst mich jederzeit anrufen, wenn dir danach ist, hörst du? Jederzeit.«

»Okay, ich versprech's.«

»Du klingst angespannt.«

»Bin ich auch!«, schnaubte ich. »Weißt du eigentlich, wie peinlich mir das vorhin alles war? Ich könnte meine Mutter zum Mond schießen! Was platzt die einfach in mein Zimmer rein und flippt aus …«

»Sie wollte dich nur beschützen«, unterbrach er mich ruhig.

»Vor was denn, meine Güte?«

»Na, stell dir vor, du kommst nichtsahnend von der Arbeit und findest deine minderjährige Tochter in wilder Knutscherei mit einem Kerl vor.«

»Pfff, minderjährig – ich bin fast achtzehn! Und muss sie deswegen so rumzetern? Wie eine alte Gouvernante aus dem neunzehnten Jahrhundert: *Das nennt ihr also*

Gitarrenunterricht? Junger Mann, Sie sollten sich was schämen«, äffte ich meine Mutter nach. »Die hat sie doch nicht mehr alle!«

»Hey, reg dich bitte nicht auf. Sie hat dir doch nicht den Umgang mit mir verboten, oder?«

»Na, das wär's ja noch!«

»Ich denke, sie ist einfach ausgetickt, weil sie nicht drauf vorbereitet war. Außerdem hat sie offensichtlich Vorurteile gegen mich, weil ich blind bin. Das ist ja auch erst mal verständlich. Wie hat sie denn früher reagiert, wenn du mal einen Jungen mit nach Hause gebracht hast?«

»Ähm … das gab es bisher noch nie.«

»Was? Das ist nicht dein Ernst …«

»Doch. Bisher stand noch kein ernsthafter Kandidat auf der Matte«, gab ich kleinlaut zu.

»Ach komm, Liv. Du willst mir doch nicht erzählen, dass du noch nie einen Freund hattest?«

»Nein. Noch nie.« Komisch, wieso war mir das so peinlich?

»Das ist wirklich schwer zu glauben, weil … ich meine, so wie du mich vorhin geküsst hast … Da hätte ich auf eine Menge Erfahrung getippt.«

»M-m«, verneinte ich.

»Wow! Dann bist du wohl ein Naturtalent«, schnurrte er.

Ich musste schmunzeln.

»Und du?«, fragte ich vorsichtig. »Wie viele standen schon auf deiner Liste?«

Er atmete tief durch, als würde ihm die Antwort schwerfallen. »Nur eine. Aber das ist ein unschönes Kapitel und gehört jetzt nicht hierher.«

So hatte ich seine Stimme noch nie gehört: seltsam

kalt und verhärtet. Was mochte er bloß erlebt haben mit dieser *einen*?

»Verstehe, du möchtest nicht darüber reden«, folgerte ich.

»Nicht jetzt. Ich werd's dir erzählen, versprochen. Aber gib mir ein bisschen Zeit.«

»Okay«, sagte ich betont gelassen und wechselte das Thema. »Ist denn wenigstens Andy nett zu dir gewesen, als er dich nach Hause gefahren hat?«

»Ja, der Typ scheint echt in Ordnung zu sein«, antwortete Leander. »Er war total verständnisvoll und meinte, deine Mutter sei bloß genervt, weil sie wegen ihrer Hand auf seine Hilfe angewiesen ist. Zitat: *Anja ist sonst nicht so zickig, sie hat einen wundervollen weichen Kern.* Kann es sein, dass er ein bisschen in deine Mutter verschossen ist?«

»Den Verdacht hatte ich auch schon. Aber leider ist sie auf diesem Ohr taub.«

»War's noch schlimm mit ihr, als ich weg war?«

Ich seufzte. »Eigentlich sollte ich dir das überhaupt nicht erzählen. Sie hat doch tatsächlich so eine oberpeinliche Aufklärungsnummer abgezogen – von wegen, was alles zwischen Männlein und Weiblein passieren kann –, als wäre ich zwölf oder so!«

»Ist nicht wahr«, kicherte er.

Auch ich musste plötzlich lachen. Das pustete wenigstens dieses blöde Peinlichkeitsgefühl weg. Trotzdem blieb ich sauer auf meine Mutter, die sich einfach unmöglich benommen hatte.

»Und jetzt macht sie auf Kontrollfreak – unglaublich. Ich soll immer pünktlich um zwölf zu Hause sein und ihr Zettel hinlegen, wo ich mich rumtreibe. *Rumtreibe!*«

»Hat sie denn gar kein Vertrauen zu dir?«

Ich musste schlucken. »So fühlt es sich jedenfalls an. Offenbar hat sie Angst, dass ich ihr wieder komplett entgleiten könnte.«

»Was meinst du mit *wieder*?«, hakte er vorsichtig nach.

Wie genau er zuhört …

»Das ist … eine uralte Geschichte. Auch eher unschön. Ich weiß nicht, ob dich das wirklich interessiert«, zögerte ich die Antwort hinaus.

»Liv, *du* interessierst mich!«, betonte er. »Also auch deine Vergangenheit. Ich möchte dich doch richtig kennenlernen und verstehen.«

Seine Worte lösten etwas in mir, was sich lange verkeilt hatte. Also kramte ich mutig in der Mottenkiste meiner Erinnerungen.

»Also … ich hab dir ja neulich schon erzählt, wie schwierig es manchmal mit meiner Mutter ist. Angefangen hat das alles kurz nach meiner Einschulung, als mein Vater von heute auf morgen abgehauen ist. Er hat nur einen Zettel dagelassen, dass ihm das Leben mit uns zu eng war und er unbedingt seinen Jugendtraum nachholen müsste: auf Weltreise zu gehen. Er war Kunsttischler und hatte eine Werkstatt bei uns im Hof. Ich hab ihn nie wiedergesehen. Ein paar Monate danach starb meine Oma, also Mamas Mutter. Danach hatte Mama dann ihren ersten Nervenzusammenbruch. Was genau passiert ist, hab ich nie erfahren, das ist bis heute ein Tabuthema. Ich weiß nur, dass mein Opa mich damals abgeholt und gesagt hat, dass Mama für längere Zeit in ein Krankenhaus müsste und dass ich erst mal bei ihm leben sollte.«

Leander atmete scharf aus. »Sie war in der Psychiatrie, oder?«

»Ja. Mit kurzen Unterbrechungen insgesamt über ein halbes Jahr.«

»So lange? Wie hast du das denn damals überstanden?«

»Ich kann mich komischerweise kaum an die Zeit erinnern – das liegt alles in einer Art Nebel. Wahrscheinlich stand ich einfach unter Schock. Ich weiß nur noch, dass ich ständig an Opa klebte. Obwohl er damals ja selbst noch um seine Frau trauerte, war er immer für mich da. Seitdem haben wir ein ganz enges Verhältnis. Das bekam meine Mutter dann auch zu spüren, als sie wieder nach Hause kam und ich zu ihr zurückzog. Sie musste lange dafür büßen, dass sie mich alleingelassen hatte.«

»Inwiefern?«

»Na ja, ich sprach nicht mit ihr und bekam auch sonst kaum den Mund auf. Die erste Klasse musste ich wiederholen und hatte dann keine Schulfreunde mehr. Ich wurde so ein richtiges Mauerblümchen und flüchtete mich in meine Bücher und Bilder.«

»Deine Mutter muss doch mitgekriegt haben, dass es dir nicht gutging«, wunderte er sich. »Wie ist sie damit umgegangen?«

»Ich glaube, sie hat sich schon irgendwie schuldig gefühlt. Jedenfalls gab es Phasen, immer aus heiterem Himmel, da machte sie plötzlich einen auf Supermama und konnte mich gar nicht genug betüdeln. Sie bekochte mich, überschüttete mich mit Geschenken, schleppte mich auf Ausflüge und all so was. Auf der anderen Seite kam sie manchmal tagelang nicht vom Sofa hoch und war schlecht drauf. An solchen Tagen hatte sie nichts Besseres zu tun, als mich ständig zu kritisieren. Besonders meine Figur – aber den Teller sollte ich immer brav leer essen …

Irgendwann hab ich ihr dann vorgeworfen, wie krank das alles ist und wie sehr es mich ankotzt. Sie ist aus allen Wolken gefallen und war tagelang beleidigt, *weil sie es ja nur gut gemeint hatte* … Grrr, ich werde schon wieder wütend, wenn ich daran denke! Wenn ich Opa nicht gehabt hätte, wäre ich wohl auch irgendwann in der Klapse gelandet. Manchmal, wenn es richtig schlimm war, hab ich Mama gedroht, wieder zu ihm zu ziehen …«

Leander pustete die Luft aus. »Puh … Ich bin echt sprachlos. Aber jetzt verstehe ich, was du vorhin gemeint hast – deine Mutter hat tatsächlich Angst, dich zu verlieren. Vielleicht … weil sie dich nie wieder wirklich *gehabt* hat?«

»Mag sein …«

Ich merkte, wie meine Stimme zu zittern anfing – ob aus Wut oder aus Traurigkeit, vermochte ich nicht zu unterscheiden. Das Thema wühlte mich einfach zu sehr auf.

»Hey«, hauchte Leander sanft in mein Ohr. »Ich bin gerade ganz nah bei dir, spürst du das?«

»Ja«, flüsterte ich, und schon drückte der Schmerz mir die Kehle zu. Ich schluchzte auf.

»Ich würde dich jetzt gern ganz fest in den Arm nehmen – meine tapfere Liv«, flüsterte er.

Und wieder mal heulte ich in seiner Gegenwart. Würde das jemals aufhören?

»Danke, dass du mir das anvertraut hast«, sagte er schließlich, als ich mich wieder etwas beruhigt hatte. »Ich kann nur ahnen, wie schwierig das alles für dich ist.«

»Was machst du bloß mit mir?«, schniefte ich. »Diese Geschichte hab ich noch nie jemandem erzählt. Wie schaffst du es, dass ich dir alles anvertrauen möchte, obwohl ich dich kaum kenne?«

»*A kind of magic …?*«, fragte er mit einem Lächeln in der Stimme.

»Ja, so langsam glaub ich das auch«, seufzte ich und lächelte ebenfalls.

»Ach, Liv, mir geht es doch genauso. Was hast du mit *mir* angestellt? Ich kann kaum glauben, dass das mit uns … gerade erst passiert ist. Und dabei fühle ich mich dir so nah, als würde ich dich schon lange kennen. Weißt du, wie unglaublich liebenswert es dich macht, wenn du mir deine Gefühle zeigst, so wie eben? Wenn du wüsstest, wie es gerade in mir tobt – ich könnte platzen.«

»Lieber nicht! Kann nämlich sein, dass ich dich noch brauche«, versuchte ich zu scherzen.

»Das will ich doch hoffen. Und möglichst bald, bitte! Was schätzt du – darf ich überhaupt noch mal wiederkommen in absehbarer Zeit?«

»Hm, vielleicht wäre es besser, ein paar Tage zu warten, bis meine Mutter sich abgekühlt hat. Ich will nicht, dass sie dich noch mal so respektlos behandelt.«

»Aber *ein paar Tage* halte ich es nicht mehr ohne dich aus. Also – wenn's dir nichts ausmacht – könntest du vielleicht erst mal zu mir kommen?«

»Oh ja, am liebsten sofort!«

»Hmm, verlockende Vorstellung«, summte er in mein Ohr.

Ein Bienenschwarm kreiste in meinem Bauch.

»Ich vermiss dich jetzt schon, das ist doch echt nicht mehr normal«, seufzte er.

»Ich dich auch«, besänftigte ich ihn. »Und was machen wir dagegen?«

»Weiter«, raunte er.

»Jederzeit. Wie wär's mit … gleich morgen?«

»Ausgerechnet morgen bin ich schon mit Tim verabredet. Das dauert meist bis in den späten Abend.«

»Macht doch nichts«, log ich. »Dann komme ich eben Mittwoch, wenn du willst.«

»Und ob ich das will! Darf ich dich morgen Abend noch mal anrufen, wenn Tim weg ist?«

»Jederzeit. Also dann, schlaf gut.«

»Du auch«, hauchte er.

In mir begann alles zu leuchten. Ausgerechnet ein Blinder gab mir zum ersten Mal im Leben das Gefühl, dass ich *gesehen* werde. Er sah mich, wie ich wirklich war. Vor allem die Liv, die tief in mir drinnen seit Ewigkeiten schlummerte und auf ihren großen Auftritt wartete.

Ein neues, intensives Gefühl von Vertrauen und Sehnsucht nahm ich mit in mein Bett. Es umhüllte mich wie ein weicher Schutzmantel und bewirkte, dass ich in einen tiefen Schlaf fiel – mit Traumbildern, die ich nicht mal einem Tagebuch anvertraut hätte.

Die beiden werden es mir ansehen, dachte ich, als ich am nächsten Nachmittag vor der Turnhalle auf Nessie und Nadine wartete.

Nessie hatte mich spontan überredet, endlich mal in den Bauchtanzkurs reinzuschnuppern, den Nadines Mutter gab. Sie selbst ging nur sporadisch hin, um Nadine Gesellschaft zu leisten. Die Idee war mir sehr gelegen gekommen, denn ich brauchte dringend Ablenkung.

Vollgepumpt mit hirnerweichenden Glückshormonen, konnte ich nicht anders, als die ganze Zeit dämlich vor mich hin zu grinsen.

»Hi, Süße!«, quietschte Nessie, als sie mir zur Begrüßung um den Hals fiel.

Nadine tat es ihr gleich. »Schön, dass du mitgekommen bist! Wirst sehen, das macht total Spaß.«

»Hast du auch meinen Befehl befolgt und keine Schlabbersachen mitgebracht?«, fragte Nessie.

»Nein, Frau Oberst«, erwiderte ich und zeigte den Inhalt meiner Sporttasche vor. »Caprileggings und ein enges Top – zufrieden?«

»Genehmigt«, grinste Nessie. »Ach, übrigens: Wenn die Folterstunde hier vorbei ist, dann lade ich euch beide zum Pizzabacken ein, ja? Mein Mamadrachen ist ausgeflogen, und wir können gemütlich alles einsauen.«

»Au ja!«, rief Nadine begeistert. »Gibt's auch was Anständiges zu trinken?«

»Na logo! Oder hast du gedacht, ich lass euch auf dem Trockenen sitzen?«

Wir gingen zu den Umkleidekabinen. Als ich mich in die engen Sachen quetschte, vergaß ich glatt, mich kritisch im Spiegel zu begutachten. Meine Gedanken waren ganz woanders. Ich bekam einfach Leanders Bild nicht aus meinem Kopf. Kaum dachte ich an unseren ersten Kuss, tanzten wieder diese hyperaktiven Flügelwesen in meinem Bauch herum, und mein Hirn schaltete auf Stand-by. So bekam ich nicht mit, worüber Nessie und Nadine kicherten und quatschten.

»Li-hiv!«

»Äh, was?«, fragte ich verwirrt.

»Hey, du bist ja knallrot!«, bemerkte Nadine.

Nessie sah mich prüfend an. »Sag mal, geht's dir gut?«

»Bestens, danke. Wollen wir dann?«

Nadines Mutter war an der Musikanlage beschäftigt, als wir in die Halle traten. Mir fiel bei ihrem Anblick nur ein einziges Wort ein: Schönheit! Sie war klein, extrem kurvig, aber strahlte eine Würde aus wie eine Märchenkönigin. Wie die meisten der etwa fünfzehn Frauen und Mädchen hier trug sie ein glitzerndes Bustier, was dem ähnelte, das Nessie damals in meinen Kaffee geschmissen hatte. Über ihren Leggings schwangen farblich passende Chiffontücher, an denen Münzen und Pailletten schimmerten. Sie begrüßte uns herzlich und ermutigte mich, einfach mitzumachen, so gut es ginge. Dann erklang langsame, orientalische Musik, und wir begannen mit ein paar Aufwärmübungen.

Wann hatte ich mich das letzte Mal so rundum wohl gefühlt in meinem Körper? Während Nessie sich einen abkrampfte und eher ungelenk herumhüpfte, erkannte ich, dass orientalischer Tanz wie für mich gemacht war. Nadine und ihre Mutter staunten nicht schlecht, als sie merkten, wie leicht mir schon die Grundfiguren fielen. Gut, die Musik war gewöhnungsbedürftig, doch ich konnte mich ohne Probleme in die Rhythmen einfühlen. Nach einer Weile schaltete ich meinen Kopf komplett aus und folgte nur noch den Schwingungen der Musik. Es war ein großartiges Gefühl.

»Mensch, Livie!«, rief Nessie, die neidlos meine weichen Bewegungen bewunderte. »Du bist ja ein Naturtalent!«

Wo hatte ich dieses Wort kürzlich schon mal gehört? Schon tauchte *sein* Bild wieder auf – und vorbei war's mit der Konzentration. Ich stolperte über meine Füße und wäre lang hingeschlagen, wenn Nessie mich nicht aufgefangen hätte.

»Sachte, sachte! Musst mir nicht gleich vor Freude um den Hals fallen«, gluckste sie.

»Siehst du, Liv?«, freute sich Nadine und kniff Nessie

in die nicht vorhandenen Hüften. »Endlich haben wir beide mal einen Vorteil gegenüber solchen Bohnenstangen hier! Ich hoffe doch, du kommst wieder?«

»Ganz bestimmt«, versicherte ich.

Am Ende der Stunde schwebte ich mit einem Anflug von nie gekanntem Stolz aus dem Raum und fühlte mich wie eine Prinzessin aus *Tausendundeiner Nacht*.

Als wir am Abend Nessies Küche in ein Schlachtfeld verwandelt hatten, gackernd unseren Sekt kippten und unsere selbstgemachte Pizza verschlangen, klingelte plötzlich mein Handy.

»Hi«, hauchte meine Lieblingsstimme.

Ich wurde knallrot und drehte mich von den anderen weg.

»Hi … ähm … so früh hab ich noch gar nicht mit dir gerechnet«, sagte ich möglichst leise.

»Oh, störe ich?«

»Na ja, ich bin hier gerade mit Nessie und Nadine zusammen …«

»Hey, kein Problem! Macht nur weiter mit eurem Mädelsabend. Wir können später telefonieren.«

»Okay, ich ruf dich nachher an«, versprach ich.

»Kann's kaum erwarten.«

»Ich auch – bis dann.«

Auf den Gesichtern meiner Freundinnen stand die ganze Palette von Überraschung bis Ungläubigkeit geschrieben. Verlegen grinste ich sie an.

»Ähm, Livie …?« Nessie beäugte mich misstrauisch. »Hast du uns etwa was zu beichten?«

»Das war Felix, oder?«, mutmaßte Nadine und zwinkerte mir zu.

»Nein, nicht Felix. Das war ...« Ich zögerte. »Leander Johansson.«

»Wie – Lasses Bruder?«, fragte Nadine. »Was wollte der denn von dir?«

»Na ja, also ... wir ...«, druckste ich herum.

Nessie riss den Mund auf. »*Nee*, oder?«

»Doch. Wir sind wohl ... so was wie ... zusammen.«

Nessies Gesichtszüge entgleisten vollständig. »Wie? Was? Wann ...?«

Nadine starrte mich nur ungläubig an und sagte gar nichts mehr.

»Wann bitte schön hättest du mir *das* denn erzählt?«, beschwerte sich Nessie, nachdem sie ihre Zunge wieder unter Kontrolle gekriegt hatte.

»Ich hätte es schon noch erzählt – später«, sagte ich kleinlaut. »Es war einfach noch nicht der richtige Zeitpunkt dafür. Außerdem ist alles noch so frisch.«

»Seit wann?«

»Seit gestern.«

»Ich fasse es nicht!« Nessie schüttelte den Kopf. »Da lässt man dieses Landei mal ein paar Tage unbeaufsichtigt, und schon schleppt sie einen wildfremden Kerl ab.«

»Ich hab ihn nicht *abgeschleppt*!«, stellte ich klar.

»Okaay, wir sind ganz Ohr«, sagte Nessie und lehnte sich mit verschränkten Armen zurück.

Tief durchatmend begann ich zu erzählen, was vorgefallen war. Die beiden hingen mir buchstäblich an den Lippen, besonders, als ich bei Leanders mutiger Liebeserklärung angelangt war und ihnen vorschwärmte, wie sensibel und einfühlsam ich ihn fand. Weitere vertrauliche Details verschwieg ich wohlweislich.

»Hach, das ist ja sooo romantisch!«, schwärmte Nadine.

Nessie dagegen blickte skeptisch drein. »Letzte Woche hast du noch beteuert, dass du nicht in ihn verknallt bist«, erinnerte sie mich.

»Ich war mir ja auch nicht sicher«, gab ich zu. »Aber ich glaube, da war vom ersten Augenblick an etwas zwischen uns …«

»Liebe auf den ersten Blick«, seufzte Nadine.

»Auf den ersten Blick?«, fragte Nessie. »Wie soll das gehen bei einem Blinden?«

»Es gibt ja wohl noch andere Sinneseindrücke, über die man sich wahrnehmen kann«, gab ich zu bedenken.

»Na, dann wird ihn wohl der *Tast*-Eindruck am meisten interessiert haben, was?«, unkte Nessie. »Da sind sie doch alle gleich.«

Ich stutzte, und auch Nadine wirkte verwirrt. Irgendetwas stimmte hier nicht. Da war so ein bösartiger Unterton in Nessies Stimme, den ich nicht verstand.

»Was ist los mit dir, Nessie?«, fragte ich. »Du hörst dich an, als hättest du etwas gegen ihn.«

Nessie schwieg.

»Ist es, weil er Lasses Bruder ist? Ich kann dir versichern, Leander ist völlig anders als Lasse.« Verunsichert betrachtete ich sie. »Was ist denn jetzt überhaupt mit dir und Lasse?«

Sie ließ den Kopf auf die Arme sinken und begann zu schluchzen.

»Hey«, hauchte Nadine und legte den Arm um ihre Freundin.

So kreuzunglücklich hatte ich Nessie noch nie gesehen.

»Hat Lasse sich etwa immer noch nicht gemeldet?«, fragte ich behutsam.

Nessie schüttelte den Kopf. »Dieser Arsch!«

Mit viel Mühe konnten wir aus ihr herausbringen, was geschehen war. Lasse hatte ein paarmal was mit ihr gehabt, inzwischen aber, wie es schien, jedes ernsthaftere Interesse an ihr verloren. Ich hatte nicht erwartet, dass es Nessie so mitnehmen würde. Eigentlich hatte ich sie in Beziehungsdingen für ebenso oberflächlich gehalten wie ihn, vor allem, weil sie inzwischen schon wieder mit Sven geknutscht hatte. So konnte man sich täuschen.

»Oje, und ich schwärme dir ausgerechnet auch noch vor, wie toll sein Bruder ist«, sagte ich betreten. »Tut mir leid, Nessie. Ich weiß auch nicht, warum sich Lasse so scheiße benimmt.«

»Weil er schlicht und einfach ein *Arschloch* ist, Punkt«, schniefte sie.

»Die schärfsten Typen sind meistens Arschlöcher«, meinte Nadine. »Aber ich kann dich verstehen. Ich steh ja auch auf solche Kerle. So flauschige Frauenversteher reizen mich nicht.«

»Ist das dein Ernst?«, fragte ich erstaunt. »Also, ich hab mich immer schon nach jemandem gesehnt, der mich versteht und mit dem ich richtig gut reden kann.«

»Reden? Aber dafür hat man doch beste Freundinnen«, sagte Nadine verwundert.

»Willst du denn gar keine ernsthafte Beziehung?«, hakte ich nach.

»Ach, Beziehung klingt irgendwie so erwachsen und nach Langeweile«, meinte Nadine. »Klar, irgendwie träume ich schon auch davon. Später mal vielleicht – so ein romantischer Heiratsantrag am Strand unterm Sternenhimmel, das wär schon was.« Sie seufzte und zupfte an ihren Haaren herum.

»Das ist alles?«, staunte ich über ihre Anspruchslosigkeit. »Und wie müsste er sein, dein Märchenprinz?«

»Stark und schön natürlich. Einfach ein richtiger Kerl, der mich beschützen kann und weiß, wo's langgeht im Leben. Einen geilen Job müsste er haben und natürlich kinderlieb sein. Ich will mindestens drei Kinder haben. Eine richtige harmonische Familie.«

»Träum weiter, Naddl«, meldete sich Nessie aus der Versenkung zurück. »Solche Typen spielen nicht in unserer Liga, Schatz.«

»Dann sag du doch mal, wie dein Traumgatte sein soll!«, gab Nadine zurück.

Nessie schien ernsthaft zu überlegen. »Hm. Er sollte mindestens so hammermäßig aussehen wie Lasse und auch so viel Feuer im Hintern haben wie er. Aber vom Charakter her doch eher wie … na ja, wie Sven. So eine Mischung aus beiden, das wäre perfekt.« Schon wurden ihre Augen wieder feucht.

»Du liebst Sven noch immer«, erkannte ich.

Mit geschlossenen Augen nickte sie. »Aber nach der Kanutour hab ich ihn erst mal auf Abstand gehalten. Ich hab einfach Angst, dass es wieder so wird wie früher.«

»Was meinst du?«

»Er ist eben ein bisschen lahmarschig. Und auch nicht der Hellste.«

»Aber du hast immer wieder erwähnt, was für eine treue Seele er ist. Der würde mit dir nie so umspringen wie Lasse.«

»Da hast du wohl recht.« Nessie seufzte. »Sven und ich waren ja schon fast wie ein altes Ehepaar, richtig mit abends fernsehen und zusammen kochen und so. Manchmal dachte ich: So müsste es sein, wenn man verheiratet ist und eine Familie hat, so geborgen und … sicher. Aber dann kriegte ich immer 'nen Rappel, weil ich das nicht aushalten konnte, und hab wieder Schluss gemacht. So geht das schon ewig hin und her.«

»Am besten sollte man lesbisch werden, dann hätte man nicht so viel Trouble mit den Männern«, schlussfolgerte Nadine.

»Dann hättest du Trouble mit Frauen, wo ist da der Unterschied?«, warf ich ein.

»Apropos *Unterschied*«, sprang Nessie an. »Hast du Leo mal gefragt, ob er tatsächlich was mit Tim am Laufen hatte?«

»Nee, das ist Quatsch«, versicherte ich. »Leander hatte schon mal eine Freundin, das hat er selbst gesagt. Aber was Tim betrifft, könntest du recht haben. So wie er Leander immer anschaut … beim Stadtfest hatte ich sogar den Eindruck, dass er eifersüchtig auf mich war.«

»Liv? Darf ich dich mal was zu Leander fragen?«, lenkte Nadine ab.

»Ja. Natürlich.«

»Wie sehen eigentlich seine Augen aus? Ich meine, Blinde haben doch meistens so merkwürdig tiefe Augenhöhlen und schielen ganz gruselig, das hab ich schon mal gesehen.«

Ich lächelte. »Hab ich auch erst befürchtet. Aber Leander hat wunderschöne Augen, tiefblau mit langen, dunklen Wimpern. Er musste von Kind an lernen, seine Augenmuskeln zu beherrschen, denn seine Mutter hat Wert darauf gelegt, dass er nicht so behindert aussieht. Er kann seine Augen parallel auf die Stimme seines Gegenübers ausrichten. Natürlich sieht das nie ganz echt aus, aber … es ist trotzdem wunderschön.«

»Oh Mann, dich hat's ja voll erwischt«, kommentierte Nessie. »Gibt's eigentlich irgendwas, das *nicht* toll an Mister Superman ist? Musikgenie, Einser-Abiturient, sensibel und einfühlsam, wunderschön – da muss doch irgendwo ein Haken sein.«

»Nun ja, er kann wohl nicht besonders gut Fußball spielen«, schmunzelte ich.

»Nein, wie tragisch!«, kicherte Nadine.

Lachend warf ich ein Stück Pizzarand nach ihr. In den nächsten Minuten wechselten fast sämtliche Pizzareste von unseren Tellern per Freiflug ihre Besitzerinnen – und drei siebzehnjährige Kleinkinder kugelten sich vor Lachen inmitten eines unbeschreiblichen Küchenchaos, bis ihnen die Bäuche weh taten. Ging Erwachsenwerden nicht irgendwie anders?

16. PARALLELWELT

Mit wild klopfendem Herzen stand ich am Mittwoch viel zu früh vor Schloss Johanssons Pforte und traute mich kaum zu klingeln.

»Hallo, Liv. Endlich du bist da!«, begrüßte mich Maria, die Haushälterin, mit überschwänglicher Freude.

Es war mir ein bisschen peinlich, als sie mir mütterlich den Arm tätschelte, aber sofort wurde ich ruhiger.

»Rennt er schon ganze Tag herum wie aufgescheuchte Huhn …«, sagte sie augenzwinkernd und wies zur Treppe. »Leo ist in Keller, geh ruhig unten.«

Im Untergeschoss empfing mich laute Musik. Düster, aber fetzig. Von Leander keine Spur. Ich schaute mich um. Das hier war also der berühmte »Folterkeller« – ein großzügiger, mit allen Schikanen ausgestatteter Fitnessraum. Nur wenig Tageslicht fiel durch ein geöffnetes Schachtfenster. Da bemerkte ich, dass die Tür des gegenüberliegenden Raums einen Spalt offen stand. Wasserrauschen verriet mir, dass dahinter das Bad sein musste. Bei der Vorstellung, Leander in der Dusche zu überraschen, wurde mir abwechselnd heiß und kalt. Wie sollte ich mich bemerkbar machen, ohne ihn zu erschrecken? Schließlich wollte ich ihn nicht in eine peinliche Situation bringen.

Er ist dein Freund, *Liv. Kapier das endlich! Was soll dar-*

an peinlich sein, ihn nackt zu sehen? Früher oder später wirst du das sowieso … hoffentlich.

– Und ob das peinlich ist! Mit so was lässt man sich doch Zeit, oder?

Ich wartete neben der Badezimmertür, damit er mich trotz der dröhnenden Musik hören konnte, wenn ich ihn ansprach. Doch als die Tür aufging, blieb mir schlicht die Spucke weg bei seinem Anblick: Nur mit weißen Bermudas bekleidet, ein Handtuch geschultert, ging er schnurstracks an mir vorbei in den Fitnessraum, ohne mich zu bemerken. Atemlos beobachtete ich das Spiel seiner Muskeln auf der leicht gebräunten Haut, als er vor sich hin pfeifend die Musik ausstellte.

Jetzt oder nie …

»Nicht erschrecken, Leander«, sagte ich so vorsichtig wie möglich. Trotzdem zuckte er zusammen. Dann fasste er sich und schenkte mir ein umwerfendes Lächeln. Wenn das jetzt einer fotografiert hätte, dachte ich, könnten sämtliche Männerunterwäsche-Models einpacken.

»Hey! Du bist schon da«, freute er sich.

»Bitte entschuldige, dass ich hier so reinplatze«, plapperte ich verlegen, als wir mitten im Raum voreinander stehen blieben. »Maria hat mich runtergeschickt, aber ich konnte mich wegen der Musik nicht bemerkbar machen.«

Ich erschauerte, als er mit den Fingerspitzen über meine Schultern fuhr, seitlich den Hals hinauf und sanft den Zeigefinger auf meine Lippen legte.

»Jetzt bist *du* es, die zu viel redet«, sagte er, hob vorsichtig mein Kinn an und küsste mich.

Völlig berauscht von seinem Duft und dem Gefühl seiner samtig warmen Haut vergaß ich, wo ich war, und drängte mich mit aller Leidenschaft an ihn. Schnell waren wir wieder da, wo wir vorgestern aufgehört hatten.

»Wow! Was war das denn?«, raunte er, als wir uns nach gefühlten drei Stunden voneinander lösten.

»Entzug«, hauchte ich.

Immer noch standen wir an derselben Stelle vor der Hantelbank. Ich hätte es allerdings auch nicht bemerkt, wenn wir inzwischen von Außerirdischen entführt und auf einem fremden Planeten ausgesetzt worden wären.

»Hmm, daran könnte ich mich gewöhnen«, flüsterte er, nahm mein Gesicht in beide Hände und küsste mich sanft auf die Stirn, die Nase, die Wangen und wieder auf den Mund. »Ich muss mich gerade versichern, dass du nicht bloß eine Phantasieerscheinung bist.«

»Soll ich dich kneifen?«, fragte ich und hatte ihn schon in die Taille gezwackt, was mangels Körperfett bei ihm gar nicht so einfach war.

»Hey, das kitzelt!«, beschwerte er sich. »Vielleicht sollte ich mir doch schnell was überziehen.«

»Schade. So gefällst du mir nämlich auch nicht schlecht«, schmunzelte ich, während ich ihm über seine Brust und seine Schultern strich. »Hmm, und du duftest so gut.«

»Was meinst du, wie gern ich *dich* riechen mag.« Er strich meine offenen Haare nach hinten. »Meinetwegen brauchst du überhaupt gar kein Parfüm oder so was zu benutzen.«

Schnuppernd fuhr er mit der Nase meinen Hals hinauf und küsste mich hinter dem Ohr.

Kichernd zuckte ich zusammen. »Hey, das ist eine ganz gemeine Stelle!«

»Werde ich mir merken«, hauchte er.

Wieder küssten wir uns eine halbe Ewigkeit, bis ich irgendwann Gummibeine bekam und wir uns nebeneinander auf die Bank setzten.

»Trainierst du viel hier unten?«, fragte ich, um meinen Kopf wieder freizuschalten.

»Na ja, ich bin kein ausgemachter Sportfreak oder so. Vorhin bin ich nur hier runter, weil ich so aufgeregt war.« *(Süß! Wegen mir ...?)* »Das Laufband ist die einzige Möglichkeit für mich, mal richtig drauflloszurennen, ohne Angst haben zu müssen, dass ich den nächsten Baum mitnehme.«

»Muss ich jetzt Komplexe kriegen, weil ich nicht so eine Sportskanone bin wie du? Obwohl, immerhin habe ich gerade ein neues Hobby entdeckt. Gestern war ich nämlich zum ersten Mal beim Bauchtanz«, erzählte ich.

»Bauchtanz?«

»Oh ja. Endlich mal etwas, wo es von Vorteil ist, breite Hüften zu haben«, rutschte es mir raus, bevor ich verlegen innehielt. »Hab ich dich jetzt etwa abgeschreckt?«, fragte ich betreten.

Leander seufzte tief. »Liv, vielleicht hab ich ja längst mitbekommen, dass du keine Bohnenstange bist? Kannst du dir vorstellen, dass ich das vielleicht sogar richtig toll finde? Erinnere dich mal an das Bild in meinem Zimmer.«

»Ein *Bild* darf etwas überzeichnet sein«, gab ich zu bedenken. »Aber was ist, wenn die Wirklichkeit auch so ... kurvig ist?«

Ich stand auf und stellte mich vor seine geöffneten Knie. Dann nahm ich seine Hände, legte sie auf meine Hüften und führte sie ganz langsam an meinen Konturen entlang. Leander schloss die Augen und sog scharf die Luft ein. Als er über meinen verflixt runden Po und die

Rückseite meiner fülligen Oberschenkel strich, entrang sich ihm ein leises Stöhnen. Er hörte nicht auf, immer wieder meine Formen nachzufahren, zuerst zaghaft, dann fordernder.

Plötzlich stand er auf, zog mich an sich und küsste mich drängend. Ich war so überwältigt, dass ich scharf die Luft einsog, was ihn anscheinend noch mehr anstachelte. Seine Hände waren auf einmal überall, sein Atem beschleunigte sich. Ich drückte mich enger an ihn und spürte eine deutliche Erhebung zwischen uns, die vorhin noch nicht da gewesen war. Mein Herz begann zu galoppieren, und mein Inneres verflüssigte sich.

Doch schon im nächsten Moment waren meine Lippen wieder frei. Heftig nach Atem ringend hielt Leander mich auf Abstand.

»Oh Gott, Liv«, keuchte er. »Bitte entschuldige, ich wollte nicht so … die Beherrschung verlieren.«

»Schh! Ist doch alles gut«, flüsterte ich und strich ihm eine Strähne aus der Stirn. »Ist ja nicht so, dass es mir nicht gefallen hätte.«

Seine Wangen waren knallrot. Er tastete hinter sich und ließ sich fahrig auf die Bank nieder. Als ich mich neben ihn setzte, merkte ich, dass auch meine Knie zitterten.

»Dann schrecken dich meine, ähm, etwas üppigen Formen also nicht ab?«, piepste ich verlegen.

»Was?« Er seufzte ungläubig. »Ich falle hier fast über dich her – und du denkst, du schreckst mich ab? Du hast doch sicher gespürt, was du bei mir angerichtet hast«, fügte er verlegen hinzu. »Weißt du, wie peinlich mir das ist?«

»Das muss es nicht«, flüsterte ich. »Was glaubst du

denn, was du bei *mir* angerichtet hast? Ich sag's mal so: Wenn ich ein Mann wäre, gäbe es da jetzt auch einiges zu sehen.«

»Ohh, hör bitte auf! Sonst komm ich gar nicht mehr runter«, stöhnte er und raufte sich die Haare. »Gib mir einen Moment zum Abkühlen, okay?«

Er atmete tief durch, als ich eine Handbreit von ihm abrückte. *Wie schwer es mir fiel, ihn nicht zu berühren!* Ich konnte kaum glauben, dass meine ausladenden Kurven, für die ich mich immer so geschämt hatte, eine derartige Wirkung haben sollten.

»Ich hab mal gehört, man soll an etwas Kaltes denken«, scherzte ich. »Eiswürfel, Schneesturm, Polarbären …«

»Polarbären?« Er kicherte. »Du bist echt süß.«

Dann zog er mich an sich und küsste mich aufs Ohr. Seine Hitze machte mich schwindelig.

»Komm, wir gehen nach oben«, schlug er vor, »damit ich mich endlich mal anziehen kann.«

»Wie machst du das eigentlich mit den Klamotten?«, fragte ich, als er in seinem Zimmer ein T-Shirt aus dem Schrank holte. »Ich meine, wie findest du Sachen, die zusammenpassen?«

Statt zu antworten, öffnete er den Kleiderschrank weiter, so dass ich hineinsehen konnte. Alles da drin war ordentlich nach Art und Farbe sortiert. Das meiste war ohnehin schwarz oder weiß, hier und da mal was Blaues oder Graues. Da konnte man beim Kombinieren kaum was falsch machen.

»Die Kleiderbügel haben Schleifen aus verschiedenen Materialien«, erklärte er. »Und meine Lieblingssachen haben innen eine Markierung.« Er zeigte ein schwarzes

Hemd, in dessen Kragen ein Stück Stoffband genäht war. »Zur Not frage ich Lasse, wenn er mal da ist.«

»Ihr beiden habt ein gutes Verhältnis, oder?«

»Ja, ich kann mich immer auf ihn verlassen.«

»Und er sich bestimmt auch auf dich«, lächelte ich. »Ich stelle es mir toll vor, einen großen Bruder zu haben, der mich beschützt.«

»Na ja, es hat seine zwei Seiten. Manchmal kann es auch erdrückend sein, wenn man ständig betüdelt wird.«

»Was genau meinst du?«, hakte ich nach.

»Lasse hat immer wie ein Schießhund auf mich aufgepasst. Und meine Mutter war früher auch die reinste Glucke, wollte mir ständig alles abnehmen. Irgendwann, so mit elf, hatte ich das Gefühl, ich würde allein überhaupt nichts auf die Reihe kriegen. Da wollte ich nur noch, dass alle mich in Ruhe lassen, und bin manchmal richtig ausgerastet. Zum Glück haben meine Eltern das kapiert und vorgeschlagen, dass ich auf dieses spezielle Internat gehen soll – die allerbeste Entscheidung! Ich war froh, als ich da hinkam. Ich brauchte dringend Abstand.«

»Aber es war doch sicher auch schwierig, oder?«

»Oh ja«, schmunzelte er. »Dort musste ich eiskalt lernen, selbständig zurechtzukommen. Als ich ankam, konnte ich mir kaum allein die Schuhe zubinden.«

»Aber heute kommst du doch prima klar! Man merkt dir nichts an, wenn man nicht dreimal hinguckt.«

»Ach, das täuscht. Was meinst du, wie oft im Leben ich schon hingefallen oder irgendwo dagegengerannt bin? Und wenn ich erkältet bin, drehe ich regelmäßig durch, weil ich dann nicht richtig riechen kann. Alles, was ich tue, erfordert meine volle Aufmerksamkeit. Multitasking?

Vergiss es. Ich muss mich ständig auf eine Sache konzentrieren.«

»Das muss höllisch anstrengend sein.«

Kein Wunder, dass er hin und wieder eine Auszeit brauchte, wie auf dem Stadtfest. Ich erzählte ihm von meinem gescheiterten Selbstversuch, blind im Bad zurechtzukommen.

»Du wolltest dich in mich hineinversetzen?«, sagte er weich. »Das ist echt süß von dir.«

Diesmal war unser Kuss nicht gierig und aufgeregt, sondern zart und liebevoll. Mich durchströmte ein tiefes, warmes Glücksgefühl, als wäre mein Herz auf die dreifache Größe angeschwollen.

»Soll ich uns ein bisschen Musik anmachen?«

»Ja, gern.«

Eng aneinandergekuschelt lauschten wir wunderschönen Rockballaden, von denen mir einige vom Konzert noch in Erinnerung waren.

»Was war das eigentlich, was du vorhin im Keller gehört hast? Klang irgendwie cool.«

»Mein 80er-Sportmix. Genesis, Queen, Depeche Mode und so.«

»Wie kommst du auf diese alten Sachen?«

»Dads Plattensammlung«, grinste er und strich meine Haare zurück. »Die enthält jede Menge Schätze.«

Mich ohne Vorwarnung hinterm Ohr zu küssen, fand ich einen Moment später ziemlich hinterhältig.

Sehr viel später bat ich ihn dann, mir ein paar seiner Lieblingssongs auf CD zu brennen.

Um auf dem Bildschirm zu navigieren, benutzte Leander keine Maus. Unter der normalen Tastatur befand sich eine zweite – der Steuerkonsole von *Raumschiff Enterprise* nicht ganz unähnlich. Fasziniert beobachtete ich, wie sich dort winzige Stifte in einer langen Reihe hoben und senkten, die für jeden Buchstaben einer Bildschirmzeile standen und diese in Punktschrift für ihn lesbar machten, wie Leander mir erklärte.

Die herzlose Blechstimme seines Screenreader-Programms, die wie auf seinem Handy viel zu schnell eingestellt war, ratterte seine Playlist herunter, ohne dass ich auch nur ein einziges Wort verstanden hatte.

»Und wie schreibst du?«, fragte ich. »Auf der normalen Tastatur?«

»Auch, aber da vertipp ich mich zu oft. Lieber nehme ich die Braille-Tastatur.« Er zeigte auf die acht länglichen Tasten auf der Enterprise-Konsole, die jeweils für eine Punktposition standen.

Ich war schwer beeindruckt.

»Ähm, kannst du denn überhaupt mit einem Stift schreiben?«, fiel mir ein.

»Na ja, im Prinzip weiß ich, wie die Buchstaben aussehen, und meine Unterschrift musste ich natürlich üben. Aber sonst – nein. Wozu auch?«

»Und das Metallding da – ist das eine mechanische Schreibmaschine?«

Er grinste. »Ja, die alte Dame ist ziemlich nützlich, wenn der Drucker mal ausfällt.«

»Zeig doch mal.«

Er zog ein Blatt dickes Spezialpapier auf die Rolle. Dann drückte er schneller, als ich gucken konnte, jeweils mehrere Tasten gleichzeitig. Fasziniert strich ich über die erhaben geprägten Punkte, die in regelmäßigen Blöcken auf dem Papier angeordnet waren.

»Das ist dein Name – Olivia«, sagte er mit seiner dunklen Samtstimme.

»Die mittleren drei Buchstaben hätten auch gereicht«, brummelte ich – und bat ihn, auch seinen Namen zu schreiben. In null Komma nichts erschien eine zweite Reihe Pickelmuster.

»Das sieht echt abgefahren aus! Darf ich das behalten?«

»Klar«, schmunzelte er und gab mir das Blatt.

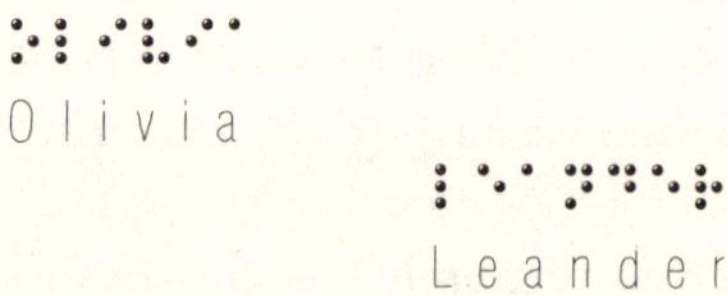

»Ich kann mir einfach nicht vorstellen, wie man diese Alienschrift lesen soll.«

»Ich zeig's dir.« Er ging zum Regal und kam mit einem sehr dicken, schmucklosen Buch wieder, so groß wie ein Fotoalbum.

»Das ist aber ein Wälzer!«, staunte ich.

»Im Original ist es bloß ein Taschenbuch. Aber die Punktschrift braucht viel Platz, deshalb werden viele Texte gekürzt und häufige Wörter in einem Zeichen zusammengefasst. Sonst könnte man manche Bücher überhaupt nicht in den Händen halten.«

Neugierig nahm ich ihm das Buch ab und blätterte darin. Als ich mit den Fingerkuppen über die Schrift fuhr, fühlte es sich einfach nur rau an – niemals hätte ich diese Muster nur durch Tasten unterscheiden können. Ich begriff, wie extrem sensibel seine Finger sein mussten … was mir einen wohligen Schauer unbestimmter Vorfreude über den Rücken jagte.

Zügig fuhr er mit den Fingerkuppen über die Zeilen, während er zu lesen begann – über die gemütliche Behausung eines kleinen Hobbits …

Ich musste schmunzeln. Allein diese paar Worte aus Tolkiens berühmtem Klassiker reichten aus, um mich in ein wohliges Gefühl von Geborgenheit zu hüllen. Leander hätte genau die passende Stimme für Entspannungs-CDs gehabt. Verzückt stellte ich mich hinter ihn und kuschelte meinen Kopf an seinen Hals – was ihn sofort ins Stocken brachte.

»Nicht aufhören«, hauchte ich in sein Ohr. »Ich liebe deine Stimme.«

Doch als ich seinen Hals küsste, gab er auf und hatte mich seitlich auf seinen Schoß gezogen, bevor ich auch nur erschrocken quieken konnte.

»Bin ich auch nicht zu schwer?«, fragte ich unsicher.

»Im Gegenteil«, sagte er grinsend und zog mich noch fester an sich.

Leider war meine Sitzposition dermaßen ungemütlich, dass ich mich am Schreibtisch festhalten musste.

»Ich fall hier gleich runter«, jammerte ich und stand auf – nur um mich gleich wieder auf ihn zu setzen, aber diesmal richtig herum: ein Bein auf jeder Seite, Bauch an Bauch. Näher ging nicht.

Oh Gott, das war unbeschreiblich!

»W-was tust du da?«, stammelte er überrumpelt, bevor ich seinen Mund mit einem drängenden Kuss verschloss.

Zögerlich erwiderte Leander meinen Kuss, streichelte sanft meinen Rücken, fuhr über Hüften und Schenkel – und gab seine Zurückhaltung auf. Eine Hitzewelle durchflutete meinen ganzen Körper, als ich mir vorstellte, wie seine Hände sich auf meiner bloßen Haut anfühlen würden. Ich stöhnte auf, als ich unter mir spürte, wie sehr es auch ihn erregte. Instinktiv begann ich mein Becken zu bewegen – doch das war zu viel.

»Ohh, stopp!«, keuchte Leander mit zusammengekniffenen Augen und hielt meine Hüften fest. »Das ist nicht auszuhalten, Liv … bitte!«

»Entschuldige. Das war wie ein Reflex«, rechtfertigte ich mich.

»Vielleicht sollten wir es ein bisschen langsamer angehen lassen, meinst du nicht?«

»Dir geht es also zu schnell?«

Er schmunzelte. »Dir nicht?«

»Ähm … *nö.*«

»Oh Mann, was hab ich mir da bloß eingefangen! Du bist ja wie ein rolliges Kätzchen.«

»Miauhh«, fiepte ich und küsste ihn ganz sanft.

»Was hältst du davon, wenn wir ein bisschen rausgehen?«, schlug er vor. »Hier drinnen wird es mir doch ein klein wenig … zu heiß. Ich glaube, ich brauche noch mal den Polarbären.«

»Na gut«, seufzte ich und erhob mich widerwillig. »Gibt's auch eine Polarbär*in* – für mich?«

Der Wald auf der Anhöhe war schön schattig. Hand in Hand spazierten wir auf größtenteils befestigten Wegen. Leander hatte seinen Langstock dabei, mit dem er den Weg abtastete.

»Möchtest du alles alleine erkunden, oder darf ich dich auch mal vor einer Baumwurzel warnen?«, fragte ich vorsichtig, als wir in einen Trampelpfad einbogen.

»Lieb, dass du fragst«, antwortete er. »Aber von dir fühle ich mich nicht bevormundet, also warn mich ruhig. Ich bin nicht unbedingt scharf drauf, in deiner Gegenwart zu stolpern, und genau das könnte passieren, weil deine Nähe nicht gerade meine Konzentration fördert.«

»Wirklich? Dann solltest du wohl besser Abstand halten«, kicherte ich und stupste ihn in die Seite. Schon hatte er mich gepackt und an sich gezogen.

»Wenn wir so weitermachen, schaffen wir vor Weihnachten nicht mal die kleine Runde«, witzelte er, als wir uns irgendwann wieder voneinander losmachten.

»Wie *klein* ist denn die Runde?«

»Och, knapp eine Stunde bei meinem Tempo.«

»Na dann komm, bevor es noch anfängt zu schneien«, mahnte ich und nahm seine Hand.

Als wir nach eineinhalb Stunden wieder den großen Aussichtsplatz erreichten, setzten wir uns erschöpft auf eine Bank. Leander streckte sich, die Hände in den Hosentaschen, und legte den Kopf zurück, als wollte er sich sonnen.

»Darf ich ihn mal anfassen?«

»Was?« Erschrocken fuhr er auf und zog die Hände aus seinen Taschen. »Wen?«

»Na, deinen Langstock. Was dachtest du denn?«

Er räusperte sich verlegen.

»Oh Mann«, grinste ich. »Was hast du für eine schmutzige Phantasie …«

»Hey, ich habe nichts gesagt!«, verteidigte er sich. »Du bist diejenige, die gerade an wer weiß was denkt.«

Erwischt …

»Ich will nur mal wissen, wie es ist, sich damit zu orientieren«, kam ich auf meine Frage zurück.

Leander zögerte. »Hm. Ich gebe ihn draußen eigentlich nicht gern aus der Hand, weil ich dann so gut wie orientierungslos bin. Was ist, wenn du den Hang hinunterstürzt und nicht rufen kannst oder so? Dann finde ich dich nicht und kann dir nicht helfen.«

»Hey, warum machst du dir so viele Sorgen? Gleich um die Ecke ist eure Einfahrt, die findest du doch im Schlaf. Und wenn ich von einem Wolf angefallen werde, singe ich einen Schlager, dann haut der gleich wieder ab.«

»Das ist nicht witzig, Liv«, sagte er ernst.

»Entschuldige. Aber könntest du nicht versuchen, mir ein bisschen zu vertrauen? Lass es uns als kleine Übung betrachten.«

Er seufzte. »Okay. Ist ja eigentlich total lieb von dir, dass du dich in mich hineinversetzen möchtest. Es ist nur ungewohnt. Vertrauen ist ein schwieriges Thema bei mir.«

»Schon klar«, sagte ich sanft und küsste ihn auf die Wange. »Also dann: Vertrauenskurs, erste Lektion?«

Es war schwieriger, als ich gedacht hatte. Kaum hatte ich mir meinen Sommerschal um die Augen gebunden, verwandelte ich mich in ein verunsichertes Kaninchen, das sich nicht traut, über ein offenes Feld zu hoppeln. Ich konzentrierte mich, so gut ich konnte, aber mein Gleichgewichtssinn ließ mich im Stich. Die ersten Schritte ging ich wie auf Eiern, obwohl Leander mich am Arm hielt.

»Warte!« Er drehte mich zu sich herum.

Ich hatte längst keinen Schimmer mehr, in welcher Richtung ich stand.

»Konzentrier dich bitte mal nur auf deine Füße. Wirklich, das hilft!«, sagte er und drückte mit beiden Händen meine Hüften fest nach unten. »Versuch zu spüren, welchen Kontakt sie mit dem Boden haben. Stell dir den Schuhabdruck vor, den du machst.«

Tief atmend versuchte ich mich zu erden. Und tatsächlich, es half.

»Du bist zu sehr im Außen. Das ist für Sehende auch normal«, erklärte Leander. »Aber jetzt musst du einmal *von innen heraus* sehen. Wenn du deinen Körper nicht spürst, flattert deine Aufmerksamkeit wild in der Gegend rum. Also: Zieh deine Außenantennen ein.«

»Dass das so viel ausmacht, hätte ich nicht gedacht«, sagte ich.

»Ich bin ja so oft reizüberflutet von allem um mich herum. Vielleicht sollte ich öfter mal die Augen zumachen, wenn ich in der Stadt bin.«

»Das solltest du dir gut überlegen, es gibt dort verdammt viele Laternenpfähle«, scherzte er, war aber gleich wieder bei der Sache. »Okay. Und *jetzt* …« Er küsste mich einmal auf jedes Ohr. »Jetzt kannst du deine Antennen langsam wieder ausfahren, aber nur die für die Ohren! Hörst du, wo der Aussichtsplatz ist?«

Ich lauschte. Rechts von mir waren ferne Verkehrsgeräusche zu hören, während links nur Blätter rauschten.

»Rechts.«

»Gut! Dann weißt du jetzt, in welcher Richtung du der Straße folgen musst. Versuch den Stock so zu schwenken, dass sich immer der Rand des Asphalts neben dir befindet.«

Leichter gesagt als getan. Allein die Koordination der Schritte mit dem Hin- und Herpendeln des Stabes war eine Herausforderung, bei der ich immer wieder ins Stolpern geriet. Langsam bewegte ich mich die Anhöhe hinauf.

»Du bist schon ziemlich weit weg«, rief Leander, der bei den Bänken stehen geblieben war.

»Ich glaub, so langsam hab ich den Bogen raus«, antwortete ich nicht ohne Stolz.

»Prima! Schaffst du's auch wieder zurück? Mal sehen, ob du mich findest.«

»Ich weiß nicht …«

»Lauf einfach auf meine Stimme zu. Na komm, als Preisgeld winkt ein Kuss!«

Offenbar machte ihm diese Vertrauensübung nun doch ein bisschen Spaß. Doch der Blödmann dachte nicht im Traum daran, es mir leicht zu machen. Fast hatte ich ihn erreicht, als er mal hierhin, mal dorthin flüchtete, und ich wie ein folgsames Hündchen hinterher, bis er irgendwann kichernd nach mir schnappte und mich umarmte.

»Hey, das hast du großartig gemacht!«, lobte er. »Ich bin echt stolz auf dich.«

Erleichtert nahm ich das Tuch ab. »Und ich bin stolz auf *dich*, dass du das ausgehalten hast.«

»Glaub mir, ich hab Blut und Wasser geschwitzt! Aber du hattest recht, das war's absolut wert.«

Ich war so froh, endlich wieder sehen zu können. Leander hatte diese Wahl nicht und würde sie niemals haben. Ein Teil von mir war über diese Erkenntnis tief erschüttert. Aber ich war immer noch fasziniert von der intensiven Erfahrung, die ich gerade gemacht hatte. Wie reich Leanders Welt trotz allem sein musste, begann ich gerade erst zu begreifen.

»Da kommt ein Auto!«, rief er plötzlich und zog mich ein Stück von der Straße weg.

Das Geräusch war noch so weit entfernt, dass ich es gar nicht registriert hatte. Seine Luchsohren waren in freier Wildbahn wirklich nützlich. Arm in Arm standen wir unter dem Baum, der den Aussichtsplatz auf einer Seite begrenzte. Die Nachmittagssonne zwischen den Blättern tupfte goldene Sprenkel auf unsere Haut. Leanders Haare schimmerten fast rötlich. Ich zückte mein Handy und machte ein Foto von uns beiden. Zu schade, dass ich ihm dieses wunderschöne Bild niemals würde zeigen können.

Ein weißer Kleinwagen näherte sich. Das war doch …?

Plötzlich hielt das Auto an und setzte zurück.

»Das ist Denise!«, zischte ich Leander zu. »Sie hat uns erkannt … oh nein.«

»Magst du sie etwa nicht?«

»Pfff! Wie sollte ich? Bisher hat sie mich immer nur angegiftet.«

Kaum hatte Denise direkt vor uns abgebremst, öffnete sie ihr elektronisch gesteuertes Faltdach. Was sollte diese Show, konnte sie nicht einfach das Fenster runterkurbeln?

»Hey, Leo, du bist es ja wirklich!«, sagte sie übertrieben freundlich. »Ich glaub's nicht, du und der Lockenmoppel? Was musste sie dir in den Drink kippen, um dich rumzukriegen?«

Mir stockte der Atem.

»Sag mal, tickst du noch ganz richtig?«, rief Leander empört und machte sich von mir los, um nach der Beifahrertür zu tasten. »Hör auf, meine Freundin zu beleidigen, ein für alle Mal!«

Sie schnaubte und starrte ihn einen Augenblick wortlos an. Dann legte sie ruckartig den Gang ein und stob wieder davon.

»Diese blöde Schnepfe!«, schimpfte ich und ärgerte mich, dass ich das nicht schon in ihrer Gegenwart gesagt hatte.

Leander nahm mich in den Arm.

»Was ist bloß mit der los?«, regte ich mich auf.

»Ach, vergiss es. Sie ist eine oberflächliche Zicke«, sagte er ruhig.

»Wieso hat sie bei dir sofort klein beigegeben? Hast du was gegen sie in der Hand?«

»Nein! Natürlich nicht«, antwortete er ein bisschen zu schnell, wie ich fand. »Aber sie weiß, dass es unklug ist, sich mit mir anzulegen, weil sie es sich dann auch bei Lasse verscherzen würde.«

»Also sind die beiden so was wie ein Paar?«

»Ach, weißt du … das Liebesleben meines Bruders durchschaue ich genauso wenig wie das Rätsel der Farben. Und was genau er mit Denise am Laufen hat, möchte ich lieber gar nicht wissen. Komm, lass uns zurückgehen.«

»Gute Idee«, sagte ich. »Mir tun auch schon die Füße weh.«

»Was hältst du davon, wenn wir demnächst mal eine Fahrradtour machen?«

»Fahrrad fahren? Wie das denn?«

»Lass dich überraschen.«

17. INTERMEZZO AUF DER PIAZZA

Das »Demnächst« fand schon drei Tage später statt:

Zum Glück war die Auffahrt von »Schloss Johansson« lang genug, damit wir in Ruhe üben konnten. Allein das Aufsteigen auf so ein Tandem war ein kleines akrobatisches Kunststück. Leander musste hinten zuerst fest im Sattel sitzen, die Füße auf den Pedalen, während ich das Rad ausbalancierte, um dann lostreten zu können. Nach drei Anläufen bekamen wir den Start endlich wackelfrei hin. Unser Jubelschrei schreckte einen Eichelhäher auf, der lärmend das Weite suchte und mich vor Schreck fast wieder aus dem Gleichgewicht gebracht hätte.

»Wo wollen wir denn hinfahren?«, fragte ich in einer Verschnaufpause.

»Du bist der Käpt'n. Du darfst bestimmen«, sagte Leander.

Da musste ich nicht lange überlegen.

Mit Decke und Proviant in den Satteltaschen radelten wir am Elbdeich entlang. Es war ein perfekter Sommertag, mit schäfchenbetupftem Himmel, wie aus dem Reisekatalog.

»Ich zeige dir jetzt meinen neuen Lieblingsplatz, den hab ich erst vor kurzem entdeckt«, lockte ich Leander den Deich hinunter ans Flussufer.

Bis auf eine Familie, die sich weiter hinten niedergelassen hatte, war hier nichts los. Wir schoben das Tandem ein Stück durchs Gras. Weit konnte es nicht mehr sein.

Da klingelte mein Telefon. Mist! Ausgerechnet jetzt.

»Entschuldige, ich dachte, ich hätte es stumm geschaltet.«

»Kein Problem, geh ruhig ran«, sagte Leander.

Bis ich es aus der Tasche gefummelt hatte, hatte sich schon die Mailbox eingeschaltet.

Als ich die Aufnahme hörte, blieb mir fast das Herz stehen. Felix!

»Hey, Liv! Wo steckst du? Stehe gerade vor deiner Tür. Ich wollte dir was geben. Leider bist du nicht da. Ruf mich an, okay?«

Das durfte doch nicht wahr sein! Wieso überfiel der mich einfach? Was wäre gewesen, wenn Leander und ich heute zufällig bei mir zu Hause gewesen wären?

Schöne Scheiße. Ich musste Felix endlich beichten, dass ich mit Leander zusammen war, wer weiß, was er sonst noch alles veranstalten würde. Diese Ungewissheit würde ich an seiner Stelle auch nicht aushalten.

»Was Wichtiges?«, fragte Leander vorsichtig.

»Ähm, nein, bloß Nessie, die quatschen wollte.«

Warum log ich ihn an? Tief atmend versuchte ich mich zu sammeln.

Fast hätte ich das rote Haargummi übersehen, das ich letztes Mal an einen Busch gebunden hatte, um den Eingang zu meinem Geheimversteck zu markieren. Als ich das Gebüsch zur Seite bog, war der Schreck von eben vergessen.

»Wir sind da«, verkündete ich so stolz, als hätte ich das hier alles selbst gemacht: den kleinen Sandstrand, in dem die Füße versanken, wenn man am Wassersaum zu lange auf einer Stelle stehen blieb, den vielstämmigen Baum, der mehr lag als stand und auf dem man prima sitzen konnte – alles umgeben von jeder Menge Grün, das vor neugierigen Blicken schützte.

Eine Möwe schrie über uns, sie folgte einem kleinen Segelboot, das vor uns das glitzernde Wasser durchschnitt. Zu schade, dass Leander diesen zauberhaften Ort nicht sehen konnte. Ich schritt mit ihm das Terrain ab und versuchte, die Umgebung so genau wie möglich zu beschreiben.

Leander fahndete nach meinen Händen, strich mit den Fingerspitzen langsam meine Arme hinauf und wühlte sanft in meinem Haar. Ein kribbelnder Schauer durchfuhr mich.

»Meinst du, es darf auch ein bisschen *mein* neuer Lieblingsort werden?«, raunte er in mein Ohr.

»Wie wäre es mit *unser* …?«, flüsterte ich benommen.

»Ja.«

Er zog mich an sich und küsste mich lange. Sehr lange. Sehr hungrig. Mein ganzer Körper fing an zu glühen.

»Wie war das noch mit: *es langsam angehen lassen*?«, keuchte ich in einer Atempause.

»Hmm, hab ich so was mal gesagt?«, murmelte er an meinem Hals.

»Ja, sehr deutlich.«

Seufzend ließ er von mir ab. »Na gut, dann … ähm, könnten wir ja vielleicht …«

»Gitarre üben?«, grinste ich schelmisch.

»Aber die haben wir doch gar nicht dabei.«

»Oh doch …« Ich nahm seine Hände und führte sie einmal von oben nach unten meine kurvigen Konturen entlang. »*Ich* bin die Gitarre, und du übst mit mir!«

»Hey, nicht so stürmisch!«, war sein schwächlicher Versuch, sich zu wehren, als ich mich an ihn drängte und uns beide nach unten auf die Decke drückte.

Nun lag ich mit meinem ganzen Gewicht auf ihm – *Himmel …!*

Doch schon im nächsten Moment drehte er uns wieder auf die Seite und hielt mich nur locker im Arm. Tief seufzend strich er meine Haare nach hinten und legte seine Stirn an meine.

»Ich bin dir zu schwer, stimmt's?«, fragte ich verunsichert.

»Nein, das ist es nicht«, flüsterte er. »Es ist wahnsinnig schön, dich überall zu spüren. Aber ich muss dich ein wenig bremsen, meine Süße.«

»Du bist etwas widersprüchlich, findest du nicht? Erst küsst du mich um den Verstand, und dann schubst du mich von dir runter!«

»Ja, du hast recht, tut mir leid«, seufzte er. »Glaub mir, in mir kämpfen zurzeit ganze Armeen gegeneinander.«

»Also, du willst mich nicht?«, sagte ich traurig.

»Und *wie* ich dich will, Liv – mit jeder Faser meines Körpers, das kannst du mir glauben. Aber nicht jetzt, nicht hier – wo jederzeit jemand stören könnte. Dafür bist du mir viel zu wertvoll. Außerdem …« Zart strich er mit den Fingerspitzen meine Seite entlang. »… wäre es doch viel schöner, wenn wir uns erst mal ganz in Ruhe ein bisschen erforschen würden, findest du nicht? Ich meine – nach nicht mal einer Woche …«

»Aber es ist kaum auszuhalten«, unterbrach ich ihn und schob mich dichter an ihn heran.

»Ich weiß«, hauchte er und küsste mich auf die Stirn. »Es ist auch für mich die reinste Folter. Du hast eine so starke Wirkung auf mich, das ist schon fast unheimlich. Und ich weiß nicht, wie ich damit umgehen soll. Eins aber weiß ich: Wir sollten nicht gleich vom Zehnmeterbrett springen, ohne vorher wenigstens mal beim Dreier geübt zu haben.« Liebevoll lächelte er mich an. »Zumindest schwimmen sollten wir können, bevor …«

»Hmmpf«, schnaufte ich frustriert. »Ich fang schon an zu schwimmen, wenn ich dich bloß küsse – falls du verstehst, was ich meine …«

Er sog hörbar die Luft ein. »Genau das meinte ich mit Folter, Liv! Erzähl mir so was Aufregendes bitte erst, wenn wir ein paar Lektionen weiter sind. Dann springen wir auch zusammen vom Dreimeterbrett, versprochen.«

Seufzend kuschelte ich mich an seine Brust. Da ich offensichtlich kein sicheres Gefühl für Grenzen hatte, sollte er sie meinetwegen ziehen. Also ließ ich ihn ab jetzt das Ruder übernehmen.

»Ist das jetzt das Einmeterbrett oder nur ein Startblock?«, murmelte ich.

»Ich glaube, die Phase der Startblöcke haben wir hinter uns«, sagte er mit rauer Stimme und küsste mich.

In der folgenden Stunde lernte ich, dass Leander die besagte Grenze auf dem Weg zum Dreimeterbrett ungefähr auf Bauchnabelhöhe gezogen hatte. Alles, was darüberlag, wurde vorsichtig für die Feldforschung freigegeben.

Ich erschauerte, als er mir langsam und zärtlich die Bluse auszog und den BH öffnete. Fast unerträglich sanft streichelten seine Fingerspitzen meine Haut, bis er zum allerersten Mal meine nackten Brüste berührte – so behutsam, als wären sie zarte junge Katzen. Als seine sinnlichen Lippen sich trauten, sie zu küssen, schoss ein Blitz bis in die Untiefen meines Schoßes und ließ mich kurzzeitig Sterne sehen.

Seine Haut schmeckte nach Sonne und nach etwas tief Verlockendem, das ich nicht einordnen konnte. Jeden Zentimeter seines Oberkörpers wollte ich berühren, mir einprägen, wie eine Skulptur, die ich modellieren wollte. Sehnsüchtig streichelte ich die warme Haut seines Bauches, so samtig weich und doch so männlich fest, mit dem kaum spürbaren Flaum auf seiner Brust – und dieser aufregenden Spur dunkler Haare, die verheißungsvoll unter seinem Hosenbund verschwand.

Ein ganzes Rudel Polarbären und jede Menge Eiswürfel brauchten wir zum Abkühlen, als näher kommender Kinderlärm unsere Schwimmstunde brutal beendete.

Auf dem Rückweg in die Stadt hatte ich einige Mühe, mich halbwegs aufs Geradeaus-Lenken zu konzentrieren. Verdammte Hormone …

Zum Abschluss dieses wundervollen Tages wollte Leander mich zu seinem Lieblingsitaliener einladen und hatte noch von unterwegs einen Tisch reserviert. Vor einem schiefen, bauchigen Fachwerkhäuschen am Rande der Altstadt schlossen wir das Tandem an eine Laterne an, und ich klopfte mir den letzten Rest Sand aus den Schuhen.

»Traust du dich, mit mir zusammen frei zu gehen – ohne Stock?«, fragte ich, als wir uns auf den Weg zum Restaurant machten.

»Aber ja. Wenigstens diesen Wunsch will ich dir heute nicht abschlagen«, sagte er lächelnd und klappte seinen weißen Stock zusammen.

Jeder legte den Arm um die Taille des anderen, und

nach einem etwas staksigen Anfang fanden wir schnell einen gemeinsamen Schritt. Leander hatte seine Sonnenbrille aufgesetzt, denn in der Öffentlichkeit fühlte er sich damit einfach geschützter.

An diesem lauen Sommerabend war die Innenstadt voller Leben. Überall standen Tische vor den Kneipen und Bistros, die sich hier fast nahtlos aneinanderreihten. Wer uns sah, Arm in Arm wie jedes normale Paar, ahnte garantiert nicht, dass ein Blinder an meiner Seite marschierte. Und wie sie uns ansahen! Leander, in seinem schwarzen Hemd mit dem offenen Kragen, der schwarzen Jeans und der coolen Sonnenbrille, zog sämtliche Blicke des weiblichen Publikums auf sich. Sogar ich fühlte mich heute nicht so trampelig wie sonst, in meinen Caprileggings und der taillierten Bluse, die meine Kurven betonte.

»Weißt du eigentlich, was du für eine Wirkung auf die Leute hast?«, flüsterte ich ihm ins Ohr, als wir die vollbesetzte Terrasse vor dem Restaurant betraten.

»Hm?«, machte er versunken.

»Ich sag's nur ungern, aber du wirst gerade von sämtlichen Weibern hier kollektiv angeschmachtet.«

Als Antwort zog er mich in seine Arme und küsste mich heiß und innig vor allen Leuten.

»Beruhigt?«, flüsterte er und schob mich weiter zum Eingang.

Im Restaurant blieb er einen Augenblick stehen, um sich zu orientieren.

»Leo! Bist du das wirklich?« Eine zarte Elfe in schwarzweißem Kellnerkostüm tanzte von der Bar herüber und blieb direkt vor uns stehen. »Dich hab ich ja ewig nicht mehr gesehen.«

»Hallo, Sabrina«, begrüßte Leander das Mädchen und ließ sich kurz umarmen.

»Aus dir ist ja ein richtiger Mann geworden, wow!« Lüstern musterte sie ihn von oben bis unten. Ich existierte anscheinend nicht für sie. »Siehst deinem scharfen Bruder immer ähnlicher! Wie alt bist du jetzt, achtzehn?«

»Sabrina, das ist meine Freundin Liv«, sagte er, ohne auf ihr Geplapper einzugehen.

»Hallo«, nickte sie knapp in meine Richtung und wandte sich dann wieder Leander zu.

Dass ihr jemand von einem der Tische zuwinkte, hatte sie nicht bemerkt – und ich verzichtete darauf, es ihr mitzuteilen. Inzwischen kam ich mir vor wie ein Kind, das eine Tüte Bonbons mit in die Kita genommen hat und zusehen muss, wie alle gleichzeitig danach grapschen. Also schmiegte ich mich ein wenig enger an meine Bonbontüte, was er ganz richtig als Signal verstand.

»Ich hatte einen Tisch am Fenster reserviert, zeigst du uns den bitte?«, unterbrach Leander die Elfe auf seine typische freundlich-klare Art, was sie sofort diensteifrig werden ließ. Wie machte er das bloß, dass die Leute ihm alle aus der Hand fraßen?

Ich eingeschlossen …

»Huch!«, rief ich erstaunt, als ich die eingeschweißten Seiten der Speisekarte aufblätterte – die Folien waren zusätzlich mit Punktschriftzeichen geprägt.

»Das war meine Idee«, grinste Leander stolz.

»Echt? Wie das?«

»Meine Familie und ich sind seit Jahren Stammgäste hier. Antonio, der Wirt, war immer ganz offen für Verbesserungsvorschläge – also hab ich ihm hin und wieder etwas zum Thema Barrierefreiheit erzählt. Das scheint ihn überzeugt zu haben.«

»Wow. Aber eigentlich sollte so etwas selbstverständlich sein, finde ich. Wie könntest du denn sonst überhaupt in einem Restaurant oder Café etwas bestellen – ohne Begleitung?«

»Für gewöhnlich gehe ich nicht alleine aus«, erklärte Leander. »Zur Not hab ich eine Handy-App, die mir fotografierte Texte, Schilder und dergleichen vorlesen kann. Ist aber oft ungenau. Also hoffe ich, dass Antonios Beispiel Schule machen wird.«

Nachdenklich studierte ich die Karte.

»Wollen wir zur Feier des Tages stilecht ein Glas Wein trinken?«, weckte er mich aus meiner Trance.

»Du trinkst Wein?«, fragte ich überrascht.

Ich wusste, dass er Alkohol normalerweise mied, und zwar wegen der fatalen Wirkung auf seinen Gleichgewichtssinn, den er so dringend brauchte.

»Warum nicht? Ich hab doch nichts von Besäufnis gesagt. Nur von Genuss.«

»Dann gern«, willigte ich ein. »Aber bitte einen süßen.«

»Hab ich mir fast gedacht«, schmunzelte er.

»Warst du eigentlich schon mal so richtig betrunken?«, fragte ich weiter.

»Ja, ein einziges Mal. Das war so ziemlich das furchtbarste Wochenende, das ich je erlebt habe. Nie wieder! Und du?«

»Nee, so richtig volltrunken war ich noch nicht. Aber hier und da mal grenzwertig angesäuselt. Ich verliere nicht so gern die Kontrolle.«

»Das hat sich vorhin aber anders angefühlt«, flüsterte er.

Ich räusperte mich verlegen. Lächelnd schob er seine Hand über den Tisch.

»Warte!«, warnte ich ihn und nahm die kleine Blumenvase beiseite, die viel zu nah an seinem Arm stand. Dann nahm ich seine Hand in meine. Er hob sie an und küsste meine Finger. Seufzend schloss ich die Augen.

»Na, ihr Turteltäubchen, was darf ich euch bringen?«

Kellnerinnen waren aber auch manchmal ein nerviges Volk.

Es war das erste Mal, dass ich Leander mit Messer und Gabel essen sah. Im Prinzip sah es nicht viel anders aus als bei jedem Menschen. Nur dass er hin und wieder ein bisschen suchen musste, wo der nächste Bissen lag, und auch mal etwas von der Gabel fiel. Wie selbstverständlich hatte die Kellnerin erklärt, wo was stand, nach dem Prinzip einer Uhr: das Glas auf zwei, der Salat auf elf.

»Gibt's eigentlich auch Essen, das für dich absolut gar nicht geht?«, wollte ich wissen.

»Ja, Fisch mit Gräten. Das ist nahezu lebensgefährlich.«

Sein Anblick animierte mich, selbst ganz langsam zu essen und beim Kauen hin und wieder die Augen zu schließen.

Die Pizza schmeckte so unverschämt gut, dass ich am liebsten zwei davon gehabt hätte. Aber komischerweise machte ich schon nach der Hälfte schlapp. Nanu? Noch nie hatte ich etwas liegengelassen, erst recht nicht, wenn es so lecker war. Wahrscheinlich waren die Schmetterlinge schuld, die Leanders Nähe immer wieder in mir aufflattern ließ.

Es war schon dunkel, als wir aufbrachen. Ich kam als Erste aus dem Waschraum und wartete draußen vor dem Eingang auf Leander. Bewundernd blickte ich Sabrina nach, wie sie sich, mit mehreren Tellern beladen, anscheinend mühelos durch das Tischemeer auf der Terrasse manövrierte – als ich erschrocken zusammenfuhr. An einem der Tische, die von bunten Lampions beleuchtet wurden, saß Felix! Als ich ihn erkannte, stand er auf und kam mit ernstem Gesicht auf mich zu.

Schmerz – war das Einzige, was ich in seinen dunklen Augen las, als er viel zu dicht vor mir stehen blieb.

»Sag mir, dass das nicht wahr ist, Liv«, sagte er leise und deutete über meine Schulter. »Du und … das ist doch der Keyboarder von dieser Coverband, oder? Wie kann das angehen?«

»Felix, was *machst* du hier?«, zischte ich nervös und zog ihn ein Stück von den Tischen weg, wo sich einige Gäste bereits neugierig nach uns umdrehten. »Woher wusstest du, dass ich hier bin?«

»Wusste ich gar nicht. Ich war gegenüber in der Eisdiele und hab dich zufällig mit ihm reingehen sehen. Ich dachte, ich trau meinen Augen nicht.«

»Hast du etwa die ganze Zeit hier gewartet?«

Er nickte und stieß heftig die Luft aus.

»Warum, Liv?«, fragte er. Die Verzweiflung in seinen Worten gab mir einen Stich ins Herz. »Du weißt doch sicher, was ich für dich empfinde – und ich glaube, dass du mich auch magst.«

Ich blickte zu Boden und schwieg.

»Ernsthaft, Livie, was willst du von so einem Typen? Für den bist du doch nur eine Nummer von vielen.« Er schnaubte verächtlich. »Macht hier einen auf Rockstar mit seinen schwarzen Klamotten und der albernen Sonnenbrille – im Dunkeln! –, der will dich doch bloß …«

»Er ist blind, Felix«, sagte ich ruhig.

Abrupt hielt er inne. »Was?«

»Leander ist blind. Deshalb die Sonnenbrille.«

Sein ungläubiges Auflachen blieb ihm im Hals stecken. »Das war jetzt 'n Scherz, oder?«

Ich schüttelte den Kopf. Felix blieb einige Sekunden sprachlos.

»Umso schlimmer«, fuhr er fort. »Soll ich jetzt ernsthaft das Handtuch werfen wegen einem … Behinderten? Überleg mal, was wir alles zusammen gemacht haben – das kann er dir doch niemals geben.«

»Ach, Felix«, seufzte ich und sah ihm tief in die Augen … diese warmen braunen Augen, die mich immer so liebevoll ansahen. »Es tut mir leid, dass du dich verletzt fühlst, ehrlich. Ich mag dich, gar keine Frage, aber ich … das mit uns …« Plötzlich wusste ich nicht mehr, was ich sagen wollte, und schaute verlegen zu Boden.

»Liv«, flüsterte er verzweifelt und griff nach meiner Hand, die ich aber gleich wieder wegzog.

Was für ein bitteres Gefühl. Irgendetwas in mir war plötzlich wütend – und vielleicht kamen meine nächsten Worte deshalb kühler heraus als beabsichtigt.

»Es ist nun mal, wie es ist. Ich bin jetzt mit Leander zusammen. Versuch bitte, das zu akzeptieren, dann können wir gute Freunde bleiben.«

Ich hatte ihn nicht kommen gehört. Daher zuckte ich kurz zusammen, als Leander neben mich trat und seinen Arm um mich legte. Er trug wieder seine Sonnenbrille.

»Willst du mir deinen *guten Freund* nicht vorstellen?«, fragte er.

»Das ist Felix. Felix, das ist Leander«, erklärte ich.

»Hallo.« Leander hielt ihm die Hand hin.

Felix ignorierte sie und verzog schmerzhaft das Gesicht. Einen Moment schwebte eine ungeheure Spannung in der Luft. Felix schien mit sich zu kämpfen, ob er einmal kräftig ausholen oder lieber das Feld räumen sollte. Gott sei Dank entschied er sich für Letzteres.

»Liv, du weißt, du kannst immer auf mich zählen, wenn du mich brauchst«, sagte er, sich abwendend. »Und ich werde nicht aufgeben«, schickte er leise hinterher, bevor er verschwand.

»Oh, Scheiße!«, stöhnte ich. »Wie lange hast du schon da gestanden?«

»Eine Weile.«

Ich seufzte tief. »Es tut mir so leid, Leander. Ich hab nicht gewusst, dass er hier ist – können wir bitte woanders hingehen? Die Leute gucken schon.«

Schweigend nahm er meine Hand und ging, mit seinem Stock bewaffnet, in Richtung Marktbrunnen. Dort angekommen, setzten wir uns auf eine Bank.

»Ich habe also einen Rivalen?«, fragte er ernst.

»Nein!«, rief ich ein bisschen zu laut. »Das hast du falsch verstanden.«

»Aber der Typ ist doch eindeutig scharf auf dich. Läuft da was mit euch?«

»Nein, wirklich nicht! Aber … er hätte es wohl gerne.«

»Meinst du, du könntest mich in eure Geschichte einweihen, oder übertrete ich da eine Grenze?«

»Es gibt keine *Geschichte* – zumindest nicht von meiner Seite aus«, betonte ich. »Felix ist der beste Kumpel von Nessies On/Off-Freund Sven. An meinem ersten Tag hier hatten wir eine Autopanne, und in der Werkstatt hat er mich angesprochen. Dann trafen wir ihn und Sven zufällig auf dem Stadtfest wieder, und seitdem gräbt er mich an. Ich bin mal mit ihm Motorrad gefahren, und er hat mein Fahrrad repariert. Letzten Samstag war er auch mit auf der Kanutour. Da haben wir alle ein bisschen im Wasser rumgealbert und, na ja … vielleicht hat er das überinterpretiert.«

»Auf der Kanutour also«, sinnierte Leander. »Da hätte mein Geständnis am Montag ja fast schiefgehen können.«

»Nein, hätte es nicht! Für Felix empfinde ich wirklich nur … so was wie Freundschaft. Das kannst du mir glauben.«

»Aber er hat recht, Liv: Du kannst vieles mit mir nicht machen. Keine Motorradtour – und in so ein wackeliges Boot wirst du mich erst recht nicht kriegen. Auch Autofahren werde ich niemals können. Das könnte dir eines Tages auf den Keks gehen. Mit jemandem wie Felix hättest du es viel einfacher.« Die letzten Worte kamen fast geflüstert.

»Hör auf, bitte!«, beschwor ich ihn und verschloss seinen Mund mit der Fingerspitze. »Was soll das? Warum wertest du dich so ab? Das sind doch nur Äußerlichkeiten. Das Einzige, was zählt, ist doch, was ich für dich fühle, oder?«

Irgendwie machte es mich wütend und traurig zugleich, dass er diesen blöden Vergleich zog. Obwohl – ein winziger Teil in mir gab ihm recht: Natürlich gab es vieles, was Leander nicht konnte. Aber war das wirklich so wichtig? Ich nahm seine Hände.

»Ich habe noch niemals für irgendjemanden so viel empfunden wie für dich, Leander. Und ich will, will, *will* mit dir zusammen sein.«

18. MÜTTER SIND VOM MARS, TÖCHTER VON DER VENUS

Dass Verliebtsein einem so dermaßen das Gehirn verflüssigen konnte, hätte ich nie für möglich gehalten. Auf einmal verstand ich all die bescheuerten Bilder und Begriffe, mit denen dieser Zustand gewöhnlich umschrieben wurde – waren diese knuffigen Wolken da am Himmel nicht tatsächlich mit einem rosa Schimmer überzogen? Und so profane Bedürfnisse wie Schlafen oder Essen wurden im Allgemeinen ja auch völlig überbewertet.

Herrje, ich musste mich richtig anstrengen, mal einen Augenblick *nicht* an ihn zu denken! In den eineinhalb Wochen seit unserem ersten Kuss hatten Leander und ich jede freie Minute miteinander verbracht, oder wenigstens telefoniert – stundenlang. Nicht nur meine Mutter beschwerte sich darüber, dass ich kaum noch Zeit für sie hatte. Auch Leanders Freunde meldeten verstärkt Bedarf an seiner Person an, jetzt, wo sie alle Urlaub hatten.

Heute Abend war wieder eine Band-Probe angesetzt, doch wenigstens der Nachmittag sollte uns gehören. Um nicht wie eine nervöse Aufziehmaus in der Wohnung umherzutigern, bis er endlich kommen würde, beschloss ich, zu malen.

Die Pastellkreide war genau das richtige Mittel. Klare Konturen waren damit ebenso möglich wie weich verwischte Flächen. Das passte perfekt zu seinem Gesicht. Wie besessen hatte ich fast zwanzig Fotos von Leander ausgedruckt, vergrößert, verworfen, bis ich mehrere Ansichten zusammengestellt hatte, um daraus ein Porträt zu zaubern. Ich saß auf der Terrasse, und die Sonne ließ die Farben auf dem dunkel getönten Papier noch intensiver leuchten. Am meisten Spaß machten seine Haare, da konnte ich einfach wild drauflosstricheln. Aber die Augen waren ein echtes Problem. Schließlich entschied ich mich, sie halb offen zur Seite schauen zu lassen.

»Wow, wie geil ist das denn?«, tönte Nessies Stimme von oben. »Ist das etwa Mister Unterwäschemodel?«

Instinktiv beugte ich mich über die Zeichnung und schielte zum Balkon hoch – reine Vorsichtsmaßnahme gegen unfreiwillige Wurfgeschosse.

»Ich komm eben runter und guck mir das an, ja?«

Noch bevor ich »Untersteh dich!« rufen konnte, war sie verschwunden und klingelte keine Minute später an der Tür.

»Hi, Nessie. Wieso hast du schon Feierabend?«

»Ich war heute gar nicht im Salon – hatte heute Morgen ein bisschen Kreislaufprobleme. Hoffentlich nicht wieder diese verdammte Magen-Darm-Seuche!«

»Du siehst aber ganz frisch aus«, wunderte ich mich.

»Geht mir ja auch wieder gut. Also – zeig schon her, dein Supermodel!«, drängelte Nessie.

Widerwillig hielt ich Leanders Porträt ins Licht. »Mund zu!«, grinste ich, als sie nicht aufhörte, das Bild anzustarren.

»Mensch Livie, du kannst echt supergut zeichnen! Sieht der wirklich so hammermäßig aus?«

»Du hast ihn doch gesehen, beim Stadtfest.«

»Ja, aber nur mit Sonnenbrille.«

Zum Beweis reichte ich ihr die Fotos, die ich bei unserem Tandem-Ausflug geschossen hatte. Nessie pfiff anerkennend.

»Der Typ ist einfach nur – *hot!* Ob die Eltern auch so geil aussehen wie ihre Söhne? Boah, was für ein Genpool!«

Darauf war ich allerdings ebenfalls schon sehr gespannt.

»Er will mich am Sonntag seinen Eltern vorstellen«, verkündete ich ein klein wenig stolz.

»Was, so schnell schon?«, staunte Nessie. »Der scheint es ja richtig ernst mit dir zu meinen.«

Da konnte ich nur zustimmend grinsen.

»Dann sollte Felix wohl lieber aufhören, sich weiter Hoffnungen zu machen, oder?« Von dem Desaster beim Italiener hatte sie natürlich inzwischen erfahren.

»Ach, Nessie, was glaubst du, wie schwer es mir gefallen ist, ihm so weh zu tun!«

Tröstend strich sie mir über den Arm. »Weiß ich doch, Süße.«

»Meinst du, Felix wird darüber hinwegkommen?«

»Im Moment sieht es eher nicht so aus«, mutmaßte sie. »Ich hab ihn gestern im Schlosspark gesehen. Mit ein paar Leuten aus der Motorradclique. Als er mich bemerkt hat, hat er sich demonstrativ weggedreht und …« Sie zögerte.

»Was und?«

»… ist Arm in Arm mit einer Rothaarigen weggegangen.«

Ich schluckte. »Dann hat er sich aber schnell Trost gesucht.«

Verwundert bemerkte ich, dass mich diese Erkenntnis ziemlich piekste.

»Quatsch, das war doch voll fake!«, widersprach Nessie. »Der wollte, dass ich das sehe und dir berichte. Billigster Versuch, dich eifersüchtig zu machen. In Wahrheit ist er ziemlich fertig, sagt Sven.«

Das machte mir die Sache nicht unbedingt leichter.

»Hey, lächle mal wieder.« Sie streichelte meine Wange. Das half sofort.

Nessie nahm das Porträt wieder in die Hand und hielt es ans Fenster.

»Und – wie ist es so mit *ihm*?«

»Was meinst du?«

»Na, was treibt ihr so zusammen? Kino und Disco fällt ja wohl flach – und wie ich dich einschätze, lässt du ihn nicht richtig ran, bevor zwei keusche Probemonate rum sind. Also frag ich mich ernsthaft, was man mit einem Blinden wohl so anstellt.«

»Wir haben schon zweimal eine Radtour gemacht. Das war richtig schön«, schwärmte ich.

»Wie das denn?«

»Mit einem Tandem. Coole Sache. Und dann am Elbstrand unterm Baum gechillt ...«

»Uuh, Sex im Freien, Sand im Getriebe«, säuselte Nessie anzüglich.

»Oh Mann, du notgeiles Seeungeheuer!«, kicherte ich. »Kannst du dir eigentlich vorstellen, dass man *nicht* gleich nach ein paar Tagen zusammen in die Kiste hüpft?«

»Also ist er wohl tatsächlich anders als sein Bruder«, bemerkte sie. »Ich wollt's echt nicht glauben.«

»Na ja, wenn du's genau wissen willst, war *er* bisher derjenige, der *mich* bremsen musste«, sagte ich schmunzelnd. »Auf keusche Probemonate könnte ich eigentlich verzichten.«

»Oh oh, aber mich nennst du notgeil! Na, da bin ich ja mal gespannt. Sag mir, wenn's so weit ist, ja? Dann machen wir eine Deflorationsfeier.«

»Eine *was*, bitte?«

»Einen festlichen Umtrunk anlässlich deiner längst überfälligen Entjungferung.«

»Du spinnst wohl! Am besten erzähl ich dir überhaupt nichts mehr.«

»Ach komm, Livie, nun sei nicht so prüde! Plauder doch mal ein bisschen aus dem Nähkästchen.«

Sie knuffte mich in die Seite. Aber ich weigerte mich, Details preiszugeben. Das gehörte nur ihm und mir.

»Plauder *du* doch mal aus dem Nähkästchen!«, neckte ich sie. »Wann und mit wem hast du denn dein erstes Mal *gefeiert*? Mit zwölf?«

»Mit zwölf …« Sie zeigte mir einen Vogel. »Ganz so schlimm bin ich nun auch wieder nicht. Öhm, lass mich überlegen …«

»Wie – das weißt du nicht mehr?«, kicherte ich.

»Doch, jetzt hab ich's: Das war auf der Klassenfahrt, achte Klasse. Manuel hieß er. Wir Mädels haben uns nachts in das Jungszimmer geschlichen und wollten Party machen. Die anderen haben dann auch ordentlich gebechert …«

»Und ihr beiden habt eure eigene kleine Party unterm Schlafsack gefeiert?«, vermutete ich.

»So ungefähr, ja.«

»Während die anderen im Zimmer waren?«, kicherte ich.

»Ach, die waren doch alle total besoffen oder haben

gepennt. Uns war langweilig, weil Manuel keinen Alkohol vertrug. Da hab ich mich halt zu ihm gelegt und ihm die Langeweile vertrieben.« Nessie grinste süffisant.

»Und – wie war's?«, hakte ich nach.

»Ich weiß es nicht mehr, ehrlich gesagt. Nur dass es nach gefühlten zwei Minuten vorbei war.«

»Wie ging es mit diesem Manuel weiter?«

»Gar nicht. Er war eigentlich nicht mein Typ, und ich wohl auch nicht seiner. Aber er hat mich sozusagen … auf den Geschmack gebracht. Danach hab ich mich auf alles gestürzt, was nicht bei drei auf den Bäumen war.«

»Wie viele?«

»Na ja«, grübelte sie. »Ich schätze mal, so zwanzig werden es schon gewesen sein.«

Fassungslos schüttelte ich den Kopf. »Zwanzig?« Bei dieser Vorstellung gruselte es mich ernsthaft.

Nachdenklich blickte sie aus dem Fenster. »Ich weiß, ich bin kein gutes Vorbild für dich. Du machst es schon richtig, wenn du die Sache langsam angehst. Ich war damals eigentlich noch gar nicht reif dafür. Wenn ich die Uhr zurückdrehen könnte, würde ich mir fürs erste Mal auch jemanden suchen, der mich richtig liebt …« Sie wandte sich mir zu, mit einem ungewohnten Ausdruck in den Augen. »Ehrlich gesagt, meine Süße, beneide ich dich fast ein bisschen.«

»Junger Mann, nennen Sie *das* etwa Gitarrenunterricht?«, neckte ich Leander mit gespielter Gouvernantenstimme.

Es war nicht der erste Versuch diese Woche, meine Gitarrenlektionen fortzuführen. Er stand hinter meinem Stuhl und korrigierte hin und wieder meine Fingerhaltung auf dem Griffbrett, nur blieb es nicht dabei. Immer wieder nutzte er die Gelegenheit, an mir herumzuschmusen.

»Entschuldige, es ist einfach zu verlockend«, raunte er, strich meine Haare zur Seite und küsste mich in die Halsbeuge. »Hmm … weißt du, wie aufregend du duftest?«

»Ich hab doch gar kein Parfüm benutzt«, murmelte ich benommen.

»Eben drum.«

Jetzt verteilte er kleine Küsse meinen Hals hinunter bis zu meiner Schulter und schob dabei den Stoff meines Tops beiseite. Ich erschauerte, als ein kribbelnder Funkenregen bis in meine Beine rieselte.

»Okay, ich geb's auf«, seufzte ich, stellte die Gitarre ab und stand auf. Küssen war allemal besser, als Akkordwechsel zu üben.

Vielleicht würden wir es eines Tages schaffen, mal eine Viertelstunde die Finger voneinander zu lassen, um uns der Musik zu widmen, aber im Moment schien jeder Versuch in dieser Richtung zwecklos. In seinen Armen war sowieso alles andere unwichtig. Schon begann ich, sein T-Shirt hochzuschieben, doch er hielt mich sanft zurück, als ich es ihm ausziehen wollte.

»Darf ich nicht?«, fragte ich enttäuscht.

Er schmiegte seine Wange an mein Gesicht. »Normalerweise nichts lieber als das …«, flüsterte er. »Aber wenn wir jetzt damit anfangen, komme ich nicht mehr so leicht von dir los.«

Ein wohliges Gefühl von Geborgenheit durchströmte mich, als er mich von hinten umarmte und mich sanft hin und her wiegte. Sehnsüchtig nahm ich seine Hände, schob sie unter mein Shirt und führte sie langsam über meinen Bauch. Sein Atem vertiefte sich, als ich sie über meine Brüste streichen ließ. Wie behutsam er mich berührte ... als wäre ich eine kostbare Skulptur aus Glas. Doch als seine Fingerspitzen über meine Rippen strichen, musste ich loskichern. Unwillkürlich wackelte ich dabei mit den Beinen.

Er seufzte auf. »Was war das denn? Machst du das bitte noch mal?«

»Was?«

»Na, dieses Wackeln ...«

»Du meinst so?« Ich schüttelte die Knie, was meinen Po an seinem Becken vibrieren ließ – und begriff, was das für eine Wirkung auf ihn haben musste.

»Puh, das ist ... eine sehr raffinierte Foltermethode«, raunte er.

»War keine Absicht«, schmunzelte ich. »Du hast mich gekitzelt.«

»Dir ist hoffentlich klar, dass dein wunderschöner Po ein irrer Reflexauslöser ist ...« Sanft strich er über meine Rundungen.

»Ist es weniger schlimm, wenn ich so mache?«, flüsterte ich und ließ langsam meine Hüften unter seinen Händen kreiseln. Dabei blieb es nicht aus, dass ich sein Becken berührte.

»Was ... tust du da?«, stöhnte er, nahm seine Hände aber nicht weg, sondern folgte mit ihnen meinen Bewegungen.

»Bauchtanz«, antwortete ich.

»Das ist Bauchtanz? Wow ...«

»Meistens sind die Bewegungen aber schneller.«

»Ohh, stopp!«, keuchte er und ließ mich abrupt los, als ich es zu demonstrieren begann. »Du willst mich ernsthaft verrückt machen, oder?«

Ich drehte mich zu ihm um. Er hatte rosa Wangen.

»Entschuldige«, sagte ich, kuschelte mich an seine Brust und spürte seinen beschleunigten Herzschlag. Ein Schmunzeln stahl sich auf meine Lippen. Irgendwie machte es mich stolz, dass er so auf mich reagierte.

Sein Handywecker piepte.

»Du musst los«, wisperte ich und löste mich von ihm. »Deine Kumpel warten sehnsüchtig auf ihren Starkomponisten.«

»Ja, dann muss ich wohl. Robin und Lasse beschweren sich schon, dass sie mich gar nicht mehr zu Gesicht kriegen. Und morgen fahren sie in der Früh nach Wacken, zu diesem Rockfestival.«

»Und da wolltest du nicht mit?«

»Ich bin doch nicht lebensmüde – da sind zigtausend Leute!«

»Verstehe. Mein Ding wär's auch nicht. Aber da treten bestimmt gute Bands auf, oder?«

»Auf jeden Fall. Wir können ja am Sonntag mal in den Mitschnitt reinhören – läuft im Fernsehen. Falls wir nichts Besseres zu tun haben.«

Im Flur zog ich mir gerade meine Sneakers an, als ich hörte, wie die Haustür aufgeschlossen wurde. Leander, der direkt davorgestanden hatte, machte einen Schritt zur Seite und stieß dabei scheppernd den Schirmständer um.

»Huch, was ist denn hier los?«, begrüßte uns meine Mutter.

»Mama! Ich dachte, du kommst erst um sieben.«

»Oh, störe ich?«, fragte sie schnippisch und blickte von mir zu Leander, der etwas verdattert in der Ecke stand.

Ich hob den Schirmständer auf und zog Leander an meine Seite.

»Hallo erst mal«, sagte er mutig und hielt meiner Mutter die Hand hin.

Zögernd ergriff sie sie. »Hallo.«

»Wir wollten gerade gehen«, erklärte ich.

»Oh. Ich dachte, du wolltest mir beim Bügeln helfen?«

»Ich bin doch gleich wieder da, ich bringe ihn nur zum Bus.«

»Aha. Na dann.«

An der Haltestelle blieb uns kaum Zeit zum Verabschieden, bevor der Bus kam. Immerhin lenkte Leanders heißer Kuss mich erfolgreich von dem Groll gegen meine Mutter ab. Warum musste sie ihn so reserviert behandeln? Was hatte sie gegen ihn?

Als ich zurückkam, durchforstete ich erst einmal den Kühlschrank. Ich hatte gar nicht gemerkt, wie hungrig ich war.

»Musst du jetzt schon so viel futtern? Gibt doch nachher Abendessen«, kommentierte Mama kurz darauf das dick belegte Sandwich, das ich gerade in mein Zimmer bringen wollte.

»Ich hab heute nur gefrühstückt«, rechtfertigte ich mich.

Demonstrativ biss ich in mein Salamibrot. Ich wunderte mich, dass mich ihre Stichelei nicht so sehr verunsicherte wie sonst. Normalerweise hätte ich mich reumütig in mein Zimmer verzogen und lieber meine Geheimvorräte geplündert, als vor ihr so was Fettes zu essen.

»Sag mal, dieser Junge …«, begann sie, während sie Kaffeepulver in den Filter gab.

»*Dieser Junge* heißt Leander und ist mein Freund, falls

du das noch nicht mitbekommen hast«, unterbrach ich sie genervt. »Was soll mit ihm sein?«

»Ich mache mir ein bisschen Sorgen, ob du dich da nicht in etwas verrennst.«

»Ich versteh nicht, was du meinst.«

»Ich meine … hast du dir das auch wirklich gut überlegt? Wie stellst du dir das vor, mit seiner Behinderung? Das ist kein Pappenstiel, gerade wenn man an später denkt. Wie soll der denn eine Familie ernähren können? Ich meine, du willst doch auch mal Kinder haben. Er kann ja nicht mal Auto fahren, wenn du ins Krankenhaus …«

»Mama!«, unterbrach ich sie entsetzt. »Was redest du denn? Ich bin siebzehn Jahre alt! Leander ist mein erster richtiger Freund, und niemand hat etwas von Heiraten und Kinderkriegen gesagt!«

Ich kam mir vor wie in einem schlechten Fünfziger-Jahre-Film.

Mama schnaufte. »Matthias und ich waren auch nicht viel älter, als wir uns kennengelernt haben.«

»Was hat Papa damit zu tun?«

»Wie du weißt, hat er sich aus dem Staub gemacht, als es drauf ankam, Verantwortung zu übernehmen. Bist du dir sicher, dass Leander es ernst meint mit dir?«

»Ja«, antwortete ich verwirrt. Was für ein Fass machte sie da gerade auf?

»Wie kannst du dir nach knapp zwei Wochen so sicher sein?«

»Das kann man doch fühlen, Mama! Er ist überhaupt nicht der Typ für ein schnelles Abenteuer.«

»Aha, so gut kennst du ihn also schon? Na, dann erzähl doch mal ein bisschen von ihm. Vielleicht muss ich mir dann nicht mehr so viele Gedanken machen.«

Ich atmete tief durch. Wenn ich jetzt nicht ruhig blieb, würde das Ganze eskalieren. Aber ich wollte, dass sie mich verstand.

»Du brauchst dir überhaupt keine Sorgen zu machen. Leander ist der liebevollste und einfühlsamste Mensch, den ich kenne. Er ist musikalisch hochbegabt und auch sonst nicht auf den Kopf gefallen. Er will sogar Musik studieren.«

»Wie soll das denn gehen?«, fragte sie mit skeptischer Miene.

»Natürlich wird das ganz schön hart. Und es geht nicht ohne einen Assistenten, der ihm das ganze Material vorbereitet. Aber er will es unbedingt versuchen und lässt sich gezielt auf die Aufnahmeprüfungen vorbereiten. Also, ich finde das unglaublich mutig!«

Meine Mutter schwieg.

»Wie Leander mit seiner Behinderung umgeht, davor kann man nur den Hut ziehen«, fuhr ich fort. »Aber vor allem …« Ich verschränkte die Arme vor der Brust und richtete mich stolz auf. »Er mag mich so, wie ich bin! Er versteht mich. Er ist genau richtig für mich, Mama.«

»Und seid ihr auch … vorsichtig?«

Also daher weht der Wind. Ich hab's geahnt.

Ich verdrehte die Augen. »Ist das denn das Einzige, was dich interessiert?«

»Ich will ja nur, dass du verantwortungsvoll damit umgehst.«

»Das tue ich doch! Du könntest mir zur Abwechslung einfach mal vertrauen. Aber wenn es dich beruhigt: Ich war Dienstag bei der Frauenärztin. Zufrieden?« Mir reichte es jetzt. Ohne ein weiteres Wort verschwand ich in mein Zimmer. Zu gern hätte ich jetzt mit jemandem geredet, der mich verstand. Doch mit wem? Nessie war mit Nadine weg, Leander bei der Bandprobe.

Opa! Wieso war ich nicht gleich darauf gekommen? Er müsste längst von seinem Skandinavientrip zurück sein. Beherzt wählte ich seine Nummer.

»Livie, mien Deern! Das ist ja 'ne Überraschung.« Seine liebe Stimme munterte mich sogleich auf. »Und? All'ns in Butter bei dir?«

»Geht so«, antwortete ich. »Und bei dir? Danke für deine Postkarte übrigens. War's noch schön in Schweden?«

»Och, war 'n büsch'n anstrengend, aber sonst sehr schön. Aber nu vertell schon, du rufst mich doch aus einem bestimmten Grund an.«

Wie gut er mich kannte.

»Mama und ich hatten gerade wieder mal Streit. Sie hat was gegen … meinen Freund.«

»Oh. Ich wusste gar nicht, dass du einen Freund hast. Seit wann denn?«

»Noch keine zwei Wochen.«

»Und … bist richtig doll verliebt?«

»Ja, und wie«, seufzte ich.

»Das freut mich, mein Kind. Wie heißt er denn?«

»Leander. Er ist fast zwanzig und unter anderem ein toller Musiker.«

»Musik? Na dat ist doch was Feines. Und warum mag Muttern ihn nicht?«

»Es ist wohl wegen … seiner Behinderung.«

»Oh. Was hat er denn?«

»Er ist blind.«

Ich hörte, wie Opa pfeifend die Luft ausblies.

»Das ist natürlich 'n starkes Stück. Aber die Hauptsache ist doch, dass du damit klarkommst, oder?«

»Ich komme gut damit klar. Aber Mama hätte wohl lieber, dass ich mit einem Kumpel von mir zusammen wäre, Felix. Wahrscheinlich weil er ein guter Handwerker ist und nicht … ein behinderter Künstler.«

»Oha. Das kömmt mir bekannt vor.«

»Was meinst du?«

»Seit Anja mit deinem Vater auseinander ist, schimpft sie über Männer, die in ihren Augen keine *richtigen Kerls* sind. Der Matthias, das war nu' mal kein patenter Jung, wie man so sagt. Tischlern, das konnte er, und Holzschnitzen wie der Herrgott persönlich. Nur fürs Geschäft hat er keine gute Hand gehabt. Weißt du noch, den Eichenstubben damals im Garten, wo er einen Bären draus geschnitzt hat?«

»M-hm.« Ich erinnerte mich dunkel. Eigentlich hatte ich kaum Erinnerungen an meinen Vater, dazu war ich einfach noch zu klein gewesen. Aber das Bild des Baumstumpfs im Hof, aus dem er mit Messer und Hohleisen einen sitzenden Bären hervorgezaubert hatte, war noch irgendwo in meinem Hinterkopf.

»Und Anja? Gemosert hat sie, dass das vertane Zeit wär und dass er das Ding wenigstens verkaufen solle. Sie wollte, dass er Geld nach Hause bringt. Nu ja, sie hat's auch damals schwer gehabt: Du kleines Würmchen warst grad erst auf der Welt, die Miete teuer, und dann er mit seinen Flausen von irgendwelchen Weltreisen, die er doch nie hätt berappen können. Ich hab damals zu ihr gesagt: Gut, er is'n *Drömelklaas*, ein Träumer – aber er *liebt* dich und die Kleine, und irgendwas hast du an ihm doch gefunden: dass er eben nicht so 'n dröger Kleinbürger ist.«

Ich lauschte fasziniert. So offen hatte Opa noch nie über seine Sicht der Dinge gesprochen.

»Genützt hat's aber nix. Sie hat weiter an ihm rumgepiesackt, und eines Tages war er weg. Nicht schön von ihm. Aber wenn du mich fragst, ik hebb dat kommen sehn! Seitdem ist Anja auf der Hut: Nie wieder so ein Dödelkram mit brotloser Kunst, hat sie oft gesagt. Und wenn ihr überhaupt noch mal ein Kerl ins Haus käme, dann müsst er plietsch sein und mit beiden Beinen fest im Leben stehen.«

»Ich glaube, so langsam verstehe ich, worauf du hinauswillst«, sagte ich nachdenklich. »Ich verstehe ja auch, dass sie sich Sorgen macht. Aber dass sie jetzt schon übers Heiraten und Kinderkriegen redet … Stell dir vor, sie fragt allen Ernstes, wie ich mit einem Mann ohne Führerschein rechtzeitig ins Krankenhaus kommen soll, wenn die Wehen einsetzen.«

»Ja nu', *das* ist wirklich dumm Tüch, wat se da snackt!«, meinte Opa zu meiner Befriedigung. »Grad mal siebzehn bist du, Deern, und da soll man sich doch *verlieben* – nicht an Kinder denken, nicht ans Krankenhaus und auch nicht, wie man irgendwann mal seine Rechnungen bezahlt. Klar hat Anja 'nen ganz schönen Knacks von der Sache mit Matthias. Du weißt ja selbst am besten, wie sie das damals mitgenommen hat. Das soll sie aber nun nicht bei dir abladen! Du hast dein eigenes Leben und musst deine eigenen Erfahrungen machen.«

Ich atmete tief durch und schwieg eine Weile.

»Soll ich mal mit ihr snacken?«, erbot sich Opa, während ich noch damit beschäftigt war, seine Worte zu verdauen.

»Nein, nein«, wehrte ich ab. »Ist lieb von dir, aber ich glaub, das muss ich schon alleine hinkriegen.«

»Wirst du auch, Livie. Du bist ja 'ne plietsche und verständige Deern. Und wenn du den Jungen wirklich liebhast …«

»Ja, das tu ich«, seufzte ich.

»… dann wirst du auch Anja überzeugen. Gib ihr Zeit, sich an ihn zu gewöhnen. Und wenn sie sieht, dass er dich glücklich macht, wird sie schon merken, dass du selbst am besten weißt, was für dich gut ist. Lass dich nicht verunsichern, Deern! Hör auf dein Herz.«

Verstohlen wischte ich mir eine Träne weg. »Danke, Opi. Genau das hab ich jetzt gebraucht.«

19. WASSERSPIELE

Die gepflegt gekleidete Frau, die aus dem schwarzen Mercedes stieg, hatte etwas von Cindy Crawford in ihren reiferen Jahren – nur ohne den Leberfleck und mit blauen statt braunen Augen.

So viel zum Thema »Genpool«.

Leanders Mutter empfing uns mit einem herzlichen Lächeln, als wir Arm in Arm aus meiner Haustür traten und auf den Wagen zugingen.

»Hallo, Liv, ich bin Susanne. Schön, dich kennenzulernen.«

Sie streckte mir die Hand hin, an der drei Ringe glänzten.

»Danke, freut mich auch«, brachte ich etwas verkrampft heraus.

Leander strich mir über den Rücken, was mich sofort beruhigte. Seine Mutter schaute kurz zwischen ihm und mir hin und her. Zuerst hatte ich ihren erstaunten Blick wohl missdeutet, nun aber begriff ich, worüber sie sich wunderte: Leander trug nicht nur eigenhändig mein Gepäck, sondern hatte mir auch seinen Stock in die Hand gedrückt, um sich bei mir einzuhaken. Ich ahnte, dass dieser Vertrauensbeweis in den Augen seiner Mutter etwas Besonderes war.

»Na, dann steigt mal ein, ihr Süßen«, sagte sie.

Leander hievte meinen Rucksack und die große Reisetasche in den Kofferraum.

»Hast du Klamotten für eine ganze Woche mit, oder was ist da drin?«, raunte er mir zu.

»Überraschung«, erwiderte ich grinsend.

»Willst du wirklich hinten sitzen, Leo?«, fragte seine Mutter, als er mir gentlemanlike die Hintertür öffnete und sich zu mir setzte.

»Siehst du doch.«

»Na, wenn das mal gutgeht. – Früher ist ihm hinten immer schlecht geworden«, fügte sie an mich gewandt hinzu.

»Ohh, Mum! Muss das sein?«, fragte Leander genervt. »Am besten holst du gleich noch meine Babyfotos raus!«

»Schon gut, Schatz – ich weiß, Mütter können echt peinlich sein«, sagte Susanne mit einem Schmunzeln.

Während der Fahrt plauderte sie über dies und jenes – Small Talk, der offenbar dazu dienen sollte, mir die Befangenheit zu nehmen. Das war echt einfühlsam, fand ich. Zu mehr als einsilbigen Antworten reichte ohnehin meine Konzentration nicht aus, weil Leander die ganze Zeit an mir herumschmuste.

Zum ersten Mal betrat ich die Eltern-Hälfte des großen Hauses. Susanne lotste uns auf die Terrasse und verschwand dann erst einmal in der Küche, um Kaffee und frische Brötchen zu holen. In dem weitläufigen Waldgarten brauchte keiner irgendwelche aufwendigen Beete zu pflegen: Alles war naturbelassen, außer einer großen Rasenfläche. Bis auf ein paar Vogelstimmen war es still, und ich atmete genüsslich den harzigen Duft der vielen hohen Kiefern ein, die das Grundstück säumten.

»Keine Sorge, bin gleich verschwunden«, versicherte Susanne, als sie die Kaffeekanne auf dem fertig gedeckten Terrassentisch abstellte. »Ich werde nicht vor fünf zurück sein«, fuhr sie fort, wobei sie Leander an den Schultern fasste. »Dein Vater ist mit seinem Bruder auf dem Golfplatz, und wann die Jungs aus Wacken heimkommen, weiß ich noch nicht. Abends zum Grillen sollen sie aber da sein, das hab ich ihnen eingeschärft. Also macht euch einen schönen Nachmittag, ihr beiden!«

Bevor sie ging, wuschelte sie ihrem Sohn über den Kopf, was dieser mit einem schiefen Lächeln ertrug. Dann zwinkerte sie mir zu und verschwand im Haus.

»Uff«, sagte Leander, kam zu mir herüber und nahm mich in den Arm. »Du hast dich tapfer geschlagen – und gewonnen! Mum hat offenbar schon einen Narren an dir gefressen.«

»Wie kommst du denn darauf?«

»Ich hab's an ihrer Stimme gehört – sie hat die ganze Zeit mit einem Lächeln gesprochen. Außerdem«, er schmunzelte, »hat sie mir Geheimzeichen gegeben.«

»Was denn für Geheimzeichen?«

»Das ist noch ein Relikt aus meiner Kindheit. Immer wenn sie mich ermutigen wollte, zum Beispiel vor einer schwierigen Aufgabe, hat sie mir die Hände auf die Schultern gelegt. Einmal kneifen hieß: *Du schaffst das schon.* Zweimal hieß: *Hast du gut gemacht.* Aber dreimal kneifen, so wie eben, und noch dazu die Haare verwuscheln – das heißt so viel wie: *Du hast den absoluten Hauptgewinn gezogen.*«

»Das ist ja süß«, sagte ich gerührt.

»Ja«, hauchte er und suchte mit den Fingerspitzen meinen Mund. »Aber das hier ist noch viel süßer.«

Es dauerte sehr lange, bis unsere hungrigen Lippen sich wieder voneinander lösten. Sanft strich Leander an meinen Seiten entlang und spielte mit dem Stoff meines Oberteils.

»Was hast du da eigentlich Interessantes an – ist das ein Kleid? Der Stoff fühlt sich toll an.«

»Eher ein langes Blusentop«, flüsterte ich erregt, als seine Hände unfassbar langsam über meine Konturen streichelten. Am liebsten hätte ich mich jetzt irgendwo mit ihm hingekuschelt und Dinge getan, die ich mir bisher immer bloß schemenhaft vorgestellt hatte. Aber ein lautes Knurren aus meinem Magen verriet, dass mein Körper vorläufig andere Prioritäten setzte.

»Oje, du hast da anscheinend einen kleinen Mitbewohner, der beachtet werden möchte«, kicherte Leander, nahm meine Hand und führte mich zu dem schön gedeckten Tisch.

»Das hast du aber nicht alles alleine gemacht, oder?«, fragte ich in Anbetracht der liebevoll arrangierten Teller mit Obst und Gemüse, Käse, Schinken und Lachs.

»Natürlich!«, sagte er fast entrüstet. »Susanne hat bloß die Brötchen besorgt. Denkst du, ich kann keine Tomaten schneiden?«

»Entschuldige, so war das nicht gemeint. Ich dachte nur, wie früh du wohl aufgestanden sein musst, um das alles zu schaffen. So viel Aufwand hättest du doch nicht extra für mich …«

»Hey, was meinst du, wie viel Spaß mir das gemacht hat«, unterbrach er mich. »Gerade weil es für dich ist. Natürlich hat es ein bisschen gedauert, aber ich konnte sowieso nicht gut schlafen, daher hatte ich viel Zeit.«

»Was war denn los?«, wollte ich wissen und begann, mir ein Brötchen zu schmieren.

»Nichts Besonderes. Ich hab das einfach manchmal, dass ich nicht schlafen kann, besonders im Sommer. Man sagt, das liegt an dem fehlenden Hell-Dunkel-Wechsel, den mein Hirn nun mal nicht kriegt. Aber ich glaub das nicht so ganz. Ich kann oft die Gedanken nicht abschalten.«

»Und welche Gedanken haben dir heute den Schlaf geraubt?«

»Das … ähm … ist nicht für Minderjährige freigegeben, fürchte ich.« Er wurde tatsächlich ein bisschen rot.

»Minderjährige?«, wiederholte ich zuckersüß.

Er lächelte verschmitzt. »Aber es könnte durchaus möglich sein, dass du noch vor deinem achtzehnten Geburtstag davon erfährst.«

Jetzt war ich es, die rot wurde – aber so was von …

»Dann erzähl ich dir auch nicht, wovon ich geträumt habe«, schmollte ich.

»Doch, bitte! Ich bin schon volljährig.«

»Es ist aber eher kitschig«, gab ich zu bedenken.

»Keine Sorge – im Traum ist alles erlaubt.«

»Wir beide sind zusammen durchs Meer getaucht«, begann ich. »Wie Wassermenschen, mit Fischschwanz und so … Die ganze Zeit hielten wir uns aneinander fest. Wir schwammen durch phantastische Unterwasserreiche, alles war total bunt – die verrücktesten Fische und Meereswesen schwirrten um uns herum. Auf einmal schossen gefährliche Raubfische von allen Seiten heran und bedrohten uns – wir hätten keine Chance gehabt. Aber wir haben uns fest umarmt, immer schneller gedreht und dann … haben wir uns verwandelt.«

»In was denn?«

»In einen einzigen riesigen Fisch – und der brauchte sich vor niemandem mehr zu fürchten.«

»Das ist eine wunderschöne Vorstellung«, lächelte er.

»Nicht peinlich?«

»Überhaupt nicht. Ich selbst hab schon ewig nicht mehr so symbolisch geträumt.«

»Hm ... Wie träumst du denn überhaupt? Ich meine, du kannst doch keine richtigen Bilder sehen, oder?«

»Wie sollte ich? In meinen Träumen ist es genauso wie im richtigen Leben: Meine Welt besteht aus Geräuschen, Gefühlen, Tast- und Raumeindrücken. Das Tolle ist nur: Im Traum gibt es für mich keine Hindernisse. Da kann ich einfach wild drauflosrennen wie ein kleines Kind, kann durch dichte Wälder hüpfen, auf spitzen Dächern tanzen, Autorennen gewinnen, ohne jemals irgendwo dagegenzuditschen. Und ich finde immer – immer! – sofort jeden Weg. Allerdings sind meine Träume in letzter Zeit ... ein wenig anders geworden.«

»Wie meinst du das?«

»Nun ja, sie speisen sich meistens aus den Sinneseindrücken der letzten paar Wochen – und aus den Wünschen, die sich daraus ergeben.«

Unser Frühstück zog sich hin – in Etappen, die immer wieder von Knutschen unterbrochen wurden. Es dauerte eine halbe Ewigkeit, bis wir uns dazu durchrangen, die Tafel aufzuheben.

Beim Einräumen der Spülmaschine passierte es dann: Die Glaskaraffe rutschte Leander aus der Hand und zersplitterte auf dem Boden. Sein Fluchen hörte ich bis nach draußen, wo ich gerade den Tisch abwischte.

»Was ist passiert?«, fragte ich, als ich hineinstürzte

und auch schon die Bescherung sah. Leander stand mit seinen Sandalen mitten in den Scherben. Zum Glück sah ich nirgends an ihm eine Verletzung.

»Beweg dich nicht!«, befahl ich. »Wo ist das Kehrzeug?«

»Liv, du musst das nicht machen! Ich kann den Abzieher holen.«

»Aber bis dahin hast du die Splitter überall verteilt. Also, bitte …«

Er seufzte. »Da hinten im Eckschrank.«

Ich brachte auch gleich den Staubsauger mit. Als ich das Gröbste beseitigt hatte, bestand Leander darauf, das Saugen zu übernehmen. Es war ihm sichtlich unangenehm, dass ich ihm helfen wollte. Langsam und systematisch, in Quer- und Längsstreifen, reinigte er den Fußboden, wobei man hören konnte, wenn er einen der Splitter erwischte.

»Danke, Liv«, sagte er, als das Malheur bereinigt war. »Aber eigentlich wollte ich genau das vermeiden – dass du mir bei so einem Mist helfen musst. Ist mir echt peinlich.«

»Das kannst du doch gar nicht verhindern! Früher oder später wäre so was eh mal passiert. Übrigens musst du mir auch nicht beweisen, dass du alles allein kannst. Betrachte es einfach als … Teamwork.«

Endlich schmunzelte er wieder. »Okay, ich werd's versuchen.«

»Gehört das alles zu eurem Anwesen?«, fragte ich, als wir einen Spaziergang über das riesige Grundstück machten.

»Pfff, Anwesen … das klingt so nach Großgrundbesitz«, meinte Leander. »Das ist gerade mal ein Hektar

Wald, damit kann man nicht viel anfangen. Aber meinen Eltern war es wichtig, Abstand zu potentiellen Nachbarn zu haben, wegen der Musik. Nicht nur wir Jungs machen viel Krach – Papa dreht seine Hippie-Mucke immer voll auf, und meine Mutter, na ja … hast du mal gehört, wie laut so ein Horn ist? Das vergrault den freundlichsten Nachbarn.« Er lächelte schief. »Unser nächster Nachbar macht allerdings genauso viel Krach wie wir – nämlich Robin. Unsere Väter sind ja Zwillingsbrüder, und die Schwester seiner Mutter wohnt auch in der Nähe.«

»Dann ist das hier oben ja so was wie ein Sippenhügel«, lachte ich.

»Ja, alles Inzucht«, grinste er. »Deshalb sollen wir Jungs unsere Weibchen ja auch unten im Tal jagen, um den Genpool aufzufrischen.«

»Blödmann!«

Ich zwickte ihn immer wieder in die Seite, was zur Folge hatte, dass er sich vor Lachen gar nicht mehr einkriegte – bis er übermütig nach mir schnappte. Dabei verloren wir beide das Gleichgewicht und plumpsten ins Gras. Wie die kleinen Kinder kullerten wir herum und lachten uns scheckig, bis wir voller Grünzeug auf dem Rücken liegen blieben.

Keine einzige Wolke verwässerte das Blau des Himmels. In großer Höhe kreisten ein paar Greifvögel, kaum mehr als winzige Kommas auf einem leeren Blatt Papier. Es war so friedlich hier.

»Da oben fliegt ein Bussard, oder?«, fragte Leander in die Stille.

»Sogar drei. Die hast du gehört? Die kreisen Hunderte von Metern hoch in der Luft.«

Leander seufzte: »Wie ich die beneide.«

»Weil sie so tolle Adleraugen haben?«

»Nein, weil sie fliegen können. Muss das geil sein!«

»Oh ja!«, schwärmte ich. »Das wäre traumhaft.«

»Ich hab mich schon immer danach gesehnt, fliegen zu können«, erzählte er. »Einfach frei und ohne Hindernisse herumzusausen. Als Kind bin ich sogar mal auf die Garage geklettert und hab mich so lange konzentriert, bis ich absolut überzeugt war, ein Vogel zu sein. Und dann bin ich mit ausgebreiteten Armen gestartet. Leider hat es nichts gebracht, außer aufgeschlagenen Knien.«

»Da warst du aber mutig.«

»*Bescheuert* trifft es wohl eher.«

»Nein. Ich kann dich absolut verstehen. Bei mir ist es eher die Sehnsucht, mal ganz federleicht zu sein. Wie gern würde ich jetzt mit dir da oben herumfliegen. Wir könnten es uns ja einfach vorstellen.«

»Wie oft hab ich versucht, es mir wirklich auszumalen«, sagte er. »Aber ich kann mir ja noch nicht mal den Himmel vorstellen.«

Ich überlegte eine Weile.

»Hm, ich hab gerade nach Worten gesucht, um ihn dir zu beschreiben«, sagte ich. »Aber es ist einfach unmöglich.«

»Ich weiß. Das haben schon einige probiert: *Wolken, Mond, Sterne, Nacht, blau* – das sind nichts als abstrakte Vokabeln für mich.«

»Echt krass – dabei trägst du das Blau sogar in deinen Augen mit dir herum.« Ein Hauch von Traurigkeit ließ mich aufseufzen. »Vermisst du es eigentlich? Das Sehen?«

»Ich weiß nicht«, sagte er nachdenklich. »Im Grunde hab ich ja gar keine Ahnung, was Sehen ist. Wie sollte es mir also fehlen? Oder vermisst du es vielleicht … was weiß ich … Kiemen zu haben und unter Wasser atmen zu können?«

»Hm, nein. Es sei denn, ich bin im Wasser und will tauchen.«

»Und genau das ist der Punkt: Ich habe eigentlich nur deshalb das Gefühl, dass mir etwas Wichtiges fehlt, weil ich in einer Welt zurechtkommen muss, die für Sehende gemacht ist.«

Er drehte sich auf die Seite und schmiegte seine Stirn an meine.

»Aber in diesem Moment …« Er strich mit den Fingerspitzen meine Konturen entlang. »… fehlt mir gar nichts! Ich kann dich hören, fühlen, riechen …« Seine weichen Lippen fanden meinen Mund. »Und schmecken …« Sein Kuss erhitzte jede Zelle in mir.

Da zuckte ich plötzlich zusammen, weil irgendetwas über meinen Arm krabbelte.

»Vielleicht sollten wir doch mal das Ambiente wechseln«, meinte Leander, als ich angewidert einen Käfer abschüttelte. »Lust auf eine Abkühlung im Pool?«

»Au ja!«, rief ich begeistert.

Hätte ich vielleicht doch den Tankini mitnehmen sollen? Ich kam mir so schutzlos vor in meinem Bikinioberteil und den enganliegenden Pants. Noch nie hatte Leander meine nackten Beine angefasst.

Er will doch nicht gleich mit dir ins Bett, nur ins Wasser.

Ich zog trotzdem noch den kurzen Wickelrock und ein T-Shirt drüber, denn damit fühlte ich mich nicht ganz so pummelig um die Hüften.

Der Pool war ein Traum! Riesengroß, komplett umzäunt, mit Sichtschutz zum Haus und zur Hälfte von einem Sonnensegel beschattet.

Das Wasser war nirgends tiefer als meine Halshöhe und angenehm kühl. Leander juchzte vergnügt, als er das erste Mal untergetaucht war und mit Schwung wieder hochsprang. So vorsichtig, wie er sich an Land bewegen musste, so ausgelassen alberte er im Wasser herum – und er schien stets zu wissen, wo der Beckenrand war.

»Wie machst du das?«, fragte ich, nachdem er mich beim Wettschwimmen überholt hatte und nun am Rand auf mich wartete. »Im Wasser ist es doch fast unmöglich, sich zu orientieren, wenn man nichts sieht.«

»Das stimmt – in einem offenen Gewässer wäre ich verloren. Aber hier kenne ich doch jeden Zentimeter.«

Wir hielten uns an der Randstange fest und ließen die Beine schweben.

»Wasser ist echt 'ne tolle Erfindung«, schwärmte ich. »Endlich mal leicht sein … An Land fühle ich mich oft wie ein plumpes Nilpferd.«

»Warum sagst du so was? Du bist alles andere als plump.«

Zärtlich strich seine Hand meine Seite entlang, fuhr die ganze Länge meines Beins hinunter und wieder hinauf, malte kribbelnde Spuren auf meine Haut.

»Liv, ich wünschte, du würdest aufhören, über deinen Körper zu schimpfen. Für mich hast du die absolute Traumfigur.« Und plötzlich hatte er mir seine Arme unter Rücken und Knie geschoben und zog mich an sich.»Siehst du? Ich kann dich ganz leicht tragen«, sagte er sanft.

»Hmm, himmlisch«, schnurrte ich und streckte den Oberkörper nach hinten.

Leander ging mit mir ein Stück durchs Wasser. Langsam wiegte er mich hin und her, drehte sich mit mir im Kreis, und ich summte selig vor mich hin.

»Was singst du da?«, fragte er leise.

»Weiß nicht«, murmelte ich schläfrig. »Fiel mir gerade so ein.«

»Ich liebe deine Stimme.«

»Das sagt der Richtige: Mister *Ich-hab-die-erotischste-Samtstimme-im-ganzen-Universum.*«

»Erotisch?«, raunte er.

»Ja, genau so wie jetzt – dunkelroter Samt. Du könntest problemlos bei so einer Sex-Hotline arbeiten.«

»Was?«, lachte er auf. »Ich soll andere Kerle beglücken? Du spinnst wohl!«

»Ähm, das gibt's doch bestimmt auch für Frauen, oder?«

»Keine Ahnung«, kicherte er.

»Na, jedenfalls wäre ich dann deine Stammkundin«, grinste ich.

»Echt? Da wärst du aber schön blöd – wo du doch alles umsonst haben kannst.«

»*Jetzt?*«, fragte ich.

Und ohne eine Antwort abzuwarten, zog ich sein Gesicht zu mir herunter. Ich bedeckte seinen Hals mit Küssen und arbeitete mich dann langsam nach oben vor – küsste seine Wangen, die Stirn, Augen und Nase. Sein halb geöffneter Mund sah so erotisch aus, dass ich mich nicht daran sattsehen konnte. Ich wollte ihn unbedingt schmecken. Als ich mit der Zungenspitze seine Lippen antippte, entfuhr ihm ein kehliges Stöhnen, das ich noch nie bei ihm gehört hatte. Dass ihn das so anmachte, heizte wiederum mich an. Ich spielte weiter mit seinen Lippen, ohne ihn zu küssen, verwehrte ihm diesen Genuss. Das schien ihn halb wahnsinnig zu machen. Er ließ meine Beine los, zog mich an seine Brust, und dann küssten wir uns so gierig wie nie zuvor.

Noch mehr Nähe!, schrie etwas in mir, ließ mich auf Leanders Arm hüpfen und die Beine um seine Hüften schlingen. Erschrocken seufzte er auf, umfasste aber sofort meinen Po, um mich zu halten. So trug er mich ein Stück weiter in niedrigeres Wasser, ohne sich von meinem Mund zu lösen. Dort, wo der Bassinboden wie eine breite Sitzbank ausgeformt war, ließ er sich nieder – mit mir auf dem Schoß.

Es war der helle Wahnsinn, nur noch diese dünnen Stoffschichten zwischen uns … Sanft umspielt vom kühlen Wasser, streichelten und küssten wir uns. Als Leanders Hände wiederholt an meinem Baderock hängenblieben, hielt er inne.

»Was ist das eigentlich?«, nuschelte er an meinem Mund und zupfte am Stoff herum.

»Ein Baderock«, klärte ich ihn mit verwaschener Stimme auf.

»Und wozu ist das Teil gut?«

»Ähm … um meine Problemzonen zu überdecken?«

Er kicherte kopfschüttelnd. »Das ist jetzt nicht dein Ernst, oder? Die einzige *Problemzone* ist dieses Stück Stoff, das mich daran hindert, deine wundervollen Kurven zu streicheln. Kann man den eventuell auch abmachen?«

Ich knotete das Halteband auf, und ohne hinzugucken, warf ich das Teil ans Ufer. Ungehindert strichen seine Hände nun über meine Hüften nach oben und blieben am Verschluss meines Bikinioberteils hängen. Kurz zögerte er, wie um Erlaubnis zu fragen. Als ich nicht reagierte, hakte er es auf – auch dieses Stück Stoff landete irgendwo im Gras.

Ganz zart fuhren seine Fingerspitzen meine Seiten entlang – ohh, wie das prickelte! Vorsichtig strichen sie über meinen Bauch und zögerten unterhalb meiner Brüste, baten auch hier um Erlaubnis. Ich nahm seine Hände und führte sie – und er griff zu.

Mit geschlossenen Augen und beschleunigtem Atem streichelte und küsste er meine Brüste, meine Schultern, meinen Hals, wühlte in meinen Haaren. Es machte mich wahnsinnig an, seine Erregung zu hören und vor allem – unter mir zu spüren. Mann, war ich froh, dass wir im Wasser waren, ansonsten wäre es auch für mich peinlich geworden – ich war ein einziger See.

Wie es wohl sein würde, eines Tages richtig mit ihm zu schlafen? Die Bilder, die mir bei dieser Vorstellung in den Kopf kamen, ließen das Feuer in mir nur noch mehr auflodern. Es tat schon fast weh, so schlimm biss die Sehnsucht in meinen Bauch.

Bald verabschiedete sich mein kläglicher Restverstand, und pure Lust ließ mein Becken Dinge tun, die definitiv nicht mehr als jugendfrei durchgingen. Doch wo blieb sein Stoppsignal? Fast wartete ich darauf, wieder die gewohnte Enttäuschung zu spüren, wenn er sich zurückzog. Doch stattdessen wurden auch Leanders Bewegungen immer eindeutiger, sein Keuchen heftiger.

Was machen wir hier, um Himmels willen?!

Plötzlich spürte ich seine Hand unter meinem Bauchnabel: Sie rutschte langsam tiefer, berührte den Bund meiner Bikinihose, glitt darüber hinweg, glitt noch tiefer … Ich stöhnte auf, als seine Hand zwischen uns abtauchte. Kurz hielt er inne.

»Soll ich aufhören?«, fragte er atemlos.

»Nein!«, japste ich. Ich war schon kurz davor zu platzen. Wie sollte ich wollen, dass er aufhörte?

Nun war es ohnehin egal. Kein Gedanke mehr daran, dass jederzeit jemand auftauchen und uns erwischen könnte bei ... ja, wobei eigentlich? Wir hatten doch beide noch etwas an – küssten uns heftig, rieben uns aneinander, schaukelten uns gegenseitig hoch.

Seine Hand blieb brav über dem Stoff, wobei sie aber ganz unbrave Dinge tat, den Druck erhöhte – bis ich nicht mehr konnte ... und mich fallenließ. Nur mühsam unterdrückte ich den Impuls, laut aufzustöhnen. Heftig keuchend presste Leander mein Becken noch ein-, zweimal an sich, warf stöhnend den Kopf in den Nacken – und dann spürte ich, wie seine Hitze unter mir pulsierte.

– Oh Gott, war das schön!

Eng aneinandergeschmiegt, kamen wir nur langsam wieder zur Ruhe.

Überwältigt und verlegen zugleich, fanden wir lange keine Worte. Doch irgendwann konnten wir nicht mehr aufhören zu grinsen. Zärtlich nahm Leander mein Gesicht in seine Hände und küsste mich auf Stirn, Nase und Mund.

»Hey«, hauchte er und schmiegte seine Stirn an meine. »Bist du mir böse?«

»Warum?«

»Weil ich nicht Stopp gesagt habe.«

»Nöö, irgendwie nicht«, schmunzelte ich. »Und du?«

»Ähm, nö«, sagte er grinsend und umarmte mich, als wollte er mich nie wieder loslassen.

»Und? War das jetzt das Dreimeterbrett?«, flüsterte ich.

Lächelnd küsste er mich auf die Nase. »Mindestens.«

»Mir ist ganz schwindlig …«, sagte ich. »Ich glaub, ich muss langsam aus dem Wasser raus.«

»Okay. Ich komm gleich nach. Ähm, Spuren beseitigen …«

Ich stieg aus dem Becken und suchte meine nasse Kleidung zusammen, um sie über den Sichtschutzzaun in die Sonne zu hängen. Mangels Alternative zog ich mein T-Shirt über. Aufgeputscht und erledigt zugleich, war ich froh, dass Leander bereits vorher ein gemütliches Deckenlager im lichten Baumschatten ausgebreitet hatte. Meine Wattebeine trugen mich gerade noch bis dorthin.

»Wo bist du, Liv?«, rief er wenig später vom Beckenrand.

»Hier auf der Decke«, rief ich.

Dass er auf dem Weg zu mir beinahe über die niedrige Lampe gestolpert wäre, die sicher schon jahrelang an ihrem Platz stand, bewies, dass er im Moment genauso durchgeknallt war wie ich.

20. LIFE IS FOR LIVING

»Hey, hier hängt ja Damenwäsche überm Zaun!«, rief eine muntere Stimme hinter der Sichtschutzwand. »Darf man trotzdem näher treten, oder kostet das Eintritt?«

»Schon gut, Robin. Komm ruhig rüber.« Seufzend richtete Leander sich auf. Die letzte Stunde hatten wir im Halbschlaf auf der Decke verdöst.

»Ooch, du hast ja was an, Liv«, sagte Rocko mit gespielter Enttäuschung, als er die Wand umrundete. Seine Rastazotteln waren zu einem Zopf gebändigt.

»Hallo erst mal, ihr beiden. Schön, dich wiederzusehen, Liv.«

Er hockte sich neben mich und schmatzte mir einen dicken Kuss auf die Wange. Huch, der war aber frech!

»Hey!«, warnte Leander und legte den Arm um mich.

»Was? Möchtest du auch einen, Schnucki?«, feixte Rocko.

»Untersteh dich!«, sagte Leander und hielt ihm grinsend die Handfläche hin, die Rocko mit Schwung abklatschte.

Er sah zwischen uns hin und her und zwinkerte mir zu. »Tja, wer hätte das gedacht?«

»Was gedacht?«, fragte Leander.

»Na, dass unser blindes Huhn auch mal ein Korn findet.«

»Ich glaube, da möchte jemand ganz dringend ins Wasser geschmissen werden«, sagte Leander und stupste mich an. »Was denkst du, Liv?«

»Gute Idee«, antwortete ich, und schon waren wir aufgesprungen, hatten Rocko gepackt und zerrten ihn zum Pool. Er hatte keine Chance und wehrte sich auch nur halbherzig, weil er genauso lachen musste wie wir. Am Ende flog er mit einem Riesenplatsch ins Wasser.

»Dumme Sprüche reißen kostet zwanzig Bahnen Delphinschwimmen!«, rief Leander.

Rocko prustete und versuchte sich im Wasser seiner Klamotten zu entledigen. »Ihr habt sie doch nicht mehr alle – Delphin!«

»Na los! Das tut dir bestimmt gut nach drei Tagen Durchsumpfen«, feuerte Leander ihn an.

»Pass auf, der schmeißt gleich seine nassen Sachen nach uns«, warnte ich und zog ihn weg.

Wir kringelten uns immer noch vor Lachen, als Rocko nach zwei kläglichen Bahnen wieder aus dem Becken stieg und triefend vor uns stand. Ich staunte, wie kräftig er gebaut war. Versöhnlich reichte ich ihm ein Handtuch – aber ich hatte nicht mit seiner Rache gerechnet. Genüsslich langsam zog er das Zopfgummi ab, bevor er sich herunterbeugte und, sich wie ein Hund schüttelnd, eine Wasserfontäne auf uns niederregnen ließ.

»Iihh, lass das!«, schrie Leander und beugte sich schützend über mich.

»Jetzt sind wir quitt!«, grinste Rocko und setzte sich zu uns auf die Decke. »Ey, habt ihr gar kein Bier hier draußen?«

»Musst du nicht erst mal deinen Pegel vom Festival abbauen?«, fragte ich frech.

»Och, sei doch nicht so streng mit Onkel Rocko«, grinste er.

»Wie war's denn?«, fragte Leander.

»*Great!*«, grölte er und reckte dabei die Arme zum Rockergruß: Zeige- und kleiner Finger wie eine Gabel gespreizt. »Hast echt was verpasst, Mann.«

Rocko begann ausführlich von seinen Erlebnissen auf dem legendären Rockfestival zu erzählen, zu dem jährlich Zigtausende Fans pilgerten und einen kleinen Ort in Schleswig-Holstein in ein brodelndes Woodstock verwandelten.

»Hey, habt ihr Lust, mit nach unten zu kommen?«, fragte Rocko. »Ich hab jede Menge neue Ideen dabei, die könnten wir gleich mal ausprobieren.«

Der Übungsraum war größer, als ich gedacht hatte. Komplett mit Tausenden grauer Schaumstoffnasen isoliert, waren die Wände vollgestellt mit allen möglichen Instrumenten, Boxen und Geräten, deren Funktion ich nicht mal erahnen konnte. An der Kopfseite thronte ein gigantisches Schlagzeug, das in dem indirekten Licht golden glänzte.

»Ist das euer Schlagzeug vom Auftritt?«, fragte ich.

»Ja, das ist mein Baby. Hey, willst du mal?«

»Ich soll Schlagzeug spielen?«

»Na klar, Frauen an den Drums sind sexy! Komm, setz dich.« Er wies auf einen wie ein Fahrradsattel geformten Hocker.

»Wie soll man denn da die Übersicht behalten?«, fragte ich angesichts der acht oder neun Becken und ebenso vielen Hänge- und Standtrommeln.

»Alles eine Frage der Übung«, sagte Rocko grinsend.

Leander, der sich an einer der E-Gitarren zu schaffen machte, schmunzelte mit schräg gehaltenem Kopf vor sich hin, während Rocko mir erklärte, wie ich die Füße auf die Pedale setzen musste.

»Nein, nicht die Füße allein bewegen, dann fallen sie dir nach drei Minuten ab. Du musst schon die Knie anheben.«

»Aber das ist höllisch anstrengend!«, jammerte ich, als ich ein paarmal reichlich unkoordiniert die Schlegel der beiden großen Basstrommeln getreten hatte.

»Oh ja.« Grinsend schlug Rocko sich auf die Beine, über deren ausgeprägte Muskulatur ich mich jetzt nicht mehr wunderte. »Es reicht, wenn du erst mal nur eine nimmst.«

Allein die Sticks so zu halten, dass man nicht verkrampfte, war gar nicht so einfach. Langsam stieg mein Respekt für diese Art von Ganzkörpersport. Rocko zeigte mir eine (wie er es nannte) *ganz einfache* Abfolge von Schlägen und Tritten, bei der ich schon fast verzweifelte, weil meine Hände und Füße nicht gleichzeitig gehorchen wollten. Erst nach einer Weile des Übens kriegte ich es einigermaßen hin.

»Na, wer sagt's denn?«, ermutigte er mich. »Der Trick ist, irgendwann nicht mehr drüber nachzudenken.«

Nach einer Weile begann es mir tatsächlich Spaß zu machen.

»Diese irren Läufe über die Toms, die du auf der Bühne gemacht hast«, sagte ich in einer Atempause, »das würde ich auch gerne können.«

»Na, dann mach doch! Scheißegal, wie's klingt. Einfach von links nach rechts durchdreschen.«

Als ich zögerte, führte er meine Arme und zeigte mir

ein kleines Beispiel, das mich an das berühmte Ding aus Phil Collins' »In the Air Tonight« erinnerte. Und dann tat ich es einfach: Wie wild hämmerte ich drauflos, ließ richtig die Sau raus und konnte nicht verhindern, dass ich vor Vergnügen losquietschte. Ich hörte erst auf, als ich nicht mehr konnte. Die Jungs applaudierten johlend.

Außer Atem und leicht verschwitzt krabbelte ich hinter den Aufbauten hervor und gab Robin einen dicken Dankeschönkuss, bevor ich Leander in die Arme fiel.

»Wow, Leo! Deine Liv ist ja 'ne richtig wilde Braut«, rief Rocko.

»Ich weiß«, sagte Leander. »Und wahnsinnig sexy«, flüsterte er mir ins Ohr, was mir eine Gänsehaut bescherte.

Rocko räusperte sich dezent, als wir nicht voneinander loskamen. »Euch hat's ja wohl richtig erwischt, was? Da kann man nur neidisch mit den Hufen scharren.«

»Ähm, ich verzieh mich lieber mal da hinten in die Ecke«, sagte ich verlegen. »Ihr wolltet doch was ausprobieren.«

»Warte!« Leander hielt mich zurück und holte aus einer Schublade eine Schachtel mit Ohrstöpseln. Er reichte mir ein Paar der kleinen Schaumstoffdinger. »Hier, die solltest du dir in die Ohren stopfen. Für uns selbst haben wir auch welche. Sonst war's das bald mit dem Supergehör – du wirst dich wundern, wie laut es trotzdem noch ist.«

Wie recht er hatte, sollte ich in der nächsten Dreiviertelstunde erleben, während die beiden ein paar von Robins neuen Ideen in die Tat umsetzten – die Vibrationen der Instrumente spürte ich bis in die Knochen. Leander improvisierte zu Rockos Getrommel, mal am Keyboard, mal auf der E-Gitarre. Ich konnte nur dasitzen und offenen Mundes staunen. Und ich begriff, dass gemeinsam Musik zu machen eine großartige Sache sein musste, die im wahrsten Sinne des Wortes Leib und Seele in Einklang brachte. Ich schwor mir, das Gitarrelernen in Zukunft ernster zu nehmen.

Trotz Gehörschutz fiepten meine Ohren, als wir später wieder ans Tageslicht gingen.

»Danke, dass ich dabei sein durfte«, sagte ich.

»Jederzeit wieder, Liv«, sagte Rocko lächelnd. »Vielleicht ist an dir ja eine Drummer-Queen verlorengegangen.«

»Oh, ich fürchte, dazu fehlt mir das Talent.«

»Nein, ganz und gar nicht«, wandte Leander ein. »Rhythmusgefühl hast du auf alle Fälle. Das kommt bestimmt vom Tanzen.«

»Mag sein, aber das Schlagzeug ist mir eigentlich ein bisschen zu laut. Ich bleib lieber bei der Gitarre. Immerhin habt ihr mich angestachelt, wieder ernsthaft zu üben.«

»Super Idee«, sagte Leander und nahm meine Hand. »Ich hab nämlich vor, irgendwann mal was mit dir zusammen zu spielen.«

»Wirklich? Na, wenn das keine Motivation ist«, sagte ich und hauchte ihm einen Kuss auf die Wange.

»Hey, was ist denn das hier für ein Stoffpaket?«, fragte Rocko, als er im Wohnzimmer meine große Tasche entdeckte. »Wollt ihr zelten?«

»Oh, die hab ich fast vergessen«, rief ich und packte meine sonnengelbe Hängematte aus.

»'ne Liebesschaukel?«, mutmaßte Rocko mit schiefem Grinsen.

»Na, du kennst dich ja anscheinend aus«, gab ich zurück und knuffte ihn in die Rippen. »Nein, das ist meine Hängematte, die ich zum Geburtstag bekommen habe. Seit unserem Umzug kann ich sie nirgends mehr aufhängen, und da kam ich auf die Idee, dass ihr sie vielleicht haben wollt. Bäume gibt's doch genug hier.«

»Geil! Lass mal gleich ausprobieren«, rief Rocko und trabte mit dem Ding unterm Arm in Richtung Pool.

»Eine Hängematte?«, fragte Leander skeptisch.

»Ja. Die ist so groß, dass man sogar zu zweit darin liegen kann«, sagte ich und zog ihn mit nach draußen.

»Wie wäre es hier?«, schlug Rocko einen Platz zwischen zwei kräftigen Birken vor.

»Kann ich auch nicht dagegenlaufen?«, fragte Leander.

»Keine Sorge, so viel Umsicht kannst du mir schon zutrauen«, beruhigte ihn Rocko. »Komm mal her und halt fest, damit wir die Mitte finden.«

Ich dirigierte Leander mit Worten, bis er ein Ende der Matte so hielt, dass Rocko und ich das andere im richtigen Abstand am Baum befestigen konnten. Als die Matte hing, strich Leander einmal über ihre ganze Länge und verzog das Gesicht.

»Was hast du?«, fragte ich, während Rocko sich quer in die Matte schmiss und sofort losschaukelte.

»Ich, ähm … hab's nicht so mit Schaukeln«, erklärte er leise.

»Oh. Das wusste ich nicht. Ich dachte, es würde dir Spaß machen.«

Er schüttelte langsam den Kopf. »So passiv bewegt zu werden ist ein bisschen heikel für mich.«

»Und wenn wir uns nur reinsetzen, ohne zu schaukeln?«

»Wenn du das gerne möchtest, okay, meinetwegen. Aber nicht böse sein, wenn ich es nicht lange aushalte.«

Rocko gab nur widerwillig sein neues Flugobjekt frei. Ich setzte mich in die Mitte der Stoffbahn und stemmte die Füße in den Boden, so dass die Matte gespannt auf Hüfthöhe hing. Leander gab mir seine Hand und ließ sich langsam neben mich sinken.

»Hm, gemütlich ist das Ding ja«, sagte er erleichtert.

Vorsichtig nötigte ich ihn, sich mit mir nach hinten zu legen, die Füße immer noch auf dem Boden.

»Geht's?«

»Noch«, flüsterte er angespannt.

Eigentlich sollten Hängematten ja entspannend sein, dachte ich enttäuscht. Ganz, ganz langsam begann ich ein bisschen zu schaukeln, indem ich die Füße bewegte. Leander kniff die Augen zusammen und schluckte.

Ich wollte mich nur ein bisschen näher ankuscheln, als es passierte: Mein Fuß rutschte ab, die Hängematte schwang nach vorne aus und mit Schwung wieder zurück. Leander versuchte vergeblich, sich mit den Füßen abzufangen, schnellte plötzlich hoch und warf sich zusammengekrümmt auf den Boden, wo er würgte und spuckte.

»Scheiße!«, rief Rocko und kniete sich neben ihn. »Ich hab's geahnt. Setz dich hin, Leo, dann wird's gleich besser.«

»Es tut mir so leid«, sagte ich und hockte mich hinter Leander, der nun mit angezogenen Knien auf dem Rasen saß, den Kopf zwischen die Arme geklemmt.

»Überempfindlicher Gleichgewichtssinn«, erklärte Rocko. »Früher hat er im Auto immer gereihert, weil er nicht den Horizont fixieren kann wie andere Leute.«

»Ja, Herr Doktor, jetzt halt noch 'n Vortrag!«, grummelte Leander.

Ich strich ihm über den Rücken. »Ich hol dir ein Glas Wasser.«

Rasch machte ich mich auf den Weg in die Küche. Ein feuchtes Handtuch brachte ich auch noch mit, reichte ihm beides und strich ihm eine Strähne aus der Stirn. »Tut mir leid, dass ich dich dazu genötigt habe.«

»Alles klar, Kumpel?«, fragte Rocko, der ihm eine Hand auf die Schulter gelegt hatte.

»Geht schon wieder«, sagte Leander.

»Willst du dich ein bisschen hinlegen?«, fragte ich.

»Nein, rumlaufen hilft normalerweise besser. Das erdet.«

Ich half ihm hoch, und wir gingen ein Stück, während Rocko sich diskret zurückzog. Leander war immer noch leichenblass, schien sich aber allmählich zu erholen. Nur meinen Arm hielt er etwas fester als gewöhnlich.

»Tut mir leid«, sagte er schließlich, als wir den Garten halb umrundet hatten. »Das ist mir verdammt peinlich …«

»Schon vergessen, dass mein erster Auftritt in diesem Haus genauso peinlich war?«, erinnerte ich ihn. »Ich war es doch, die euer Waschbecken vollgekotzt hat.«

»Stimmt.« Endlich zeigte sein Gesicht wieder ein schwaches Lächeln. »Dann sind wir jetzt wohl quitt.«

»Außerdem sollte eher ich mich entschuldigen, das mit der Hängematte war doch meine Idee.«

»Eigentlich eine schöne Idee«, nickte Leander, dessen Lächeln wieder verschwand. »Aber ich hab dir ja gesagt, es gibt eine Menge Dinge, die ich nicht mit dir zusammen tun kann.«

»Ach, nun leg doch nicht wieder diese Platte auf. Es gibt wirklich Schlimmeres, als nicht gemeinsam in einer Hängematte liegen zu können.« Ich zog ihn an mich und legte meine Stirn an seine. »Schließlich gibt es immer noch genug, was wir irgendwann einmal … zusammen *tun* können, oder?«

Seine Mundwinkel zuckten. »Das hoffe ich doch.«

Kurze Zeit später kamen Leanders Eltern nach Hause. Lars, sein Vater, begrüßte mich genauso herzlich wie seine Mutter heute Morgen. Kaum zu glauben, dass dieser Mann so schöne Söhne gezeugt hatte: Er selbst wirkte eher herb mit seinen kantigen Gesichtszügen, den rotblonden Haaren und dem leicht angegrauten Bart.

Lasse kam die Treppe heruntergeschlurft. Er sah ziemlich fertig aus. Das Rockfestival hatte offenbar seine Spuren hinterlassen.

»Hi, Liv.« Müde lächelnd nahm er mich zur Begrüßung in den Arm – wie niedlich.

»Wollte Tim nicht auch noch kommen?«, fragte Susanne, während wir ihr halfen, das Geschirr nach draußen zu tragen.

Oje, Tim. Wie er wohl auf mich reagieren wird?, dachte ich mit einem mulmigen Gefühl im Bauch. Doch als er ein paar Minuten später eintrudelte, bedachte er mich nur mit einem stummen Nicken und setzte sich draußen neben Rocko an den Tisch.

Aus einem CD-Player plätscherte dezente Hintergrundmusik, während wir ausgelassen spachtelten. Als es dämmerte, entzündete Lars ein Feuer in einer großen Metallschale, um die wir uns alle im Kreis setzten. Ich kuschelte mich an Leanders Schulter und genoss die entspannte Atmosphäre. Er ließ keine Gelegenheit aus, mich zu berühren oder zu küssen, egal ob die anderen es mitkriegten. Mir war das eher ein wenig peinlich, besonders vor seinen Eltern, die aber nur dezent lächelten und vielsagende Blicke tauschten.

Tim dagegen schien im Laufe des Abends immer angespannter zu werden. Als ich mir noch etwas von dem leckeren Nachtisch holen wollte, traf ich ihn in der Küche. Er musterte mich von oben bis unten, während er ein Käsespießchen von seinem Teller pflückte und sich genüsslich langsam in den Mund schob.

»Das solltest du aber nicht auch noch essen«, sagte er in seiner arroganten Stimmlage, als er beobachtete, wie ich mir noch von der Creme in mein Schälchen füllte.

»Wie bitte?«, fragte ich und starrte ihn schockiert an.

»Na ja, das Zeug geht direkt auf die Hüften – und davon hast du ja schon reichlich.«

Ich war sprachlos. Die schüchterne Olivia von früher wäre jetzt mit Tränen in den Augen aus dem Raum gerannt. Die neue Liv aber sah rot – dunkelrot! Nur mit Mühe konnte ich mich beherrschen, nicht auf ihn loszugehen. Für einen Augenblick fühlte ich mich wieder so stark wie vorhin am Schlagzeug, als ich voller Energie auf die Trommeln eingedroschen hatte. Und genau diese Energie half mir jetzt, mich zu wehren.

»Was fällt dir ein, Tim!«, schnauzte ich, die Hände auf meine ach so reichlichen Hüften gestemmt. »Ich weiß, dass du was gegen mich hast, aber das gibt dir noch lange nicht das Recht, mich zu beleidigen! Lass mich einfach in Ruhe, und Leander am besten gleich mit. Übrigens: Ich nehm dir nichts weg, was du sowieso nicht haben kannst.«

»Pfff! Was weißt du schon«, zischte er.

»Ich sehe doch, wie du ihn anschmachtest! Vielleicht solltest du dir mal einen eigenen Lover suchen, dann musst du nicht so eifersüchtig sein.«

Als ich mich umdrehte, stand Leander mit offenem Mund im Türrahmen. Tim knallte seinen Teller so heftig auf die Anrichte, dass er zerbrach.

»Fuck!«, schimpfte er und rauschte an seinem Freund vorbei aus dem Raum.

»Tim, warte!«, versuchte Leander ihn zurückzuhalten, doch das Knallen der Haustür verriet, dass wir Tim vorerst nicht mehr wiedersehen würden. Leander kam zu mir an den Küchentresen und nahm mich in den Arm. Ich zitterte immer noch vor Wut.

»Hey, beruhige dich«, sagte er und strich mir über den Rücken. »Was war denn los? Ich hab nur deinen letzten Satz mitgekriegt – und bin, ehrlich gesagt, ziemlich überrascht über die Heftigkeit deiner Worte.«

Als ich wortwörtlich wiedergab, was sich zwischen Tim und mir abgespielt hatte, war Leander so wütend, dass es ihm fast die Sprache verschlug.

»Wie kann er so was Gemeines sagen?«, regte er sich auf. »Das geht gar nicht. Ich hab keinen Bock drauf, dass mein bester Freund nicht mit meiner Freundin klarkommt.«

»Wie sollte er auch, wenn er ebenfalls hinter dir her ist?«

»Wie kommst du denn *darauf*?«

»Das ist doch offensichtlich! Schon beim Stadtfest hab ich beobachtet, wie er dich ständig anschmachtet. Ob du's glaubst oder nicht: Wir Mädchen haben euch anfangs für ein Paar gehalten.«

»Was?«, rief Leander entsetzt.

»Na ja, wieso auch nicht? Wir konnten doch nicht wissen, warum ihr Arm in Arm rumgelaufen seid.«

Leander senkte betreten den Kopf. »Wenn das Ganze nicht so tragisch wäre, würde ich mich schlapplachen.«

»Wieso tragisch?«

»Liv, du musst mir versprechen, dass du für dich behältst, was ich dir jetzt sage. Ich tratsche sonst niemals Geheimnisse von Freunden weiter, aber weil es dich betrifft …«

»Du kannst dich auf mich verlassen«, versicherte ich.

»Also: Ja, es stimmt, Tim ist schwul. Das weiß ich schon lange, und auch die anderen wissen es. Er und ich, wir kennen uns seit unserer Kindheit und waren immer die dicksten Freunde. Wir haben oft in einem Bett geschlafen, zusammen gebadet und all so was – es war nichts dabei. Erst so mit zwölf, dreizehn hat er dann angedeutet, dass er mehr von mir wollte. Ich hab das nie ganz ernst genommen, bis …«

»… er dich angefasst hat.«

»Ja. Er sagte, er wolle mir beibringen, wie man ein Mädchen küsst. Neugierig, wie ich damals war, hab ich mich drauf eingelassen.«

»Wie weit seid ihr gegangen?«

Er seufzte. »Weit genug, um zu wissen, dass es nicht das Richtige für mich war.«

Jetzt war ich es, die einen Schock verdauen musste.

»Es war … nicht wirklich Sex, falls du das jetzt denkst. In dem Alter ist es doch normal, ein bisschen herumzuexperimentieren – das hab ich später auch verstanden. Aber damals war ich verwirrt, weil ich ihn natürlich sehr mochte. Und als ich ihm klarmachte, dass es eine einmalige Sache bleiben muss – weil ich ja nun mal anders ticke als er –, hat er gelitten wie ein Tier. Es war furchtbar. Dass ich bald darauf wieder ins Internat zurückmusste, hat geholfen. Es ließ Gras drüberwachsen. Wir hatten fast ein halbes Jahr lang keinen Kontakt. Danach war die Sache gegessen – dachte ich zumindest bis heute.«

»Uff, jetzt bin *ich* verwirrt«, sagte ich und ließ mich auf einen Stuhl fallen.

»Liv, du musst keine Angst haben«, sagte er und ging vor mir in die Hocke. »Spätestens seit dieser Geschichte damals weiß ich definitiv, worauf ich stehe und worauf nicht. Und ich hoffe, du hast das inzwischen mehr als deutlich gemerkt.« Er tastete nach meinen Händen – und ich ergriff sie.

Ich atmete einmal tief durch. »Wie willst du jetzt damit umgehen?«

»Ich muss mit ihm reden, ganz klar«, sagte Leander. »Ich will ihn nicht verlieren, aber er darf sich auch nicht zwischen uns stellen. Du bist meine Nummer eins, Liv.«

»Ich kann verstehen, dass das die Hölle für Tim sein muss – auf jemand zu stehen, den er niemals haben kann. Insofern hab ich das auch ganz ernst gemeint, was ich vorhin zu ihm sagte: dass er sich lieber bald mal einen eigenen Lover sucht, der ihn von dir ablenkt.«

»Hm – gerade noch hat er dich blöd angemacht, und trotzdem kannst du dich in ihn einfühlen?«, fragte Leander erstaunt. »Du bist echt unglaublich.« Er küsste mich zärtlich.

»Leo! Wo steckst du?«, zerstörte Rockos Stimme den schönen Moment.

»Mann, Alter, du kriegst heute noch den Pokal für den talentiertesten Störfaktor«, sagte Leander zu Rocko, als wir ihm auf dem Flur entgegentraten.

»Sorry, aber ich brauch deine Hilfe! Lars hat schon wieder seine Siebzigerjahre-Schnarch-Mucke rausgekramt und droht, damit die Umwelt zu verpesten. Kann ich mal bei dir nach einem Gegengift fahnden?«

»Klar, geh ruhig hoch.«

Wir gingen zurück nach draußen, wo Leanders Vater sich gerade am CD-Player zu schaffen machte.

»Och nöö, Dad!«, rief Lasse bei den ersten Tönen. »Doch nicht wieder diese Jute-statt-Plastik-Hippies …«

Seine Mutter prustete los und verschluckte sich fast an ihrem Wein.

»Ey, das rockt … voll … ab – *Peace*, Brüder!«, sagte Lasse betont müde und machte dazu eine Geste, als würde er sich mit beiden Händen einen Joint reinziehen. Es sah filmreif aus.

»Also, ich find Barclay James Harvest gar nicht so übel«, bemerkte Leander und lotste uns zu einem bequemen Gartensessel.

»Kein Wunder, du hörst ja in letzter Zeit sowieso nur noch blöde Kuschelschnulzen«, gab Lasse mit frechem Grinsen zurück. »Dein Urteil ist durch hormonbedingte Verstandeserweichung nicht aussagekräftig, Lillebror.«

Alle brachen in schallendes Gelächter aus – selbst Leander, der mich auf den Schoß gezogen hatte und innig küsste, um das Statement seines Bruders umgehend zu bekräftigen.

»Jungs, hört auf zu lästern«, ermahnte Susanne ihre Brut. »Gönnt eurem Vater doch den Spaß! Das ist Musik aus seiner Jugend.«

»Oh, Susi, hör mal! Sie spielen ›Hymn‹!«, rief Lars. »Lass uns tanzen, Schatz.«

»Och nein, Lars, nicht hier draußen«, wehrte sich Susanne – offenbar peinlich berührt.

»Wieso denn nicht? Ach, komm doch – unser Lied …«, bettelte er mit Schmollmund und schnappte ihre Hand.

»Die sind ja süß«, flüsterte ich, während Leander begann, mich im Takt zu schaukeln. Ich beschrieb ihm, wie seine Eltern zu dem ultralangsamen Song eng umschlungen tanzten.

Er lächelte mich direkt an. »Möchtest du auch tanzen?«

»Was, jetzt? Mit … dir?«

»Mit wem denn sonst? Lasse ist zu blöd dazu, und mit Rocko lasse ich dich nicht tanzen – der hat seine Pfoten nicht unter Kontrolle.«

»Ich wusste ja nicht, dass du das kannst.«

»Pfff, ich kann sogar ein paar Standardschritte, ob du's glaubst oder nicht.«

»Ist ja krass! Dann muss ich wohl bei dir Unterricht nehmen.«

»Na dann – auf zur ersten Tanzstunde?«, sagte er und hielt mir die Hand hin. Verlegen lächelnd nahm ich sie und suchte unter den erstaunten Blicken der anderen einen Platz auf dem Rasen, wo es keine Hindernisse gab.

»Aber lass mich auf keinen Fall los!«, bat Leander, als er mir die Haltung der Arme und die einfache Schrittfolge von Discofox zeigte. Die CD war offenbar ein Konzertmitschnitt dieser Band. Als der Applaus in einen etwas flotteren Song überging, legten wir los. Obwohl ich die ganze Zeit kichern musste, war es ein tolles Gefühl. Dass Leander sich so was traute, obwohl er durch die vielen Drehungen bestimmt nicht mehr wusste, wo er war, beeindruckte mich zutiefst. In diesem Moment hätte ich vor Glück laut jubeln mögen. Wir tanzten! Ausgelassen pflügten wir über den Rasen, bis ich bemerkte, dass alle Blicke auf uns gerichtet waren.

»Die glotzen uns alle an«, flüsterte ich, als wir uns eng aneinandergekuschelt auf der Stelle drehten.

»Na und? Ist mir völlig egal«, raunte Leander so dunkel in mein Ohr, dass mir ein Schauer heißer Funken den Rücken runterrieselte. »Du machst mich gerade so glücklich, dass ich Bäume ausreißen könnte! Hörst du, was sie gerade singen? *Life is for living* …!«

Er küsste mich so lange, bis ich nicht nur von außen glühte.

»Na, mein Großer – meinst du, ich darf auch mal mit deinem Mädchen tanzen?«, hörte ich eine dunkle Stimme durch den Nebel meiner Liebestrunkenheit.

»Ähm, wenn's dir recht ist?«, fragte mich Leander höflich – und reichte mich an seinen Vater weiter, als ich bejahte.

Das war vielleicht komisch, und auch ein bisschen peinlich. Aber nach einer Weile machte es mir richtig Spaß, mit diesem großen, kräftigen Mann zu tanzen.

»Weißt du, wie lange ich meinen Sohn nicht mehr so ausgelassen gesehen habe, Liv?«, sagte er leise. »Susanne sagt, du musst eine Zauberin sein.«

Verlegen schmunzelte ich.

»Nein, ernsthaft! Es ist schön, ihn endlich wieder so glücklich zu sehen. Noch vor ein paar Monaten ging es ihm ziemlich schlecht, nach der Sache mit Sophia.«

»Welche Sache?«, fragte ich verunsichert.

»Oh – ich dachte, du wüsstest Bescheid. Hat er nicht von seiner Exfreundin erzählt?«

»Nur, dass es sie gab«, erwiderte ich verwirrt und wäre fast gestolpert.

»Dann steht es mir wohl nicht zu, ihm zuvorzukommen. Entschuldige bitte.«

Vorbei war es mit meiner Konzentration. Doch diesen wundervollen Abend wollte ich mir durch nichts verderben lassen. Es würde noch genug Gelegenheiten geben, Leander nach seiner Vergangenheit zu befragen.

21. UN-ERWARTETES

»Oh, das ist aber süß! Der sieht ja aus wie Elijah Wood als kleiner Junge.«

Ich lag noch im Bett, und die Worte drangen im Halbschlaf zu mir durch. Es dauerte einen Moment, bis ich begriff, dass meine Mutter ins Zimmer gekommen war. Benommen blinzelte ich zu ihr hinauf – und hinüber zu dem Bild, das seit gestern Abend auf meinem Nachttisch stand. Es war ein Kinderfoto von Leander. Susanne hatte es mir geschenkt – ohne sein Wissen –, als sie mich nach Hause gefahren hatte.

»Diese riesigen blauen Augen«, staunte meine Mutter, die das Foto betrachtete. »Ist ja irgendwie Verschwendung, dass sie nicht sehen können, oder?«

Ich staunte kaum weniger, denn es war das erste Mal, dass sie etwas Positives über Leander sagte.

»Was ist los?«, brachte ich müde heraus.

»Ich wollte dich nur fragen, ob du mit uns frühstücken willst? Andy ist spontan vorbeigekommen und hat Brötchen mitgebracht. Wir haben Spätschicht und noch etwas Zeit.«

»Danke, aber ich hab noch keinen Hunger. Ihr könnt mir ja was übrig lassen, wenn ihr geht.« Ich drehte mich noch einmal auf die andere Seite, um weiterzuschlafen.

Doch es ging nicht mehr. Stattdessen purzelten Bilder

und Gefühle von gestern durch mein Kopfkino, ließen mich abwechselnd lächeln, staunen, rot werden oder genüsslich seufzen. Was wir da im Pool zusammen erlebt hatten … Ein bisschen peinlich war es mir im Nachhinein schon. Doch warum eigentlich? Andere Paare hätten nach zwei Wochen längst miteinander geschlafen, wir beide waren dagegen ja richtig keusch. War das eigentlich schon Sex, was wir da getrieben hatten? Immerhin hatten wir unseren ersten Orgasmus geteilt … Wahnsinn. Bei der Erinnerung daran wurde mir schon wieder ganz heiß. Aber da war noch mehr gewesen. Irgendetwas war seitdem zwischen uns passiert. Als hätte sich irgendein unsichtbarer Kanal geöffnet, durch den ständig irgendeine Art von Kraft zu fließen schien, selbst wenn wir uns nicht berührten – etwas Warmes, Glühendes. Ganz merkwürdig. Vielleicht war es anfangs nur die Euphorie des Augenblicks gewesen, aber irgendetwas von diesem unbeschreiblichen Gefühl war geblieben, bis jetzt.

Denn ich konnte ihn spüren. Jetzt in diesem Moment, wo ich so intensiv an ihn dachte, war es, als läge er wie gestern am Pool an meinem Rücken und wärmte und streichelte mich. Mein Gott, ich konnte ihn sogar riechen! Es war so real, dass ich mich umdrehte, um mich zu versichern, dass ich allein war.

Und auf einmal stimmte mich diese Erkenntnis traurig – Leander fehlte mir. Er fehlte mir so richtig, von außen und von innen. Ich knuddelte das Kopfkissen in meinen Armen zusammen, um mich nicht ganz so einsam und unvollständig zu fühlen. Aber es war genauso nutzlos, wie wenn man sich als Kleinkind nach seiner Mutter sehnt und stattdessen nur eine blöde Puppe im Arm hat.

Ich wälzte mich hin und her und ließ den gestrigen

Abend noch einmal Revue passieren, bis sich zwischen die schönen Erinnerungen plötzlich Gefühle von Ärger und Verunsicherung schummelten: die Sache mit Tim und Lars' Andeutungen über diese Sophia ... Tatsächlich hatte ich Leander nicht mehr darauf angesprochen. Er hatte so gute Laune gehabt, und später war es uns unendlich schwergefallen, uns zu trennen. Um ein Haar hätte ich tatsächlich meine guten Vorsätze über Bord geworfen und wäre bei ihm geblieben. Aber ich wollte es mir im Moment nicht mit Mama verderben, der ich versprochen hatte, über Nacht nach Hause zu kommen. Gerade jetzt, wo sie angefangen hatte, hin und wieder die blöden Kommentare sein zu lassen, wenn es um Leander ging.

Los, raus aus den Federn!, befahl ich mir, bevor das Grübeln mir die Laune verdarb.

Aus der Küche drangen Gelächter und Musik. Ich traute meinen Augen nicht, als ich die Tür öffnete: Andy und meine Mutter saßen auf der Küchenbank, Arm in Arm zu einem Radioschlager schunkelnd!

»Hallo, Liv!«, begrüßte Andy mich fröhlich. »Geht's dir gut?«

»Ja, danke, bin nur müde. Gibt's hier was zu feiern?«, fragte ich, als ich die angebrochene Sektflasche sah.

»Andy hat mich erinnert, dass wir uns jetzt genau fünf Jahre kennen«, lächelte Mama ihn an.

Was war mit ihr los? So gutgelaunt hatte ich sie schon ewig nicht mehr gesehen.

Hey, Alien, wer bist du? Spuck sofort meine Mutter wieder aus!

»Grüß mal deinen Schatz von mir!«, sagte Andy. »Den finde ich richtig nett.«

Ich nickte zu Mama hinüber. »Sag das ihr.«

»Hast du gehört, Anja?« Andy grinste. »Der Freund deiner Tochter ist echt in Ordnung. – Wir haben vorhin schon über ihn gesprochen«, fügte er hinzu, wieder an mich gewandt.

»Wieso das denn?«, fragte ich.

»Ein Bewohner in unserem Heim ist auch blind, und der hat erzählt, dass seine Tochter viel verständnisvoller mit ihm umgeht, seit sie bei *Dialog im Dunkeln* war.«

»Was ist das denn?«

»Das ist so eine Art Erlebnis-Parcours, wo man als Besucher erfahren kann, wie es ist, blind zu sein. Ich hab Anja gefragt, ob wir da mal alle zusammen hinfahren wollen. Du könntest deine Freundinnen mitnehmen – und ich könnte testen, ob es sich für einen Betriebsausflug eignet. Frag mal Leander, der kennt das sicher.«

»Ja, mach ich«, versprach ich, mehr als verblüfft. »Das klingt echt spannend.«

Ich schnappte mir einen Kaffee und verzog mich wieder in mein Zimmer. Diese Privatparty wollte ich nicht länger stören. Vielleicht würde aus den beiden ja doch noch etwas werden? Offenbar hatte Andy kapiert, dass er ein paar Holzscheite mehr auflegen musste, um Mamas Herz zu erwärmen. Ich mochte ihn jedenfalls sehr. Aber ich blieb skeptisch, denn ich kannte Mama nur zu gut – erfahrungsgemäß war nach so einer Phase der Euphorie in absehbarer Zeit ein Absturz zu erwarten.

Nachdem im Haus wieder Ruhe eingekehrt war, kramte ich meine Werkzeugkiste hervor. Ich wollte unbedingt etwas Bestimmtes ausprobieren, eine besondere Idee für Leanders Geburtstagsgeschenk. Dabei lauschte ich unseren Lieblings-»Kuschelschnulzen«, wie sein blöder Bruder sich ausgedrückt hätte. Konzentriert schnitzte ich an einem Block Balsaholz herum. Ich liebte dieses ultraleichte, weiche Material, das sich wie Seide anfühlte, wenn man darüberstrich.

Da klingelte eine SMS – Leander.

Hallo, meine ›wilde Braut‹. Hast du gut geschlafen? Darf ich vielleicht etwas früher zu dir kommen? Bin grad unten im JUZ, der Kurs fällt aus.

Voller Vorfreude antwortete ich:

Deine WB hat sehr gut geschlafen, nur etwas kurz. Wilde Träume. Warte sehnsüchtig auf dich – PS: Mum hat Spätschicht …

Sturmfreie Bude? Ich fliege!

Er sagte kein Wort und lächelte nicht, als ich die Tür öffnete. Nur seine Hand streckte er aus, und als er mein Gesicht gefunden hatte, küsste er mich so stürmisch, dass wir gegen die Flurwand taumelten. Stöhnend ließ ich mich gefangen nehmen von seiner überbordenden Leidenschaft. Seine Brust drückte mich an die Wand. Es war mir egal, ob ich keine Luft mehr bekam und ohnmächtig wurde – ich wollte nicht, dass das hier jemals aufhörte.

Keuchend standen wir schließlich Stirn an Stirn und hielten uns an den Händen, kurz bevor meine Knie tatsächlich nachgegeben hätten.

»*Wilde Träume* also?«, raunte er mit allerdunkelster Samtstimme und verteilte zarte Küsse auf meinem Gesicht. »Soll ich dir erzählen, wovon *ich* geträumt habe?«

»Weiß nicht?«, fiepte ich und musste schlucken, während seine Nase seitlich an meinem Hals hinabfuhr. Als er sanft in meine Halsbeuge biss, zuckte ich zusammen, und mein Atem setzte aus. Er grinste.

»D-du hast also von Vampiren geträumt?«, stammelte ich benommen.

»Vielleicht wäre das besser gewesen«, flüsterte er. »Dann wäre ich erleichtert aufgewacht. So aber war es ziemlich furchtbar.«

»Was war denn so furchtbar?«

»Dass du nicht da warst«, seufzte er.

»Ich wäre ja auch am liebsten geblieben, aber meine M…«

»Schh… ich weiß«, hauchte er und verschloss meinen Mund mit seinen Lippen. »Ich bin nur gerade ein bisschen *sehr* verrückt nach dir. Als ich dich gestern gehen lassen musste, hätte ich am liebsten irgendwas kaputt geschlagen.«

Er trat einen Schritt zurück, hielt aber meine Hand fest. Ich nahm das als Zeichen und folgte ihm in mein Zimmer, wo ich ohne Umweg auf mein Bett zusteuerte und ihn neben mich auf die Matratze zog. Er seufzte, als er liebevoll meine Haare streichelte. Ich schmiegte mich in seine Hand und hätte beinahe wie eine Katze geschnurrt.

»Ich hab dich auch furchtbar vermisst«, flüsterte ich und strich ihm eine der dunklen Strähnen aus der Stirn, die ich so liebte.

Gar nicht wild, sondern ganz sanft und liebevoll küssten wir uns. Glühende Wärme breitete sich in den Tiefen meines Bauches aus. Eine irrsinnige Sehnsucht nach noch mehr Nähe zog mich dichter an ihn heran. Wir verschränkten unsere Beine – und da war es wieder: dieses Gefühl von langsam und heiß fließendem Strom an der Stelle, wo unsere Bäuche sich berührten. War das immer so, wenn man verliebt war?

»Der Tag mit dir gestern …«, vibrierte seine Samtstimme in meinem Ohr, »… war einer der schönsten in meinem ganzen Leben. Weißt du, wie lange ich nicht mehr so glücklich war? Und was wir dann zusammen erlebt haben … das hat sich alles so *richtig* angefühlt, Liv. Ich wollte dich am liebsten nie wieder loslassen.«

»Dann tu's nicht«, hauchte ich, rollte uns herum und zog ihn auf mich, zwischen meine Beine. Ein bittersüßes Ziehen in meinem Unterleib ließ mich aufseufzen, als er seine Hüften an mich presste.

Leander stöhnte. »Ohh, Liv, das könnte gefährlich werden.«

»Für wen?«

»Für dich. Weil ich nicht weiß, ob ich mich beherrschen kann, wenn du so weitermachst – und mir vielleicht doch meinen Traum erfüllst.«

»Was genau hast du denn geträumt?«

»Das willst du wirklich wissen?«

»Ja«, hauchte ich.

Seufzend rollte er uns wieder auf die Seite und streichelte meine Wange. »Ich hab davon geträumt, wie es wäre … mit dir zu schlafen«, flüsterte er ernst.

Ein heißer Funkenschauer durchrieselte mich.

»Davon hast du geträumt?«

»Ohh ja – und es war wunderschön. Aber ich bin mir sicher, die Realität wäre noch um einiges toller«, raunte er in mein Ohr.

»Ähm, erwarte bitte nicht zu viel von mir. Du weißt, ich bin … komplett unerfahren«, stammelte ich mit erhitzten Wangen.

»Was ich immer noch kaum glauben kann, mein kleines Naturtalent«, sagte er lächelnd.

»Stimmt aber.«

»Und ich habe *keine* hochgeschraubten Erwartungen, oder was auch immer du da befürchtest.« Mit seiner Nase malte er feine Linien auf meinen Hals. »Nur unbändige Sehnsucht, dir ganz, ganz nah zu sein. Aber ich würde dich niemals dazu drängen, das weißt du. Obwohl ich zugeben muss, dass es mir immer schwerer fällt. Irgendwie hast du gestern eine Tür bei mir geöffnet, die ich nicht mehr richtig zuhalten kann.«

»Das geht mir ziemlich ähnlich«, flüsterte ich.

Seufzend zeichnete er mit den Fingerspitzen meine seitlichen Konturen nach.

»Liv, ich glaube, es wäre besser, wenn *du* ab jetzt das Tempo bestimmst. Denn ich werde keine Stoppsignale mehr senden … können. Dafür hast du mich zu sehr auf den Geschmack gebracht.«

Ich streichelte sein schönes Gesicht, strich ihm durch die weichen, ewig unordentlichen Haare und atmete seinen betörenden Duft ein.

Ich wollte ihn so sehr …

Doch irgendetwas in der hintersten Ecke meines Verstandes flüsterte mir zu: *Noch nicht – nicht hier, nicht heute.*

Ich atmete tief durch.

»Einverstanden.« Immer noch fiel es mir schwer, bei diesem Thema direkte Worte zu finden. »Ich möchte dir auch ganz nah sein. So nah, wie es irgend geht. Aber ich glaube, mit … unserem ersten Mal möchte ich noch ein wenig warten. Zumindest bis ich mit der Pille anfangen kann.«

»Du möchtest die Pille nehmen?«, hakte er erstaunt nach.

»Ich denke, das wäre am einfachsten, oder? Ich würde mich sicherer fühlen, wenn ich mich nicht nur auf … Kondome verlassen müsste. Ich hab sie auch schon da. Allerdings muss ich noch ein bisschen abwarten.«

»Bis du deine Regel kriegst?«

»Du kennst dich ja gut aus mit diesem Mädchenkram«, wunderte ich mich. »Ich dachte immer, Jungs interessiert so was nicht.«

»Na hör mal! Erstens ist es selbstverständlich, dass ich mir darüber Gedanken mache – und zweitens finde ich es total faszinierend, was bei euch Frauen im Körper so abgeht. Das ist eine kleine Welt der Wunder. Wir Männer sind ja vergleichsweise eher primitiv gestrickt.«

Ich kicherte. Seine Worte nahmen mir die Scheu, und ich wurde mutiger. So mutig, dass ich meine Hand auf Wanderschaft über seinen Oberschenkel schickte.

»Also …«, begann ich zögernd. »Ich würde ja gerne mal überprüfen, ob du tatsächlich so … *primitiv* gestrickt bist.«

Und dabei ließ ich meine Hand ganz langsam über seinen Schritt gleiten. So frech war ich bisher noch nie gewesen. Scharf sog er die Luft ein und hielt meine Hand fest. Aber anstatt sie wegzuschieben, drückte er sie nur noch fester an sich.

»Ohh, Liv«, stöhnte er. »Sag und mach so was nicht, wenn du es nicht so meinst! Das ist nämlich echt Folter, wenn du gleich wieder damit aufhörst.«

»Ich will ganz sicher nicht aufhören«, hauchte ich sehnsüchtig.

Nur unser beschleunigter Atem zerteilte die Stille. Mit geschlossenen Augen spürte ich die Hitze, die sich zwischen uns ausbreitete. Dann fanden sich unsere Lippen zu einem erst zärtlichen, dann immer drängenderen Kuss. Wie von selbst gingen unsere Hände auf Reisen – strichen Konturen entlang, schoben Stoff weg, öffneten Knöpfe, Haken und Reißverschlüsse. Leander bekam den Bund meiner Leggings zu fassen und zog sie mir unerträglich langsam aus, bis ich nur noch im Slip neben ihm lag. Seufzend begann er meine Beine zu streicheln, Zentimeter für Zentimeter mit seinen Händen zu betrachten, was seine Augen nicht sehen konnten. Ich verglühte unter seinen zärtlichen Berührungen.

Hungrig zog ich ihn halb auf mich und küsste ihn, als wollte ich ihn verschlingen – was ich am liebsten auch getan hätte. Wie zärtlich er meine Brüste und meinen Bauch streichelte. Kurz streifte mich der Gedanke, dass ich mich eigentlich für meine Pölsterchen schämen sollte – als seine Hand zwischen meine Beine glitt. Ich stöhnte lauter als beabsichtigt, was bei ihm sofort eine ähnliche Reaktion hervorrief.

Ich sehnte mich so danach, auch ihn anzufassen. Doch er hatte noch zu viel an. Zögernd tastete ich mich über seine schon halb geöffnete Jeans und begann, sie ihm abzustreifen – als es an der Tür klingelte!

Wir erstarrten in der Bewegung. Noch einmal klingelte es, und noch mal.

»*Shit!* Ich bin nicht da«, zischte ich ärgerlich und wollte einfach weitermachen – als dieser grausame Jemand vor der Haustür Sturm klingelte.

Gedämpft hörte ich eine hohe, verzweifelte Stimme rufen: »Livie, bitte mach die Tür auf! Ich weiß, dass du da bist! Bitte, ich brauch deine Hilfe!«

»Das ist jetzt nicht wahr, oder?«, stöhnte Leander und vergrub sein Gesicht an meinem Hals.

»Das ist Nessie! Da muss was passiert sein«, sagte ich erschrocken und setzte mich auf. »Tut mir leid. Ich geh mal lieber nachsehen, was los ist.«

Schnell warf ich mir mein T-Shirt über und stapfte in Unterhose und mit zerzausten Haaren zur Wohnungstür.

»Nessie, was …?« Doch weiter kam ich nicht, weil sie mir völlig aufgelöst um den Hals fiel.

»Hey, was ist denn passiert?«, fragte ich und streichelte ihren Rücken.

»Tut mir leid«, schluchzte sie. »Können wir irgendwo ungestört reden?«

»Ähm, ja, natürlich. Lass uns in die Küche gehen.«

Ich zog sie an der Hand durch den Flur, wobei ich mich mit einem unauffälligen Seitenblick versicherte, dass ich meine Zimmertür weit genug zugezogen hatte.

»Er ist da, oder?«

Ich nickte.

»Sorry, wenn ich euch gestört habe«, heulte Nessie und musterte meine nackten Beine, ohne eine Miene zu verziehen. »Ihr könnt auch gleich weitermachen, aber …«

»Vergiss es«, sagte ich ernst, als wir uns an den Küchentisch setzten. Die Tür ließ ich einen Spalt offen, damit Leander hören konnte, wo wir waren. »Was ist los?«

Wortlos schob Nessie die Hand über den Tisch und legte eine Art Fieberthermometer vor mir ab.

»Was ist das?«, fragte ich, bevor ich das Ding umdrehte und in dem kleinen Sichtfenster zwei blaue Streifen entdeckte.

»Nee, oder? Ist das ein …«

»… Schwangerschaftstest, ja«, schniefte sie. »Positiv.«

Mir klappte der Kiefer runter.

»Oh nein, Nessie …« Ich stand auf, um sie in den Arm zu nehmen.

»Was soll ich denn jetzt machen?«, jammerte sie und brach heftig in Tränen aus. Ich ließ sie eine Weile heulen und hielt sie fest.

»Erst mal tief durchatmen. Bist du denn wirklich sicher? Ich meine, das ist doch bloß ein Apothekentest, oder?«

»Die sind heutzutage ziemlich zuverlässig, verdammte Scheiße!«

Ich seufzte. »Ehrlich gesagt, hatte ich so was schon fast vermutet. Weil dir immer so schlecht war, weißt du noch?«

»Ja. Aber ich hatte diesen Sommer schon zweimal Magen-Darm-Grippe, wie hätte ich das denn unterscheiden sollen?«, schluchzte sie.

»Ich kann das echt kaum glauben. Ich dachte, du nimmst die Pille?«

»Ja. Hab sie auch nie vergessen.«

»Aber ausgekotzt vielleicht«, vermutete ich. »Ich meine, das steht doch in der Packungsbeilage, dass man bei solchen Krankheiten zusätzlichen Schutz …«

»Huch – sag bloß, du hast sie dir auch schon besorgt?«

Ich zuckte verschämt mit den Schultern.

»Verstehe«, sagte sie mühsam lächelnd.

Auf dem Flur klappte eine Tür, und Schritte näherten sich.

»Und … wer kommt als Mittäter in Frage?«, wollte ich wissen.

»Eigentlich nur Lasse, der Arsch. Und er hat nicht mal gefragt, ob ich überhaupt …«

Es klopfte. »Darf ich reinkommen?«, fragte Leander vorsichtig.

Ich sah zu Nessie, die nickte, und ging zur Tür, um Leander an den Tisch zu führen.

»Hi, Nessie«, sagte er freundlich und setzte sich.

»Hallo, Leo«, sagte Nessie immer noch schniefend – und sah ihn erstaunt an, als er seinen leeren, aber wunderschönen Blick direkt auf sie richtete.

»Ich hab eben den Namen meines Bruders gehört«, sagte Leander ernst. »Und du bist anscheinend völlig von der Rolle. Da dachte ich, ich frag mal vorsichtig, ob er was verbrochen hat.«

Nessie seufzte tief. »Tja, wie sag ich's nur?«

»Vielleicht einfach geradeheraus?«, schlug er vor.

»Also … es ist so gut wie sicher, dass ich schwanger bin. Und dein Bruder könnte der Erzeuger sein.«

»Was?!«, rief Leander entsetzt und fiel fast mit dem Stuhl nach hinten. »Aber w-wie kann das denn angehen, ich meine …«

»Hey«, sagte ich sanft. »Noch ist nichts bewiesen. Nessie hat bloß einen Apothekentest gemacht, und ohne Bestätigung vom Arzt …«

»Willst du mir ernsthaft erzählen, dass ihr nicht verhütet habt?«, fragte Leander aufgebracht.

»Na ja«, druckste Nessie herum. »Wahrscheinlich war meine Pille unwirksam, weil ich krank war.«

»Aber Lasse würde nie ohne zusätzlichen Schutz mit einer Frau schlafen, die er – entschuldige – kaum kennt! Hat er zumindest immer behauptet.«

»Ist aber so.«

»Also, das haut mich jetzt um«, sagte Leander fassungslos. »Hast du's ihm schon erzählt?«

»Nein, ich hab doch erst vor ein paar Minuten diesen Test gemacht.«

Leander atmete tief durch und stand auf. »Ich denke, ich lass euch beide besser allein.«

Er streckte die Hand nach der Tür aus, und ich folgte ihm auf den Flur.

»Deine Freundin braucht dich jetzt«, flüsterte er ein wenig angespannt. Ich gab ihm seine Sachen und verabschiedete mich schweren Herzens von ihm.

»Was hat der denn vor?«, fragte Nessie, als ich wieder in die Küche kam.

»Seinen Bruder zusammenfalten, schätze ich.«

»Ach, soll er ruhig. Irgendwie hat er ja recht«, räumte Nessie ein, während sie ihre Brille putzte. »Es war wirklich ziemlich verantwortungslos, von uns beiden. Aber ändern kann man das jetzt auch nicht mehr.«

»Dann lass uns überlegen, was zu tun ist. Auf jeden Fall musst du zum Frauenarzt, Nessie, da führt kein Weg dran vorbei. Ich komm auch mit, wenn du willst.«

»Das würdest du tun?«

»Natürlich, ich lass dich doch nicht im Stich! Was sagt denn eigentlich deine Mutter dazu?«

»Sie weiß es noch gar nicht. Ich bin als Erstes zu dir gekommen.«

»Dann solltest du dir zunächst mal absolute Gewissheit verschaffen, bevor du ihr beichtest.«

»Oh Gott, sie wird mir den Kopf abreißen«, stöhnte Nessie. *»Egal was du treibst, Mädchen – Hauptsache, nicht schwanger werden.«*

»Vielleicht schläfst du erst mal eine Nacht darüber, und morgen Vormittag gehen wir zum Doc, okay?«, schlug ich vor.

»Meinst du?«

»Ja. Da musst du jetzt durch, Nessie. Und dann kannst du entscheiden, wie's weitergeht.«

Sie schüttelte den Kopf und fing wieder an zu weinen.

Lange hielt ich sie im Arm, bis sie sagte: »Danke, dass du für mich da bist.« Und dann gab sie mir ein Küsschen auf die Wange.

22. MIT OFFENEN KARTEN

»Tja, Frau Jankowski. Sie sind so schwanger, wie man nur sein kann«, hatte der Frauenarzt fröhlich verkündet. Und als er dann noch einen »Herzlichen Glückwunsch!« draufgelegt hatte, wäre Nessie ihm beinahe an die Gurgel gegangen.

»Eine Woche Zeit habe ich – nur *eine* verdammte Woche!«, schimpfte sie. »Wie soll man das denn so schnell entscheiden?«

Wir saßen am Tisch vor einer Eisdiele und löffelten in der Mittagshitze unsere Früchtebecher.

»Na ja, zumindest weißt du jetzt, mit wem du heute noch reden solltest«, stellte ich fest.

Ende dritter Monat. Damit war Lasse aus dem Schneider.

»Tja. Augen zu und durch«, sagte Nessie sarkastisch und kratzte die Reste ihrer Riesenportion aus.

»Möchtest du meins noch aufessen?« Ich schob ihr meinen Becher hin. »Immerhin bist du jetzt zu zweit …«

»Danke. Ich könnte im Moment echt ohne Ende reinhauen.« Sie verschlang meinen Rest, ohne hinzugucken.

»Zeig doch noch mal das Bild«, bat ich, als sie fertig war.

»Hm … ist schon irgendwie irre, oder?«, sinnierte Nessie, während wir den undefinierbaren Nebel auf dem Ultraschallbild betrachteten. »Ich erkenn da überhaupt nichts, bloß Schlieren und Wolken. So richtig vorstellen kann ich mir das gar nicht, dass da so ein Alien in mir wachsen soll.«

»Alien?«, kicherte ich. »Kannst du denn etwas … fühlen? Im Bauch?«

»Nee. Bloß diese Scheißübelkeit.«

»Und was willst du Sven sagen? Ich meine, seid ihr jetzt eigentlich wieder zusammen?«

»Keine Ahnung, ehrlich. Ich denke schon, dass wir … irgendwie … zusammen sind. Aber wie er reagieren wird – frag mich nicht. Ich weiß ja noch nicht mal, ob ich es behalten will. Vielleicht sollte ich erst mit ihm reden, wenn ich das entschieden habe.«

»Findest du nicht, dass euch das beide etwas angeht? Klar, letztendlich ist es deine Entscheidung, aber ich finde, Sven sollte es trotzdem erfahren. Dann weißt du, woran du bei ihm bist, und vielleicht hilft dir das bei deiner Entscheidung.«

»Oh Mann, was für eine Scheiße!«, seufzte Nessie. »Auf einmal ist das Leben so kompliziert. Warum kann so was«, sie wedelte mit dem Bild, »nicht einfach wie eine Grippe kommen und wieder vorbeigehen?«

»Weil sich die Natur was dabei gedacht hat, sonst wären wir längst ausgestorben«, schlaumeierte ich.

»Na gut, dann werde ich mich mal auf den Weg machen«, verkündete Nessie.

»Jetzt gleich? Aber Sven ist doch auf der Arbeit. Wenn du mit dieser Horrornachricht aufkreuzt, wird er noch irgendwelche Kabel falsch verknoten, und dann fliegt der ganze Laden in die Luft.«

»Er ist krankgeschrieben«, erklärte Nessie. »Hat sich beim Sport die Hand verstaucht.«

»Ach ja? Bei welcher Art von Sport das wohl passiert ist …«

»Haha, was du wieder im Kopf hast!«, spottete sie. »Dir triefen ja die Hormone schon zu den Ohren raus. Wird Zeit, dass ihr beide es endlich hinter euch bringt.«

»Tja, hättest du uns gestern nicht gestört …«

Sie zog eine Augenbraue hoch. »Echt? So weit wart ihr schon?«

Ich machte eine Geste, als würde ich einen Reißverschluss quer über meine Lippen ziehen, und sagte kein Wort mehr.

»Na, dann stell ich schon mal den Sekt kalt«, grinste Nessie.

»Am besten vermachst du mir gleich deinen ganzen Geheimvorrat. Schließlich hat der Doc dir das Saufen verboten.«

»Mann, das Leben ist so ungerecht! Nur wegen ein paar Minuten Spaß soll auf einmal *jeglicher* Spaß vorbei sein?«

»Nessie«, beschwor ich sie.

»Jaja, schon gut. Ich werde brav sein – sobald ich mich entschieden habe. Gott, kannst du dir vorstellen, dass man dich *Mama* nennt? Das klingt so furchtbar erwachsen! Und dann der ganze Scheiß mit Windeln wechseln … und durchwachten Nächten … und Schluss mit Party – oh nein, Livie, ich glaub, ich krieg grad 'ne Krise!«, jammerte sie und ließ den Kopf auf ihre Arme sinken.

Als sie sich wieder eingekriegt hatte, hakte ich mich bei ihr ein, und wir schlenderten durch die Fußgängerzone. Vor einer Babyboutique stand eine Frau mit Kinderwagen und betrachtete die Strampler auf dem Ständer vor dem Schaufenster. Nessie blieb plötzlich stehen und starrte das Kind an. Auf einmal schob sich ein Lächeln über ihr blasses Gesicht.

»Süß sind sie ja, die kleinen Scheißer«, meinte sie.

Ich schüttelte den Kopf: »Läster du noch mal über meine Hormone …«

Entwarnung: Nessie ist schon im dritten Monat! Lasse war's also nicht. Kannst dich (und ihn) beruhigen, tippte ich eine SMS an Leander, als ich wieder zu Hause war und es mir mit einem Kaffee auf der Terrasse gemütlich gemacht hatte. Die Antwort kam nach wenigen Minuten.

Na, immerhin eine gute Nachricht. Werde ich der Flachzange gleich berichten – obwohl er eigentlich noch eine Weile Schmoren verdient hätte! Können wir uns nachher treffen? Vermiss dich.

Vermiss dich auch. Sehr. Kann nach Bauchtanz zu dir kommen, wenn du möchtest. So halb sieben?

Kann's kaum erwarten.

Mit geschlossenen Augen saß Leander auf der Bank vor dem Haus und hielt sein Gesicht in die Sonne, vor die sich immer wieder Wolken schoben. Als er das Knirschen meiner Fahrradreifen auf dem Kiesweg hörte, stand er sofort auf und kam mir verhalten lächelnd entgegen.

»Hey, was ist denn mit dir los?«, fragte ich nach einem ausgiebigen Begrüßungskuss. »Du siehst reichlich fertig aus. Hattest du wieder eine schlaflose Nacht?«

»Das auch«, seufzte er. »Tim hat vorhin angerufen. Seit Sonntag war er nicht erreichbar, und ausgerechnet heute wollte er reden.«

»War es sehr schlimm?«

»Geht so. Sag mal, könnten wir ein paar Schritte laufen? Mir raucht der Schädel. Wir haben fast eine Stunde gequatscht.«

Erst nachdem wir eine ganze Weile den Waldweg hinaufgewandert waren, wagte ich das Schweigen zu brechen. Ich wollte ihn nicht durch Ausfragen nerven, also begann ich von Nessie und ihrem frisch erwachten Mutterinstinkt zu erzählen.

»Wie hat Lasse eigentlich auf die Nachricht reagiert?«, wollte ich wissen.

»Er war ganz schön geschockt«, sagte Leander. »Ich könnte mir vorstellen, dass er in Zukunft hin und wieder mal sein Hirn einschaltet, bevor er sich in das nächste Abenteuer stürzt.«

»Ich glaube, ich bin ganz froh, dass du in dieser Hinsicht anders gestrickt bist als dein Bruderherz«, bemerkte ich.

»Das will ich ja wohl hoffen! Ich habe ohnehin nie begriffen, was so toll daran sein soll, wild in der Gegend rumzuvögeln, ohne sich ernsthaft auf jemanden einzulassen. Dafür wäre ich mir viel zu schade, immer nur … einer von vielen zu sein.«

Schweigend folgten wir dem Weg noch ein Stück weiter, bis wir zu einem umgekippten Baum kamen und uns setzten. Wind war aufgekommen und pustete allmählich die drückende Hitze weg.

»Leander, was ist los?«, fragte ich. »Ich merke doch, dass du auf irgendwas rumkaust. Hab ich was Falsches gesagt?«

»Nein«, seufzte er. »Das Thema hat mich nur an etwas erinnert, das ich eigentlich vergessen wollte.«

»Erzählst du's mir? Oder wäre das ein Nerv-Thema zu viel für heute?«

»Darauf kommt es wohl nicht mehr an, also kann ich es dir auch erzählen. Hätte ich eigentlich schon längst tun sollen.«

»Es geht um Sophia, stimmt's?«

Erschrocken hob er den Kopf. »Woher weißt du ihren Namen?«

»Dein Vater hat so eine Andeutung gemacht. Hat aber nicht gesagt, worum es ging – nur, wie sehr er sich freut, dass es dir wieder bessergeht.«

Leander atmete tief durch. »Ja, ich war ziemlich fertig letzten Winter. Und daran war Sophia nicht ganz unschuldig.«

Ich nahm seine Hand und wartete geduldig, bis er weitererzählte.

»Sophia kam letzten Herbst in unsere WG in Marburg. Sie war mit sechzehn die Jüngste, aber durch ihre quirlige Art hatte sie schnell alle um den Finger gewickelt. Sie konnte ziemlich … bestimmend sein. Übrigens war sie nur leicht sehbehindert. Ich fand sie anfangs eher nervig, aber nach einer Weile haben wir uns ganz gut verstanden. Vor allem, als wir öfter zusammen gelernt haben – sie war nämlich keine große Leuchte in der Schule. Dass sie scharf auf mich war, habe ich lange Zeit überhaupt nicht geschnallt. Ob du's glaubst oder nicht, bis dahin war ich ziemlich unsicher und zurückhaltend, was Mädchen anging. Aber nach Sophias Geburtstagsfeier ist es dann passiert: Mitten in der Nacht ist sie einfach in mein Zimmer gekommen und … hat mich nach Strich und Faden verführt. Ich war völlig unerfahren damals, aber natürlich neugierig – und da sagt man nicht nein. Danach dachte ich, ich wäre in sie verliebt.« Er schnaubte. »Ich hatte ja keine Ahnung, wie es sich *wirklich* anfühlt, verliebt zu sein. Das weiß ich erst, seit es dich gibt.«

Er kuschelte sich dichter an mich.

»Und dann?«, fragte ich. »Wie lange wart ihr zusammen?«

»Das ist eine Frage, die ich eigentlich gar nicht beantworten kann«, sagte er mit sarkastischem Unterton. »Vielleicht waren es drei oder vier Wochen, in denen zumindest *ich* dachte, wir wären ein Paar.«

»Habt ihr noch öfter ...?«

»Ja, natürlich. Aber ich hatte nie das Gefühl, dass sie wirklich an mir als Person interessiert war. Hätte ich früher auf dieses Gefühl gehört, wäre mir einiges erspart geblieben. Denn nur durch Zufall erfuhr ich dann, dass Sophia neben mir noch mindestens zwei andere Typen hatte! Und das sogar schon länger. Ich war für sie nicht mehr als ein Appetithappen zwischendurch ...«

Leander fuhr sich durch die Haare und stieß heftig die Luft aus. »Gott, und ich dummes Schaf hatte begonnen, Gefühle für sie zu entwickeln! Ich hab mich so ... benutzt gefühlt. Andere hätten so eine Geschichte vielleicht mit einem coolen Lächeln weggesteckt. Aber ich wäre deswegen fast durch die Abiprüfungen gerasselt. Ich wusste einfach nicht, wohin mit meiner Wut.«

»Hast du ihr denn nie die Meinung gesagt?«

»Doch, später. Und das nicht zu knapp. Aber es hat nicht viel genützt, weil ich hauptsächlich wütend auf mich selber war. Dass ich dermaßen naiv gewesen war, konnte ich mir lange nicht verzeihen.«

»Meine Güte ... und die ganze Zeit musstest du weiter mit ihr unter einem Dach wohnen?«

»Ja, das war, gelinde gesagt, der blanke Horror. Ich bin

fast jedes Wochenende nach Hause geflüchtet. – Dort hatte ich dann auch mein denkwürdiges erstes Mal mit Gevatter Alkohol …« Er schüttelte schnaubend den Kopf. »Zum Glück waren die Mitbewohner auf meiner Seite und haben Sophia verboten, ihre anderen Typen in die WG mitzubringen. So blieb mir wenigstens das erspart.«

»Gott, wenn ich mir das vorstelle! Wie hast du das bloß ausgehalten?«

»Ich hab mich einfach immer weiter zurückgezogen und niemanden mehr an mich rangelassen.« Liebevoll strich er meine Haare nach hinten. »Vielleicht kriegst du eine leise Ahnung davon, was ich für dich empfinde – wenn du diese Mauer einreißen konntest«, sagte er leise.

Ein warmer Strom durchrieselte mich bei seinen Worten. Lächelnd kuschelte ich mich an ihn und streichelte seinen Rücken. Die ganze Zeit hatte ich seine Gefühle mit durchlebt. Jetzt spürte ich, wie langsam die Anspannung von ihm abfiel.

»Danke, dass du mir das erzählt hast«, sagte ich. »Ich glaube, jetzt kann ich auch besser verstehen, warum du am Anfang so widersprüchlich warst. Du hattest Angst, dich zu tief einzulassen und wieder verletzt zu werden.«

»Ja, wahrscheinlich hab ich erst mal aus Reflex versucht, eine kleine Schutzschranke vorzulegen.«

»Oje, und ich bin wie ein wildes Nashorn immer wieder dagegengerannt …«

Er stand auf und zog mich in seine Arme. »Ich vergebe dir nur, wenn du mir versprichst, genau so weiterzumachen, mein wildes Nashörnchen«, schmunzelte er und küsste mich leidenschaftlich.

Ich löste mich auf in seiner Umarmung, verlor mich in seiner Wärme, seinem Duft, seinem Geschmack. Bis ich vergaß, dass wir mitten im Wald standen und dass es immer windiger und kühler wurde.

»Sag mal, hab ich da eben ein paar Tropfen abgekriegt?«, fragte ich in einer Atempause und streckte die Hand aus.

»Hm.« Er lauschte und schnupperte in die Luft.

»Tatsächlich. Es tröpfelt«, sagte er – aber mit einem Lächeln, als wäre gerade die Sonne aufgegangen. »Ich liebe den Regen.«

»Echt? Ich nicht so. Ist mir zu nass.«

»Dann hast du wahrscheinlich noch nie einem Regenkonzert im Wald gelauscht? Klingt albern, ich weiß. Aber für mich ist es jedes Mal wie ein Wunder, wenn auf einmal kühles Wasser auf mich fällt – und um mich herum in so vielen Klangfarben tönt wie ein ganzes Orchester. Das ist faszinierend.« Er lehnte den Kopf nach hinten und schloss die Augen.

»Hm. So hab ich das noch nie gesehen«, sagte ich. »Ich meine … gehört.«

»Dann lass uns ein paar Minuten bleiben, und ich zeig dir, was ich meine.«

Wir setzten uns wieder auf den Baumstamm und warteten, bis sich das Getröpfel in leise Bindfäden verwandelte.

Leander nahm meine Hand in seine. »Schließ die Augen und lausch!«

Ich tat es – und staunte! Denn wahrhaftig fand ich mich mitten in einem Konzertsaal wieder, nur dass die Musiker und Instrumente die Bäume, Büsche und Farne waren. Anfangs hörte ich kaum mehr als Blätterrauschen, doch je mehr ich mich konzentrierte, desto deutlicher konnte ich die verschiedenen Klangfarben unterscheiden – und erzählte Leander davon: feines Nieselgeflüster auf dem Laubboden, wie ein leises Streicher-Intro. Erste schwere Tropfen streuten ein paar bunte Akkorde und verschmolzen mehr und mehr zu einer vielstimmigen Melodie, die stetig lauter wurde. Knarrende Kiefernstämme akzentuierten das Crescendo wie dröhnende Kontrabässe – begleitet von dumpfen Paukenschlägen auf den Pilzen am Baumstamm dicht neben mir.

»Hörst du die großen Steine da vorne rechts? Das könnten die Becken sein«, flüsterte Leander, begeistert über meine Bilder.

Tatsächlich. Ich hatte gar nicht gewusst, dass da überhaupt Steine lagen. Aber es stimmte: Sie klangen viel heller, kälter, knalliger als alles andere. Und dann dieser unglaubliche Duft: Wald im Regen. Wann hatte ich dieses Fest für die Nase zum letzten Mal bewusst wahrgenommen? Wann hatte ich überhaupt irgendetwas auf dieser Welt so bewusst wahrgenommen – fragte ich mich, als der Flügelschlag einer Taube den ersten Satz der Wasser-Sinfonie beendete. Und der Regen schwoll an zu einem rauschenden Applaus.

23. DIE EINZIGE ART SPAGHETTI ZU ESSEN

»Komm schneller, sonst muss ich dich nachher auswringen«, rief ich und zog Leander im Laufschritt hinter mir her. Mittlerweile hatte sich der Regen in einen Sturzbach verwandelt, und in der Ferne grollte Donner.

»Hey, ist das ein Versprechen?«, lachte er.

»Was?«

»Das mit dem Auswringen …«

»Hättest du wohl gerne«, neckte ich ihn.

Nie hätte ich gedacht, dass Regen so viel Spaß machen konnte! Ich war nass bis auf die Haut, als wir endlich triefend und schnaufend in der Diele standen. Der Himmel schimmerte grünlich durch die Fenster.

»Hier ist ja alles dunkel«, stellte ich fest. »Ist Lasse nicht zu Hause?«

»Der ist drüben bei Robin, sein *Gerade-noch-mal-Davongekommen* feiern.« Leander knipste für mich das Licht im Wohnzimmer an. »Vielleicht haben wir ja Glück, und die beiden sind für den Rest des Abends mit der Playstation beschäftigt. Dann haben wir das Haus für uns …«

Er schnappte mich von hinten und wiegte uns leicht hin und her. Er war wie verwandelt – als hätte der Regen all seine schweren Gedanken und die Müdigkeit von ihm gewaschen. Ich fühlte mich nicht ganz so wohl, denn der nasse Stoff meines T-Shirts klebte mir unangenehm auf der Haut.

»Ähm, ich glaub, ich könnte mal ein Handtuch gebrauchen«, sagte ich verlegen.

»Die nassen Klamotten solltest du lieber ausziehen«, raunte er. »Du willst dir doch keine Erkältung holen.«

Schon hatte er den Saum meines Shirts gefasst. Ergeben hob ich die Arme und ließ zu, dass er es mir *sehr* langsam auszog. Zum Glück hatte ich in meiner Sporttasche noch ein frisches Top dabei und Leander versorgte sich aus dem Trockner. Schließlich standen wir uns beide in Unterwäsche und T-Shirt gegenüber. Diese engen Retroshorts sahen verdammt knackig an ihm aus … Ich konnte meine Hand nicht daran hindern, ihm über den Po zu streicheln – und einmal beherzt zuzukneifen.

»Hey!« Er schnappte nach mir – leider daneben. Schon lief ich kichernd davon.

»Na warte!« Lachend folgte er mir.

Ich versteckte mich hinter einem Sessel und versuchte, nicht laut zu atmen. Mitten im Raum blieb Leander stehen und lauschte.

»Wenn du nicht so verdammt gut duften würdest, könntest du mir vielleicht entwischen!«

Ups – ich hatte seine Spürnase vergessen. Langsam kam er in meine Richtung. Schon hatte er mich erwischt, und bevor ich ein weiteres Mal entkommen konnte, packte er mich am Arm und zog mich aufs Sofa. Kichernd warf ich mich auf seinen Bauch und verschloss seine Lippen mit einem langen Kuss. Aber ich hatte nicht mit seiner Rache gerechnet: Leise stöhnend strich er mit der Hand über meine Rückseite, wanderte meinen Po hinunter und – kniff hinein! Ich quiekte auf wie ein Ferkel.

»So, jetzt sind wir quitt«, grinste er und holte sich den nächsten Kuss.

Ein verdächtiges Geräusch lenkte mich ab.

»Sag mal, gibt's hier Bären? Oder war das dein Bauch?«, fragte ich belustigt.

»Erwischt«, seufzte er und setzte sich auf. »Ich hab seit heute Vormittag nichts mehr gegessen. Und du?«

»Seit dem Frühstück hatte ich bloß einen halben Eisbecher. Die andere Hälfte hat das schwangere Seeungeheuer verputzt.«

»Pass bloß auf, dass sie das nicht zur Gewohnheit werden lässt«, schmunzelte er. »Nachher vermehrt sie sich exponentiell zur aufgenommenen Nahrungsmenge. Dann kannst du dich nächsten Sommer mit zehn kleinen Seeschlangen rumschlagen.«

»Ich? Das soll sie mal schön selbst machen«, schnaubte ich. »Oh Mann, ich kann diese Story immer noch nicht fassen. Mutter mit achtzehn! Krasse Vorstellung, oder?«

»Allerdings. Mir hat das Ganze auch noch mal klargemacht, wie schnell so was gehen kann. Deshalb bin ich dir auch umso dankbarer, dass du … die Verantwortung mit mir teilen willst, wenn wir … mal so weit sind.«

»Hey, mein Süßer, wirst du etwa rot?« Ich strich ihm eine Strähne aus der Stirn. »Und ich dachte, nur mir ist es peinlich, darüber zu reden.«

»Was denkst du denn? Ich bin nicht so cool und abgeklärt, nur weil ich ein paar einschlägige Erfahrungen vorweisen kann. Das mit dir … ist doch alles völlig neu …« Er lehnte sich dicht an mich und schnuffelte hinter meinem Ohr herum. »Und bei der Vorstellung, eines Tages mit dir zu schlafen …«, er hauchte mir einen kribbelnden

Kuss aufs Ohrläppchen, »… bekomme ich Lampenfieber wie ein Schuljunge, der das erste Mal ein Gedicht aufsagen soll.«

Eine Stichflamme setzte meinen Unterleib in Brand – bis sich auf einmal auch in meinem Magen ein vernachlässigter Bär meldete. Kichernd strich Leander über meinen Bauch, für dessen weiche Rundung ich mich in diesem Moment zum ersten Mal nicht mehr schämte.

»Na komm!« Leander stand auf und griff nach meiner Hand. »Fütterungszeit!«

Mit leisem Bedauern ließ ich mich von ihm in die Küche ziehen.

»Was Warmes oder Kaltes?«

»Warm klingt gut«, sagte ich, während er bereits im Kühlschrank herumtastete. »Was hast du denn so im Angebot?«

»Hier müsste doch irgendwo noch … ja!« Er hob einen Topf heraus. »Tomatensoße. Schnell ein paar Nudeln dazu kochen – was meinst du?«

»Prima Idee.«

»Könntest du bitte in dem Schrank neben dem Gewürzregal gucken, was für Nudeln noch da sind? Ich setze inzwischen Wasser auf.«

Fasziniert beobachtete ich, wie er die feinen Linien auf dem Ceranfeld ertastete, um den Topf richtig zu platzieren.

»Kocht ihr eigentlich immer selber, Lasse und du?«

Er schnaubte verächtlich. »Lasse würde sich lieber einen Arm abhacken, als auch nur ein dämliches Ei in die Pfanne zu hauen. Ich koche hin und wieder. Im Internat mussten wir ja auch alles selber machen: Kochen, Putzen, Wäsche – der ganze Kram. Aber ehrlich gesagt, genieße ich in den Ferien gern den Luxus, von Mum oder Maria bekocht zu werden.«

»Bestimmt hast du eine Menge Tricks drauf«, vermutete ich.

»Mag sein, aber es gibt auch Grenzen. Zum Beispiel habe ich höllischen Respekt vor kochendem Wasser. Hab mir schon mal übel die Hand verbrüht. Und meine Hände – die sind nun mal mein Kapital. Ich darf also niemals unkonzentriert oder in Eile sein, wenn ich in der Küche bin. Immer schön eins nach dem anderen.«

Ich musste kichern. »Ich denke gerade an meine Mutter. Die telefoniert sogar beim Kochen, räumt nebenbei noch die Spülmaschine aus oder macht sich die Haare.«

»Um Himmels willen«, grinste Leander, »da wäre ich längst Stammkunde in der Notaufnahme.«

Wieder einmal staunte ich Bauklötze, wie er mit seinem Handicap klarkam. Trotzdem übernahm später ich das Wasserabgießen. Nicht um ihn zu bevormunden, sondern weil ich das Gefühl hatte, dass meine leichtbekleidete Anwesenheit ein wenig an seiner Konzentration kratzte. Seine Hände waren mir definitiv zu wertvoll.

»Setz dich schon mal.« Leander machte sich an der Musikanlage im Wohnzimmer zu schaffen. »Ich hab ein paar neue Oldie-CDs gesampelt. Möchtest du die fetzige oder die ruhige Variante hören?«

»Die ruhige bitte.«

Ich ließ mich von der düster-verheißungsvollen Atmosphäre von Phil Collins' »In The Air Tonight« einlullen – bis meine Lieblingsstelle kam und ich mich wieder hinter Robins Schlagzeug wirbeln sah. Unwillkürlich trommelte ich auf der Tischkante mit, was Leander ein Schmunzeln entlockte.

Er deckte eigenhändig den Tisch. Als dann das Essen duftend vor mir stand, konnte ich es kaum erwarten, so einen Riesenhunger hatte ich inzwischen.

Ich griff bereits zum Besteck und lud meinen Teller voll, als mir auffiel, dass Leander verlegen wirkte.

»Was ist los?«, fragte ich.

»Ähm.« Er zögerte. »Hast du eine Vorstellung davon, wie schwer es für einen Blinden ist, Spaghetti mit Tomatensoße zu essen? Ich meine: halbwegs zivilisiert, ohne dass es drei Stunden dauert?«

Ich begriff nicht gleich und starrte ihn an.

»Na ja«, druckste er herum. »Wenn ich mich nicht mit Küchenpapier einwickle wie eine Mumie, werde ich mich komplett dabei einsauen.«

»Zieh dein Shirt doch einfach aus«, schlug ich vor.

»Wie bitte? Soll ich hier nackt am Tisch sitzen?«

»Warum nicht?« Ich konnte mir ein Grinsen nicht verkneifen. Die Idee erschien mir auf einmal ebenso logisch wie verlockend.

»Ich weiß nicht ...« Leander zögerte.

»Fällt es dir leichter, wenn ich mitmache? Ich bin eh die Klecker-Queen.« Entschlossen zog ich mein Shirt aus, zögerte kurz, dann flog auch mein BH auf den Nachbarstuhl.

»Jetzt du«, verlangte ich.

Genüsslich sah ich zu, wie er sich das T-Shirt über den Kopf zog – am liebsten hätte ich *ihn* angeknabbert statt der Nudeln auf meinem Teller.

»Ich trau mich gar nicht anzufangen«, sagte er.

»Dann mach ich eben den Anfang.« Gierig begann ich zu essen.

Es dauerte einen Augenblick, bis er wagte, es mir gleichzutun. Dabei hantierte er ein wenig verkrampft mit dem Besteck herum – als wäre es ihm peinlich.

»Wer hat eigentlich diese bescheuerte Sitte erfunden, Spaghetti mit Gabel und Löffel zu essen?«, sinnierte ich, als mir wiederholt die Hälfte von der Gabel fiel. »Ich krieg das nie richtig hin.«

»Ja, Besteck kann ’ne ganz schöne Spaßbremse sein. Als Kind hab ich das Zeug am liebsten mit den Händen gegessen.«

»Gute Idee! Weg mit den Spaßbremsen«, grinste ich. »Lass uns mit den Händen essen.«

»Meinst du wirklich?«

»Klar.«

Beherzt legte ich das Besteck beiseite und griff mit bloßen Händen zu. Mit ein bisschen Fingerakrobatik bekam ich sogar ein paar tomatenverschmierte Nudeln in den Mund – aber die Hälfte fiel runter.

»Igitt, jetzt hab ich was auf dem Schoß!«, kicherte ich.

Leander schmunzelte und schaufelte sich eine Handvoll Nudeln in den Mund. Dabei stellte er sich wesentlich geschickter an als ich.

Es wurde eine herrliche Sauerei, die wir da veranstalteten. Bald waren wir von oben bis unten mit Tomatensoße bekleckert. Es war einfach zu schwierig, das Zeug in den Mund zu kriegen – vor allem für mich, weil ich ständig lachen musste. Doch inzwischen lachte Leander mit. Er hatte endlich begonnen, sich auf das Spiel einzulassen, und gab seine Zurückhaltung auf, was mich zu immer größerer Albernheit ermutigte. Irgendwann schüttelten wir uns beide vor Lachen, und ich konnte mich nicht davon abhalten, den Arm auszustrecken und ihm einen Klecks Tomatensoße auf die Brust zu schmieren.

»So so, du willst also unbedingt Ärger?«, neckte er mich und rächte sich mit einer Handvoll Spaghetti, die er mir in die Haare drückte.

Ich kreischte auf. »Iiiihh! Na warte!«

Am liebsten hätte ich ihm den ganzen Rest der Soße wie in Steven Kings *Carrie* über den Kopf gekippt, hatte aber Angst, das Zeug könnte noch heiß sein. Also stand ich auf und schmierte ihm genüsslich eine Handvoll roten Glibber in die feuchten Haare. Es sah zum Fürchten aus. Ich wollte schnell flüchten, doch er hielt mich fest – und zog mich auf seinen Schoß. Kichernd rieben wir uns aneinander und verschmierten die Schweinerei zu bizarren Mustern auf unserer Haut. Auf einmal fing er an, mich zu küssen – auf die Brust!

»Hm, lecker«, brummte er – und schleckte mich ab!

Ich wusste nicht, ob ich das jetzt eklig oder erotisch finden sollte – entschied mich dann aber für Letzteres, weil Leander dabei auf so aufregende Weise stöhnte, dass glühende Flammen in meinem Bauch aufloderten. Passenderweise lief im Hintergrund gerade »A Question of Lust« von Depeche Mode. Da musste ich ihn einfach küssen und konnte gar nicht mehr damit aufhören. Als wir endlich voneinander abließen, lief längst der nächste Song.

»Ich glaube, so langsam gibt es keine saubere Stelle mehr an mir«, seufzte ich.

»M-hm, das glaube ich auch«, sagte er mit rauer Stimme. »Soll ich das alles abschlecken, oder willst du unter die Dusche?«

»Letzteres könnte sicher uns beiden nicht schaden …«

»Na, dann komm mit nach oben.«

»Warte, ich … komm gleich nach, ich muss noch mal wohin«, sagte ich nervös.

Ich brauchte eine Atempause. Deshalb flüchtete ich ins Gästebad, während er schon die Treppe hinaufging.

Okay, Liv, jetzt bloß nicht kneifen.

Mein Herz geriet ins Stolpern. Ich würde ihn zum ersten Mal völlig nackt sehen …

Aber danach hast du dich doch so gesehnt.

– Ja, aber jetzt, wo es ernst wird, krieg ich Lampenfieber!

Das hat er bestimmt auch. Also Augen zu und durch!

– Nein. Ich will die Augen aufmachen …

24. DER GESCHMACK VON VERTRAUEN

Die Badezimmertür oben war nur angelehnt. Trotzdem klopfte ich.

»Komm rein! Ich beiße nicht«, lockte mich seine Samtstimme.

Im selben Moment fing das Wasser an zu rauschen. Als ich eintrat, stand er bereits mit dem Rücken zu mir in der verglasten Badewanne und hielt prüfend die Hand unter den Strahl. Ich schluckte bei seinem Anblick: Ein Werbespot für Duschgel hätte nicht aufregender aussehen können. Mit erhitzten Wangen trat ich näher.

»Soll ich wirklich mit reinkommen?«, fragte ich unsicher.

»Was hast du zu verlieren?«

Ich schloss die Augen, schlüpfte kurzerhand aus meinem Slip und stieg zu ihm in die Wanne.

Wir waren beide splitter-faser-nackt! Und beide lächelten wir verlegen den Wannenboden an. Wahnsinnig interessant, wie das Wasser so im Abfluss verschwand …

Leander hakte die Dusche oben ein und drehte sich endlich zu mir um. Ich konnte zuerst nicht hingucken … Aber dann tat ich es doch. Und was ich sah, ließ sämtliche Glühlampen in meiner unteren Etage aufleuchten.

Zögernd hielt er mir seine Hände hin. Ich ergriff sie, und wir stellten uns unter den Schauer. Mit dem warmen Wasser fiel die Anspannung allmählich von uns ab, und wir fingen an zu kichern, die Köpfe aneinandergeschmiegt.

»Darf ich dir die Haare einschäumen?«, fragte ich vorsichtig.

In diesem Moment konnte ich mir kaum etwas Intimeres vorstellen als das. Er nickte und gab mir Shampoo. Ich lud ihn ein, das Gleiche bei mir zu tun. Ein Kribbeln durchlief mich bis in die Zehen, während er unendlich sanft meinen Kopf massierte. Der Schaum in der Wanne färbte sich rosa von der Tomatensoße auf unserer Haut.

»Darf ich dich einseifen?« Seine Stimme vibrierte an meinem Ohr.

»Ja«, flüsterte ich halb weggetreten.

»Dann … dreh dich um«, bat er und hauchte mir einen Kuss auf die Stirn.

Und was er dann tat, war das Schönste und Aufregendste, was ich bisher erlebt hatte. Ich konnte kaum atmen vor Erregung, als er begann, sanft meine Schultern und meinen Rücken einzuseifen. Langsam fuhr er meine Seiten hinab und wieder hinauf. Ich hob die Arme, und er folgte ihnen, glitt dann nach vorne und streichelte Schaum auf meine Brüste – so unglaublich zärtlich, dass ich erzitterte. Die ganze Zeit lief das warme Wasser zwischen uns hindurch.

Sein beschleunigter Atem streifte mein Ohr, als er sich dichter an mich drängte. Ich keuchte, als ich seine Erektion an meinem Po spürte. Sanft streichelte er über meinen Bauch, während ich mich streckte und meine Hände von oben um seinen Hinterkopf legte.

Langsam, ganz langsam, glitten seine schaumigen Hände tiefer. Und dann fanden sie, was sie schon ein paarmal gesucht, aber nie gefunden hatten, weil immer etwas dazwischengekommen war. Ohne zu überlegen, stellte ich meine Füße weiter auseinander – und als Leander diese Erlaubnis bekam, ließ er seine Hand um die Kurve tauchen. Ich stöhnte laut auf. Was er da tat, war so unfassbar schön!

Doch ich wollte ihm näher sein, viel näher. Ich drehte mich um, presste mich an ihn und küsste ihn drängend. Meine restliche Unsicherheit floss mit dem schaumigen Wasser den Abfluss hinab, und ich löste mich auf in einem einzigen Gefühl: Lust …

»Jetzt bist du dran«, raunte ich und begann ihn ebenfalls einzuseifen.

Seufzend genoss ich seine weiche Haut unter meinen schaumigen Händen. Aber ihn *dort* zu berühren, traute ich mich nicht. Er half mir, indem er sich ebenfalls umdrehte – das war der ganze Trick! Auf einmal ging alles leichter. Über viele Umwege arbeitete ich mich langsam bis zu seinen Lenden vor, und dann – fasste ich ihn richtig an!

So heiß … so fest und weich zugleich, und so … groß.

Doch plötzlich hielt Leander meine Hand fest. »Nicht … so viel … bewegen«, keuchte er.

Wie schwer es mir fiel, meine Hände von ihm zu nehmen.

»Vielleicht sollten wir den Rest lieber alleine …«, schlug ich vor.

Er nickte wortlos. Ich konnte nur ahnen, wie viel Kraft es ihn gerade kosten musste, sich zu beherrschen. Aber mir ging es auch nicht viel besser.

Mit zitternden Knien stieg ich wenig später aus der Wanne. Während ich mich abtrocknete, zog Leander noch die Glasscheiben mit dem Wischer ab – vielleicht um die Hitze des Moments ein bisschen abkühlen zu lassen.

Seine Wangen glühten, als er sich mit ernster Miene und um die Hüfte geschlungenem Handtuch vor mich stellte und begann, zärtlich mein Gesicht zu streicheln. Wie schön er aussah. Das warme Licht der Wandlampen zauberte weiche Schatten auf seine Haut. Draußen tobte das Unwetter, der Regen klatschte fast waagerecht gegen die beschlagenen Scheiben.

Und auf einmal hatte ich ein *Déjà-vu.* Das hier war meine Vision! Die plötzliche Erkenntnis ließ mich aufschluchzen.

Erschrocken über diesen Laut hielt Leander inne. »Was ist los?«

Ich konnte nicht verhindern, dass mir ein paar Tränen über die Wangen liefen, so unfassbar war das Ganze für mich.

»I-ich bin nur etwas durcheinander, weil … gerade etwas Unglaubliches passiert ist«, stammelte ich.

»Ja, das war wirklich unglaublich«, flüsterte er und nahm mich in den Arm.

»Stimmt, aber … das meinte ich nicht. Erinnerst du dich noch an das allererste Mal, als wir beide hier oben im Bad waren?«

»Wie könnte ich das vergessen? Ich war verlegen wie ein kleiner Junge, und du hast mir einen Stromschlag verpasst, als ich an dir vorbeiging.«

»Oh ja, den hab ich auch gespürt, das kannst du mir glauben. Wie du damals vor dem Fenster gestanden hast – deine Haare haben im Sonnenlicht geschimmert, du hast so wunderschön ausgesehen –, das kam mir alles so unglaublich vertraut vor. Als wäre es ganz natürlich, dass wir beide zusammen in diesen Raum gehörten. Und dann – lach jetzt bitte nicht! – kam mir plötzlich ein Bild in den Kopf, eine Art Vision. In dieser Vision sah ich uns beide in inniger Umarmung vor diesem Fenster stehen, wir waren nackt und haben uns geküsst … und draußen herrschte ein Unwetter, so wie jetzt. Das ist doch gespenstisch, oder?«

»Wow, klingt echt unglaublich«, sagte er erstaunt. »Da hast du intuitiv schon damals richtig gedeutet, was zwischen uns in der Luft lag. Ist ja Wahnsinn!«

Ich schluckte. »Aber dass sich mein heimlicher Wunsch so eins zu eins erfüllt – so was gibt's doch eigentlich gar nicht.«

»Vielleicht hast du es dir ja verdient.«

»Womit denn?«

Sanft strich er mir über die feuchten Haare. »Indem du einfach so bist, wie du bist«, hauchte er. »Verrätst du mir, was ich tun muss, damit sich auch *mein* heimlicher Wunsch erfüllt?«

»Hm. Vielleicht – ihn erst mal aussprechen?«, ermunterte ich ihn.

Seine Wange an meine geschmiegt, flüsterte er in mein Ohr: »Bleib bei mir heute Nacht.«

Tief atmend nickte ich an seiner Wange. Keine Macht der Welt hätte mich jetzt noch von ihm wegbekommen.

Das fahle Licht des Gewitters, hin und wieder erhellt durch einen fernen Blitz, tauchte Leanders Zimmer in eine gespenstische Atmosphäre.

»Darf ich die kleine Lampe anmachen?«, fragte ich leise.

Aber er kam mir zuvor und entzündete die orange Leuchte auf der Kommode, hinter der sich sein Bett vor neugierigen Blicken verbarg. Sofort verwandelte sich der Raum in eine gemütliche Höhle. Sanft zog er mich an sich und küsste mich so behutsam, als wäre es das erste Mal. Ohne uns voneinander zu lösen, sanken wir auf die Matratze.

Für einen Moment schwebte eine scheue Ernsthaftigkeit zwischen uns, als wir uns Bauch an Bauch gegenüberlagen. Das sanfte Licht zeichnete weiche Pastellkonturen um unsere Körper, während wir begannen, uns zu streicheln. Wieder spürte ich dieses merkwürdige Energieband zwischen uns, das zwischen Brust und Bauchnabel wohnte. Ein intensives Gefühl von Vertrauen, das aus dem tiefsten Inneren kam, verscheuchte den letzten Rest Unsicherheit aus mir. Und ich ließ mich fallen in das Meer aus Lust und Begierde, das in mir zu toben begann.

Unsere Bewegungen wurden hitziger, drängender – die Berührungen fester, fordernder. Glühendes Verlangen dirigierte meine Hände, und jede Stelle an ihm, die ich berührte, wollte ich auch küssen. Ich badete in seinem berauschenden Duft, der sich so aufregend verändert hatte, und saugte diese neue, wilde Note ein wie eine Droge.

Als ich mich endlich traute, seine intimste Stelle genauer zu erforschen, lernte ich, dass meine Klischeevorstellungen, wie ein Mann berührt werden wollte, völlig falsch waren. Leander liebte es sanft und vorsichtig. Viel zu früh stoppte er mich wieder. »Wenn du so weitermachst«, keuchte er, »ist in drei Sekunden alles vorbei.«

Nur widerwillig gab ich ihn frei.

»Ladies first«, raunte er und drehte mich neben sich

auf den Rücken. »Bitte versprich mir etwas, Liv.« Zärtlich streichelte er mein Gesicht.

Für mehr als ein »M-hm« fehlte mir der Atem.

»Wenn ich irgendetwas tue, das dir nicht gefällt, dann sag es mir bitte sofort. Ich kann ja deinen Blick schlecht deuten.«

»Okay«, wisperte ich und küsste ihn gierig.

Mein Herz raste, mein Atem galoppierte, und mein Innerstes war eine einzige tosende See, als seine Hand zwischen meine Beine glitt und dort so vorsichtig auf Forschungsreise ging, als wäre ich ein zartes Küken. Doch das schien ihm nicht zu genügen. Er löste sich von mir und krabbelte an mein unteres Ende, wo er sich einen Augenblick ausgiebig meinen Beinen widmete.

»Das kitzelt!«, quiekte ich, als er die Rückseite meiner Oberschenkel mit den Fingerspitzen entlangfuhr. »Aber bitte nicht aufhören.«

»Keine Sorge, ich fange gerade erst an«, raunte er in seinem dunkelrotesten Samt und dann – tauchte er ab!

Hilfe! Er wollte doch nicht etwa – oh Gott, was tat er denn da? Als ich mit einem erschrockenen Laut die Luft einzog, hielt er inne.

»Soll ich das nicht tun?«, flüsterte er.

»Doch, jaa … bitte – das ist … wunderschön«, stammelte ich benommen und warf seufzend den Kopf in den Nacken, als er weitermachte.

Was man mit weichen Lippen und einer geschickten Zunge für tolle Dinge tun konnte, hätte ich mir in meinen feuchtesten Träumen nicht vorzustellen gewagt. Ich stöhnte und gab Laute von mir, die ich noch nie zuvor gehört hatte – während er mich auf eine Weise verwöhnte, die definitiv ins Kino ab achtzehn gehörte.

Das Meer in mir toste in wildem Sturm.

»Aber du sollst doch … auch was davon haben«, keuchte ich in einem lichten Moment und stoppte ihn.

»Glaub mir, das hab ich«, stöhnte er in meinen Schoß.

Als auch noch seine Finger auf Tauchstation gingen, entschlüpfte mir ein leiser Schrei. Meine Lust stachelte seine noch mehr an, und die Laute, die er von sich gab, peitschten die Wellen in mir immer höher. Ich krallte meine Hände in seine Haare, gab mich ganz diesem Rausch hin, in dem alles Denken aufgehört hatte – und spürte bald aus der Tiefe das Heranrollen eines gewaltigen Seebebens.

Für einen winzigen Moment hätte ich fast die Kontrolle verloren und nichts lieber getan, als ihn auf mich zu ziehen … in mich … Der Drang, mit ihm zu verschmelzen, war unermesslich.

Mein Bauch schrie nach seiner Nähe.

»Du bist so weit weg!«, stoppte ich ihn wieder, unter Aufgebot all meiner Willenskraft. »Bitte … ich brauch dich ganz nah bei mir. Komm her.«

Seufzend ließ er von mir ab und schob sich nach oben an meine Seite. Der aufregende Duft seiner Haut raubte mir fast den Verstand, als er mich drängend küsste. Das war … *mein* Duft – oh mein Gott!

Alles in mir vibrierte, während seine Hand dort weitermachte, wo sein Mund gerade aufgehört hatte. Als auch meine Finger das Ziel ihrer Begierde fanden und es fest umschlossen, stöhnte Leander laut auf und begann sich langsam mit meiner Hand zu bewegen.

Immer näher rollte die riesige Flutwelle, immer kräftiger streichelten wir uns, immer schneller und lauter wurde unser Stöhnen.

»Ohh, komm«, keuchte er. »Spring mit mir …«

Donnernd türmte der Tsunami sich auf, brach … und überwältigte mich mit einer Wucht, die ich so noch nie erlebt hatte. Und noch während das Meer in mir bebte, brodelte und schäumte, presste Leander sich an mich – und verströmte sich heiß an meinem Bauch.

Noch lange ließen wir uns nicht los. Eng umschlungen spürten wir dem Pulsieren nach, bis die Wogen sich unendlich langsam wieder glätteten. Es gab keine Worte für dieses allumfassende Glücksgefühl in mir. Und das sollte nur die Vorspeise gewesen sein? Wie würde dann erst das Hauptgericht schmecken?

Zart wie Schmetterlingsflügel streichelten seine Fingerspitzen über meine Haut. Jeder Kuss, den wir teilten, schickte ein neues süßes Ziehen in meinen Unterleib – als könnte ich nicht genug davon kriegen. Schon fing ich wieder an, leise zu stöhnen und ihn überall zu streicheln.

»Hey, meine Liebste«, hauchte Leander. »Bist du etwa immer noch nicht satt?«

»Von dir? Niemals«, seufzte ich in sein Ohr.

»Oh, oh«, raunte er. »Dann wird das wohl eine lange Nacht.«

»Hast du was Besseres vor?«

»Ich guck mal in meinen Kalender«, schmunzelte er und zog mich auf seine Brust.

25. WENN FELSEN BRÖCKELN

So ein Fahrradsattel konnte reichlich unbequem sein – vor allem, wenn gewisse Körperteile erst vor kurzem übermäßig durchblutet gewesen waren und nun auf unzureichend gepolstertes Kunstleder gepresst wurden.

Dauergrinsend und mit Tunnelblick rollte ich den von der Nachmittagssonne gesprenkelten Waldweg hinunter. Immer noch sah ich Leanders schönes Gesicht vor mir, seine verzückt geöffneten Lippen, spürte seine Hände auf meiner erhitzten Haut, hörte immer wieder sein unfassbar aufregendes Stöhnen. Mehr als einmal pflügte ich unfreiwillig durch die Pfützen des gestrigen Unwetters – das noch im Gange gewesen war, als wir nach einer zweiten Runde Körpersafari gegen ein Uhr morgens endlich erschöpft eingeschlafen waren.

Wie süß Leander heute Morgen ausgesehen hatte, als die Sonne sein schlafendes Gesicht streichelte. Minutenlang hatte ich mich von diesem friedlichen Anblick nicht losreißen können. Der Arme musste so was von todmüde gewesen sein, nachdem er schon die Nächte davor kaum geschlafen hatte – vor elf war er nicht wachzukriegen gewesen. Erst als ich mich an seinen Rücken gekuschelt und meine Hände allzu neugierig verbotenes Terrain betreten hatten, war er erstaunlich schnell munter geworden.

Wie gut, dass es bei den Johanssons keine direkten

Nachbarn gab und dass seine Eltern gestern zum Kurzurlaub nach Paris geflogen waren. Dafür, dass wir noch ganz am Anfang standen, waren wir nämlich ziemlich laut. Bei der Erinnerung an seine neckenden Worte lief ich schon wieder knallrot an: »Und du bist dir wirklich sicher, dass *ich* derjenige bin, der bei einer Sex-Hotline arbeiten sollte?«

Als Krönung des Ganzen hatte uns Lasse am Mittag beinahe in flagranti erwischt! Wir hatten uns noch nicht lange wieder abgekühlt, als der Blödmann plötzlich zur Tür reingeschneit war. Weil wir Musik anhatten, hatte Leander ihn nicht kommen gehört. Oberpeinlich!

»Was habt ihr denn in der Küche veranstaltet?«, hatte er gelacht. »*Chainsaw-Massacre* mit Ausziehen? Alles rotverschmiert, überall Klamotten … Seht bloß zu, dass ihr die Sauerei wegmacht, bevor Maria nachher einen Tobsuchtsanfall kriegt.«

»Jaja, verpiss dich!«, hatte Leander ihn dann freundlich hinauskomplimentiert. Geschwisterliebe …

Kleinlaut hatte ich meine Schuld an dem Beinahe-Desaster gestanden – denn ich hatte vergessen, die Zimmertür abzuschließen, nachdem ich nachts noch mal das Bad aufgesucht hatte. »Ich musste so aufpassen, nicht zu stolpern, weil es stockdunkel war. Du hast ja keine Nachttischlampe.«

»Oje. Daran hab ich überhaupt nicht gedacht«, hatte Leander sich entschuldigt. »Schließlich bist du die erste Frau, die in meinem Bett geschlafen hat.« Und dann hatte er mir in seinem verheißungsvollen Dunkelrot ins Ohr geflüstert: »Ich hoffe, du tust das ab jetzt öfter.«

Genau das hatte ich vor. Im Grunde wollte ich nur kurz nach Hause, um meine Tasche umzupacken, mir den unvermeidlichen Anpfiff von Mama abzuholen und mein Handy aufzuladen. Und dann schnell wieder zurück – denn Leander wollte mich unbedingt die nächsten beiden Nächte bei sich haben, bevor er mit den Jungs übers Wochenende zu einem Auftritt fahren musste.

Wer weiß, vielleicht würde ich dann doch noch schwach werden, meine Prinzipien über Bord werfen – und endlich mit ihm auf den Zehnmeterturm klettern. Dreimal hintereinander vom Fünfmeterbrett zu springen sollte als Proberunde doch eigentlich ausreichen, oder? Herrjeh, ich war so unglaublich heiß auf ihn, ich konnte an nichts anderes mehr denken.

Du bist schlimm, Liv!

– Jaja, ich werde Nessie und ihrer Schlampenfraktion nie wieder einen Vorwurf machen.

Mit immer noch klopfendem Herzen betrat ich kurz darauf unsere Wohnung – in der es vollkommen still war. Nanu, keiner da? Normalerweise hätte Mama längst zu Hause sein müssen. Wer weiß, wo die sich rumtrieb, dachte ich schmunzelnd und steckte erst mal meine Klamotten in die Wäsche.

Fröhlich pfeifend warf ich die Sporttasche auf mein Bett und packte ein paar frische Sachen ein. Wo war bloß die doofe Ladeschnur für mein Handy? In der Nachttischschublade fand ich nur Schokolade – und die Pillenpackung! Die sollte ich ab jetzt wohl lieber in der Handtasche haben. Wer weiß?

In der Küchenschublade fand ich endlich das Ladekabel und stöpselte mein Handy ein. Der Akku war komplett leer – das würde eine Weile dauern. Also erst mal Kaffee.

Ich stutzte – und ließ beinahe den Becher fallen, als ich einen Zettel auf dem Tisch entdeckte.

»Olivia, wo steckst du? Konnte dich nicht erreichen! Bin nach Flensburg, Opa ist im Krankenhaus, Herzinfarkt – Ruf mich bitte an. Mama.«

Mit einem Schlag wich alles Blut aus meinem Kopf, ich taumelte und erwischte gerade noch die Stuhlkante, die sich schmerzhaft in meinen Hintern bohrte.

Dieser Schmerz war es, der mich gleich wieder klar denken ließ. Viel zu klar. Opa? Im Krankenhaus? Das war nicht real, das durfte nicht real sein. Oh Gott …

Ich brauchte ein Telefon! Mir blieb nichts anderes übrig, als es oben bei Nessie zu versuchen.

»Livie, was ist los? Du bist ja leichenblass!«, sagte Nessie erschrocken, als sie mir in Unterhose die Tür öffnete.

»Ich muss telefonieren!«, rief ich panisch. Ich drängelte mich an ihr vorbei ins Zimmer, wo ich nicht mal zusammenzuckte, als Sven – halbnackt im Bett – sich schnell die Decke überzog.

»Hey, sagst du mir bitte, was los ist, Livie? Du schlotterst ja! Komm mal her.« Als sie mich in den Arm nahm, brach ich in Tränen aus und konnte nur mühsam erzählen, was passiert war.

»Ach, du Scheiße«, sagte Nessie. »Sven, hast du mein Handy gesehen?«

Er wühlte in dem Wäschehaufen am Fußboden neben dem Bett und warf es ihr zu. Dabei wirkte er ein wenig verschlafen, wie ich durch den Nebel meiner immer größer werdenden Panik registrierte.

Zum Glück kannte ich Mamas Handynummer auswendig. Nessie wählte für mich und stellte auf Lautsprecher.

»Olivia! Gott sei Dank! Wieso gehst du nicht ans Telefon?«, rief sie aufgebracht.

»Der Akku war leer! Mama, was ist mit Opa?«, heulte ich. Mir war eiskalt, das Handy an meinem Ohr zitterte. Nessie bemerkte es und legte von hinten die Arme um meinen Bauch. Sofort konnte ich wieder tiefer atmen und wurde ein wenig ruhiger.

»Warte, ich geh mal eben um die Ecke, hier ist gerade zu viel los«, sagte meine Mutter. Im Hintergrund hörte ich Stimmen und Geklapper.

»Mama! Sag mir endlich, wie es Opa geht!«

»Beruhige dich, er ist außer Lebensgefahr, aber er liegt auf der Überwachungsstation.«

Mama erzählte, wie die Nachbarin, die täglich bei Opa vorbeischaute, einer Eingebung folgend früher als sonst zu ihm hinübergegangen war – und ihn gerade noch rechtzeitig gefunden hatte. Ich schwankte, aber Nessie hielt mich fest und führte mich zu ihrem kleinen Sofa.

»Aber wie kann denn das sein?«, wimmerte ich. »Er war doch immer so fit und gesund.«

»Da steckt man nicht drin, Kleines. Zum Glück war er ja schon zurück von seiner Reise und nicht mehr irgendwo in Schweden, mitten in der Pampa – nicht auszudenken!«

»In welchem Krankenhaus ist er?«

»Diakonissen, zum Glück, das ist nah bei seinem Haus.«

»Ich muss zu ihm.«

»Nein, das musst du nicht! Du kannst sowieso nichts für ihn tun.«

»Aber *du* kannst das, oder was?«, sagte ich eine Spur zu laut.

Meine Mutter sog scharf die Luft ein, behielt aber die Nerven und sprach ruhig weiter. Erstaunlich.

»Olivia, Schatz, was soll das? Warte doch bis Freitag. Bis dahin ist er sicher auf der normalen Station, und Andy kann dich mitnehmen.«

»Nein, ich kann hier nicht einfach rumhocken und warten! Ich finde schon einen Weg. Bleibst du bei ihm?«

»Bis zum Wochenende auf jeden Fall.«

»Gut.«

»Olivia?«

»Ja?«

»Er ist hier in guten Händen. Das wird schon wieder, okay?«

»Okay«, flüsterte ich und drückte sie weg.

Heulend sackte ich an Nessies Brust zusammen.

»Schh… Ist doch alles noch mal gutgegangen.« Sie wiegte mich sanft in ihren Armen.

»Ich muss da hin«, schniefte ich, als ich mich wieder etwas beruhigt hatte. »Sven, kannst du mich vielleicht nach Hamburg zum Bahnhof fahren? Mit dem Bus brauche ich ewig …«

»Ich kann leider nicht.« Sven hielt seine verbundene Hand hoch.

Er wechselte einen langen Blick mit Nessie, dann nickte er und streckte die Hand nach ihrem Handy aus. Während er darauf herumtippte, streichelte Nessie unentwegt mein Haar, und ich versuchte tief durchzuatmen – was mir nur mäßig gelang.

»Hi, Felix – ich bin's. Nein, nicht gut. Wir haben einen kleinen Notfall hier. Kannst du Liv nach Hamburg fahren?«

Ich wollte protestieren, doch Nessie drückte mich

wieder aufs Sofa zurück und bedeutete mir, leise zu sein, während Sven kurz die Sachlage schilderte.

»Er kann in einer halben Stunde hier sein«, berichtete Sven, nachdem er aufgelegt hatte.

»Aber … aber ich kann doch nicht ausgerechnet von Felix verlangen, dass er mich fährt«, stammelte ich. »Nachdem ich ihn so verletzt habe …«

»Livie, das musst du jetzt einfach trennen!«, unterbrach mich Nessie. »Felix kann das doch offenbar auch. Es geht um Wichtigeres als alberne Eifersüchteleien.«

»Mach dir keine Sorgen«, sagte Sven beruhigend. »Er war sofort bereit, dich zu fahren, kaum dass ich deinen Namen genannt habe. Ist keine große Sache.«

»Danke, dass ihr für mich da seid«, sagte ich tonlos. »Dann geh ich am besten mal runter und pack meinen Kram zusammen – Zugverbindung und so.«

»Stopp, Livie! Du siehst aus, als wärst du auf Speed«, bemerkte Nessie. »Erst mal bleibst du bitte noch einen Augenblick sitzen, trinkst einen Schluck und atmest tief durch.«

»Leander!«, fiel mir ein. »Ich muss ihm Bescheid sagen! Er erwartet mich doch nachher wieder zurück, aber mein Handy – der Akku ist komplett leer, und ich kenne nicht mal seine Nummer auswendig. Nessie, hast du vielleicht … ähm … die Nummer von Lasse noch?«

Sven zuckte bei dem Namen sichtlich zusammen.

»Ich weiß nicht«, antwortete Nessie zögernd.

Aber Sven hatte ihr das Handy bereits mit verkniffener Miene zurückgegeben und stand auf, um den Raum zu verlassen. Offenbar konnte er es nicht mal mit Lasses Telefonnummer im selben Zimmer aushalten.

Nessie fand die Nummer und hielt mir das Handy hin,

damit ich eine SMS schreiben konnte. Aber ich war zu fahrig und tippte ständig versehentlich auf die falschen Icons.

»Gib schon her, ich mach das«, sagte Nessie. »Du bist ja völlig neben der Spur – arme Socke. Hoffentlich öffnet der Arsch die Nachricht überhaupt, wenn er den Absender liest.«

»Dann schreib doch so was wie: *›Für Leo, dringend‹* – einfach nur, dass ich heute nicht mehr kommen kann und wo ich bin. Aber …«

»Was aber?«, fragte sie, während sie mit atemberaubender Geschwindigkeit tippte.

»Erwähn bloß nicht Felix. Das macht alles nur unnötig kompliziert. Ich ruf Leander heute Abend an, wenn alles gutgeht.«

»Hey, natürlich geht alles gut! Mach dir keine Sorgen.« Nessie lächelte mich aufmunternd an und schickte die SMS ab.

Vielleicht würde Leander sie gar nicht bekommen. Aber einen Versuch war's wert. Scheiß Technik – wieso musste ausgerechnet heute mein Handy versagen?

Weil du heute Nacht nicht zu Hause warst …

»Ähm, Livie?«, fragte Nessie mit einem verschmitzten Lächeln. »Deine Mutter hat übrigens gestern Abend bei mir geklingelt – ob ich wüsste, wo du steckst. Ich hab gesagt, dass du bei Leo bist und nur wegen dem Sauwetter nicht nach Hause radelst, und dass du bestimmt angerufen hättest, wenn du gekonnt hättest.«

»Das hast du gesagt? Oh, Nessie – du bist und bleibst ein Schatz! Damit hast du mir 'ne Menge Zoff erspart.« Diesmal war ich es, die ihr einen Wangenkuss gab.

»War's denn wenigstens schön?«, fragte sie.

Ich seufzte. »Unbeschreiblich …«

»Ihr habt's also endlich getan?«

»Nein … also … so was Ähnliches«, gab ich zu, obwohl ich eigentlich nichts preisgeben wollte.

»Uuh, verstehe. Heavy Petting … Na, das ist doch schon mal ein Anfang.« Sie kicherte und strich mir über die Wange. »Wenigstens hast du jetzt wieder eine gesunde Gesichtsfarbe, Süße.«

Auch ich musste schmunzeln und verbarg mein Gesicht an ihrer Schulter. Was für ein unpassender Moment, um über Sexspielchen zu reden. Aber es hatte mich erfolgreich von meiner Angst abgelenkt, und ich fühlte mich imstande, die nächste Hürde zu nehmen – Felix.

26. EIN GUTER FREUND

»Hallo, Liv. Darf ich?«, fragte Felix vorsichtig und hob die Hände. Ich nickte, und er nahm mich in den Arm. Sofort durchströmte mich ein warmes Gefühl von Sicherheit und löste den größten Teil meiner Anspannung auf.

»Es tut mir so leid, was passiert ist. Aber wenn ich helfen kann, bin ich gern für dich da.« Langsam ließ er mich wieder los und lächelte mich an. »Hab gehört, hier wird ein Taxi nach Flensburg gebraucht?«

»Äh, nein, ich muss nur nach Hamburg«, korrigierte ich. »Von da aus kann ich den Zug nehmen.«

»Das lässt du schön bleiben! Sven hat mir erzählt, wie fertig du bist. Du würdest dich noch auf dem Bahnhof verlaufen – und wahrscheinlich erst nach zehn ankommen, wenn sie im Krankenhaus niemandem mehr reinlassen.«

»Aber du kannst mich doch nicht bis nach Flensburg fahren, das dauert zwei Stunden.«

»Na und? Ich hab genug CDs dabei. Oder hast du Angst, ich entführe dich?«

Schmunzelnd schüttelte ich den Kopf.

»Also, dann los! Ich schlage vor, wir umfahren Hamburg weiträumig. Der Stadtverkehr hält uns nur auf. Wir können die Route durch den Sachsenwald nehmen.«

»Mach, wie du denkst«, sagte ich müde. »Hauptsache, wir kommen heil an. Aber das Benzin bezahle ich!«

»Quatsch, brauchst du nicht. Du weißt doch, ich sitze an der Quelle«, grinste er, während er meine Tasche ins Auto packte. »Du kannst ja unterwegs ein Fischbrötchen ausgeben, damit uns der Zuckerspiegel nicht abrutscht.«

»Auf jeden Fall!«, versprach ich sofort – denn ich erinnerte mich nur zu gut, was passieren konnte, wenn Felix Keller Hunger hatte.

Nie hätte ich gedacht, dass wir uns noch mal so unverkrampft unterhalten könnten. Während der ganzen langen Fahrt fiel kein Wort über … uns. Im Gegenteil, Felix bemühte sich nach Kräften, mich abzulenken, und hielt mich mit Anekdoten aus seiner und Svens pubertärer Vergangenheit bei Laune. Doch je näher wir dem nördlichsten Zipfel Deutschlands kamen, desto mulmiger wurde mir. Als Felix merkte, dass ich immer stiller wurde, drehte er einfach die Musik ein bisschen lauter und gab mir Gelegenheit, mich aus dem Fenster zu träumen.

»Wir sind gleich da.«

»Oh, wie spät ist es denn?«, murmelte ich verwirrt.

»Gleich sieben. Wir haben keine zwei Stunden gebraucht.«

»Gut« war alles, was ich im Moment noch über die Lippen brachte. Ich war angespannt bis auf die Knochen.

Auf einmal lag seine Hand auf meiner. Ich zog sie nicht weg. Ein warmer Strom kroch langsam, aber beständig bis zu meinen Schultern hinauf und gab mir das Gefühl, als hätte sich ein schützender Mantel um mich gelegt. Ich entspannte mich ein wenig. Erstaunt sah ich zu Felix hinüber. Er lächelte.

Als ich auf dem Krankenhausparkplatz aussteigen wollte, hielt er mich zurück. »Warte.«

Er griff ins Handschuhfach und holte ein kleines Päckchen heraus, das er mir in die Hand legte. »Das wollte ich dir damals schon geben, als ich unangemeldet vor deiner Tür stand und du nicht da warst … na ja. Ich dachte, vielleicht kannst du es jetzt gebrauchen. Als Glücksbringer.«

Mit zitternden Händen zerriss ich das Geschenkpapier und öffnete die Schachtel. Auf dem schwarzen Samt schimmerte ein silberfarbener Schlüsselanhänger – in Form eines springenden Delphins.

Fassungslos schüttelte ich den Kopf und konnte nicht verhindern, dass mir Tränen der Rührung in die Augen schossen.

»Aber das kann ich doch nicht …«

»Doch, kannst du, kleiner Delphin.« Er streichelte meine Wange. Ich lehnte mich an seine Schulter und brachte kein Wort heraus.

Ein Krankenhaus zu betreten, hatte ich schon immer als bedrückend empfunden. Dagegen konnten auch die bequemen Sitzecken, die Bilder und Pflanzen nichts ausrichten. Allein der Geruch, der einem noch später zu Hause in allen Poren saß, war beklemmend.

Auf dem Weg zum Foyer legte Felix den Arm um meine Schultern. Ich ließ es geschehen. In diesem Moment konnte ich nur noch an Opa denken. Weiter hinten entdeckte ich Mama, die auf uns zukam.

»Es dauert bestimmt nicht lange«, sagte ich zu Felix. »Meinst du, du kannst hier ein paar Minuten warten?«

»Da ist ein gut gefüllter Snackautomat. Mit dem werde ich mich sicher glänzend unterhalten.« Felix grinste und strich sich über den Bauch, in dem bereits zwei Fischbrötchen schwammen. »Alles wird gut, Liv! Nun geh schon.«

Ich ließ ihn stehen und eilte zu Mama hinüber. Kaum

war ich ihr in die Arme gefallen – wann hatte ich das zuletzt getan? –, fingen wir beide an zu heulen. Keine Vorwürfe, keine peinlichen Fragen.

Schweigend stiegen wir in den Fahrstuhl zur Überwachungsstation. Zu meiner Erleichterung mussten wir uns nicht in grüne Papieranzüge quetschen, nur die Hände desinfizieren.

»Sieht er schlimm aus?«, flüsterte ich. Plötzlich hatte ich den Drang wegzulaufen, obwohl ich doch extra den weiten Weg hierher gemacht hatte. Aber die Vorstellung, dass Opa wie ein Häufchen Elend an Schläuchen und Drähten hing, womöglich beatmet wurde, war so grausam, dass mir übel wurde.

Aber Mama strich mir beruhigend über den Arm. »Hab keine Angst, er sieht nicht anders aus als sonst. Vielleicht ein bisschen blasser. Er darf bloß nicht aufstehen, hat eine Kanüle im Arm und ein paar Sensoren für den Monitor auf der Brust, aber das sieht man nicht.«

Was war bloß mit ihr los? Wann war sie das letzte Mal so unkompliziert und einfühlsam zu mir gewesen?

Und dann sah ich ihn: nicht mehr als eine dünne weiße Gestalt unter einem noch weißeren Laken im Halbdämmer des abgedunkelten Raumes. Sofort rannen mir die Tränen herunter.

»Opi«, wimmerte ich und setzte mich an seine Seite auf den einzigen Besucherstuhl. Vorsichtig nahm ich seine Hand. Sie war kalt und kam mir so zerbrechlich vor. Er hatte die Augen geschlossen und schien zu schlafen. So hatte ich ihn niemals sehen wollen. Nicht so krank und schwach und … alt. War das wirklich mein Opa?

Meine Tränen tropften auf seine Hand. Das musste er gemerkt haben, denn sofort öffnete er die Augen.

»Hallo, meine Livie.«

Die Worte kamen so langsam und schwach, dass ich erschrak. Ich beugte mich zu ihm hinunter und gab ihm ganz vorsichtig einen Kuss auf die Wange. Nun tropfte ich ihm auch noch das Gesicht voll.

»Nicht traurig sein. Der Klabautermann hat mich doch noch nicht holen wollen«, sagte er nun deutlicher und strich mir zittrig über die Wange.

»Was machst du denn für Sachen, Opi?«, schniefte ich und rückte mit dem Stuhl näher heran, ohne seine Hand loszulassen. »Wie fühlst du dich?«

»Na ja, 'nen ordentlichen Snoef hätte mir auch gelangt, das glaub mir man.«

Snoef? – Ach ja: Schnupfen. Typisch Opa, selbst jetzt versuchte er witzig zu sein. Aber es bewirkte, dass ich zum ersten Mal seit Stunden wieder das Gefühl hatte, Luft zu kriegen.

»Büst du ganz allein hergekommen, Deern?«, fragte er besorgt.

»Nein. Ein Freund hat mich gefahren, Felix. Er wartet unten.«

»Oh, das is aber nett. War das nicht der Jung', mit dem dich deine Mutter verkuppeln will?«

Ertappt drehte ich mich um. Doch Mama hatte das Zimmer unbemerkt verlassen.

»Ja, das ist er. Aber er ist wirklich nur ein guter Freund.«

Opa legte den Kopf schief und sah mich lange an. Endlich lächelte er. »Erzähl mir, was du Schönes erlebt hast, Livie! Hier reden alle nur übers Kranksein. Dat ist schiete.«

»Ach Opi, das strengt dich doch viel zu sehr an. Bestimmt willst du schlafen.«

»Ach wat! Slapen kann ich noch genug, wenn ich doot bin.«

Ich musste schmunzeln. Da war er wieder, der alte Kämpfer.

»Wie geht's deinem Schatz?«, fragte er. »Leander heißt er doch, oder?«

»Ja, stimmt. Er hat Samstag mit seiner Band einen Auftritt in St. Peter-Ording.«

»Na, dascha'n Ding. Da hab ich als junger Mann öfters Urlaub gemacht. Auf dem Campingplatz, mit meiner damaligen Leevsten ...« Seine Augen schienen bei der Erinnerung zu strahlen. »Und? Allens goot mit euch tween?«

Ich nickte. »Mehr als gut.«

»Na, das ist doch die Hauptsaak. Dann geht's deinem Herzen also gut.« Er klopfte auf die Bettdecke über seiner Brust. »Und meine alte Pumpe wird auch schon wieder Seegang aufnehmen. Leben oder sterben, Deern – dat is nicht so wichtig. Wenn das Schiff mal kentert, is' viel wichtiger, dass du mit dem richtigen Maat an Bord warst.«

Ich schluckte und wusste nichts zu erwidern.

»Wann stellst du mir den Glücklichen denn mal vor?«

»Dazu musst du einfach nur schnell wieder gesund werden, Opi.«

»Werd mich nach Kräften bemühen. Es sei denn, die füttern mich wieder mit Hafergrütze, denn hau ik af.«

»Ich werde Mama sagen, sie soll die Schwestern zur Schnecke machen.«

»Oh ja, das kann sie gut! Wuselt schon den ganzen Nachmittag hier rum und hält die Leute auf Trab.«

Ich musste schmunzeln. »Das kann ich mir vorstellen.«

»Siehste, so ist besser – nicht mehr weinen, Deern! Wird schon wieder.«

»Ach Opi.« Vorsichtig legte ich meinen Kopf an seine Schulter und lauschte seinem Atem.

So fand mich meine Mutter etwas später und bedeutete mir schweigend, ihr aus dem Raum zu folgen. Opa war eingeschlafen.

»Er sieht so schwach aus. Meinst du, er muss noch lange hierbleiben?« Ich hatte mich bei meiner Mutter eingehakt, als wir den Weg zum Foyer entlanggingen.

»Die Schwester sagt, dass noch nicht alle Untersuchungen abgeschlossen sind. Zwei Tage bleibt er auf jeden Fall noch auf der Station, und dann mal sehen. Sicher sieht es morgen schon etwas besser aus.«

Freundlich begrüßte sie Felix, der gerade den Mund voller Mars hatte und deshalb nur etwas Unverständliches nuscheln konnte.

»Danke, dass du Olivia hergefahren hast. Du bleibst doch über Nacht, oder?«

Mit aufgerissenen Augen und vollen Backen starrte er erst meine Mutter, dann mich an. Und schluckte endlich.

»Aber das geht doch nicht …«

»Ach, papperlapapp! Natürlich geht das«, entschied Mama. »Du willst doch nicht den ganzen weiten Weg gleich wieder zurückfahren. Heute bist du unser Gast, und damit basta.« Meine Mutter – so klare Ansagen machte sie selten. Und ich wurde natürlich gar nicht erst gefragt.

Im Konvoi fuhren wir zu Opas Haus, das still und dunkel in einer Sackgasse lag. Bei der Nachbarin bewegten sich sofort die Gardinen, als wir drei, mit ein paar Einkaufstüten bepackt, die Treppe zur Haustür hinaufstiegen.

Mama winkte ihr zu, damit sie wusste, dass wir keine Einbrecher waren.

Nichts wollte ich dringender, als unter die Dusche zu springen und mir den Krankenhausgeruch abzuwaschen. Doch als Erstes stöpselte ich mein Handy ein. Eine oder zwei Stunden sollten ausreichen, um das blöde Ding endlich wieder ins Leben zurückzuholen.

Alles in diesem Haus erinnerte mich an die Zeit, als ich hier gewohnt hatte – damals, als Mama in der Klinik gewesen war. Mein altes Zimmer sah noch fast genauso aus wie früher, bloß ohne die ganzen Plüschtiere und die Zeichnungen an den Wänden. Ich suchte frisches Bettzeug zusammen und führte Felix in die alte Bügelstube meiner Oma, die seit ihrem Tod als Gästezimmer benutzt wurde. Mama wollte auf der Klappcouch in der Stube schlafen.

»Ihr beiden müsst hungrig sein«, sagte sie. »Soll ich uns eine Pizza bestellen oder ein paar Schnitten machen?«

»Wir hatten schon unterwegs etwas«, wollte ich das Angebot ablehnen.

Doch Felix sah mich mit glänzenden Augen an. »Also, ich könnte noch eine Kleinigkeit vertragen, wenn ich ehrlich bin.«

Grinsend verdrehte ich die Augen.

»Wir wollen unseren tapferen Taxifahrer doch nicht verhungern lassen«, bekräftigte Mama und hatte bereits ihr Handy gezückt.

Erstaunlich, was in Felix so alles reinging, dachte ich belustigt, während wir der rasch angelieferten Familienpizza den Garaus machten. Zwar hielt er sich höflich zurück, doch ich zweifelte nicht daran, dass er das Blech auch ohne unser Zutun komplett geleert hätte.

Opas verstaubter Sherry-Vorrat trug dazu bei, dass wir mit der Trübsalblaserei aufhören und den Abend einigermaßen entspannt herumbringen konnten. Später half ich Mama beim Abwasch, während Felix einen wackeligen alten Tisch wieder zusammenschraubte.

»Den solltest du dir warmhalten«, raunte sie mir zu. »Es ist immer gut, wenn Männer handwerklich was draufhaben.«

Es war offensichtlich, dass meine Mutter ihn am liebsten adoptiert hätte. Die beiden verstanden sich prächtig. Nach dem fünften Glas Sherry verriet sie sich dann, als sie gedankenlos herausprustete: »Ach Felix, so was wie dich wünscht sich jede Mutter als Schwiegersohn!«

Ich verzichtete auf einen Kommentar und bemühte mich, Felix nicht anzusehen, dessen glühenden Blick ich bei diesen Worten förmlich spüren konnte. Es wurde Zeit, das Feld zu räumen.

»Ich glaub, ich geh mal duschen«, entschuldigte ich mich und ließ die beiden auf der Terrasse allein, wo sie bei Kerzenschein weiterquatschten.

Auf dem Flur drehte ich mich noch einmal um. Hatte ich mich gerade verhört, oder hatte er tatsächlich noch ein seufzendes *»Tja, wenn's nach mir ginge …«* draufgesetzt?

Ich wollte lieber gar nicht wissen, was die beiden da draußen aushandelten. Womöglich erzählte Mama ihrem Lieblings-Schwiegersohn auch gleich, wo ich die letzte Nacht verbracht hatte – um seinen Jagdtrieb anzustacheln oder so. Bevor ich mich künstlich aufregte, verschwand ich in Opas kleinem Badezimmer, wo immer noch das blaue Regal an der Wand hing, das er damals extra für mich gebaut hatte – was mich fast wieder zu Tränen rührte.

Das heiße Wasser spülte den Stress des Tages in den Abfluss, und endlich hatte ich wieder das Gefühl, ganz bei mir zu sein. Doch ich war nicht allein: Sobald ich die Augen schloss und das Wasser über mein Gesicht laufen ließ, sah ich ozeanblaue Augen, die verträumt nach unten blickten – umtanzt von schwarzbraunen Haarsträhnen –, und einen sinnlichen Mund, der mich lockend anlächelte. Es wurde heiß in meinem Bauch, und das kam nicht vom Wasser. Ich konnte *ihn* fühlen, während ich mich einseifte. Es waren seine Hände, die den weichen Schaum auf mir verteilten, mich streichelten, als gäbe es nichts Schöneres auf der Welt als das.

Liv, was treibst du da eigentlich? Erinnere dich, warum du hier bist.

Tja, das war's dann mit der schönen Stimmung. Weg war Leanders Bild, weg war das Gefühl seiner heißen Haut auf meiner. Aber der alte Spielverderber in mir hatte recht – wie konnte ich es mir nur gutgehen lassen, während mein armer Opa um ein Haar gestorben war?

Als ich aus der Dusche kam, wartete Felix bereits auf dem Flur, ein Handtuch über dem Arm. Er lächelte auf seine typische Weise. Ich erschrak ein wenig und war froh, dass ich mir mein Sleep-Shirt übergeworfen hatte, das fast bis zu den Knien herabreichte.

»Ablösung wartet schon«, grinste er – und konnte sich's nicht verkneifen, einen kurzen Blick auf meine nackten Beine zu werfen.

»Oh … na dann … viel Spaß«, sagte ich verlegen.

Ohne den Blick von mir zu lösen, ging er an mir vorbei ins Bad und schloss die Tür.

Viel Spaß? Wie kam ich auf so einen blöden Spruch?

Glaubte ich etwa, er würde da drinnen dasselbe tun, was ich fast getan hätte? Und dabei an mich denken, so wie ich an Leander?

Du und deine schmutzige Phantasie, Liv!

Eigentlich wollte ich nichts mehr, als mich in meinem Zimmer zu verkriechen, um endlich in Ruhe telefonieren zu können. Auf dem Weg durchs Wohnzimmer jedoch sah ich Mama, die immer noch draußen auf der Terrasse saß. Die Kerze war heruntergebrannt und die Sherryflasche fast leer, aber Mama machte keine Anstalten, aufzustehen oder den Tisch abzuräumen. Stattdessen blickte sie in den nächtlichen Garten hinaus. Woran sie wohl dachte?

»Nacht, Mama«, rief ich, obwohl ich sie eigentlich in ihren Gedanken nicht stören wollte.

Sie wandte sich um. »Schon ins Bett?«

»Es war ein langer Tag.«

»Komm doch noch einen Moment nach draußen«, lud sie mich ein.

Mama war so … seltsam. Etwas befangen blickte ich sie von der Seite an, während sie weiter in den Garten hinaussah. Oh nein … hoffentlich würde sie jetzt nicht so etwas sagen wie: »Für den Fall, dass Opa stirbt …« Ich wollte nicht darüber nachdenken, was dann geschehen würde – schon gar nicht über so schreckliche Dinge wie die Auflösung seines Haushalts oder den Verkauf dieses Hauses, an dem ich immer noch hing.

»Felix ist wirklich ein sehr sympathischer junger Mann«, sagte sie plötzlich.

Ich seufzte.

Okay, also daher weht der Wind.

»Ist mir schon klar, dass du ihn toll findest«, sagte ich etwas genervt. »War ja auch deutlich zu merken.«

»Nun sei doch nicht gleich so aggressiv!« Mama rückte zwei Gläser heran, teilte den Rest des Sherrys auf und schob das eine Glas zu mir herüber. »Lass uns noch einen Schluck trinken.«

Ich nickte stumm und nahm das Glas.

»Ich denke einfach«, begann Mama erneut – und ich merkte, dass sie ihre Worte sehr vorsichtig wählte, »dass du ihn vielleicht nicht so zu schätzen weißt, wie er es verdient.«

»Natürlich weiß ich ihn zu schätzen«, widersprach ich. »Er ist ein wirklich guter Freund. Immer da, wenn man ihn braucht.«

»Genau das meine ich«, sagte Mama. »Vielleicht bist du einfach noch zu jung, um zu erkennen, wie wichtig solche Eigenschaften sind. Dass ein Mann zuverlässig ist und dass er dich sicher durchs Leben bringen kann.«

Ich ahnte, worauf sie hinauswollte, und schwieg.

»Felix wäre ein solcher Mann«, fuhr sie fort. »Einer, bei dem du in guten Händen wärst. Eines Tages wird er die Werkstatt seines Vaters übernehmen, ein festes Einkommen haben und eine Familie gründen. Und die Frau, mit der er das tut, wird er, glaube ich, auf Händen tragen. Er sieht gut aus, hat Humor, aber auch Ernst genug, um mit beiden Beinen fest im Leben zu stehen. Weißt du, ich frage mich … was du tun würdest, wenn du wüsstest, dass er dich gern hat. *Sehr* gern.«

»Das weiß ich«, sagte ich, unwillkürlich mit einer Spur von Schärfe in der Stimme. »Habt ihr das zusammen ausgeknobelt, während ich in der Dusche war?«

»Ach, Olivia, nun flipp doch nicht gleich wieder aus! Gar nichts haben wir *ausgeknobelt*. Ich hab mich nur ein wenig mit ihm unterhalten – auch über dich.«

»Na toll! Dann hat er dir sicher auch erzählt, dass ich nichts von ihm will. Und wehe, du hast ihm irgendwelche Hoffnungen gemacht.«

»Natürlich nicht, das geht mich ja auch gar nichts an …«

Oh ja, da hatte sie zur Abwechslung mal verdammt recht.

»… aber ich wollte mit dir darüber reden. Einfach, weil ich denke, dass du dir vielleicht … eine Chance entgehen lässt.«

Ich seufzte. »Mama. Ich bin mit *Leander* zusammen! Geht das nicht in deinen Kopf?«

Zu meinem Erstaunen seufzte auch sie. »Ach, Olivia … vielleicht hab ich einfach Sorge, dass du einen ähnlichen Fehler machst wie ich damals. Ich war neunzehn, als ich mit deinem Vater zusammenkam. Und ich hab mich … blenden lassen. Ich wusste, dass er ein Träumer war und eine Menge Flausen im Kopf hatte, aber ich dachte nicht darüber nach, was es bedeuten könnte, ein normales Leben mit ihm bestehen zu müssen. Eine Existenz aufzubauen, Kinder aufzuziehen, Rechnungen zu bezahlen. Das bisschen Geld, das seine Tischlerei einbrachte, reichte gerade mal für die Miete. Und statt sich hochzuarbeiten, hat er seine Zeit damit vertan, an den Bäumen im Hof herumzuschnitzen. Ich meine: Es ist schon rührend, wenn einem zum Heiratsantrag ein handgeschnitztes Herz überreicht wird, aber …«

»Das hat er getan?«, hakte ich erstaunt nach. »Dir ein geschnitztes Herz geschenkt?«

»Aus Eichenholz.« Mama nickte. »Weil er sich Ringe nicht leisten konnte.«

Nachdenklich schwieg ich. Und auch Mama schien die

Erinnerung mehr zu berühren, als sie zugeben mochte, denn sie wandte das Gesicht ab, um wieder in den Garten hinauszublicken.

»Worauf ich hinauswill, Olivia ... verliebt zu sein ist gut und schön, aber ein gemeinsames Leben zu bestehen ist etwas ganz anderes. Hast du jemals darüber nachgedacht, wie du dir das mit deinem ... Leander ... vorstellst? Womit soll er einmal Geld verdienen? Er kann doch überhaupt keinen normalen Job machen. Wo und wie wollt ihr wohnen? Wenn ihr Kinder habt, wer wird sie zum Spielplatz bringen oder von der Schule abholen? Und wenn es mir einmal so gehen sollte wie heute Opa ...« Ihre Stimme schwankte ein wenig. »... wer wird dich dann zu mir ins Krankenhaus fahren? Er sicher nicht.«

Die Wut, die sich bereits in mir aufgebaut hatte, flaute ein wenig ab. Ich begriff, dass sie sich wirklich Sorgen machte – und dass sie Angst hatte. Opas Krankheit hatte sie daran erinnert, dass das Leben verdammt ernst sein konnte, auch wenn sie das in letzter Zeit, dank Andy, ein wenig vergessen hatte.

»Mama«, begann ich vorsichtig. »Weißt du, was Opa mir heute gesagt hat? Er sagte: Leben oder sterben ist gar nicht so wichtig. Wichtig ist, dass man das Leben mit dem richtigen Maat verbringt, wie er sich ausdrückte.«

Mama brachte ein schwaches Schmunzeln zustande. »Ja, das klingt ganz nach Opa.«

»Vielleicht hat er ja recht?«

»Mag sein, aber wer ist der richtige Maat?«

»Der, den man liebt.«

»Liebe bezahlt keine Rechnungen, Olivia.«

»Bezahlt Andy deine Rechnungen?«, platzte ich heraus. »Okay, er könnte es bestimmt, er hat einen guten

Job. Aber das ist sicher nicht der Grund, warum du ihn bei dir haben willst.«

Mama schwieg. Zuerst war ich etwas erschrocken, denn ich dachte, ich hätte sie gekränkt – doch das war es nicht. Sie schien tatsächlich sprachlos zu sein. Die Art, wie sie die Stirn in Falten zog, verriet, dass sie ernsthaft nachdachte.

Ich fühlte mich ermutigt und setzte noch eins drauf.

»Und was Papa betrifft … war es denn wirklich so ein schlimmer Fehler, ihn zu heiraten?«

Mama seufzte. »Letzten Endes wohl schon. Ich hab einfach zu wenig nachgedacht.«

»Du warst verliebt – oder nicht? Das ist etwas anderes als bloß Gedankenlosigkeit. Und er muss dich auch geliebt haben«, schloss ich. »Jedenfalls finde ich das mit dem Herz aus Holz eine ziemlich geniale Idee. Wenn das alles mit ihm und dir wirklich nur ein Fehler gewesen wäre …« Ich scheute mich ein wenig davor, den nächsten Gedanken auszusprechen, denn er tat weh. »… dann wäre ich ja auch ein Fehler gewesen. Oder nicht? Schließlich würde es mich sonst ja gar nicht geben.«

Diesmal dauerte das Schweigen sehr lange. In der Stille hörte ich mein Herz klopfen und fragte mich, ob ich vielleicht zu weit gegangen war. Dann aber tat Mama etwas, das sie so noch nie getan hatte: Sie stellte ihr leeres Glas ab, rückte ihren Stuhl zu mir heran und nahm mich in die Arme. Erschrocken bemerkte ich, dass sie weinte.

»Sag doch nicht so was, Livie. Natürlich bist du kein Fehler, mein liebes Kleines!«

Eine Weile hielten wir uns stumm fest, und auch mir wurde ganz eng im Hals. Hatte sie mich eben wirklich zum ersten Mal Livie genannt? So nah hatte ich mich ihr noch nie gefühlt – und ich glaubte zu spüren, dass sie mich endlich verstanden hatte.

Es war schon spät, als ich in mein Kinderzimmer zurückkehrte und rasch mein Handy hervorkramte. Leander wartete bestimmt schon ungeduldig auf ein Lebenszeichen von mir. Offenbar hatte Nessie ihn später noch telefonisch erreicht und über die Ereignisse aufgeklärt. Ich schrieb ihr eine kurze Nachricht und bat sie, weiterhin wegen Felix dichtzuhalten.

Eigentlich wusste ich gar nicht, warum ich Leander nicht die Wahrheit sagen wollte. Es war einfach so ein Gefühl. Sicher wäre er nicht davon begeistert gewesen, dass ich gerade mit seinem Rivalen unter einem Dach schlief.

»Liv! Endlich! Geht's dir gut?«

Als ich seine vertraute Stimme hörte, war mir schon wieder nach Heulen zumute. Ich versuchte mich zusammenzureißen und berichtete kurz, wie es Opa ging.

»Es war furchtbar, ihn so zu sehen«, schloss ich zittrig.

»Das kann ich mir vorstellen. Ich weiß ja, was er dir bedeutet – dein Fels in der Brandung.«

Bei diesen Worten konnte ich die Tränen nicht mehr zurückhalten.

»Hey, meine Süße … es wird alles gut! Ich bin bei dir. Stell dir einfach vor, ich halte dich jetzt ganz fest im Arm.«

Seine weiche Stimme goss literweise Wärme in mein Herz.

»Kannst du bitte mal dein T-Shirt hochheben und dir vorstellen, dass du deinen Bauch gegen meinen drückst?«, bat ich, als ich mich wieder ein wenig beruhigt hatte. »Ich brauche das gerade ganz doll.«

»Okaay«, sagte er verwundert.

»Auch wenn du das vielleicht albern findest, aber … immer wenn ich an deinem Bauch bin, fühle ich so einen warmen Strom zwischen uns fließen«, gestand ich. »Es ist ganz merkwürdig, wie eine magische Verbindung. Es fühlt sich an wie Auftanken. Lach nicht.«

»Ich lache ganz bestimmt nicht, wenn du mir so etwas Wundervolles erzählst«, sagte er und senkte die Stimme noch ein wenig tiefer. »Oder lachst du etwa, wenn ich dir sage, dass ich dich ebenso fühlen kann? Ich spüre dich an mir, auch wenn du nicht da bist: deine weiche Haut, deine herrlichen Haare, deine Hände auf mir. Dein Duft ist in meiner Nase, sobald ich an dich denke.«

Ich war ganz überwältigt von seinen Worten.

»Immer weißt du, wie du mich trösten kannst«, schniefte ich.

»Ich sage das nicht, um dich zu trösten, sondern weil es die Wahrheit ist. Ich vermisse dich unbeschreiblich. Komm her … und küss mich.«

»Ich würde noch ganz andere Sachen tun, wenn ich jetzt bei dir wäre«, hauchte ich.

Er seufzte. »Bald, meine Liebste, bald. Dann darfst du alles mit mir tun, was du willst. Wirklich *alles*«, raunte er so erotisch, dass ich aufstöhnte – worauf er sofort ansprang. »Ohh, bitte nicht, Liv! Du weißt, was passiert, wenn du mich anstöhnst.«

»Ähm, ja – ’tschuldigung.« Ich schmunzelte. »Aber du bist selbst schuld! Was musst du auch wieder mit dieser verruchten Hotline-Stimme reden. Du brauchst mich ja nicht mal zu berühren, um mich anzukurbeln.«

»Liv, pass auf, was du da sagst – sonst komme ich noch auf Ideen, die im Moment reichlich unpassend sind …«

»Was denn für Ideen?«, fragte ich neckisch.

»Das willst du nicht wirklich wissen. Nicht jetzt, wo du gerade so in Sorge bist.«

»Aber vielleicht könnte ich gerade jetzt ein wenig Ablenkung gebrauchen. Also erzähl mir, woran du denkst.«

»Na gut, auf deine Verantwortung.« Er atmete tief durch. »Also … ich stelle mir gerade vor, wie du im Bett liegst und … dich selbst berührst, während wir miteinander reden. Und wie du dir dabei vorstellst, dass deine Hände meine sind, und wie du mir erzählst, was du tust – und ich dir erzähle, was ich gerne mit dir tun würde, wenn ich bei dir wäre.« Seine Stimme wurde immer leiser.

Mir stockte der Atem. »Du meinst, ich soll …? Aber das ist doch megapeinlich! Ich kann mich doch nicht einfach so vor dir … gehenlassen«, flüsterte ich und merkte im selben Moment, was für einen Blödsinn ich redete.

»Vor nicht mal zwölf Stunden hast du dich das letzte Mal in meinen Armen gehenlassen«, erinnerte er mich leise. »Eigentlich sollte uns gar nichts mehr peinlich sein, oder?«

Ich lief knallrot an. »Da hast du wohl recht. Aber es ist schon etwas anderes, sich live zu spüren oder … die Fernbedienung zu drücken.«

»Hat aber beides seinen Reiz, oder?«, raunte er dunkel.

»Zweifellos«, gab ich zu. »Aber nur unter einer Bedingung: wenn du mitmachst.«

»Du glaubst doch nicht, dass ich tatenlos zuhöre, wie du mir ins Ohr stöhnst?«

Mir rauschte das Blut ins Kellergeschoss. »Das würde ich ja gerne mal sehen.«

»Aber du hast doch schon alles, ähm … in Großaufnahme gesehen«, sagte er mit leicht verlegenem Unterton.

»Ohh ja, und wie«, stöhnte ich bei der Erinnerung an seinen heftigen Vulkanausbruch heute Mittag.

Sein Atem ging hörbar schwerer. Meiner jetzt auch.

»Okay, jetzt hast du erreicht, was du wolltest«, seufzte ich. »Ich schwimme.«

Er keuchte. »Oh Gott, Liv, du machst mich fertig! Entweder du legst jetzt sofort auf, oder du schließt deine Tür ab und …«

»Berühr mich, Leander«, flüsterte ich. Und dann löschte ich das Licht.

27. ACHTERBAHN DER GEFÜHLE

Am nächsten Morgen gab es gute Nachrichten: Opa ging es deutlich besser, schon heute Nachmittag sollte er auf die normale Station verlegt werden. So ließen wir uns Zeit mit dem Frühstück und waren ziemlich guter Laune, als wir uns gegen elf auf den Weg ins Krankenhaus machten. Opa saß aufrecht im Bett, als wir in sein Zimmer kamen, und lächelte verschmitzt. Er schien so gut beieinander, dass Mama sichtlich ein ebenso großer Stein vom Herzen fiel wie mir.

»Ich werde übers Wochenende bleiben und mich um das Haus kümmern«, versprach sie.

»Das ist lieb, Deern«, sagte Opa. »Macht euch mal keine Sorgen. Der alte Käpt'n ist schon wieder ganz gut zuwege.« Er wandte sich mir zu und zwinkerte. »Aber du, Livie, du kannst dann mal nach Huus fahren.«

»Meinst du wirklich?«, fragte ich.

»Hier schwarwenzeln schon genug Lüüt mit Sorgenmiene um mich rum, das langt. Mach dir lieber 'ne schöne Tied mit deinem Leevsten und hab Spaß!«

Das gab den Ausschlag, und so entschied ich mich tatsächlich, am Nachmittag mit Felix zurückzufahren.

Es dauerte eine Weile, bis Opas Worte in meinem Herzen angekommen waren. Doch als wir auf der Autobahn im Stau standen und Felix genervt an seiner kaputten Klimaanlage herumdrehte, hatte ich auf einmal Lust, laut zu singen. Als hätte ich Brausepulver im Nacken, spürte ich plötzlich einen Energieschub, der irgendwo hinmusste. Ich drehte die Musik auf und tanzte mit dem Oberkörper zu »Highway To Hell« von AC/DC. Felix sah mich zuerst fast erschrocken an. Dann aber machte er mit – Fenster aufgerissen, Anlage aufgedreht. Wir mussten wirken wie zwei Verrückte, an denen die Leute kopfschüttelnd und vogelzeigend vorbeirollten. Als wir wieder freie Fahrt hatten und mein Energieflash einem wohligen Wärmegefühl im Bauch Platz gemacht hatte, lehnte ich mich entspannt zurück und lächelte vor mich hin.

»Ähm, Liv, ich wollte dich noch was fragen«, begann Felix zögernd und stellte die Musik aus. »Ich hab mich bisher nicht getraut, weil du so traurig warst.«

»Was denn?«, fragte ich mit einem mulmigen Gefühl. Bitte nicht *das* Thema, flehte ich innerlich.

»Also, dein Opa hat doch gesagt, du sollst dich ablenken und Spaß haben. Da hab ich mir gedacht, ob du vielleicht Lust hast, am Samstag zu uns zu kommen. Meine Eltern feiern Silberhochzeit.«

»Silberhochzeit?«, platzte ich entsetzt in seine Worte. »Du meinst: Im engen Abendkleid mit furchtbar langweiligen Leuten an einer Tafel rumsitzen, ekligen Rinderbraten essen und nach der Musik eines betrunkenen Alleinunterhalters Walzer tanzen?«

Er lachte laut auf. »Quatsch, doch nicht so 'n Spießerscheiß! 'ne zünftige Bikerparty, was denn sonst? Pfff… Walzer tanzen – also echt!«

»Ich bin als Kind mal auf so einer furchtbaren Veranstaltung gewesen«, sagte ich wenig begeistert. »Das war so ätzend. Ich hab aus Langeweile das halbe Büfett aufgefuttert und den Rest des Abends gekotzt!«

»Oh Mann, du Arme«, kommentierte Felix. »Nee, du weißt doch, wie meine Alten drauf sind. Die ganze Motorradclique wird da sein. Sven, Nessie und Nadine kommen auch. Also, wenn du nichts Besseres vorhast …«

Ich ließ mir die Sache durch den Kopf gehen.

»Du darfst natürlich auch deinen … ähm … Freund mitbringen«, fügte Felix noch hinzu.

Erstaunt riss ich die Augen auf. »Das war jetzt 'n Scherz, oder?«

»Na ja, ich dachte nur …«, brummelte er, »ich sollte es wenigstens angeboten haben.«

»Nett von dir. Aber das ist ganz sicher keine gute Idee. Außerdem ist er dieses Wochenende gar nicht da. Seine Band hat einen Auftritt bei der Kitesurf-WM in St. Peter-Ording.«

»Cool!« Er pfiff anerkennend. »Die Typen scheinen's ja echt draufzuhaben, wenn die bei solchen Großveranstaltungen auftreten.«

»Du hast sie doch gehört! Die sind wirklich gut. Leider lösen sie sich bald auf, weil sie kaum noch Zeit haben.«

»Schade. Mal abgesehen davon, dass ich eifersüchtig auf einen blinden Musiker bin, fand ich ihren Auftritt beim Stadtfest ziemlich klasse.«

»Wow«, sagte ich nur. Ich hatte ihm nicht zugetraut, dass er das trennen konnte.

»Also was meinst du?«, kam er auf seine Frage zurück. »Allein zu Hause Trübsal blasen – oder ein bisschen abfeiern und Spaß haben?«

»Ich werd's mir überlegen. Kann ich das Samstag spontan entscheiden?«

»Klar. Wenn du da bist, bist du da.« Er lächelte wieder sein warmes Felix-Lächeln. »Und wenn nicht – na ja, schade wäre es schon.«

Leanders Anruf musste ich während unserer Autoparty überhört haben. So erfuhr ich erst davon, als wir eine Rast einlegten:

»Es tut mir so leid, Süße, aber wir fahren doch schon heute Abend los. Lasse fürchtet den Freitagsstau auf der A23. *Ich würde dich so gern noch mal in den Arm nehmen. Ich melde mich, wenn wir losfahren, muss jetzt packen. Bis dann, meine Liebste.«*

Als ich mit betretenem Blick zum Auto zurückkam, schaute Felix mich fragend an. »Was ist? Geht's dir nicht gut?«

»Alles okay«, seufzte ich. »Bin nur gerade versetzt worden.«

»Du … ihr … seid ihr jetzt eigentlich so *richtig* zusammen?«

»Kann man denn *falsch* zusammen sein?«

»Na ja, ich meine: Ist das was Ernstes mit euch?«

»Darüber sollten wir nicht reden, Felix. Ist besser.«

»Schon gut. Geht mich ja auch nichts an.« Er seufzte tief und startete den Wagen.

Ich war ziemlich alle, als wir endlich nach mehr als zweieinhalb Stunden zu Hause ankamen. Felix brachte mir die Tasche bis an die Haustür und wollte sich schon wieder umdrehen, als ich ihn am Arm festhielt.

»Warte, Felix«, sagte ich sanft. »Ich hab mich noch gar nicht richtig bei dir bedankt – das war wirklich sehr lieb von dir, dass du mich gefahren hast, und überhaupt … Du hast was gut bei mir.«

Er blickte zu Boden. »Ist doch selbstverständlich.«

»Nein, das ist es nicht. Nun komm schon her …« Ich zog ihn in meine Arme.

Doch dann machte ich einen entscheidenden Fehler: Ein paar Sekunden zu lange blieb ich vor ihm stehen, während seine Hände noch auf meiner Taille ruhten. Er sah mir tief in die Augen – und ich in seine. Ein trauriges Glitzern blitzte darin auf, aber nur kurz. Dann fingen seine braunen Augen an zu leuchten, schienen aus der Tiefe heraus zu glühen. Wie liebevoll er mich anlächelte – ich war wie gebannt und konnte weder wegsehen noch mich rühren. So wehrte ich mich auch nicht, als sein Gesicht sich langsam näherte … als seine Lippen meinen Mundwinkel streiften … und als er mich vorsichtig küsste. Erst als unsere Lippen sich öffneten und der Kuss intensiver wurde, kitzelte irgendein störender Gedanke, den ich nicht ganz greifen konnte, meinen Nacken. Aber da war es längst zu spät. Ich küsste Felix zurück, und zwar richtig. Und es fühlte sich schön an. Irgendwie.

Ganz langsam lösten wir uns voneinander. Einen Augenblick hielten wir uns noch an den Händen, bevor ich einen Schritt zurücktrat.

»Oh Shit!«, flüsterte ich.

»War es so schlimm?«, fragte er sanft.

»Nein. Natürlich nicht. Aber …«

Wieder sah er mich an. Gott, diese Tiefe …

»Aber was?«

»Felix, ich …« Scheiße, wieso brannten jetzt plötzlich meine Augen? Ich blickte zu Boden. »Das hätten wir nicht … es tut mir leid.«

Ohne ihn noch einmal anzusehen, drehte ich mich um und verschwand in der Haustür. Was zur Hölle hatte mich da eben geritten? Blind vor Tränen taumelte ich durch den Flur, stürzte in mein Zimmer, warf mich aufs Bett und ergab mich einem hemmungslosen Heulkrampf.

Alle möglichen Bilder stürzten auf mich ein – der ganze Kummer und die Angst der letzten beiden Tage, aber auch Erinnerungen an all die schönen Momente, die ich mit Felix gehabt hatte. Kleine Schnappschüsse von fröhlichen Szenen, in denen alles noch unkompliziert gewesen war: sein verschmitztes Lächeln, als er meine Fahrradkette repariert hatte; seine tröstende Hand auf meiner im Auto; der Delphinanhänger … und immer wieder dieser liebevolle Blick aus seinen haselnussbraunen Augen.

All das und noch viel mehr hätte ich haben können, wenn ich mich anders entschieden hätte. Aber hatte ich denn wirklich eine Wahl gehabt?

Ja, Liv, definitiv. Wenn du ein wenig Geduld gehabt hättest … Dann wäre aus der kleinen, warmen Glut vielleicht mit der Zeit ein Feuer geworden. Mit Felix wäre alles leicht und unkompliziert: Er wäre ein starker Beschützer an deiner Seite, der sich nicht allzu viele Gedanken macht. Ein praktischer Mann, lebenslustig und gesellig – und du wärest durch und durch zufrieden, ganz sicher.

– Ja, genau, wie Mama gesagt hat. Aber ich will nicht nur zufrieden *sein, ich bin doch noch keine dreißig. Ich will mehr!*

Aber wieso bin ich dann so durcheinander?

Luft! Das war es, was ich brauchte. Ich riss meine Terrassentür auf und trat nach draußen. Tief sog ich die schweren Düfte des Sommers ein, trank sie mit geschlossenen Augen – und dachte plötzlich an diese Vampirsaga. War Felix mein *Jacob*, während Leander so was wie *Edward* verkörperte, dem ich vom ersten Augenblick an verfallen war?

Ach, was sollte dieser bescheuerte Vergleich – das Leben war nun mal kein Roman, auch wenn ich es manchmal gerne so gehabt hätte. Ich wollte keine Romanfigur sein, die dem Willen ihres Autors ausgeliefert war. Lieber wollte ich meine eigene Geschichte schreiben.

Und dieser Gedanke riss mich endlich aus meiner Trübsal. Ich hatte mich doch längst entschieden! Ich hatte mich auf meine Gefühle verlassen, auf mein Herz gehört. Und es fühlte sich richtig an.

Trotzdem tat es weh. Warum nur?

Weil du Felix magst, ganz einfach.

– Aber ich liebe ihn nicht. Ist es das?

Genau. Und das musstest du vorhin da unten an der Haustür austesten.

Aber *liebte* ich denn Leander? War es dafür nicht zu früh? Zwischen uns war so unglaublich viel Gefühl, aber war das vielleicht nur … Begehren?

Nein, es war mehr. Viel mehr.

Plötzlich wollte ich nichts lieber als bei Leander sein. Wollte ihn sehen, seine wundervolle Stimme hören, die mir immer so liebe Sachen sagte, wollte ihn riechen, schmecken, ihn ganz dicht an mir spüren – in mir …

War ich jetzt komplett verrückt geworden? Gerade noch hatte ich Felix geküsst, und schon sehnte ich mich nach Sex mit Leander – ich sollte dringend mal kalt duschen!

Mein Handy klingelte – Mama. Auch aus der Ferne hatte sie noch das unglaubliche Talent, in den unpassendsten Augenblicken zu stören. Seufzend hob ich ab.

»Hallo, Olivia. Ich wollte nur wissen, ob ihr immer noch im Stau steckt.«

»Nein, wir sind vor einer halben Stunde angekommen. Alles okay. Und bei euch?«

»Ebenso. Opa fängt schon an, die Schwestern zu nerven, weil er unbedingt sein Krabbenbrötchen haben will. Das ist ein gutes Zeichen. Sag mal, kannst du mir einen Gefallen tun?«

»Was denn?«

»Könntest du meine Gummiclogs und die alten Gartenklamotten aus dem Keller holen? Ich will mich bei Opa ein bisschen um die Beete kümmern. Er hat mir verboten, den ganzen Tag bei ihm im Krankenhaus *herumzulungern*, also muss ich mich irgendwie beschäftigen. Andy wollte am Wochenende hier hochkommen und mir helfen. Er würde die Sachen dann morgen nach der Arbeit abholen.«

»Klar, mach ich.«

»Kommst du denn zurecht? Ich hab dir genug Geld dagelassen, falls du etwas brauchst. Du weißt ja, wo.«

»Danke. Ich pass schon auf, dass die Bude nicht abfackelt.«

»Und bitte keine Partys, ja?«

»Mama! Wann hab ich jemals zu Hause Partys gefeiert?«

»Schon gut. Ich mein ja nur.«

»Vielleicht gehe ich mit den Mädchen feiern. Leander ist am Wochenende übrigens nicht da, wenn dich das beruhigt.«

»Ich habe nichts gesagt.«

»Ich weiß.«

»Also gut. Dann pass auf dich auf, ja?«, sagte Mama betont freundlich.

»Ja, du auch. Gib Opa einen Kuss von mir.«

»Mach ich, tschüss.«

Eigentlich hätte ich mir jetzt genüsslich selber leidtun

können: Da hatte ich ein ganzes Wochenende sturmfreie Bude, und ausgerechnet jetzt war mein Freund nicht da. Also keine Sexorgien auf dem Küchentisch, und auch keine wilden Koma-Partys im Wohnzimmer. Ging Teeniesein nicht irgendwie anders?

Das Einzige, was mich gerade an mein Alter erinnerte, war meine Sprunghaftigkeit. Nessie färbte wohl langsam auf mich ab. Eben noch zu Tode betrübt, war mir jetzt nach lauter Musik und Tanzen. Ich drehte meine Anlage auf und dröhnte die Nachbarn mit der Rockmusik-CD zu, die Leander mir gebrannt hatte. Einfach draufloszutanzen, ohne drauf zu achten, wie es aussah, war befreiend.

Das wiederholte Türklingeln hörte ich erst, als zufällig ein Song zu Ende ging. Ich fegte zur Tür.

»Leander?!«

Atemlos zog ich ihn an mich und küsste ihn, bevor er irgendetwas sagen konnte.

»Ähm … hallo erst mal«, lachte er, als ich ihn freigab. »Das ist ja ein toller Empfang!«

»Was machst du hier? Ich dachte, ihr seid schon auf dem Weg nach St. Peter.«

»Sind wir auch, eigentlich. Aber ich wollte dich wenigstens noch mal in den Arm nehmen – bevor wir uns eine halbe Ewigkeit nicht mehr haben.«

»Warten die anderen etwa draußen?«

»Nein. Ich hab Lasse überredet, mich hier abzusetzen. Die anderen kaufen noch schnell ein paar Vorräte ein. Dauert wahrscheinlich nur eine halbe Stunde, aber immerhin. Oder komme ich ungelegen?«

»Ich bin so froh, dass du da bist! Komm rein.«

Auf dem Weg in mein Zimmer wurde die Musik immer lauter.

»Hast du gerade Party gefeiert?«, rief er über den Lärm hinweg.

»Sorry, ich mach leiser – oder besser aus.«

»Nein, leise reicht.«

»Was hast du da eigentlich in der Tüte?«, fragte ich, als ich ihn aufs Bett zog.

»Oh, das ist … ähm … für dich. Die Jungs sollten es nicht unbedingt sehen, weil … na ja … es ein bisschen peinlich ist.«

»Warum? Kann man es aufblasen?« Ich kicherte wie blöde. Mann, war ich überdreht.

»Aufblasen?« Er legte den Kopf schräg. »Sag mal, Schatz, hast du irgendwas Illegales eingeworfen? Du bist so aufgekratzt.«

»Nein.« Ich räusperte mich. »Sorry, ich bin nur ein bisschen durchgeknallt – der ganze Stress. Vielleicht bin ich auch schon mitten im prämenstruellen Syndrom oder so.« Das war überhaupt die einleuchtendste Erklärung für meine Stimmungsschwankungen!

Er kicherte. »Knallst du denn jeden Monat so durch? Dann müsste ich mir vielleicht ein paar passende Gegenmaßnahmen überlegen.«

Er kitzelte mich, bis ich japsend um Gnade bat und auf dem Rücken liegen blieb.

»Mach mal die Augen zu, du Kichererbse.« Er hob den Saum meines T-Shirts an und schob etwas Weiches darunter bis ganz nach oben durch.

»Ohh, schön weich … darf ich die Augen aufmachen?«

»Ja.«

Ein grüner Plüschkopf mit Kulleraugen unter dicken Augenbrauen glotzte mir aus meinem Ausschnitt entgegen.

Ich quietschte vor Freude. »Oskar!« Das kleine Plüschmonster – ich liebte Oskar aus der *Sesamstraße* – bewachte sonst das Kopfende von Leanders Bett.

»Ich dachte, vielleicht kann er als kleiner Ersatz für mich herhalten, solange ich weg bin. Damit du was zum Knuddeln hast und hin und wieder an mich denkst. Ich weiß, das ist kitschig, aber …«

Stürmisch fiel ich ihm um den Hals. »Das ist sooo süß! Überhaupt nicht kitschig, im Gegenteil.« Ich knuddelte Oskar und schnupperte an ihm. »Mmmh, er duftet nach dir.«

»Er durfte heute Nacht extra deswegen bei mir schlafen«, gab er zu.

»Echt? Neid … aber du hast doch keine unsittlichen Sachen mit ihm gemacht, oder?«

»Spinnst du? Ich bin doch kein Monsterschänder!«, kicherte er. »Außerdem hattest du mich ziemlich satt gemacht, schon vergessen?«

Ich wurde knallrot und wagte nicht, die Erinnerungen an letzte Nacht heraufzubeschwören. Stattdessen küsste ich ihn heftig und lange.

»Aber eins kann Oskar nicht ersetzen«, hauchte ich, als ich von Leander abließ. »Komm, Bauch …«

Ich zog sein T-Shirt hoch und rutschte mit meinem ebenfalls entblößten Bauch ganz dicht an ihn heran. Seufzend schloss ich die Augen und spürte tief in meinem Innern das, was ich so vermisst hatte: diesen magischen, glühenden Energiestrom zwischen uns. Leander hielt mich ganz fest und sog den Duft meiner Haare ein, während er mich sanft schaukelte. In diesem Moment fühlte ich mich unendlich geborgen, so … *ganz*. Die blöde Überdrehtheit war auf einmal weg und hatte einem tiefen

Gefühl von Verbundenheit Platz gemacht, das mein ganzes Inneres zum Leuchten brachte.

Wir lagen einfach da und ließen den Strom fließen. Ich wurde innerlich ganz ruhig und war gleichzeitig berauscht von Leanders Wärme, seinem Duft, von seinem ganzen Wesen, das mich einzuhüllen und zu durchdringen schien.

Im Hintergrund lief leise Metallicas berühmte Ballade und erzählte vom Vertrauen. Und nichts anderes war in diesem Moment von Bedeutung – *nothing else matters* …

Zärtlich streichelte Leander über meine Haare und schmiegte seine Stirn an meine – diese liebevolle Geste, die bei uns das Tief-in-die-Augen-Schauen ersetzte.

»Ich liebe dich, Liv.«

Es war nur ein Flüstern, doch die Bedeutung der Worte hallte so laut, als würde ich inmitten eines riesigen Sinfonie-Orchesters stehen – sie durchdrang jede Pore, überflutete jede Zelle in mir. Ich vergaß zu atmen.

»Was?«, hauchte ich.

»Ich liebe dich. So sehr …«, raunte er in mein Ohr.

Und endlich erreichten seine Worte auch meinen Verstand.

»Das hat noch nie jemand zu mir gesagt«, flüsterte ich.

»Ich hab das auch noch nie zu jemandem gesagt«, gab er zu.

Ich fand keine Worte. »Ich …«

Er legte den Finger auf meine Lippen. »M-m. Sag nichts, nur weil du denkst, dass man das so macht. Erst wenn du nicht mehr anders kannst – so wie ich gerade. Ich wäre geplatzt, wenn ich es nicht ausgesprochen hätte.« Er strich mir eine Haarsträhne hinters Ohr. »Küss mich.«

Und wie ich das tat.

28. THE HEAT OF THE MOMENT

»Also, wenn die immer so abgefahrene Silberhochzeiten feiern, will ich auch mal einen Biker heiraten«, schwärmte Nadine angesichts der Szenerie, die sich vor uns ausbreitete.

Das Grundstück hinter der Autowerkstatt war über und über mit Silber dekoriert: Schleifen und Girlanden aus Alufolie schmückten das Haus und die Büsche im Garten. Keiner der Gäste war festlich steif angezogen. Überall hingen Leute herum, wie man sie auch in jeder Bikerkneipe oder im OBI-Markt angetroffen hätte. Eine Schar Kinder tobte durch den Garten, der mit softer Rockmusik beschallt wurde.

Das also war die Silberhochzeit von Felix' Eltern. Nessie und Nadine hatten nicht viel Überredungskunst gebraucht, um mich zum Mitkommen zu bewegen. Selbst Leander hatte mir geraten, mich in seiner Abwesenheit ein wenig abzulenken. Auf dem Weg hierher waren wir noch zum Sonnenblumenfeld am Ortsausgang geradelt und hatten 25 Sonnenblumen gepflückt. Der Riesenstrauß war kaum zu tragen. Felix' Mutter freute sich riesig darüber und küsste uns alle drei. Sie hatte bereits einen im Tee, wie die meisten hier – dabei war es noch nicht mal zehn Uhr.

»Hey, da seid ihr ja!«, rief Felix, der uns eben entdeckt

hatte, und nahm jede von uns einmal in den Arm. Ich bekam als Einzige einen Kuss auf die Wange – was Nessie mit skeptisch erhobener Augenbraue zur Kenntnis nahm.

»Schön, dass du gekommen bist«, flüsterte er mir ins Ohr. Dann wandte er sich an Nessie. »Wo ist denn Sven?«

»Der kommt später«, antwortete sie. »Er hilft noch einem Kollegen privat – Steckdosen legen oder so. Sag mal, gibt's hier auch was zu essen? Hab einen Bärenhunger.«

Ich kicherte, weil Nessie schon vorhin zwei Toasts verdrückt hatte, als wir uns zum Stylen getroffen hatten. »Unser trächtiges Seeungeheuer kann einfach nicht genug kriegen. Gib ihr bloß schnell was zu essen, sonst kriegt sie wieder Stimmungsschwankungen.«

»Na, dann kommt doch einfach mit in die Küche«, sagte Felix und führte uns ins Haus.

In dem großen Wohnzimmer waren alle Möbel an die Wände gerückt, um eine Tanzfläche zu schaffen. Mehrere Ü40-Leute hüpften im Kreis, wobei sie einen komischen Song aus ihrer fernen Jugend mitgrölten: irgendwas von einem Flieger, der die Sonne grüßen sollte.

Schmunzelnd sah ich Felix an. »Okay, das ist wirklich was anderes als Walzer tanzen.«

»Sag ich doch!« Er lächelte und öffnete uns die Küchentür.

Nessie stürzte sich auf das kalte Büfett, das allerdings schon reichlich geplündert war. Die Mischung, die sie sich auf den Teller häufte, bestätigte sämtliche Schwangeren-Klischees: Mousse au Chocolat, garniert mit Gewürzgurken, daneben drei Frikadellen und ein Haufen Kartoffelsalat, den sie sorgfältig mit drei Erdbeeren garnierte.

»Bah, Nessie! Du bist ja schlimmer als ich, wenn ich Heißhunger hab«, meinte Felix.

»Da hätt'ste mal sehen sollen, was sie heute Nachmittag schon zum Kaffee verdrückt hat«, grinste Nadine.

»Mum hörp auf pfu läfperm«, nölte Nessie mit vollen Hamsterbacken. Wir prusteten los – es war ein Bild für die Götter! »Sehr witzig, haha! Sagt mir lieber, wo man sich gemütlich hinsetzen kann.«

Nessie wollte … *sitzen?* Ihre Hormone schienen tatsächlich verrücktzuspielen. Sonst konnte sie nie länger als zehn Minuten stillsitzen, nicht mal zum Essen. Aber kaum hatte sie die gemütliche Couch in der hintersten Ecke des Wohnzimmers in Beschlag genommen, war sie für die nächsten Stunden nicht mehr zum Aufstehen zu bewegen – es sei denn, um Nachschub zu holen.

»Was wollt ihr trinken?«, fragte Felix, als Nadine und ich eine Weile etwas verloren am Rand der Tanzfläche standen. »Nico ist für die Bar zuständig.«

Er zeigte auf seinen fünfzehnjährigen Bruder, der hinter einem improvisierten Tresen in der Diele stand. Nico – seinen gemeinen Spruch auf der Paddeltour hatte ich nicht vergessen. Er grinste breit und hatte schon ziemlich glasige Augen.

»Hey, Chicas!«, feixte er, als wir uns dem Tresen näherten, und glotzte mich mit großen Pupillen an. »Dich kenn ich doch – Lilli, oder?«

»Lass Liv in Ruhe, du Penner!«, ging Felix dazwischen. »Rück lieber das Bier raus, sonst setzt es was! Oder möchtet ihr was anderes?«, wandte er sich wieder uns zu. »Wir haben auch was zum Mixen da: Rum, Korn, Whisky, Wodka …«

»Nur solche harten Sachen?«, fragte Nadine. »Habt ihr keinen Sekt oder so was?«

»Alles, was du willst, Baby«, raunte Nico, die Stielaugen nun auf Nadines Oberweite geheftet. »Du kriegst 'ne ganze Flasche für dich allein, wenn du mit auf mein Zimmer kommst …«

Felix hob drohend die Hand. »Pass auf, was du sagst!«

»Lass nur, der Kleine hat bloß Samenstau«, diagnostizierte Nadine abwinkend. »Der soll sich lieber schnell einen runterholen, dann ist er wieder lieb – nicht wahr, du *Pickel?*« Dabei beugte sie sich lasziv über den Tresen und präsentierte ihr eindrucksvolles Panorama.

Nico riss die Augen auf und wurde knallrot. Dann trollte er sich unter Felix' drohendem Blick gehorsam in den Keller, um Sekt zu holen. Als er zurückkam, schnappte Nadine sich die Flasche und reichte ihm augenzwinkernd eine Packung Taschentücher. »Hier, die wirst du brauchen – viel Spaß!«

Felix und ich konnten uns kaum halten vor Lachen.

»Nadine, du bist so was von abgebrüht!«, kicherte ich, während wir uns zu Nessie aufs Sofa quetschten.

»Was hat sie gemacht?«, fragte Nessie, deren Teller inzwischen ratzekahl leer war.

»Meinem Bruder gezeigt, wer der Boss ist«, grinste Felix. »Hey, ich dachte, du sollst nicht saufen?«

»Mach ich ja auch nicht. Jedenfalls nicht offiziell«, sagte Nessie und kippte einen Schluck Sekt in ihren Orangensaft.

»Ich pass schon auf, dass es nicht ausartet«, versprach Nadine – und begann, sich nach männlicher Beute umzusehen.

Die Stimmung war spitzenmäßig. Als später auch noch Sven zu uns stieß, der dauernd schmutzige Witze riss, taten mir irgendwann vom Lachen die Wangen weh. Zugleich spürte ich ein inneres Unruhe-Kribbeln, denn Felix wich kaum von meiner Seite, auch wenn er nie zudringlich wurde.

Nessie und Sven knutschten inzwischen wie ein frisch verliebtes Pärchen in der Sofaecke, und Nadine war mit einem angetrunkenen Typen beschäftigt – also war ich dankbar für Felix' Gesellschaft, der mich mit hinaus in den Garten nahm.

»Was trinkst du da eigentlich?«, fragte ich, als er wiederholt die Eiswürfel in seinem Glas zum Rotieren brachte.

»Cola-Whisky«, antwortete er. »Nichts für schwache Nerven.«

»Darf ich mal probieren?«

»Wenn du willst.«

Ich nippte vorsichtig. »Hmm, lecker! Ich will auch so einen!«

»Ist da etwa jemand auf den Geschmack von harten Sachen gekommen?« Felix grinste. »Vorsicht, das Zeug hat vierzig Umdrehungen!«

Ich zwinkerte ihm mit meinem süßesten Lächeln zu.

Er grinste. »Okay, ich hol dir ein Glas.«

Nach dem ersten Cola-Whisky meines Lebens fühlte ich mich so relaxed wie schon lange nicht mehr. Das Zeug schlug wenigstens nicht auf den Magen wie Sekt oder Wein. Nach dem zweiten hatte ich plötzlich das dringende Bedürfnis, mich hinzusetzen. Felix legte den Arm um mich und führte mich wieder ins Haus. Drinnen, wo die Luft schlechter war, wurde mir nun doch ein bisschen schwummerig. Wir setzten uns wieder zu den anderen.

»Möchte noch jemand was aus der Bar?«, fragte Felix.

»Ja, mir kannst du ein Bier mitbringen«, bat Sven, der Nessie auf dem Schoß hatte.

»Geht's dir gut, Livie? Du guckst so glasig«, bemerkte Nessie mit einem Augenzwinkern, als Felix verschwunden war. »Lässt er auch schön seine Pfoten bei sich?«

»Pfff.« Fahrig zeigte ich ihr den Vogel und grinste wie ein bekifftes Honigkuchenpferd. »Feliggs is totallieb.«

Nessie kicherte. »Oh oh, wenn das mal gutgeht ...«

Mit dem Zeigefinger versuchte ich ungefähr in ihre Richtung zu zeigen. »Pass du lieba auff, dass dein Sven dir nich so doll annie Wäsche geht! Nachher kriegdas Baby noch'n Schogg.«

»Sag mal, Felix, musst du Livie so abfüllen?«, fragte Nessie vorwurfsvoll, als Felix mit den Getränken zurückkam. »Sie verträgt doch nichts, das weißt du genau.«

»Ich hab nichts verbrochen! Sie wollte unbedingt probieren.«

»Hey, reg dich ab! Liv kennt ihre Grenzen«, beschwichtigte Nadine.

»Livie?«, fragte Felix.

»Ja?«

»Hab ich dich etwa abgefüllt?«

»Nöö, binnimmanoch Junngffrau«, lallte ich kopfschüttelnd.

Die ganze Bande kicherte.

»Ups!« Ich schlug mir die Hand vor den Mund.

Hatte ich das eben wirklich gesagt? Nein, das war nicht ich – jemand musste mich geklont haben! Wie durch einen Nebel registrierte ich, wie Nessie kichernd ihr Gesicht an Svens Schulter verbarg und Felix mich mit weit aufgerissenen Augen anstarrte. Schnell grapschte ich mir das neue Cola-Whisky-Glas und nahm einen ordentlichen Schluck.

Die nächsten Minuten verbrachte ich mit genauen

Studien des Teppichmusters. War es hier drinnen immer schon so voller Leute gewesen? Mir kam der Raum auf einmal viel kleiner vor.

»Komm, trink mal einen Schluck Wasser zwischendurch«, sagte Felix fürsorglich und hielt mir ein Glas hin.

Bah, schmeckte das fad. Aber ich bildete mir ein, dass es mich im Kopf wieder etwas klarer machte. Plötzlich war mir nach Tanzen, und ich stand auf. Hatte der Boden schon immer so eine Wölbung gehabt? Es kam mir vor, als würde ich über einen Hügel laufen. Nadine war plötzlich an meiner Seite und hakte sich bei mir unter.

»Na komm, Livie, lass uns denen mal zeigen, was richtige Frauen draufhaben!«

Kichernd mischten wir uns unter die Tanzenden. Nadine legte gleich los und machte ausladende Bewegungen mit Armen und Hüften. Es dauerte eine Weile, bis ich mich traute, es ihr gleichzutun. Der Alkohol trug seinen Teil dazu bei, dass ich schließlich jegliche Hemmungen ablegte und mich in die Musik fallenließ.

Aus den Augenwinkeln registrierte ich, dass Felix sich in den Kreis der Zuschauer gestellt hatte. Und war das da hinten nicht das rote Shirt seines doofen Bruders? Na, egal, sollten sie glotzen.

Nach zwei Songs hatte mein Gehirn auf Stand-by geschaltet, und ich fühlte mich eins mit der Musik. Von meiner Umgebung bekam ich nichts mehr mit außer Farbschlieren, die an mir vorbeizogen. Ab und zu grinsten Nadine und ich uns an. Sie hatte es total drauf, bewegte sich lasziv und geschmeidig wie eine Katze. Da fehlte nur noch die Go-go-Stange.

Und dann kam Prince. Als die ersten Takte von »When Doves Cry« mit ihrem schwülstigen Rhythmus die meisten Kerle von der Tanzfläche vertrieben, nutzten Nadine und ich den freien Platz und legten richtig los. Alles, was wir beim Bauchtanz gelernt hatten, ließen wir raus – und bald hatten wir die Tanzfläche ganz für uns, während ein Kreis von wippenden und klatschenden Zuschauern uns umringte. Hier und da blitzte eine Kamera auf. Mir war's egal. Ich fühlte mich so unendlich frei … und unglaublich wohl in meinem Körper.

Verschwitzt und kichernd fand ich mich plötzlich in Felix' Armen wieder, als der Song vorbei war. Ich war noch so in Schwung, dass er mich erst einen Augenblick festhalten musste, um meine Bewegungen auf das langsame Tempo von »Purple Rain« herunterzuschrauben. Und so wiegten und drehten wir uns eng aneinandergeschmiegt, genau wie die anderen Paare, die plötzlich überall um uns herum aus dem Boden zu wachsen schienen.

Wie auf der Engtanzfete in der achten Klasse, fiel mir ein. Nur dass ich damals bloß Zuschauerin gewesen war, denn keiner hatte mit einer pummeligen Zahnspangentussi tanzen wollen.

Aber jetzt war ich keine Zuschauerin mehr. Ich war mittendrin. Und es war schön, einfach nur schön! Auch Nadine hing in den Armen irgendeines Typen und knutschte selbstvergessen mit ihm rum. Ich kuschelte mich an Felix' Hals und dachte mir nichts dabei. Er war doch mein großer Beschützerbruder, oder etwa nicht?

Aber würde ein Bruder mich so dicht an sich ziehen und seine Hände über meine Hüften gleiten lassen? Und würde er mich so intensiv ansehen? Würde er mein Kinn anheben und sein Gesicht ganz langsam meinem nähern und … mich zärtlich küssen?

Und würde ich diesen Kuss so hemmungslos erwidern?

Ein Teil von mir war völlig im Rausch des Geschehens gefangen, ein anderer Teil zupfte dezent an meinem Verstand, aber ich ignorierte ihn bewusst.

An der Hand zog mich Felix zurück zum Sofa, wo jede Menge Platz war. Nessie und Sven waren nicht mehr da. Unsere Drinks waren inzwischen warm, also schickte ich Felix Nachschub holen.

Dann redeten wir über irgendetwas – wie aus weiter Ferne hörte ich mich lachen. Felix' Augen glitzerten wieder so intensiv, das lockte mich näher. Also lehnte ich mich an seine Schulter und schlürfte genüsslich meinen leckeren eiskalten Drink, während er mich sanft im Arm hielt.

Es war so verdammt gemütlich hier, so warm und weich. Ich hätte ewig so sitzen bleiben können. Oder lag ich? Allmählich verschwammen die Musik und das Stimmengewirr um mich herum zu einem Brei aus wabernden Klängen, wurde zu einem rhythmischen Rauschen im Takt meines Herzschlags und … verklang.

29. KATERSTIMMUNG

Ich sehe in ein hübsches Gesicht, aber es ist das falsche Gesicht. Keine blaue Tiefsee, sondern braune Erde lächelt mich an, küsst mich, umarmt mich, dreht sich mit mir im Kreis. Plötzlich sind wir nackt, drehen uns umeinander, liegen engumschlungen, verschmelzen, sind eins … um uns herum nichts als Flammen. Mein ganzer Körper brennt – meine Kehle brennt!

Ich muss husten, das Bild implodiert, zurück bleibt Stille.

In dieser Stille hörte ich leisen Atem. Ganz langsam erwachte ich, wagte aber nicht, die Augen zu öffnen. Irgendetwas war hier vollkommen falsch. Nach einer Weile riss ich doch die Augen auf – und war völlig desorientiert.

Wo bin ich?

Dieses Zimmer kannte ich nicht. Grüne Tapete, dunkle Deckenbalken, eine Fußballflagge, Poster von nackten Models auf Motorrädern. Wo zum Teufel war ich? Sobald ich den Kopf drehte, schoss ein Schmerz durch meinen Schädel.

Nein, ich wollte mich nicht umdrehen, ich wollte für alle Ewigkeiten hier so liegen bleiben und darauf warten, dass irgendjemand auf die Fernbedienung drückte – und ich erleichtert feststellte, dass das hier bloß eine schlechte Soap war.

Ich registrierte, dass ich seitlich auf einer Matratze lag. Es war so warm hier. Die Wärme kam von meinem Rücken, und noch etwas Wärmeres war da, auf meinen Hüften. Eine Hand? In diesem Moment verschwand die Hand, und ein Seufzen in meinem Nacken ließ mich erschauern. Die Stimmlage kam mir bekannt vor.

Ängstlich hob ich die Decke an und stellte erleichtert fest, dass ich wenigstens ein Höschen und das schwarze Top anhatte. Aber was waren das für seltsame Spuren auf dem Stoff? Das war doch jetzt nicht wahr!

Ich nahm all meinen Mut zusammen, ignorierte meinen hämmernden Schädel und drehte mich auf den Rücken.

Felix lag selig schlummernd auf der Seite und atmete tief.

Ach, du Scheiße!

Wieder musste ich husten. Meine Kehle war wie ausgedörrt. Doch damit hatte ich ihn geweckt.

»Guten Morgen«, gähnte er und blinzelte verschlafen.

Ich musste hier weg! Viel zu schnell richtete ich mich auf, um gleich darauf von einem Schwindelanfall wieder niedergestreckt zu werden.

»Sachte, sachte«, murmelte Felix und hielt sanft meinen Arm fest. Mit der anderen Hand tastete er irgendwo am Boden neben dem Bett herum und zauberte eine Wasserflasche hervor. »Hier, trink mal einen Schluck. Du musst einen fürchterlichen Brand haben.«

Gierig begann ich zu trinken.

»Langsam, sonst kommt gleich alles wieder hoch.« Liebevoll lächelte er mich an, als ich ihm die Flasche zurückgab. »Na, wie geht's dir?«

»Felix! Was zur Hölle mache ich in deinem Bett?«, fragte ich eine Spur schärfer, als ich eigentlich wollte.

»Ähm, deinen Rausch ausschlafen?«

»Oh Gott! Ich bin doch nicht etwa abgestürzt?«, rief ich entsetzt.

Er grinste. »Das trifft es ziemlich gut.«

Verzweifelt versuchte ich, irgendwelche Bilder aus meinem Gedächtnis zu kramen, aber es wollte mir nicht gelingen. »Was ist passiert?«

»Du weißt nichts mehr?«

Langsam schüttelte ich den Kopf. Böser Fehler – sofort schoss der Schmerz wieder hinein.

»Au weia. Du verträgst wohl wirklich nichts.«

»Hat mir irgendjemand was ins Glas getan?«

»Natürlich, jede Menge Cola-Whisky! Du hast das Zeug gekippt wie Wasser.«

»Um Himmels willen! Aber wieso?«

»Du wolltest es probieren. Und es hat dir geschmeckt.«

»Und du hattest nichts Besseres zu tun, als mir dabei zuzugucken?«, schimpfte ich.

»Hey, kein Grund, mich anzupflaumen! Ich gebe zu, du warst richtig niedlich in deinem Zustand. Und du hast … na ja … eine ziemlich scharfe Show abgezogen.«

»Wie meinst du das?«, rief ich entsetzt.

»Du warst der Star des Abends. Hast getanzt, als würdest du dafür bezahlt – unglaublich! Ich hab noch nie jemanden so sexy tanzen sehen. Irgendwann bin ich zu dir gekommen, wir haben ein bisschen Engtanz gemacht, und dann …«

»Was *dann*?«, fragte ich, obwohl ich die Antwort bereits ahnte.

»Na ja, wir haben uns geküsst.«

Ungläubig starrte ich ihn an. »Vor … allen … Leuten?«

Ein verschämtes Lächeln huschte über sein Gesicht,

als er mit den Schultern zuckte. Ich schloss die Augen und versuchte mich zu sammeln.

»Felix, was genau ist heute Nacht zwischen uns gelaufen?«, fragte ich betont ruhig. »Und erklär mir … *das* hier.«

Ich zeigte ihm die verdächtigen weißen Spuren auf meinem Top.

»Es ist nicht so, wie du denkst, Liv.«

»So? Was denke ich denn?«

»Wir haben nicht … na ja, du weißt schon.«

»Sag's mir, verdammt!«

»Du musst dir keine Sorgen machen. Wir haben nicht miteinander geschlafen. Zugegeben, ich hätte eine Menge dafür gegeben – aber doch nicht, wenn du nichts mehr mitkriegst! Ich bin schließlich kein Untier.«

»Aber was ist dann gelaufen?«

Verlegen verzog er die Miene. Die Sache war ihm sichtlich unangenehm. »Wir haben bloß ein bisschen rumgeknutscht. Ehrlich, ich habe dich zu nichts gezwungen. Im Gegenteil, du warst ganz schön … anschmiegsam. Und, na ja … im Eifer des Gefechts ist mir, ähm, ein kleines Malheur passiert. Tut mir wirklich leid, Liv. Übrigens bist du dann total süß in meinen Armen eingeschlafen. Weißt du das wirklich nicht mehr?«

»Nein, ich weiß gar nichts mehr«, flüsterte ich fassungslos.

Wie hatte ich mich nur so gehenlassen können? Klar konnte ich dem Alkohol die Schuld geben – aber ich war doch diejenige, die darauf bestanden hatte, den Cola-Whisky zu probieren. Erschöpft sank ich wieder aufs Kissen. Und dann überrollte sie mich – die Riesenwelle aus Scham und Entsetzen über mich selbst.

»*Shit, Shit, Shit!*«, jammerte ich und ließ die Tränen laufen.

»Hey«, sagte Felix sanft. »Ist doch alles halb so wild.«

»Halb so wild? Mann, ich hab mich wie die letzte Schlampe benommen! Jetzt zerreißen sich alle das Maul über mich, und du … du denkst jetzt bestimmt, dass wir beide …«

»Nein, Liv. Ich denke überhaupt nichts. Zwischendurch hatte ich vielleicht ein kleines bisschen Hoffnung, aber …«

»Aber was?«

»Ich weiß, dass du mich nicht willst.«

»Und … weiß ich das auch?«, fragte ich erschöpft.

»Ja, das weißt du.«

»Woher?«

»Du hast im Schlaf geredet.«

Erschrocken fuhr ich hoch – aua, mein Kopf! »Oh Gott, geht's noch peinlicher? Was hab ich denn gesagt?«

Felix seufzte. »Seinen Namen. Immer wieder.«

Erneut schossen mir Tränen in die Augen.

»Schon gut, Livie«, sagte er weich und streichelte meine Wange. »Spätestens da wusste ich, dass ich verloren habe. Du liebst ihn nun mal.«

»Ja«, heulte ich und vergrub mein Gesicht im Kissen. »Aber jetzt hab ich vermutlich alles kaputt gemacht.«

»Keine Sorge. Von mir erfährt keiner ein Sterbenswort. Das hier geht keinen außer uns etwas an. Außerdem ist ja im Grunde nichts passiert. Ich hab dich sozusagen nur … heil ins Bett gebracht. Wenn du willst, sage ich ihm das auch persönlich, falls er Ärger machen sollte. Doch wenn du dir selbst einen Gefallen tun willst, dann sollte es unser kleines Geheimnis bleiben.« Er bemühte sich zu schmunzeln. »Zwar werde ich mich immer daran erinnern – an die einzige Nacht, die ich jemals mit meiner Traumfrau verbringen durfte. Aber … ich hab's kapiert, Liv. Ich werde dich ab jetzt in Ruhe lassen.«

Erstaunt blickte ich ihn an. Als er mich lange und liebevoll betrachtete, spürte ich einen winzigen Stachel des Bedauerns – für die Länge eines Atemzugs. So sollte ein Mann seine Geliebte ansehen. Aber dann verschwand das Glitzern aus seinen Augen. In diesem Moment wussten wir es beide: Es war vorbei.

»Freunde?«, flüsterte ich hoffnungsvoll.

»Ich weiß nicht, ob ich es aushalte, nur ein Freund für dich zu sein – aber ich verspreche, ich werde es versuchen. Vielleicht brauche ich erst mal ein bisschen Abstand. Aber du kannst mich jederzeit anrufen, wenn du mich brauchst. Und sei es nur, um deinen Kerl zu beruhigen, sollte er irgendwie an dir zweifeln … der Glückspilz.«

Ohne nachzudenken, näherte ich mich ihm und küsste ihn sanft auf die Wange. »Danke.«

Er nickte mit geschlossenen Augen. Dann erhob er sich.

»Bleib ruhig noch liegen, ich geh duschen.« Er öffnete seinen Kleiderschrank und hielt mir ein sauberes T-Shirt hin, das ich dankbar annahm.

Als er verschwunden war, ergab ich mich meinen Gefühlen und heulte alles, was noch an Scham und schlechtem Gewissen da war, in sein Kissen. Der Wecker zeigte halb eins, als ich mich beruhigt hatte. Felix kam nicht wieder. Also stand ich auf und zog mich an, bevor ich durch den Türspalt lugte, ob die Bahn frei war. Es duftete nach Kaffee.

»Felix?«, rief ich vorsichtig in den Flur.

Sofort kam er um die Ecke, lächelte mich an und verbreitete einen herrlichen Duft nach Aftershave.

»Wo ist denn das Bad?«, fragte ich.

In diesem Moment kam sein Bruder Nico verschlafen aus einem Zimmer am Ende des Flurs getrottet. Verdutzt blieb er stehen, als er mich erkannte, grinste breit und deutete ein Winken an. »Hi, Liv.«

Immerhin hatte er sich endlich meinen Namen gemerkt. Er fuhr sich durch die lange Zottelmähne, dann machte er sich wieder aus dem Staub – nicht ohne mir noch einmal frech zuzuzwinkern. Ich ahnte, was für ein Bild ich abgeben musste: mit zerstrubbelten Haaren, in einem Shirt seines Bruders aus dessen Zimmer kommend … der dachte sich bestimmt seinen Teil.

Felix bestand darauf, mich die paar Meter nach Hause zu fahren, nachdem ich sein Frühstücksangebot abgelehnt hatte. Ich wollte allein sein. Mein Fahrrad wuchtete er kurzerhand in den Kofferraum.

Vor meiner Haustür umarmten wir uns ein letztes Mal, und er hauchte mir einen Kuss auf die Stirn.

»Mach's gut, kleiner Delphin.«

Mehr als ein armseliges Nicken brachte ich nicht zustande.

Dann war er weg.

In der Wohnung war es still. Mama schien noch nicht aus Flensburg zurück zu sein. Umso besser, denn ich war völlig fertig mit den Nerven. Mir rauchte der Schädel, und auf Moralpredigten konnte ich wirklich verzichten. Ich durchforstete die Küche – ich brauchte jetzt Zucker, fand aber nur ekelhafte Bitterschokolade. Frustriert machte ich mir ein paar Marmeladentoasts und verschwand in meinem Zimmer. Erst als ich die Tür hinter mir geschlossen hatte, traute ich mich, mein Handy herauszuholen.

Drei verpasste Anrufe. Alle von Leander:

Hallo, meine Liebste, wahrscheinlich schläfst du noch. Die anderen surfen, und ich sitze hier ganz allein im Schatten eines kleinen Wäldchens und wünschte, du wärst bei mir. Hab solche Sehnsucht nach dir …

Liv? Alles in Ordnung bei dir? Okay, vielleicht bist du auch zu beschäftigt, dann will ich nicht nerven. Melde dich einfach, wenn du magst. Ich küss dich überall.

Beim dritten Anruf war im Hintergrund nur Gequatsche und Musik zu hören, sonst nichts.

Scheiße, ich wollte nicht heulen! Aber ich tat es schon wieder. Dieser wunderbare Mensch hatte es nicht verdient, so hintergangen zu werden. Ich konnte ihn doch jetzt nicht anrufen, so durcheinander wie ich war. Also schickte ich ihm eine SMS, obwohl er das nicht so gerne mochte.

Hallo, mein Süßer, tut mir leid, ist gestern spät geworden. Geht mir nicht so gut, zu viel Alkohol. Muss Schlaf nachholen. Hoffe, ihr hattet viel Spaß beim Auftritt. Kuss, Liv.

Das war zwar nicht annähernd so liebevoll, wie ich es gerne formuliert hätte, aber mehr brachte ich nicht zustande.

Ich war fix und fertig. Die armseligen Schokoladenersatz-Toasts hatte ich längst inhaliert, ohne das geringste Gefühl von Sättigung. Ich hätte auch eine ganze Packung davon auffuttern können. Aber zum Glück war ich zu faul, um noch mal aufzustehen.

Dass Nessie sich noch nicht gemeldet hatte, wunderte mich. War sie aus irgendeinem Grund sauer auf mich? Vielleicht war sie aber auch bei Sven, und die beiden waren schwer damit beschäftigt, noch einen Zwilling zu machen.

Ich wusste nicht, ob ich mir jemals verzeihen konnte, was ich getan hatte. Felix konnte es anscheinend.

Schluss mit dem sinnlosen Grübeln, Liv! Die Sache ist gegessen.

Ich öffnete das Fenster weit und stopfte mir die Kopfhörer in die Ohren. Natürlich musste gerade einer unserer Lieblingsschmusesongs laufen. So konnte ich mich haltlos meinen Tränen hingeben und mich von bitterer Reue zerfleischen lassen.

Ich musste eingedöst sein. Kurz war ich verwirrt, glaubte, alles nur geträumt zu haben und in Leanders tiefblaue Juwelen zu schauen, sobald ich mich umdrehte. Doch nichts dergleichen. Eine leichte Übelkeit und ein Marmeladenfleck auf Felix' weißem T-Shirt verrieten mir, dass ich nicht geträumt hatte. Wenigstens waren wir jetzt fleckentechnisch quitt, dachte ich in einem Anflug von Sarkasmus. Wie spät es wohl war?

Mist, schon halb sieben – ich hatte den ganzen Nachmittag verpennt! Ich lauschte. Leise Fernsehgeräusche waren zu hören, ob Mama doch zu Hause war?

Mein Telefon klingelte – Nessie.

»Na, Süße, alles wieder fit im Schritt? Ich war gerade bei Felix, meine Jacke abholen, ich soll dich grüß…«

»Was hat er dir erzählt?«, unterbrach ich sie panisch.

»Ähm, gar nichts?«, antwortete sie mit misstrauischem Unterton. »Gibt es denn etwas zu erzählen?«

»Was weißt du noch von gestern, Nessie?«

»Wieso?«, kicherte sie. »Hast du etwa einen Filmriss?«

»Kann man so sagen, ja.«

»Nee, oder? Unsere Livie hatte ihren ersten Vollrausch, und ich war nicht dabei …«

»Ja, echt schade«, frotzelte ich. »Wo bist du überhaupt gewesen?«

»Ach, ihr seid doch irgendwann auf die Tanzfläche und hattet so viel Spaß, Nadine und du. Da sind Sven und ich für eine Weile weg. Na ja, du weißt schon – bin im Moment ständig rollig. Wir wollten noch wiederkommen, aber ich war plötzlich so müde …«

»Dann hast du gar nicht mehr mitgekriegt, was auf der Tanzfläche passiert ist?«

»Sag bloß, dir ist jemand an die Wäsche gegangen?«

»Wie man's nimmt. Ich … ähm … hab Felix geküsst. So richtig. Vor allen Leuten. Und heute Mittag bin ich halbnackt in seinem Bett aufgewacht.«

»Ach, du Scheiße!« Sie klang ernsthaft entsetzt. »Livie, sag jetzt nicht … ihr habt doch nicht etwa …?«

»Nein.«

»Na, Gott sei Dank.«

»Zumindest behauptet er das. Angeblich haben wir aber rumgeknutscht und ein bisschen gefummelt.«

Nessie pfiff durch die Zähne. »Oh, oh – stille Wasser sind tief und schmutzig.«

»Mann, weißt du, wie peinlich mir das alles ist? Ich hab mich benommen wie das letzte Flittchen und weiß überhaupt nichts mehr!«

»Willkommen im Club.«

»Verdammt, so will ich aber nicht sein! Scheiß Alkohol! Was ist bloß in mich gefahren?« Die Wut auf mich selber drohte mich aufzufressen.

»Komm, letztendlich ist doch überhaupt nichts passiert. Du hast Leo nicht wirklich betrogen, du bist bloß abgestürzt. So was macht jeder mal mit.«

»Doch, Nessie, ich hab ihn betrogen. Ist doch egal, ob mit Sex oder mit Rumgeknutsche.«

»Nein, das ist nicht egal! Und es ist auch nicht egal, ob du bei Sinnen warst oder nicht. Das macht einen Riesenunterschied. Versuch doch einfach, das Ganze zu vergessen. Felix hat mir jedenfalls nichts davon erzählt, und das will was heißen. Also wird er auch niemandem sonst etwas sagen.«

»Das ist auch gar nicht das Problem – Felix hält dicht, das weiß ich. Aber ich frage mich die ganze Zeit, wie das überhaupt möglich war! Ich meine, ich bin doch glücklich mit Leander. Wieso knutsche ich dann mit irgendjemand anderem rum?«

»Aber Felix ist doch nicht *irgendjemand*, Livie«, sagte sie sanft. »Da war doch von Anfang an etwas zwischen euch, das konnte sogar ein Blinder sehen – oh, ähm, sorry, das war jetzt ein blödes Bild.«

»Schon gut, du hast ja recht. Da war wohl wirklich etwas. Aber jetzt ist uns beiden klargeworden, dass es für mehr nicht reicht.«

»Na siehst du. Dann ist es wohl nur passiert, damit ihr das endlich checkt, ihr Pappnasen.«

»Aber was soll ich Leander sagen? Wenn er das rauskriegt, denkt er doch, ich bin nicht besser als seine blöde Exfreundin!«

»Was war denn mit der?«, hakte Nessie nach.

Ich erzählte ihr die Sache mit Sophia.

»Uff. Na, dann ist es wohl besser, du erzählst ihm überhaupt nichts.«

»Aber ich hab ihm doch schon geschrieben, dass ich betrunken war.«

»Na, dann lass dir was einfallen. Lenk ihn ab, damit er keine allzu genauen Fragen stellt. Das sollte dir nicht schwerfallen, oder? Schließlich habt ihr doch demnächst etwas Wichtiges vor«, sagte sie mit einem anzüglichen Unterton.

In diesem Moment begriff ich mit voller Wucht, was hätte passieren können, wenn Felix nicht so anständig gewesen wäre. Bei der Vorstellung, ich hätte mein erstes Mal mit *ihm* gehabt statt mit Leander – und es dann noch nicht mal richtig mitgekriegt –, wurde mir kotzübel.

»Sorry, mir ist grad furchtbar schl…«, rief ich und stürzte aus dem Zimmer.

Im Bad kotzte ich mir die Seele aus dem Leib. All die Scham, die Schuldgefühle und mein Selbsthass stürzten neben den glibbrigen Marmeladentoasts in die Schüssel.

Gott, bitte lass mich sterben!

Heulend sackte ich auf den Fliesen zusammen. Und so fand mich wenig später meine Mutter.

Frisch geduscht, mit einer Wärmflasche und Leanders *Oskar* auf dem Bauch, lag ich im Bett und schlürfte angewidert lauwarmen Kamillentee. Mama hatte mir eine ganze Kanne gekocht, und ich war dankbar für ihre vorwurfsfreie Fürsorge. Sie war sogar ausgesprochen nett zu mir. Erzählt hatte ich ihr nur das Allernötigste – und Felix überhaupt nicht erwähnt.

Mit schlechtem Gewissen erkundigte ich mich nach

Opas Wohlbefinden. Die letzten Tage hatte ich mich nur um mich selbst gedreht. Freudestrahlend erzählte sie, dass er in ein paar Tagen in die Reha entlassen werden sollte. Mir fiel ein dicker Felsbrocken vom Herzen.

»Ach Mensch, da fällt mir ein: Hast du an den Termin morgen gedacht? Diese Blindenausstellung?«

»Oh nein, das hab ich total vergessen!«, sagte ich beschämt. »Dass du das noch weißt, bei der ganzen Aufregung …«

»Andy hat mich daran erinnert. Er wollte wissen, wer von deinen Freunden alles mitfährt, weil er ja auch ein paar seiner Kollegen mitnehmen will. Reserviert ist für acht Personen.« War da eben ein Aufleuchten in ihren Augen, als sie Andys Namen erwähnte?

»Ich schreib gleich Nessie, die wollte ja unbedingt mit. Vielleicht kann Sven fahren, dann haben wir zwei Autos und genug Platz.«

»Gut, klär das bitte noch. Und dann sieh zu, dass du wieder auf die Beine kommst, hm?« Sie strich mir über die Wange.

Ich schmunzelte schwächlich. »Werde mich bemühen …«

Ob Leander den Termin überhaupt noch auf dem Schirm hatte? Ich musste ihn unbedingt anrufen, war aber immer noch ratlos, was ich ihm erzählen sollte.

Nessie schrieb begeistert zurück, dass sie und Sven auf jeden Fall mitkommen würden. Da Sven nicht mehr krankgeschrieben war, würde er auch fahren können, und er würde sich sogar extra dafür freinehmen. Ich war gerührt und schrieb ihr das auch.

Nessie antwortete:

Wieso, ist doch selbstverständlich. Wir wollen wissen,

wie es in Leos Welt aussieht, er gehört doch jetzt zu dir. Also gehört er auch zu uns. Love U :)

Dafür hätte ich sie knuddeln können – und schickte ihr eine ganze Reihe Herzen zurück.

»Na, Oskar?«, sagte ich zu dem Plüschmonster. »Meinst du, ich soll mich endlich trauen, ihn anzurufen? Du vermisst ihn doch auch, oder?«

Ich ließ Oskar nicken und gab ihm einen dicken Kuss – es sah ja keiner. Tief durchatmend wählte ich Leanders Nummer. Mittlerweile war es neun Uhr; bestimmt waren sie schon zu Hause.

»Hallo, meine Liebste«, meldete er sich leise. Im Hintergrund hörte ich Rauschen und mehrere Stimmen.

»Woher weißt du, dass ich es bin?«

»Ich hab dir einen eigenen Klingelton gegeben: das Intro von *Nothing Else Matters.*«

»Oh, das ist ja … total süß«, sagte ich gerührt. »Es erinnert mich an was ganz Schönes.«

»M-hm. Genau deshalb.«

Ein warmer Schauer durchrieselte mich bei der Erinnerung an seine Liebeserklärung.

»Sag mal, was ist da los bei dir? Seid ihr noch unterwegs?« Die Stimmen im Hintergrund waren so deutlich, als säße ich mittendrin.

»Ja, leider, sind gerade erst aus dem Stau raus. Du hörst dich gar nicht gut an. Bist du krank, oder hast du tatsächlich einen Kater?«

Ich räusperte mich. »Du merkst auch alles, oder? Ja, Oskar ist im Moment nicht das einzige Pelztier in meinem Bett.«

Er kicherte. »Und – jault er sehr schlimm, dein Kater?«

»Geht schon wieder. Aber ich liege noch mit Wärmflasche und Kamillentee im Bett und tu mir selber ganz doll leid.«

»Dann warst du also echt betrunken? Ts, ts! Kaum ist die Katze aus dem Haus, tanzen die Mäuse auf dem Tisch«, neckte er mich. »Was war's denn?«

»Cola-Whisky.«

Ein anerkennender Pfiff. »Immerhin hattest du mehr Stil als ich damals. Kann ich irgendwas für dich tun, meine kleine Schnapsdrossel?«

Bei mir sein. Meinen Bauch wärmen …

»Deine Stimme zu hören lenkt mich schon wunderbar ab. Oskar vertritt dich hier, so gut er kann. Wie war überhaupt euer Auftritt?«, wechselte ich bewusst das Thema.

»Ich fand's ziemlich gut. Aber du kannst dir selber ein Urteil bilden. Tims Freund hat mit einer Profikamera gefilmt und stellt das Ganze morgen ins Netz.«

»Cool. Ähm … Moment mal: Tims *Freund*?«

»Ich glaube schon.«

»Du kannst grad nicht frei sprechen, stimmt's?«

»Ja, genau.« Gegröle im Hintergrund. »Liv, entschuldige, kann ich mich später wieder melden? Wir wollen eben noch was essen gehen.«

Er verabschiedete sich nicht so liebevoll wie sonst. Ob er etwas ahnte? Ob er sauer war?

Ach was, Liv. Natürlich säuselt er keine Liebesformeln, wenn seine Kumpel danebensitzen und alles mitkriegen. Also mach dich nicht verrückt.

30. LICHT IM DUNKELN

Eng umschlungen liegen wir unter einem Baum. Sonnenflecken tanzen auf unserer Haut, während wir uns anschauen und sanft streicheln. Er ist immer noch in mir. Wir sind miteinander verschmolzen. Ich spüre ihn, als würde ich mich selber spüren. Keine Grenze mehr. Seine Augen sind so lebendig, als könnten sie mich wirklich sehen. Wo unsere Bäuche sich berühren, glitzern Millionen Sterne zwischen uns, es ist ein einziges Fließen funkelnder Energie. Ich kann sie wirklich sehen! Die Sterne durchdringen uns, lassen uns beide von innen her leuchten.

Und dann ist es plötzlich da – dieses Gefühl von absoluter Gewissheit. Wie eine heiße Gasblase, die hochschwappt aus den Tiefen des Ozeans, drängt es in mir nach oben, drückt schwer gegen meine Kehle. Doch als ich den Mund öffne, geht es ganz leicht heraus, leicht wie atmen.

»Ich liebe dich, Leander.«

»Du liebst mich?«

Das Flüstern dröhnte laut in meinem Ohr. Dann spürte ich seinen Kuss auf meinem Hals – und schlug erschrocken die Augen auf. Das Zimmer lag im Schummerlicht meiner Nachtlampe. Da war Wärme an meinem Rücken und etwas Schweres auf der Decke – ein Arm? Ich drehte mich um.

»Du bist hier?«, nuschelte ich verwirrt.

»Ja«, flüsterte Leander und streichelte mein Gesicht.

»Seit wann?«

»Seit ein paar Minuten. Und offensichtlich gerade rechtzeitig – sonst hätte ich das eben verpasst.«

»Was meinst du?«

»Du weißt es nicht mehr? Sag bloß, du hast geträumt«, sagte er erstaunt.

»Ähm, ja – von uns beiden. Es war unglaublich schön.«

»Erzähl's mir bitte.«

Das tat ich gerne. Und zwar in allen Einzelheiten.

»Und dann hab ich dir gesagt …«, wollte ich gerade schließen, als er mich unterbrach.

»Du hast es laut gesagt«, flüsterte er und küsste mich auf die Stirn.

»Was?« Erschrocken riss ich den Mund auf.

Er lächelte und stupste seine Nase gegen meine. »Man ist nie ehrlicher als im Traum.«

»Dann weißt du's ja jetzt.«

»Sag's mir noch mal«, hauchte er.

»Ich liebe dich, Leander«, sagte ich – so klar, als wäre ich mir einer Sache nie sicherer gewesen.

Er seufzte tief und strich mir die Haare zurück. »Und ich liebe dich, meine Liv. Aber das weißt du ja schon.«

»Ich höre es mir trotzdem gern noch öfter an«, schmunzelte ich.

Ohne ein weiteres Wort schob ich die Decke zwischen uns weg und küsste ihn glühend. Wie eine Ewigkeit kam es mir vor, dass ich ihn nicht mehr an mir gespürt hatte.

»Bleibst du?«

»Nichts lieber als das«, flüsterte er. »Der arme Oskar ist doch als Wärmflasche völlig überfordert.«

Ein tiefer Seufzer der Erleichterung strömte aus mir, und ich kuschelte mich an seine Brust. Er kraulte meinen Hinterkopf – wie ich das liebte.

Im nächsten Leben werd ich Katze.

»Und meine Mutter hat gar nicht gemeckert, dass du so spät noch hier reinschneist?«, murmelte ich.

»Nö. Sie hat nur gesagt, wir sollen leise sein, weil sie schlafen muss. Und dass wir morgen um zwei *Gewehr bei Fuß* stehen sollen.«

»Das hat sie gesagt?«, kicherte ich.

»So wörtlich. Sie war echt nett. Hätte ich nicht erwartet.«

»Ja, auch zu mir ist sie wie ausgewechselt. Ich könnte mir vorstellen, dass ein gewisses männliches Wesen damit zu tun hat. Immerhin war sie übers Wochenende mit Andy allein in Opas Haus.«

»Oh oh, Gelegenheit macht Liebe.« Er schlüpfte mit der Hand unter mein Oberteil.

»Hey! Lass schön die Pfoten über der Decke, Leander Johansson! Ich bin krank.«

»Was? Ich hab überhaupt nichts Schlimmes gemacht!«, verteidigte er sich. »Glaubst du etwa, dass ich pausenlos an nichts anderes denke als …« Er seufzte. »Na gut – ich *denke* an fast nichts anderes. Aber du bist auch nicht besser, oder? Du träumst sogar davon, also beschwer dich nicht.«

»Ich beschwere mich ja gar nicht«, flüsterte ich und küsste seinen Hals. »Aber erstens bin ich wirklich ganz schön hinüber, und zweitens … sind die Wohnungen hier ziemlich hellhörig, wie du dich vielleicht erinnerst.«

»Oh ja, ich erinnere mich«, stöhnte er und rieb sich die Stirn. »Das war soo furchtbar! Sitz mal neben der Frau deiner Träume, während über dir so ’n peinlicher Porno abläuft – mit dem eigenen Bruder in der Hauptrolle.«

Wir kicherten bei der Erinnerung an die groteske Situation, die vor einer gefühlten Ewigkeit hier stattgefunden hatte.

»Also werden wir schön brav bleiben«, drohte ich grinsend.

»Zu Befehl«, raunte er und zog mich an sich.

So richtig gesund und munter fühlte ich mich auch am nächsten Morgen noch nicht. Meine Bauchschmerzen waren inzwischen eine Etage tiefer gesackt, und meine Laune hing am seidenen Faden. Lange konnte es also nicht mehr dauern, bis ich meine Regel bekam.

Die Brötchenkrümel vom Frühstück in meinem Bett würden erst mal niemanden stören, denn wir hatten beschlossen, dass ich die Woche über bei ihm wohnen sollte – mindestens bis nach seinem Geburtstag am Samstag. Wir hatten einfach genug vom Alleineschlafen. Für den Rest der Ferien würde es keine Auftritte und keine anderen Termine mehr geben – also nichts, was uns auseinanderreißen konnte.

Aber erst einmal war unser Besuch bei »Dialog im Dunkeln« dran. Andy erschien, wie angekündigt, mit zwei Kollegen. Meine Mutter fuhr bei ihm mit. Nessie, Leander und ich wurden von Sven chauffiert, der seinen Wagen erstaunlich sicher durch die verwirrende Hamburger Innenstadt lenkte.

Als wir endlich aus dem Parkhaus heraus waren und durch die Speicherstadt liefen, hatte ich bereits einen optisch-akustischen Overflow. Noch dazu war es wieder mal drückend heiß. Andy und Mama gingen fröhlich plaudernd mit ihren beiden Arbeitskollegen voraus. Nessie hüpfte an Svens Hand wie ein kleines Kind und plapperte pausenlos auf ihn ein.

Leander dagegen war die Ruhe selbst. Den Arm vertrauensvoll um meine Taille gelegt, marschierte er mit mir über das Pflaster, so selbstsicher wie ein Sehender. Seinen Stock setzte er nur sporadisch ein. Das Problem der Reizüberflutung, das mich vor allem an unbekannten Orten heimsuchte, war offensichtlich nicht seins. Feinfühlig, wie er war, spürte er meine Anspannung und streichelte mich unauffällig an der Seite. So konnte ich mich auf seine warme Hand konzentrieren und entspannte mich allmählich.

Der knallrote Eingang von »Dialog im Dunkeln« war schon von weitem zu sehen. Im geräumigen Foyer mit den richtungsweisenden Teppichmarkierungen mussten wir noch eine Weile warten, bevor unsere Gruppe zum Tour-Eingang gelassen wurde.

»Das ist ja schick hier«, bemerkte meine Mutter, als wir uns an einen der Tische setzten und uns umsahen. An den Säulen und Wänden ringsum gab es Kästen und Öffnungen, wo einige Besucher offenbar etwas ertasteten. Andere hatten Kopfhörer auf und lauschten interessiert. Ich beschrieb Leander, was ich sah, und las die Werbeplakate vor.

»Wie läuft denn das eigentlich nachher da drinnen?«, fragte Nessie. »Kriegen wir die Augen verbunden und müssen über irgendwelche Hindernisse steigen, oder was?«

Leander kicherte. »Das hättest du wohl gerne. Nein, so einfach machen sie es euch nicht. Du kannst es allerdings als eine Art Hindernisparcours betrachten. Dabei geht es durch verschiedene Räume, die sehr realistisch bestimmte Situationen im Alltag von Blinden simulieren.«

»Da bin ich echt gespannt«, warf Andy ein. »Ich hab mit der Tochter unseres blinden Bewohners gesprochen, die schon einmal hier war. Sie sagt, die Räume sind so komplett abgedunkelt, dass man bis zum Schluss nicht die Hand vor Augen sieht. Es soll zum Beispiel eine Art Parklandschaft geben, durch die man gehen muss, richtig mit Geräuschen, Gerüchen, Wind und so.«

»Und wer die meisten Bäume umrennt, hat gewonnen?«, kicherte Nessie.

»Keine Sorge, das geht hier ganz gesittet zu«, erklärte Leander. »Ein blinder Führer begleitet jede Gruppe durch die verschiedenen Landschaften, in genügend zeitlichem Abstand zur nächsten. Natürlich muss man sich trotzdem ziemlich konzentrieren.«

»Auweia«, meldete sich Sven zu Wort. »Nessie und Konzentration – da treffen zwei Welten aufeinander.«

Sie knuffte ihn in die Rippen. »Menno!«

Ich kicherte. Die beiden waren einfach süß, wenn sie sich kabbelten.

Andy blätterte mit meiner Mutter in einem Haus-Prospekt. »Guck mal, Anja, das ist ja interessant!«, sagte er. »Man kann hier auch ein Restaurant-Essen buchen, das komplett im Dunkeln stattfindet. Könnt ihr euch das vorstellen?«

Dann wurden wir aufgerufen und nach einer kurzen Einführung endlich in den Dunkelbereich eingelassen. Handys mussten ausgemacht und Brillen gut verstaut werden. Eine Frau namens Sandra stellte sich als unser Tour-Guide vor. Ihre Stimme ließ vermuten, dass sie jung war, doch der Fairness halber blieb sie für uns genauso unsichtbar wie wir für sie. Offenbar hatte man ihr mitgeteilt, dass ein Blinder in unserer Mitte war, denn sie fragte gezielt nach Leander und wechselte leise ein paar Worte mit ihm.

»Was wollte sie?«, flüsterte ich, als er wieder zu mir kam.

»Bloß Grüße bestellen. Ich kenne eine Mitarbeiterin hier, die früher auf meine Schule ging.«

»Ach so. Und ich dachte schon, sie hätte Angst, dass du ihr die Tour vermasselst.«

»Das werde ich schon nicht.« Leander kuschelte sich dicht an mich heran. »Ich werde hinten bei dir bleiben … Dann kann ich dir auch leichter unbemerkt an die Wäsche gehen …«

»Du spinnst wohl!«, zischte ich und stupste ihn in den Bauch. Er kicherte.

Und so betraten wir acht Leute, jeder mit einem Blindenstock bewaffnet, gespannt das Reich der Finsternis. Es war so stockdunkel, dass man nicht einmal die Hand vor den Augen sehen konnte – und etwas komplett anderes, als sich spaßeshalber mal mit einem Schal die Augen zu verbinden und »Blindsein« zu spielen. Leander wich nicht von meiner Seite, als wir unbeholfen der Stimme unserer Führerin durch die erste Landschaft folgten. Vogelgezwitscher, Wind, der Duft nach Gras und Erde – das alles war so realistisch, dass ich dachte, ich wäre wirklich in einem Park. Meine Arme streiften Büsche, der Stock raschelte durch Laub und Gras, stieß gegen Baumrinde.

Für Leander war das Ganze natürlich nicht so beeindruckend, denn er hörte die Hydraulik der bewegten Gegenstände und das Anspringen der Windmaschine. Sogar das Brummen der Elektronik meinte er wahrzunehmen.

Aber für mich – und die anderen Normalsterblichen um uns herum, die nicht über sein Supergehör verfügten – war dieses Erlebnis einfach nur überwältigend. So überwältigend, dass ich bald ein mulmiges Gefühl bekam. Natürlich wusste mein Verstand, dass alles, was ich berührte, künstlich war und draußen wieder das Licht wartete. Doch ich war so konzentriert auf mein Gehör und meinen Tastsinn, dass ich irgendwann die Realität vergaß und all das hier, diese Welt der absoluten Dunkelheit, zu meiner Wirklichkeit wurde.

Den anderen schien es ähnlich zu gehen. Vor mir quiekte Nessie panisch auf, als vermeintliche Zweige und Blätter wie Geisterhände durch ihre Haare fuhren. Keiner sagte mehr etwas, das nicht unbedingt nötig war, denn die Umgebung erforderte die volle Aufmerksamkeit. Als wir eine belebte Straße mit realistisch simuliertem Verkehrslärm überqueren sollten, ergriff mich ein kurzer Anflug von Panik. Ich dachte, das würde ich nie schaffen. Bis Leander mich kurz umarmte und mich daran erinnerte, dass das hier eigentlich nur ein Spiel war. Erschrocken begriff ich, dass ich mich schon viel zu intensiv darauf eingelassen hatte.

Auf einmal hörte ich ein Wimmern, dann ein panisches »Nein, das mach ich nicht! Ich kann das nicht. Ich will hier raus!«.

Mama!

»Mama, was ist mit dir?«, rief ich und versuchte in die Richtung zu gehen, aus der ihre Stimme kam. Sandra, unsere Führerin, redete beruhigend auf sie ein.

»Aua«, rief ich, als ich schon zum zweiten Mal mit dem Bein gegen irgendetwas Hartes stieß.

»Hast du dir weh getan?«, fragte Leander mich besorgt.

»Nein, schon okay. Wo ist Mama?«

Ich hielt mich an Leanders Arm fest, der zielsicher die Richtung fand und alle Hindernisse umschiffte. Endlich stieß ich gegen Andy, dessen altmodisches Aftershave ich erkannte – es war dasselbe, das auch Opa benutzte.

»Ich muss hier raus, sofort …«, krächzte Mama kraftlos. Alles in mir schnürte sich zusammen. Sofort kam die Erinnerung an ihre früheren Zusammenbrüche wieder hoch, und genauso wie damals fühlte ich mich hilflos.

»Okay«, sagte Sandra. »Ich bringe Sie hinaus. Die anderen warten hier bitte einen Augenblick.«

»Ich mach das«, sagte Leander und ließ mich los. »Komm, Anja, nimm meine Hand.«

»Ich will mit!«, verlangte Andy. »Wo seid ihr?«

»Hier«, wimmerte Mama.

Schon hörte ich, wie sich die drei entfernten.

»Liv? Ich komm gleich wieder«, rief Leander noch. »Wir treffen uns nachher in der Dunkelbar.«

Ich stellte sie mir bildlich vor: Mama, Andy und Leander als Dreier-Karawane auf dem Weg ins rettende Licht. Und sogleich spürte ich etwas wie Erleichterung. Zum ersten Mal hatte ich das Gefühl, dass mir jemand eine Last abnahm, denn andere kümmerten sich jetzt um meine Mutter.

»Es passiert hin und wieder, dass jemand Panik bekommt«, erklärte Sandra ruhig. »Sicher geht es ihr gleich besser, wenn sie draußen ist. Hat noch jemand Beklemmungsgefühle oder Ähnliches? Nein? – Gut, dann gehen wir langsam weiter. Hören Sie das Wasser da hinten?«

Die nächste Station, eine simulierte Bootsfahrt, war eine echte Nervenprobe. Als wir in dem Boot saßen und von einer Seite zur anderen schwankten, konnte ich nachfühlen, warum es Leander damals in der Hängematte so schlecht geworden war. Es war wirklich schwierig, ohne Augenkontrolle solche passiven Bewegungen auszuhalten.

Als wir schließlich die Dunkelbar betraten, die letzte Station auf unserer Rundreise, war nicht nur ich total geschafft.

»Oh Mann, ich bin völlig erledigt«, stöhnte Nessie und ließ sich nach einigen Fehlversuchen – die dem Wort *im Dunkeln tappen* eine lautstarke Bedeutung gaben – erschöpft auf einem Barhocker nieder.

»Da seid ihr ja!«, rief Leander vom anderen Tresenende und kam zu uns herüber.

»Wie geht's meiner Mutter?«, fragte ich besorgt.

»Ganz okay. Sie hat einen Heulanfall gekriegt, als sie draußen war, aber Andy konnte sie wieder beruhigen. Bei ihm ist sie in guten Händen – im wahrsten Sinne des Wortes«, fügte er mit hörbarem Schmunzeln hinzu. »Ich soll euch ausrichten, dass wir uns Zeit lassen können. Die beiden gehen spazieren und warten dann auf uns.«

»Danke, dass du das getan hast.« Erleichtert wollte ich ihm um den Hals fallen und stieß mit der Nase schmerzhaft gegen seinen Wangenknochen. »Aua! Wie machst du das bloß, immer mein Gesicht zu finden, wenn du mich küssen willst?«

Er kicherte. »Na, so zum Beispiel …« Behutsam strich seine Hand über meine Schulter und meinen Hals. Dann fand er meine Wange und küsste mich sanft auf den Mund.

Nessie und Sven waren zu uns aufgerückt.

»Mann, ich brauch jetzt 'n Kaffee«, sagte Nessie. »Du auch, Schatz?«

Sven, der schon die ganze Zeit über wortkarg gewesen war, brummte nur.

»Geht's dir nicht gut, Sven?«, fragte ich, nachdem Nessie für uns alle bestellt hatte.

»Doch, alles okay«, sagte er mit ungewöhnlich rauer Stimme. »Ich bin nur ... ziemlich überwältigt von dem Ganzen. Muss ich erst mal sacken lassen.«

»Ja, das geht uns wohl allen so.«

»Mann, Leo, das ist echt heftig!«, wandte sich Sven an Leander. »Wenn ich mir vorstelle, dass das für dich die Normalität ist ...«

»Tja, ich kenne es eben nicht anders«, sagte Leander.

Die beiden Jungs kamen ins Gespräch – wie schon vorhin im Auto, wo Leander neben Sven gesessen und sich auf Anhieb gut mit ihm verstanden hatte. Ich lauschte gerührt und hätte gern einen vielsagenden Blick mit Nessie getauscht. Da spürte ich ihre Hand an meinem Arm und ergriff sie. Auch ohne Worte oder Blicke verstand ich, dass die beginnende Freundschaft unserer beiden Geliebten sie ebenso bewegte wie mich.

Endlich kam unser Kaffee.

»Scheiße, Leo, hilf mir mal bitte«, jammerte Nessie. »Ich komm mit dem Geld nicht klar!«

Leander kicherte und begann, uns die vielen Unterscheidungsmerkmale der Münzen zu erklären. Im Grunde war es gar nicht so schwer, wenn man wusste, worauf man achten musste. Trotzdem ging es mir kaum besser als Nessie, als ich zu bezahlen versuchte.

»Ist schon schwierig, nicht wahr?«, sagte der Barkeeper freundlich und wartete geduldig.

»Schon irre – hier sind die Sehenden auf die Hilfe der Blinden angewiesen«, sinnierte Nessie.

»Ein bisschen ausgleichende Gerechtigkeit kann nicht schaden«, meinte Leander.

Auf dem Weg zurück nach draußen wurde es nur ganz allmählich heller. So konnten sich unsere Augen wieder an das Licht gewöhnen. Große Erleichterung, aber auch ein Hauch von Demut war auf den Gesichtern der Herauskommenden zu lesen, als wir endlich wieder im Foyer ankamen. Selbst Nessie war erstaunlich ruhig geworden. Jeder hing seinen Gedanken nach, als wir uns dem Ausgang zuwandten.

Draußen schlug uns erbarmungslos die Nachmittagshitze entgegen.

»Da hinten sind Mama und Andy«, rief ich, als wir den Weg zum Parkhaus einschlugen.

Andy hatte den Arm um Mamas Schultern gelegt, und so kamen sie uns entgegen. Mama war ein bisschen blass, schien aber einigermaßen okay zu sein.

»Wie geht's dir?«, fragte ich, als wir uns kurz in den Arm genommen hatten.

»Geht schon wieder. Ich weiß auch nicht, was los war, hab plötzlich keine Luft mehr gekriegt.«

»Vielleicht sind es auch nur die Nachwirkungen von dem ganzen Stress«, ergänzte Andy mitfühlend. »War wohl ein bisschen viel in letzter Zeit: der Umzug, der neue Job, und dann die Aufregung um Opa.«

»Am liebsten möchte ich schnell nach Hause und ein bisschen Ruhe tanken«, sagte Mama und lächelte erschöpft. »Leander, ich wollte mich noch mal bei dir bedanken! Dass du so fürsorglich warst vorhin. Das war sehr lieb von dir.«

»Gern geschehen«, erwiderte Leander freundlich.

Es geschahen noch Zeichen und Wunder: Meine Mutter, die Leander gegenüber immer so skeptisch gewesen war, hatte sich anstandslos von ihm helfen lassen und schien ihn endlich zu akzeptieren. Ich kuschelte mich an seinen Rücken und kniff unauffällig dreimal in seine Schultern. Er nickte grinsend. *Bingo …*

31. SPLITTERHERZ

Als wäre die Luft eine Spur klarer geworden, konnte ich auf einmal viel freier durchatmen. Mama, Andy und ihre Arbeitskollegen fuhren nach Hause, während wir vier beschlossen hatten, noch einen Abstecher an den Baggersee zu machen.

»Ich glaub, bei der Hitze heute gehe sogar ich ins Wasser«, verkündete Leander während der Rückfahrt. »Sven, könntest du nachher eventuell kurz bei mir vorbeifahren, damit ich meine Badesachen holen kann? Dann können wir auch gleich Livs Gepäck abladen.«

»Klar, kein Problem.«

Leander saß wieder vorne neben Sven und wirkte richtig gelöst. Ich konnte nur vermuten, wie sehr es ihn berührte, dass Nessie und Sven so viel Interesse an seiner Welt gezeigt hatten – und vor allem, dass meine Mutter ihm gegenüber endlich ihren Eispanzer abgeworfen hatte. Ich lächelte in mich hinein. Es war ein Anfang.

»Übrigens«, begann Nessie, als wir eine Weile schwiegen. »Wir wollten es vor den anderen nicht sagen … aber … Sven und ich haben beschlossen, das Baby zu behalten!«

»Wow«, murmelte Leander.

Lächelnd nahm ich sie in den Arm. »Das hab ich mir schon fast gedacht.«

»Und du wirst Patentante!«, strahlte sie.

»Was? Aber ich kann doch gar nicht stricken!«

»Na, dann wirst du das eben lernen! Ich will schließlich amtliche Wollschühchen zur Taufe haben.«

»Aber nur, wenn das Kind nicht so einen bescheuerten Doppelnamen kriegt wie *Lafayette-Ronaldo* oder so.«

»Oder *Soraya-Elise*«, warf Leander ein.

»Ich bin für *Wilhelm-Oswald*«, rief Sven und kriegte sich gar nicht mehr ein vor Lachen.

»Ihr seid blöd«, schmollte Nessie. »Ich finde *Chantal-Cheyenne* gar nicht so schlecht.«

»Oh nein, Ness, bitte tu mir das nicht an!«, gackerte Sven.

Da meldete sich der Verkehrsfunk: »… *A7 Richtung Flensburg, 18 Kilometer Stop-and-go zwischen …*«

»Achtzehn Kilometer!«, rief Nessie entsetzt. »Was für ein Horror bei der Hitze!«

»Apropos Flensburg – wie geht's eigentlich deinem Opa, Livie?«, erkundigte sich Sven.

»Ganz gut«, antwortete ich, immer noch schmunzelnd. »Er wird nächste Woche in die Reha entlassen.«

»Das freut mich. Ich hab immer noch ein schlechtes Gewissen, weil ich dich nicht fahren konnte«, sagte er. »Aber Felix hat dich ja wieder heil nach Hause gebracht.«

»Was?«, keuchte Leander.

Ich zuckte zusammen. Im Wagen wurde es plötzlich ganz still.

»Ohh, Sven, du Bratpfanne!«, zischte Nessie kaum hörbar.

Leander drehte sich zu mir um, und es sah aus, als würde er mich fragend anschauen. Mein Magen krampfte sich zusammen.

»Du warst mit Felix in Flensburg?« Seine Stimme klang

total fremd. »Und alle wissen davon, nur ich nicht? Was läuft hier?«

»Es tut mir leid, ich wollte …«

»Sven, kannst du bitte mal irgendwo anhalten?«, fiel er mir ins Wort.

»Hey, reg dich nicht auf, es ist alles okay«, versuchte Sven ihn zu beschwichtigen.

»Halt – verdammt noch mal – sofort – an!«, zischte Leander. »Ich muss mit Liv alleine reden.«

Kaum standen wir auf einem Grünstreifen an der Landstraße, riss Leander die Tür auf, stieg aus und entfernte sich ein paar Meter vom Auto. Ich lief ihm hinterher.

»Leander, bitte …«

»Was soll das, Liv?«, fragte er ernst. »Wieso hast du mich angelogen?«

»Ich hab dich nicht angelogen. Ich hab dir bloß … nicht alles gesagt. Es stimmt: Felix hat mich zu Opa gefahren.«

»Aber wieso erfahre ich das erst jetzt, so nebenbei? Klingt ja fast so, als hättest du etwas zu verbergen.«

»Ich hab nichts zu verbergen, ich wollte dich nur nicht beunruhigen! Weil … es doch gerade so schön gewesen war mit uns. Ich wusste, dass es dich eifersüchtig machen würde. Aber ich hatte nun mal keine andere Möglichkeit, nach Flensburg zu kommen. Mama war schon morgens losgefahren und hatte mir nur einen Zettel hinterlassen. Was meinst du, wie verzweifelt ich war? Ich bin dann zu Nessie hochgerannt, weil mein Handy-Akku leer war. Sven durfte nicht fahren und hat spontan Felix angerufen – und der hat darauf bestanden, mich hinzubringen. Es war einfach nur ein Freundschaftsdienst.«

»Ihr habt da oben zusammen übernachtet?«

»Doch nicht *zusammen!* Meine Güte, meine Mutter

war mit im Haus, und jeder hatte ein eigenes Zimmer. Außerdem weißt du doch, dass ich in der Nacht allein geschlafen hab. Oder hast du unser Telefonat vergessen?«

»Ist ja gut.« Er atmete tief durch. »Natürlich war es nett von ihm, dich zu fahren. Was würde ich drum geben, wenn ich das gekonnt hätte. Aber du hättest es mir erzählen sollen, Liv!«

»Ich wollte dich schonen«, sagte ich kleinlaut.

»Hab ich verstanden. Aber du siehst, so was geht eher nach hinten los. Du brauchst mich nicht vor meinen eigenen Gefühlen zu beschützen. Ich halte es schon aus, mal ein bisschen eifersüchtig zu sein. Hauptsache, es ist nichts passiert zwischen euch – ist es doch nicht, oder?«

»Was denkst du denn? Meinst du, ich komme gerade aus deinem Bett und hüpfe gleich ins nächste?«

Er seufzte. »Nein, natürlich nicht. Ich ... war nur so geschockt.«

»Ich wollte dir nicht weh tun«, flüsterte ich mit Tränen in den Augen.

»Ich weiß.« Er hob eine Hand, fand meinen Arm und zog mich sanft an sich. »Aber mach so was bitte nicht noch mal. Das macht mich fertig.«

»Ich liebe dich so«, schniefte ich leise an seinem Hals.

»Ich dich doch auch.«

Als er mich küsste, spürte ich ein schmerzhaftes Ziehen im Unterleib. Ich hatte solche Angst, ihn zu verlieren. Denn genau das würde passieren, wenn er die ganze Wahrheit herausbekäme.

Nessie war ausgestiegen und grinste über beide Backen, als wir Arm in Arm zum Wagen zurückkamen.

»Nicht böse sein, Leo. Wir ...«

»Vergiss es, okay?«, unterbrach Leander sie.

Nessie betrachtete uns lächelnd. »Oh, ihr seid soo süß, ihr beiden – voll das Traumpaar. Darf ich Trauzeuge sein, wenn's so weit ist?«

»Ohh, Nessie …«, stöhnte ich kopfschüttelnd. »Heirate gefälligst selber erst mal. Oder willst du, dass das Kleine deinen schwierigen Nachnamen kriegt?«

»Meine Rede, Liv!«, rief Sven aus dem Wagenfenster. »*Schumann* klingt allemal besser. Aber sie will ja nicht, ich hab sie schon gefragt.«

»Echt jetzt?«, fragte ich überrascht.

»Ja«, bestätigte Nessie mit Blick auf ihre Füße. »Aber wer heiratet schon mit achtzehn?«

»Bella und Edward!«, rief Sven lachend.

»Blödsinn!«, entgegnete Nessie. »Der Typ war doch schon über hundert. Außerdem heiraten Vampire nur Jungfrauen. Hör mal richtig zu, wenn wir 'nen Film gucken, Mann.«

»Solche Schnulzen kann ich nur betrunken ertragen, da krieg ich nicht alles mit. Aber dir zuliebe schau ich mir den Scheiß gerne noch hundertmal an – wenn du genügend Bier bereitstellst.«

Nessie deutete einen Kinnhaken in seine Richtung an. Leander und ich grinsten über dieses süße alte Ehepaar und drückten uns enger aneinander.

»Ich will jedenfalls *nicht* als Jungfrau heiraten«, flüsterte ich an Leanders Schulter gelehnt.

»Das können wir jederzeit ändern«, raunte er so tiefdunkel in mein Ohr, dass mir ein heißer Schauer den Rücken versengte.

Mein leidenschaftlicher Kuss bestätigte ihm, wie sehr ich mir das wünschte.

»Okay, Leute, wenn wir heute noch an den See wollen, sollten wir mal starten. Oder soll ich euch Turteltauben gleich oben im Wald lassen? Dann könnt ihr in Ruhe weitermachen.«

Wir zögerten nur einen Moment. Und diesen Moment sollte ich noch bitter bereuen.

»Nein. Lasst uns zum See fahren«, entschied Leander. »Für alles andere …« Er küsste mich auf die Schläfe. »… ist es eh zu heiß.«

Sven blieb im Wagen, als wir bei Johanssons eine kurze Umpack- und Klo-Pause machten. Nessie quietschte vor Begeisterung, als sie das Haus sah und ich ihr von dem Pool erzählte, der allerdings heute von Leanders Eltern besetzt war. Sie waren gerade aus Paris zurückgekommen und wollten ihren letzten Urlaubstag in Ruhe ausklingen lassen.

»Wenn du willst, kannst du ihn am Samstag testen, wenn ihr beide zu meiner Geburtstagsfeier kommt«, bot Leander an. »Es sei denn, du hältst es nicht aus, meinen Bruder zu sehen.«

»Au geil! Doch, wir kommen auf jeden Fall«, freute sich Nessie. »Und Lasse kann mich mal kreuzweise.«

Während Leander meine Reisetasche und die Gitarre nach oben schleppte, schnappte ich mir sein bereits verpacktes Geburtstagsgeschenk und trat auf die Terrasse. Ich bat seine Mutter, das Paket bis Samstag irgendwo aufzubewahren, wo er es nicht zufällig finden konnte. Leander hatte noch gar nicht erzählt, dass ich ein paar Tage im Haus bleiben wollte, aber Susanne fand das klasse.

»Warte, ich hab noch was für dich!«, verkündete sie und lotste mich in ihr Wohnzimmer.

»Augen zu«, bat sie mich. Dann spürte ich etwas Weiches, Federleichtes an meinem Hals.

»Ein Schal?«, riet ich.

»Aus handgefärbter Seide, von einer kleinen Manufaktur in Paris.«

Ich war sprachlos. Helle Grün- und Gelbtöne verliefen über den Stoff, der rundum mit einer glitzernden Perlenborte verziert war.

»Aber das kann ich doch unmöglich annehmen …«

»Oh doch, das kannst du! Der passt nämlich prima zu deinen Augen.«

Ohne nachzudenken, fiel ich ihr um den Hals. »Vielen Dank. Der ist echt wunderschön.«

»Und ich freue mich, dass ich endlich mal einem jungen Mädchen was Hübsches schenken darf«, schmunzelte Susanne. »Ich hab ja immer nur Jungs um mich gehabt – das ist in dieser Beziehung eher frustrierend.«

Als ich Leander davon erzählte, schmunzelte er: »Tja, jetzt bist du wohl endgültig adoptiert.«

»Ist das schön hier«, schwärmte ich, als wir am Baggersee aus dem Auto stiegen. Hier auf der Nordseite gab es keinen Strand wie am gegenüberliegenden Ufer, das von lärmenden Familien bevölkert war, dafür aber jede Menge Bäume, für deren kühlenden Schatten ich bei dieser Affenhitze mehr als dankbar war.

»Seid ihr öfter hier?«, fragte ich Sven.

»Hin und wieder. Man kann sich hier gut verkrümeln … so als Paar«, sagte er augenzwinkernd.

»Ja, aber man muss aufpassen«, merkte Nessie an, »weil hier auch mal die eine oder andere Gang abhängt, um sich illegale Substanzen reinzupfeifen.«

Ich hatte Leander am Arm gefasst, während wir Sven und Nessie auf dem schmalen Trampelpfad folgten, der zu einem lauschigen Lagerplatz unter Weiden führte.

»Könnt ihr mir einen Gefallen tun?«, bat Leander, als wir uns umzogen. »Würdet ihr das Ufer abchecken und nach Scherben oder so was Ausschau halten?«

»Klar, ich guck nach«, bot Sven an.

»Dann kannst du auch gleich die Flaschen ins Wasser stellen«, rief Nessie ihm hinterher. Er gehorchte sofort.

»Hast ihn ja echt gut erzogen«, raunte ich Nessie zu, während ich mich in meine Bikinihose zwängte.

»Alles super, Leo, komm rein!«, rief Sven ein paar Minuten später. Er war schon bis zu den Knien im Wasser.

Ich nahm Leander bei der Hand, und wir gingen ganz langsam hinunter, bis unsere Füße das Wasser berührten. Nessie und Sven planschten bereits übermütig und waren bald nur noch als Köpfe zu sehen, während Leander und ich immer noch vorsichtig einen Fuß vor den anderen setzten. Ich redete nicht, weil ich wusste, wie sehr er sich konzentrieren musste.

»Lass mich bitte nicht los, bis ich richtig drin bin, okay?«, flüsterte er.

»Niemals! Ich bin bei dir.«

Er war spürbar angespannt. Aber er behielt seinen Mut und tappte an meiner Seite immer tiefer ins Wasser. Plötzlich verschwand der Boden unter uns, und ich quiekte erschrocken auf. Leander tauchte kurz unter, schnellte dann aber juchzend wieder hoch. Seine Angst schien verflogen.

»Hey, mein Held – du bist tatsächlich im See!«, rief ich begeistert. »Es ist nichts und niemand in deiner Nähe. Du kannst dich also frei bewegen.«

Er ließ meine Hand los und schwamm lächelnd ein paar Züge auf dem Rücken. Es war so schön, ihm beim Glücklichsein zuzusehen.

»Ich denke jetzt mal lieber nicht daran, was alles auf dem Grund dieses Sees liegt«, bemerkte er.

»Ach, sicher nur das Übliche«, grinste ich. »Ein paar Wasserleichen, versenkte Autos, Atommüll-Fässer … nichts Weltbewegendes.«

»Na, da bin ich ja beruhigt«, kicherte er und streckte eine Hand nach mir aus. »Wo bist du?«

»Hier! Fang mich doch!«, rief ich übermütig und schwamm ein paar Meter von ihm weg.

Erstaunlich schnell hatte er mich eingeholt und griff nach mir, um mich mitten im See zu küssen. Es fühlte sich so leicht an, so *normal*, hier mit ihm im herrlich kühlen Wasser herumzuplanschen. Für eine ganze Weile vergaß ich fast, dass er blind war, bis ihm am Ende doch etwas mulmig wurde und ich ihn mit meiner Stimme wieder zurück zum Ufer lotste.

»Hey, Leo! Du warst großartig!«, rief Nessie, als sie tropfend aus dem Wasser stieg. Sie tätschelte ihn an der Schulter, während sie vorbeiging und sich ihr Handtuch schnappte. »Ist doch okay, wenn ich mich hier entblöße, oder?«

»Mach nur, ich guck dir schon nichts ab«, schmunzelte Leander.

Leander hatte sich hinter mich gesetzt und hüllte mich mit Armen und Beinen ein. Als er auch noch den Kopf auf meine Schulter kuschelte, fühlte ich mich so geborgen und rundum beschützt wie ein Baby in der Wiege. Nessie und Sven lagen in Löffelchenstellung uns zugewandt auf ihrer Decke. Obwohl unsere Lagerplätze ein Stückchen auseinanderlagen und niedriges Gestrüpp dazwischen ein wenig Pärchen-Privatsphäre schuf, konnten wir so prima quatschen. Sven hatte wieder seine Platte mit den schmutzigsten Witzen des Jahres aufgelegt, die meisten davon reichlich frauenfeindlich – was die Jungs jedoch keineswegs davon abhielt, sich vor Lachen auszuschütten.

Die Sonne sank tiefer. Vom anderen Ufer wehten nur noch einzelne Stimmen und Musikfetzen zu uns herüber. Ansonsten wurde es immer ruhiger. Ich sah zu Nessie und Sven hinüber, die mittlerweile intensiv beschäftigt waren.

»Die beiden sind ja so still geworden«, flüsterte Leander an meinem Ohr.

»Ja, weil sie aufeinanderliegen und hemmungslos rumknutschen«, antwortete ich leise.

»Und warum sitzen wir dann so keusch hier rum?«

»Weil das vielleicht … peinlich ist? Ich will doch keine Gruppenorgie feiern«, zischte ich.

»Seit wann bist du so verklemmt? Ich reiß dir schon nicht die Kleider vom Leib. *Noch* nicht …«

Damit drehte er mein Gesicht herum und küsste mich, bis es mir egal war, dass wir nicht alleine waren. Also ließen wir uns ebenfalls nach hinten fallen und knutschten, was das Zeug hielt.

Als wir uns irgendwann wieder entknotet hatten, lag ich mit dem Rücken an seinem Bauch, und wir lauschten der Stille. Nessie und Sven hatten sich inzwischen wieder aufgesetzt und fütterten sich gegenseitig mit Butterkeksen, die Nessie seit kurzem ständig bei sich trug.

»Wollp ihr auch waff?«, fragte Nessie mit vollem Mund.

»Ja, g…«

»Nein danke!«, unterbrach mich Leander und hielt meine Hüfte fest. Dann senkte er die Stimme und flüsterte kaum hörbar in mein Ohr: »Es wäre nett von dir, wenn du jetzt nicht aufstehen würdest.«

»Wieso?«

»Weil das für mich etwas peinlich werden könnte«, hauchte er und zog mich unmerklich dichter an sich.

»Ups!« Nun fühlte ich, was er meinte. »Reflexauslöser?«

»Und wie …«

Er knabberte an meinem Hals und verschaffte mir eine Gänsehaut bis in die Zehen. Ich drehte mich langsam zu ihm um und schmiegte meine Stirn an seine.

»Dann sollte ich wohl mal nach einem großen weißen Pelztier Ausschau halten, was?«

Er seufzte tief und schüttelte den Kopf. »Ich glaube, dagegen hilft auf Dauer nur noch eins …« Auf einmal zog er mein Knie über seine Hüfte und drehte uns in einem Schwung herum, so dass ich auf ihm lag – oder vielmehr: saß. Schon stand ich in Flammen. Ich ergriff seine Hände und schob seine Arme über seinen Kopf, als würde ich ihn an den Boden fesseln. Dabei begann ich ihn zu küssen – erst sanft, dann intensiver. Nur ganz minimal bewegte ich mein Becken, aber das reichte aus, um ihm ein leises Stöhnen zu entlocken.

»Okay, das mit dem Verklemmtsein nehme ich zurück«, hauchte er in mein Ohr, als sich unsere Lippen lösten. »Machst du das auch mal, wenn wir nichts mehr anhaben?«

Ich unterdrückte ein Keuchen. Allein die Vorstellung reichte aus, um mein Blut zum Kochen zu bringen.

»Wenn du so weitermachst, schmeiße ich nachher

noch meine Prinzipien über den Haufen«, wisperte ich in sein Ohr.

»Nachher?«

»Vielleicht …?«

Seufzend umarmte er mich fester. »Pass auf, was du sagst, sonst nehm ich dich beim Wort.«

Dann küsste er mich ganz zärtlich, doch dahinter spürte ich eine mühsam unterdrückte Glut.

Ein dezentes Räuspern von drüben ließ mich zusammenzucken.

»Ähm, Svenni, ich glaube, wir sollten mal kurz 'ne Runde spazieren gehen«, sagte Nessie mit verschmitztem Unterton. »Das kann man echt nicht mit ansehen! Der Boden glüht ja schon bis hier rüber.«

Vorsichtig krabbelte ich von Leanders Schoß herunter – immer darauf achtend, dass die anderen nichts Peinliches zu sehen bekamen – und setzte mich vor ihn. So saßen wir mit hochroten Köpfen da und grinsten den *glühenden* Boden an.

»Hey, kein Grund, euch zu schämen, ihr Süßen. Wir waren schließlich auch mal jung – nicht wahr, Schatz?«, krächzte Nessie und machte dazu die zittrigen Bewegungen eines Tattergreises am Stock, wofür sie allseitiges Lachen erntete.

Ein paar Minuten später klingelte es in Leanders Rucksack. »Huch, wer ist das denn?« Er fand sein Handy und meldete sich.

»Ach, Tim! Hast du 'ne neue Nummer? Oh … deshalb.« Leander tastete nach seinem Stock, stand auf und entfernte sich ein paar Meter von uns, um in Ruhe zu telefonieren.

Ich winkte Nessie zu mir herüber. Sven war inzwischen

mit seinem Smartphone beschäftigt – wahrscheinlich irgendein doofes Spiel, weil es immerzu piepste und puffte.

»Sag mal, wie wollt ihr das nun eigentlich machen mit dem Baby?«, fragte ich leise, als sie sich zu mir setzte. »Wollt ihr richtig zusammenziehen und so?«

»Ich weiß noch nicht. Je nachdem, wie das mit dem Geld hinhaut. Ich muss ja erst mal in Elternzeit, und ob wir uns dann eine Wohnung leisten können … so genau haben wir das noch nicht bekakelt.«

Sie bot mir erneut ihre Kekse an, und ich griff dankbar zu.

»Hat deine Mutter es inzwischen verdaut?«, fragte ich und biss genüsslich in einen Keks.

»Nach dem ersten Schock ist sie jetzt total scharf auf das Baby und will mir auf jeden Fall helfen. Gestern hat sie meine alten Babysachen rausgekramt – unglaublich, was die alles aufbewahrt hat.«

»Echt? Deine alten Strampler und so?«

»Ja. Dass ich mal so klein war – unvorstellbar!«

»Ich finde es echt mutig, was ihr da vorhabt. Ich würde mir das nicht zutrauen, ehrlich. Dafür bewundere ich dich.«

»Na ja, zwischendurch kriege ich noch gehörig das Flattern, das kannst du mir glauben. Am besten nicht zu viel drüber nachdenken.«

»War's eigentlich schwer, *ihn* zu überzeugen?«, nickte ich in Svens Richtung.

Sie lächelte. »Überhaupt nicht. Im Gegenteil: Er war sagenhaft stolz und hat mich bekniet, es bloß zu behalten.«

»Klingt ja verdammt nach 'nem Hauptgewinn für dich.«

Sie seufzte. »Ja, das ist er wohl. Und ich dummes Schaf

hab ihn immer so scheiße behandelt, dabei ist er so 'ne treue Seele. Du hast das von Anfang an gewusst, weißt du noch? Nur ich hab nicht gesehen, was für ein Schatz da schon die ganze Zeit neben mir gewartet hat.«

Ich beugte mich dichter zu ihr hinüber. »Vielleicht solltest du doch *ja* sagen. Wer weiß, vielleicht gibt's so einen Jackpot nur einmal im Leben.«

Sie kicherte verlegen. »Mal sehen. – Und ihr? Du scheinst doch auch das große Los gezogen zu haben. Um euch beide fliegen ja ganze Schwärme von Schmetterlingen – puh! Und dabei seht ihr schon so unheimlich vertraut aus. Nicht wie ein altes Ehepaar, sondern eher wie … zwei Seelenverwandte, die um ein Feuer tanzen, oder so.«

»Wo hast du das denn her?«, fragte ich schmunzelnd.

»Hab ich mal irgendwo gelesen. Nein, ernsthaft: Man spürt richtig, dass da eine ganz tiefe Verbindung zwischen euch ist. Dein Leo ist einfach Zucker pur! Der würde für dich vom Hochhaus springen, glaub ich.«

Mit großen Augen blickte ich sie an.

»Jaja, auch wenn alle sagen, Nessie ist so oberflächlich …« Sie lächelte. »Aber ich kriege mehr mit, als ihr denkt.«

»Wer sagt, dass du oberflächlich bist? Du hast doch ein riesengroßes Herz.«

»Ooch, das hast du süß gesagt. Komm her, Küsschen abholen!« Sie zog mich an sich, und schon hatte ich einen Schmatzer auf der Backe.

Hinter mir hörte ich Stimmen.

»Oh nein, das darf doch nicht wahr sein!«, stöhnte Nessie und warf einen Keks nach Sven. Der schreckte aus seiner Handygame-Trance.

»Och nöö, was wollen die denn hier?«, brummte er genervt.

»Wer?«, fragte ich.

»Nico und seine Deppen-Gang.« Er deutete auf vier Jungs mit bunten Caps, die trotz Dämmerung verspiegelte Sonnenbrillen trugen und sich geräuschvoll unserem Lager näherten.

»Ach nee, wen haben wir denn da?«, rief der Vorderste, der mir sofort bekannt vorkam. »Long-John Schumän und sein Harem?«

»Was willst du hier, Kellerassel?«, raunzte Sven ihn an. »Das ist Naturschutzgebiet. Warum spielt ihr nicht brav drüben am Strand, wie die anderen Kinder auch?«

»Das ist ein freies Land, Mann«, nölte der Angesprochene mit breitem Grinsen und prostete seinen Kumpanen mit einer Bierflasche zu. Da fiel bei mir der Groschen …

Keller-Assel … Felix Keller … Nico – sein gehirnamputierter Bruder!

Ach, du Scheiße …

Möglichst unauffällig ließ ich mir die Haare übers Gesicht fallen und wandte mich ab. Nessie verdrehte kopfschüttelnd die Augen angesichts der geballten Ladung Dummheit in meinem Rücken.

»Ihr habt's ja echt gemütlich hier«, feixte Nico und machte Anstalten, sich zu setzen.

Sven baute sich vor ihm auf: »Ich an deiner Stelle würde mich ganz schnell vom Acker machen, Sportsfreund!«, sprach er mit ungewöhnlich harter Stimme, was anscheinend Eindruck auf den Kleinen machte, denn er wich gleich einen Schritt zurück. »Sonst steck ich deinem Bruder, dass du gegen deine Bewährungsauflagen verstößt.«

Er deutete auf die Bierflasche in Nicos Hand. »Du hast Alkoholverbot, du Vollpfosten! Die Feier am Samstag war 'ne Ausnahme.«

»Reg dich ab, Alter – bist du Oberlehrer, oder was?«, schoss Nico zurück. »Kommt, Männer, wir hauen ab. Opa will mit seine Schlampen alleine sein.« Sie wandten sich zum Gehen.

»Boah, der Typ ist so ein Verkehrsunfall, ey«, stöhnte Nessie angewidert. »Kann noch nicht mal richtig Deutsch!«

Da machte ich den Fehler, laut loszuprusten, während ich Nico und seinen Schergen hinterhersah. Auf der Stelle drehte er sich um.

»Ach nee! Ich glaub's nicht«, rief er und kam zurückgetrottet. »Ist das nicht unsere geile Tanzmaus von Samstagnacht?« Er machte eine obszöne Verrenkung. »Dich hätte ich fast nicht wiedererkannt. Dabei bist du doch mein neuester Video-Star!« Er pfriemelte sein Handy aus der Hosentasche. »Willste mal sehen?«

Blechern schallte der schwülstige Rhythmus von »When Doves Cry« herüber – und ein verrostetes Zahnrad in meinem Gehirn fing an, sich zu drehen. Erschrocken zuckte ich zusammen, als die peinliche Erinnerung vor meinem inneren Auge aufleuchtete.

»Guck mal hier, voll Porno! Ist das irgendwie Bauchtanz oder so?«, krähte Nico und wischte auf seinem Smartphone herum. »Und hier, kumma, voll Hollywood, wie ihr euch küsst …«

Ich sprang auf und holte zum Schlag aus, doch Nessie hielt mich geistesgegenwärtig zurück.

»Du perverses Arschloch hast mich gefilmt?!«, presste ich wütend unter Nessies Klammergriff hervor.

»Hey, chill mal! Da siehst du doch voll Hammer aus.« Er beugte sich dicht an mich heran und senkte die Stimme. »Stell dir vor, ich hätte dich gestern Mittag gefilmt, wo du zerzaust aus Felix sei'm Zimmer gekommen bist. Wieso ist der eigentlich nicht hier?«

– Klonk! Zissschhh!

Alle wandten sich um.

Ich sah die Szene wie in Zeitlupe: Eine Colaflasche war umgefallen und versprühte zischend ihren Inhalt. Daneben zitterte die Spitze des Blindenstocks – und Leander stand mit offenem Mund da und schüttelte ganz langsam den Kopf.

Oh Gott …

Mir wurde schwindelig. Alle Kraft schien aus meinem Körper zu weichen. Taumelnd befreite ich mich aus Nessies Umklammerung und stolperte zu Leander hinüber.

Hinter mir hörte ich Nessies zischende Stimme: »Du dummes Arschloch!«, dann ein dumpfes Klatschen.

Als wäre ich komplett in Watte gehüllt, war die Welt ringsum plötzlich ausgeblendet – durch meinen Tränenschleier sah ich nur noch Leanders schmerzverzerrtes Gesicht, die Augen geschlossen, den Mund verkniffen. Starr wie eine Statue stand er da und sagte kein Wort.

»Leander«, wisperte ich, voller Angst, mit einer falschen Betonung alles noch schlimmer zu machen.

Sanft berührte ich seinen Arm – doch in diesem Moment erwachte er aus seiner Erstarrung und schlug meine Hand so kräftig weg, dass ich vor Schreck aufjaulte. Dann ging alles ganz schnell: Er drängte sich an mir vorbei, rempelte aus Versehen Nessie an und stolperte stockschwenkend den Trampelpfad zurück Richtung Parkplatz.

Ich war wie gelähmt. Irgendjemand schrie verzweifelt

seinen Namen – bis ich merkte, dass ich das war und dass Nessie mich schüttelte. Ich riss mich los und lief Leander hinterher, sah kaum, wo ich langging, weil meine Tränen mir den Blick vernebelten.

Auf halber Strecke holte ich ihn ein und erwischte ihn am Arm. »Leander, warte!«

Er blieb stehen und atmete geräuschvoll aus. »Kommt jetzt der Standardsatz: *Ich kann dir das alles erklären*?«

Mir stockte der Atem, so kalt klang seine Stimme. Genau so was hatte ich sagen wollen. *Verdammt!*

»Ich …« Mein Gehirn war plötzlich wie blockiert.

»Liv, was spielst du für ein Spiel mit mir?«, fragte er tonlos.

»Ich spiele nicht«, wimmerte ich. »Du hast das falsch verstanden. Es ist überhaupt nicht so gewesen, wie du vielleicht denkst! Vertrau mir doch!«

»Verarsch mich nicht, Liv!«, zischte er wütend. »Ich hab für heute genug Lügen gehört. Mir reicht's.«

Ein dicker Kloß schnürte mir die Kehle zu, und Eiseskälte kroch über meinen Rücken. Leander wandte sich ab.

»Nein, bitte geh nicht!«, schniefte ich. »Lass uns doch in Ruhe reden …«

»Nein! Ich kann nicht mehr denken. Ich … muss weg.«

»Aber wo willst du denn hin?«

Er schnaubte. »Lass mich einfach, okay? Wenn ich jetzt nicht gehe, sage ich noch etwas, das ich später bereue. Also lass mich gehen, verdammt!«

Und dann ging er tatsächlich.

32. KATZENJAMMER

»Livie! Wo bist du?« Nessies Stimme näherte sich durch das Unterholz.

»Er ist weggegangen ... einfach so«, wimmerte ich.

»Wohin?«

»Er ist *weggegangen*!«

»Ja, schon kapiert. Aber wohin? Mann, du bist ja blass wie 'ne Wand«, sagte sie besorgt.

»Er ist weg!«, schrie ich. Dann sackte ich heulend in ihren Armen zusammen.

»Livie, Süße, nun beruhige dich doch! Das wird schon wieder.«

Sie nötigte mich zum Hinsetzen und wiegte mich hin und her. Dann rief sie nach Sven, der einen Augenblick später angelaufen kam.

»Was ist los, Schatz?«

»Leo ist durchgedreht und abgehauen«, sagte sie, während sie mich immer noch im Arm hielt. »Scheiße, der findet doch nie nach Hause. Tu was!«

»Sein Rucksack liegt immer noch da. Ich hol ihn schnell.« Schon hatte er sich umgedreht und lief zurück.

»Nun komm, Livie, erzähl mal.«

»Er hat mich überhaupt nicht zu Wort kommen lassen!«, heulte ich. »Keine Chance, ihm irgendetwas zu erklären. Er ist stocksauer! Was, wenn er Schluss macht?«

»Einfach so? Ohne Aussprache? Glaub ich nicht, dafür ist er nicht der Typ.«

»Aber jetzt denkt er doch, ich hätte was mit Felix gehabt! Wie soll ich ihm denn das Gegenteil beweisen?« Mein Gehirn bestand nur noch aus Nebel.

Sven kam an uns vorbeigerannt, Leanders Rucksack geschultert, und trabte weiter Richtung Parkplatz.

»Sven wird ihn schon finden, keine Sorge«, sagte Nessie. »Du kannst nichts weiter tun als abwarten. Lass ihn sich erst mal ausdampfen, dann könnt ihr morgen in Ruhe reden.«

»Und wenn er gar nicht reden will? Ich hab solche Angst, ihn zu verlieren! Ach, Nessie, ich hab alles falsch gemacht!« Neue Tränen rannen meine Wangen hinab, und ich vergrub mein Gesicht an ihrem Hals.

»Hey, der kriegt sich schon wieder ein. Er liebt dich doch. Sonst würde ihn das nicht so fertigmachen.«

»Meinst du?«

»Mein ich. Gib ihm einfach ein bisschen Zeit.«

»Grrr, ich könnte diesen miesen kleinen Penner erwürgen – Nico. Er ist schuld an dem ganzen Desaster!«

»Nein, Livie. Nico ist zwar ein blöder Wichser, und für seinen Auftritt vorhin gehört er gevierteilt. Aber das eigentliche Desaster geht leider auf das Konto von Felix und dir. Wer weiß, vielleicht wäre das Ganze noch auf viel schlimmere Weise rausgekommen. Sven hat Nico gezwungen, das Video zu löschen – stell dir vor, er hätte es online gestellt!«

»Oh Gott!« Ich verbarg mein Gesicht hinter den Händen. »Das darf doch alles nicht wahr sein. Wieso kann ich nicht einfach die verdammte Zeit zurückdrehen und alles ungeschehen machen?«

Nessie strich mir beruhigend über den Rücken. »Ach Livie-Maus, ich bin bei dir, egal was kommt. Ihr kriegt das hin, ganz sicher. Ihr seid doch unser Traumpaar.«

»Pfff, tolles *Traumpaar*, wenn eine davon schon in den ersten Wochen so viel Mist baut, dass es für Jahre reicht.«

»Komm, nun zerfleisch dich nicht. Lass uns wieder zurückgehen und ein bisschen Luft holen, okay?«

Sie zog mich hoch und ging Arm in Arm mit mir zurück zum Lagerplatz.

Erschöpft ließ ich mich auf die Decke fallen und rollte mich zusammen. Mir war kalt, obwohl es bestimmt noch fünfundzwanzig Grad waren. Nessie streichelte mir liebevoll den Rücken.

Nach einer halben Ewigkeit kam Sven zurück – allein und ohne Gepäck.

»Na, was ist?«, fragte Nessie, noch bevor er saß.

Er seufzte tief. »Ich hab ihn oben an der Straße aufgelesen. Hat mich einiges an Spucke gekostet, ihn zur Vernunft zu bringen. Aber als ich ihm verklickerte, dass ich von nichts gewusst habe, ist er endlich eingestiegen und ich hab ihn nach Hause gefahren.«

»Hat er noch was gesagt?«, fragte ich.

»Nicht viel. Er war ganz schön durch den Wind. Ich hab ihm gesagt, dass du bestimmt keinen Scheiß gebaut hast und dass ihr euch wieder versöhnen sollt. Aber er hat nicht geantwortet. Ich denke, da kommt noch ein ganzes Stück Arbeit auf dich zu, Liv.«

»Ich weiß«, sagte ich kleinlaut. »Danke, dass du dich um ihn gekümmert hast.«

»Ist doch selbstverständlich. Ich mag Leo, wirklich. Und ich finde, dass ihr gut zusammenpasst. Sieh bloß zu, dass du das wieder hingebogen kriegst! Aber ich fürchte, heute wird das nichts mehr.«

Resigniert schloss ich die Augen. »Können wir bitte nach Hause fahren? Ich kann nicht mehr.«

In der Wohnung war es dunkel, bis auf einen kleinen Lichtspalt hinter Mamas Schlafzimmertür. So leise wie möglich schlich ich daran vorbei, denn ich war nicht dazu aufgelegt, irgendwelche Fragen zu beantworten.

Als ich im Bad in den Spiegel sah, traf mich fast der Schlag: Dieses Gespenst mit den verquollenen Augen sollte *ich* sein? Ich schaufelte mir literweise kaltes Wasser ins Gesicht, bürstete mir die Haare und machte mich bettfertig. Auf Zehenspitzen schlich ich zu meinem Zimmer, hatte die Türklinke schon in der Hand – als mich ein Geräusch aufschreckte: Gekicher! Und eine männliche Stimme. Beides kam aus Mamas Schlafzimmer. Andy? Oh nein.

Schnell schlüpfte ich ins Bett und stöpselte mir die Ohren mit Gitarrenmusik zu. Mama und Andy würden sich bestimmt nicht zügeln, denn sie nahmen an, ich wäre heute Nacht bei Leander. Und Nessie und Sven über mir würden bestimmt auch nicht lange untätig bleiben. Ich freute mich für Mama, aber gleich zwei glücklichen Paaren beim Liebesspiel zu lauschen, konnte ich jetzt wirklich nicht ertragen.

Der Gedanke daran ließ mich laut aufschluchzen. Sollte es das wirklich schon gewesen sein? Es hatte doch noch nicht mal richtig angefangen …

Als ich mich auf die Seite drehte, bekam meine Hand etwas Weiches zu fassen: Oskar. Allein sein vertrauter Duft reichte aus, um mein Kissen für den Rest der Nacht mit Kaskaden von Tränen zu tränken.

Am nächsten Vormittag:

Keine SMS.

Kein entgangener Anruf.

Keine Mail.

Nichts.

Nur ein Zettel von Mama auf meinem Nachttisch: *Ich dachte, du schläfst bei Leander. Ist alles okay? Schick mir Nachricht. Gruß Mama.*

Dann hatte sie mich heute Nacht also doch gehört. Und ich musste geschlafen haben wie ein Stein, weil ich nicht mal gemerkt hatte, dass sie in meinem Zimmer gewesen war.

Oskar lag nass neben meinem Kopfkissen. Als ich ihn küsste, krampfte sich mein Magen zusammen, und ich begann wieder zu weinen.

»Na komm, Oskar. Ich leg dich in die Sonne«, schniefte ich und schlug die Decke zurück.

Als ich auf der Bettkante saß, spürte ich es. Aber da war es schon zu spät – mein Nachthemd war bereits durchweicht. Blut.

Na toll!

– Aber darauf hast du doch so sehnsüchtig gewartet.

– Und jetzt? Soll ich trotzdem mit der Pille anfangen?

– Klar, Liv. Das Zeug schmeißt man nicht nur ein, wenn man es zufällig mal braucht, sondern dauerhaft – egal ob etwas läuft oder nicht.

Schnell verschwand ich unter der Dusche und versorgte mich mit dem Nötigsten, bevor ich mein – ebenfalls eingesautes – Bett abzog und alles in die Wäsche stopfte. Zum Glück hatte ich die Pillenpackung in der Handtasche, nicht in der Reisetasche, die jetzt samt meinen schönsten Klamotten in Leanders Zimmer wartete.

Okay, dann tu's! Und genieß diesen historischen Moment. Denn er bedeutet Hoffnung. Hoffnung, dass dieser Alptraum vielleicht doch noch gut ausgeht …

Mein Handy klingelte. Hastig sprang ich hin und verzog dann enttäuscht den Mund.

»Hi, Nessie«, sagte ich ohne Begeisterung.

»Oje! Du hörst dich aber gar nicht gut an.«

»Er hat sich immer noch nicht gemeldet«, sagte ich matt.

»Und du? Hast du's schon versucht?«

»Nein, ich bin gerade erst aufgestanden. Ich trau mich auch nicht so richtig.«

»Ach, Süße, er wird dir schon nicht den Kopf abreißen! Hast du schon gefrühstückt?«

»Nein. Hab keinen Hunger.«

»Papperlapapp! Natürlich hast du. Komm nach oben! Ich bin alleine. Sven ist gerade einkaufen, bummelt heute Überstunden ab.«

»Tut mir leid, Nessie, aber ich kann nicht. Mir ist sowieso ein bisschen übel, hab grade meine Regel gekriegt. Und außerdem bin ich einfach nicht in der Stimmung zum Plaudern, sorry.«

»Ach Mensch … ich kann mir ja vorstellen, wie's dir gerade geht. Na gut, dann ein andermal, ja? Was hat denn deine Mutter gesagt, als du gestern nach Hause gekommen bist?«

»Gar nichts. Sie war nämlich schwer beschäftigt. Im Schlafzimmer … mit Andy.«

»Nein! Ist ja der Oberhammer. Meinst du, die sind jetzt zusammen?«

»Keine Ahnung, ich hab sie überhaupt noch nicht gesehen. Und ich weiß auch nicht, ob ich gerade heute frisches Liebesglück ertragen könnte. Ich fahr jetzt erst mal 'ne Runde Fahrrad, um klar im Kopf zu werden. Und dann versuch ich Leander zu erreichen. Drück mir die Daumen.«

»Mach ich, Süße. Und wenn's zu schlimm wird, rufst du mich einfach, ja?«

»Okay. Was macht ihr denn heute noch?«

»Chillen, futtern, poppen – was sonst? Mama und ihr Günther sind auf den Campingplatz gefahren. Das heißt, Sven und ich haben die ganze Woche die Bude für uns! Also üben wir schon mal das Zusammenwohnen. Wenn du es irgendwann scheppern hörst und der Fernseher auf eure Terrasse fliegt, dann weißt du, es hat nicht so ganz hingehauen.« Sie kicherte.

Wie schaffte sie das bloß? Ich konnte noch so schlecht drauf sein, doch Nessie kriegte es immer wieder hin, mich zum Schmunzeln zu bringen. »Na, dann drück ich euch die Daumen. Grüß Sven von mir. Ich melde mich.«

Mehr als einen Apfel und ein paar Nüsse kriegte ich beim besten Willen nicht runter. Es genügte nur ein Gedanke an *ihn* oder ein winziges Aufblitzen eines Bildes – verstrubbelte Haare, weiche sinnliche Lippen, tiefseeblaue Augen –, und alles in mir verkrampfte sich.

Radfahren half ein wenig. Ich vergaß eine Weile meine Bauch- und Rückenschmerzen und musste mich auf den Weg konzentrieren, während meine Gedanken ein wenig leichter wurden. Für nachher nahm ich mir fest vor, mit Leander zu sprechen, ohne kopflos zu reagieren. Ich würde ein paar Atemübungen machen, würde die Hand auf meinen Bauch legen und immer drauf achten, erst zu überlegen und dann zu sprechen.

So weit die Theorie.

Als ich aber am späten Nachmittag seine Nummer wählte und nur die Mailbox ansprang, brachte mich seine Stimme schon dermaßen aus dem Konzept, dass ich kaum eine Begrüßung stammeln konnte. Natürlich ging er nicht ran. Sobald die Melodie von »Nothing Else Matters« erklang, wusste er ja, dass ich es war.

Beim zweiten Versuch nahm ich allen Mut zusammen und sagte seiner Mailbox, so liebevoll ich konnte: »Hallo, mein Liebster. Ich möchte so gerne mit dir reden. Damit du mich verstehst. Und damit du dir keine falschen Gedanken machst. Denn es ist wirklich ganz anders, als du denkst. Ich habe nichts Schlimmes gemacht. Außer dir ein paar Dinge verschwiegen, und das tut mir auch leid. Doch es gab einfach nicht den richtigen Zeitpunkt dafür. Bitte … wenn du mich noch liebst …«, in dem Moment fing ich an zu weinen, »… dann rede mit mir! Ich liebe dich so sehr, und ich vermisse dich!«

Dann legte ich auf und heulte hemmungslos, bis ich keine Tränen mehr hatte.

Von Leander kam keine Reaktion.

Was in den nächsten Stunden – oder Jahren – um mich herum passierte, nahm ich nicht wahr, sondern suhlte mich in meinem Kummer. So bekam ich auch nicht mit, wie Mama und Andy fröhlich schnatternd und mit knisternden Einkaufstüten beladen nach Hause kamen. Auch das wiederholte Klopfen an meiner Zimmertür drang nicht wirklich in mein Bewusstsein, das mit Liebeskummer durchtränkt und daher völlig getrübt war. Plötzlich ging die Tür auf.

»Olivia! Meine Güte – was ist denn mit dir los?« Mamas besorgte Stimme bewirkte einen erneuten Weinkrampf, und dann fand ich mich in ihren Armen wieder.

Andys fragende Stimme sickerte in den Randbereich meiner Wahrnehmung. Aber Mama hielt mich weiter fest und bat ihn, uns einen Moment allein zu lassen. Vor lauter Rührung, dass sie mich wichtiger nahm als ihren neuen Lover, musste ich noch heftiger heulen.

Ich konnte gar nicht mehr aufhören, bis ich irgendwann anfing zu husten und zu würgen. Es war so schlimm, dass ich dachte, ich müsste mich gleich übergeben. Mama befahl mir, mich aufzurichten und tief zu atmen. Sie fand die Wasserflasche und flößte mir vorsichtig etwas ein. Dabei streichelte sie mich unentwegt. Wann hatte ich das letzte Mal so viel liebevolle Zuwendung von ihr bekommen?

Sie riss das Fenster auf, damit ich besser Luft bekam, setzte sich dann wieder neben mich und umhüllte mich sanft mit ihren Armen. So geborgen hatte ich mich zuletzt nur bei Leander gefühlt. Ganz langsam wiegte sie mich und fing leise an zu summen. Und auf einmal zogen weiche Pastellfarben wie Schleier hinter meinen geschlossenen Lidern vorüber und beruhigten mich allmählich.

»Schhhh, ist ja gut«, summte ihre Stimme, die mich plötzlich an meine Kindheit erinnerte – als sie noch genauso sanft gesprochen hatte. Als Papa noch bei uns gewesen war. Erst danach hatte ihre Stimme diesen harten Unterton angenommen und seither nie wieder abgelegt.

In diesem Moment fühlte ich mich, als hätte jemand ein Pflaster auf eine große Wunde in meinem Inneren geklebt, die ich gar nicht mehr wahrgenommen hatte, weil sie wie selbstverständlich zu mir gehörte.

Mamas Hand strich über meine Haare. »Na, geht's wieder?«

Langsam schüttelte ich den Kopf. Wortlos reichte sie

mir die Wasserflasche, und erst als ich sie gierig zur Hälfte geleert hatte, schien sich mein Verstand wieder zu klären.

»Oje, mein Mädchen – das nennt man wohl einen mittelschweren Nervenzusammenbruch. Es ist wegen ihm, oder?«

Ich nickte.

»So schlimm?«

Zitternd versuchte ich Luft zu holen, als neue Tränen auf meinen Schoß tropften.

»Nein, nicht wieder wegdriften! Sieh mich an!« Sie hob mein Kinn. »Langsam in den Bauch atmen, sonst hyperventilierst du wieder. Komm schon.« Sie rieb meine Hände und Arme, dann knetete sie meine Füße – und endlich wurde mein Blick klarer.

Liebevoll lächelte sie mich an. »Siehst du, geht doch.«

Verwirrt starrte ich zurück. In ihrem Blick lag so viel Wärme und Mitgefühl. So hatte sie mich seit vielen Jahren nicht mehr angesehen. Was passierte hier? Genauso hatte ich mir meine Mutter immer gewünscht – stark und selbstsicher und einfach nur liebevoll. Als sie meinen Rücken streichelte, war es, als würde sie mir einen schützenden Mantel umlegen. Ich schloss die Augen und spürte, wie dicke Felsbrocken von meinen Schultern fielen.

Es klopfte.

»Komm ruhig rein«, rief Mama.

Andy kam mit zwei Bechern voll duftendem Kaffee ins Zimmer.

»Ich dachte, das könntet ihr jetzt brauchen.«

»Danke, du bist ein Schatz«, sagte Mama und küsste ihn.

Sie drückte mir einen Becher in die Hände und wurde

ein kleines bisschen rot. Ich blickte mit verhaltenem Lächeln von ihr zu ihm.

»Ich mach mich dann mal vom Acker«, verkündete Andy.

»Tut mir leid«, sagte Mama. »Aber Livie braucht mich jetzt.«

»Weiß ich doch. Wir sehen uns morgen. Macht's gut, ihr zwei!«

Und weg war er. Was für ein aufmerksamer Mann.

Schweigend tranken wir unseren Kaffee. Ich konnte mich nicht erinnern, wann das Zeug jemals so gut geschmeckt hatte.

»Du hast mich Livie genannt«, war das Erste, was mir über die Lippen kam, als meine Lebensgeister endlich wieder die Herrschaft übernommen hatten.

»Hab ich das?« Mama schmunzelte. »Na ja, es passt ja auch zu dir.« Ein Glitzern trat in ihre Augen, das ich so noch nie gesehen hatte.

»Seid ihr beiden jetzt … zusammen?«, fragte ich vorsichtig.

»Das nehme ich mal stark an«, antwortete sie, und ein breites Lächeln ließ ihr Gesicht aufleuchten.

Liebe macht schön, dachte ich. Ob ich auch so geleuchtet hatte, bevor dieser ganze Schlamassel …?

»Magst du mir erzählen, was passiert ist?«, bat sie mich so freundlich, dass ich nicht anders konnte, als ihr zu vertrauen.

In der nächsten halben Stunde redete ich wie ein Wasserfall. Alles erzählte ich ihr – na gut, fast alles. Intime Details ließ ich weg. Aber als ich geendet hatte, kannte meine Mutter das ganze Desaster mit Felix. Nachdem ich mir alles beim Erzählen noch einmal bewusst gemacht hatte, war Leanders Reaktion jetzt auch für mich absolut nachvollziehbar. Wenn ich mir vorstellte, an seiner Stelle zu sein …

Mama urteilte nicht, und sie wertete nicht. Auch gab sie ausnahmsweise keine *gutgemeinten* Ratschläge.

Sie sagte nur: »Puh, starker Tobak. Das wird nicht einfach werden. Aber wenn ihr beiden wirklich so stark verbunden seid, wie du geschildert hast, dann müsst ihr es irgendwie hinkriegen. Nichts ist schlimmer, als wenn man sich wirklich liebt und trotzdem aneinander scheitert. Ich weiß, wovon ich rede.«

»Meinst du etwa … Papa?«, fragte ich verwundert.

Sie nickte nachdenklich. »Dein Leander hat mich von Anfang an ein bisschen an Matthias erinnert. Seine einfühlsame Art, seine künstlerische Ader, und na ja, dass er nicht ganz in die Norm passt. Vielleicht war das der Grund, warum ich ihm gegenüber zuerst so skeptisch war. Ich dachte, du würdest vielleicht denselben Fehler machen wie ich.«

»Und jetzt … siehst du das anders?«

»Ein wenig schon. Ich hab viel darüber nachgedacht, seit wir neulich bei Opa darüber sprachen. Eigentlich haben wir uns ja sehr geliebt, dein Vater und ich. Ich konnte bloß nicht damit umgehen, dass er so lebensuntüchtig war. Trotzdem hab ich ihn nie ganz losgelassen – und seitdem jeden anderen Kerl mit ihm verglichen. Und daran musste ich immer wieder scheitern, weil es ihn eben nicht gibt, den berühmten Mister Perfect. Aber hin und wieder hat man das Glück und begegnet einem, der dem Ideal ziemlich nahe kommt.«

»So wie Andy, hm? Ehrlich gesagt hab ich von Anfang an gehofft, dass er bei dir punktet. Leander hat auch gemerkt, dass bei euch was im Busch ist, schon als er euch das erste Mal begegnet ist. Weißt du noch?«

»Oje – mein Auftritt damals war wohl kein Meisterstück«, gab Mama zu. »Ist mir im Nachhinein auch peinlich gewesen.«

»Er weiß das.«

»Leander kriegt mehr mit, als einem lieb ist, oder?«

»Oh ja«, schmunzelte ich.

Und so plauderte ich zum ersten Mal in meinem Leben einen ganzen Abend lang mit meiner eigenen Mutter wie mit einer Freundin: über Männer, über Träume und – ja, sogar über Sex! Zu meinem größten Erstaunen erzählte sie die eine oder andere Jugendsünde: Demnach hatte sie ihr *erstes Mal* mit irgendeinem schnarchlappigen Schönling aus der Tanzschule erlebt. Und ich bekam leuchtende Augen, als sie mir mit mädchenhafter Freude gestand, dass sie genauso alt wie ich gewesen war, als sie sich auf den ersten Blick in meinen Vater verliebt hatte. Auf einem Herbert-Grönemeyer-Konzert. Aber es hatte noch ganze zwei Jahre gedauert, bis sie ihn »rumgekriegt« hatte – so wörtlich.

Sie steckte mich mit ihrer guten Laune dermaßen an, dass ich meinen Kummer für eine Weile vergaß – zumindest, bis ich wieder allein in meinem Bett lag und auf den Schlaf wartete.

Als am Mittwoch immer noch kein Lebenszeichen von Leander gekommen war, überfiel mich langsam Panik. Ich hatte ihm inzwischen circa ein Dutzend Nachrichten hinterlassen, aber es schien, als hätte er sein Handy in die Elbe geworfen. In meiner Ratlosigkeit war ich drauf und dran, einfach zu ihm zu fahren, tat es aber im letzten

Moment doch nicht. Ich hatte zu viel Angst, die Tür vor der Nase zugeknallt zu bekommen.

Doch mitten in der Nacht vibrierte plötzlich mein Handy auf dem Nachttisch. Unterdrückte Rufnummer. Als ich abhob, hörte ich am anderen Ende nur Stille.

»Hallo?«, flüsterte ich. »Wer ist da?«

Ein kaum vernehmbares Atmen ließ mein Herz schneller schlagen.

»Leander, bist du das? Sag doch w…« – Aufgelegt.

Ich war mir ganz sicher, dass er es gewesen war. Aber warum sagte er nichts? Traute er sich nicht? Oder wollte er mich testen? Fragen über Fragen, mit denen ich lange Zeit nicht einschlafen konnte.

Am nächsten Morgen schrieb ich ihm eine SMS.

Hast du mich heute Nacht angerufen? Warum hast du nichts gesagt? Ich vermisse dich so furchtbar. Und ich möchte immer noch mit dir reden. Ich liebe dich.

Am Donnerstagabend – ich kam gerade von meiner täglichen Krisendurchhalte-Radtour – klingelte wieder mein Telefon. Diesmal eine Nummer, die ich nicht kannte.

»Hi, Liv. Hier ist Robin.«

»Rocko! Woher hast du meine Nummer?«

»Na, woher wohl? Hab Leos Handy durchforstet, als er gerade nicht im Zimmer war. So was würde ich niemals tun, wenn es nicht zwingend notwendig wäre.«

»Was ist passiert? Wie geht es ihm?«

»Sag du's mir, Liv! Wieso hat mein Cousin sein halbes Zimmer demoliert und ist seit Tagen nur noch am Heulen? Er isst nicht, schläft nicht, und er will auch nicht reden! Nur mit Mühe konnten wir ihn davon abhalten, seine Geburtstagsfeier abzusagen. Was um alles in der Welt ist zwischen euch passiert?«

33. SCHLUSSAKKORD

Ich wusste nicht, was mich geritten hatte, Rocko das ganze Drama – in groben Zügen – zu erzählen. Vielleicht hatte ich gespürt, dass er sich ernsthaft Sorgen machte. Außerdem hatte ich die Hoffnung, dass er irgendwie zu Leander durchdringen konnte, damit er bereit war, mit mir zu reden. Ich hoffte es so sehr! Rocko meinte, Leander hätte völlig überreagiert. Und dass es typisch für ihn wäre, erst mal wegzulaufen, wenn es schwierig wurde. Damals bei Sophia, sagte er, sei es ähnlich gewesen. Dabei hatte ich immer gedacht, Leander könnte gut über seine Gefühle reden. Aber für ihn war Vertrauensbruch nun mal das Schlimmste. Es machte mich irre, dass ich nicht mit ihm sprechen durfte! Wieso war er nur so stur?

Seit Rockos Anruf gestern saß ich wie auf Kohlen und wartete auf Nachricht. Am Freitagnachmittag klingelte endlich mein Telefon.

»Es tut mir leid, Liv«, sagte Rocko. »Aber ich fürchte, der Versuch ist nach hinten losgegangen.«

»Was meinst du damit?« Ein mulmiges Gefühl waberte in meinem Bauch.

»Na ja, jetzt ist der Sturkopf auch noch sauer auf *mich*. Weil ich mich eingemischt habe.«

»Was hast du ihm denn überhaupt gesagt?«

»Nicht viel. Ich hatte kaum Zeit, ihm deine Version

der Geschichte zu verklickern, weil er mir gleich ins Wort gefallen ist. Er wollte es nicht hören. Stattdessen hat er mich angepflaumt, ob du und ich jetzt … gemeinsame Sache machen würden. Er benutzte dafür etwas unfeinere Worte, aber die behalte ich lieber für mich.«

»Was? Spinnt der jetzt völlig?«

»Genau das war auch meine Antwort. Als ich ihn dann erinnert habe, dass er morgen zwanzig wird und nicht mehr wie ein verstockter Teenie vor Konflikten davonlaufen sollte, hat er mich rausgeschmissen.«

»Das kann doch nicht wahr sein!«, rief ich entsetzt.

»Ich fürchte, er hat sich da in etwas reingesteigert, wo man ihn nur mit Hammer und Meißel wieder rauskriegt.«

Ich seufzte. »Ich hab ihn so schwer enttäuscht, dass er mir einfach nicht verzeihen kann. Aber dass er nicht reden will – nicht mal mit seinen besten Freunden –, das kann ich einfach nicht verstehen. Dabei hat *er* mir doch immer Mut gemacht, über Gefühle zu reden, weil ich das ja auch nicht so gut konnte.«

»Jaja, bei anderen hat er das echt drauf. Leo hat ein feines Gespür dafür, wie Leute ticken und was bei ihnen schiefläuft. Und dann sagt oder macht er meist genau das Richtige, um jemandem den Weg da raus zu zeigen. Aber bei sich selbst hat er offenbar ein Brett vorm Kopf.«

»Was soll ich denn jetzt machen? Meinst du, ich soll ihn einfach noch eine Weile in Ruhe lassen?«

»Also, ich finde vier Tage Schmollen wären selbst für einen Dreizehnjährigen mehr als genug.«

»Okay. Aber dann zieh ich das jetzt alleine durch. Ich will nicht, dass ihr beiden meinetwegen Zoff habt.«

»Kommt nicht in Frage, Liv! Ich will euch helfen, denn ich weiß, wie viel du ihm bedeutest. Er liebt dich mehr, als er sagen kann, und er ist total verrückt nach dir. Als ich euch das erste Mal zusammen gesehen hab – damals am Pool –, da hab ich sofort gedacht: Wow! Wie macht dieses Weib das? Ich hab Leo noch nie so gelöst und glücklich gesehen. Der hat geleuchtet wie ein verdammter Sonnenaufgang! Zwischen euch hat richtig die Luft geglitzert. Und da wusste ich: Das ist sie. Die Richtige für ihn. Der berühmte große Wurf, der einem wahrscheinlich nur einmal gelingt. Und eigentlich weiß dieser Torfkopf das auch – so was gibt man nicht einfach auf, nur weil's mal ein paar Probleme gibt.«

Ich schniefte.

»Ich tu, was ich kann«, versprach Rocko. »Und wenn ich ihn in meiner Werkstatt in den Schraubstock zwingen muss, damit er dir endlich zuhört.«

»Du bist echt ein Schatz.« Jetzt liefen die Tränen ungehemmt meine Wangen hinunter.

»Hey! Nicht weinen«, sagte er sanft. »Wär doch gelacht, wenn wir ihn nicht wieder zur Vernunft bringen könnten.«

Tief durchatmend sammelte ich mich wieder.

»Und jetzt?«, fragte ich. »Was ist mit morgen? Ich kann doch nicht einfach auftauchen und ihm die Feier verderben.«

»Pfff. Erstens hat Leo sowieso keinen Bock auf den ganzen Zinnober, und zweitens würdest du damit auf jeden Fall ein Zeichen setzen. Nämlich dass du nicht aufgibst.«

»Aber wenn ich anwesend bin, ist er wahrscheinlich so unter Stress, dass er sich gar nicht um seine Gäste kümmern kann.«

»Das kriegt er schon gebacken. Wie lange willst du

denn noch warten? Du musst ihn unbedingt berühren, damit er sich an seine wahren Gefühle für dich erinnert.«

»Aber ich will kein Drama veranstalten vor allen Leuten.«

»Musst du auch nicht. Ich kann ja ein bisschen an deiner Seite bleiben. Wenn's eskaliert, mach ich den Ringrichter. Wie wär's, wenn du deine Freundin mitbringst – wie hieß sie noch? Nessie. Dann wird's leichter.«

»Er hat sie sowieso eingeladen. Wir könnten später kommen, um zehn oder so – dann kann er sich erst mal auf die anderen konzentrieren. Und du sagst am besten nichts von mir.«

»Die Idee ist gut. Schick mir 'ne SMS, wenn du da bist.«

»Gut, dann … sehen wir uns morgen. Oh Mann, am besten hältst du einen Eimer Baldrian für mich bereit, damit ich das durchstehe«, seufzte ich.

»Och, ich könnte dir diverse Kräuter aus meinem privaten Anbau zur Verfügung stellen – aber ich glaube, dein Rauschbedarf hält sich nach den letzten Erfahrungen in Grenzen.«

»Worauf du einen lassen kannst!«

Mit Sven und Nessie im Schlepptau fühlte ich mich nicht ganz so schutzlos, als wir am späten Samstagabend bei Leanders Feier aufschlugen. Da meine schönsten Outfits allesamt in meiner Reisetasche schlummerten, die noch immer bei ihm war, trug ich nur eine schlichte Stoffhose und ein schwarzes Top mit um die Hüften geknoteter Bluse.

Mir war eiskalt vor Aufregung. Dabei war es ein wunderschöner, lauer Sommerabend wie aus dem Bilderbuch. In dem weitläufigen Garten stand ein kleines Partyzelt mit Festbeleuchtung. An diversen Stehtischen und Bänken hatten sich die Gäste zu plaudernden Grüppchen zusammengetan. Es tummelten sich sogar ein paar Leute im Pool, den Nessie mit einem »Boah, fett, der ist ja von unten beleuchtet!« angemessen zu würdigen wusste. Musik war nur dezent aus dem Inneren des Hauses zu hören. Mindestens fünf Leute mit Blindenstöcken konnte ich ausmachen.

Rocko hatte uns am Gartentor abgepasst und begrüßte mich mit einer herzlichen Umarmung inklusive Wangenkuss.

»Na, Livie, alles klar?«, fragte er und legte mir den Arm um die Schulter.

»Nein. Ich hab das Gefühl, dass mich alle hier böse anstarren …«

»Ach, Quatsch, das bildest du dir ein. Außer den paar üblichen Verdächtigen kennt dich doch keiner.«

»Wo … ist er?«

»Leo ist mit Tim, Luis und so 'nem kleinen Maulwurf unten im Übungsraum.«

»Maulwurf?«

Rocko grinste. »So 'n kleiner Steppke – einer von den Blinden hier. Der wollte unbedingt mal 'ne E-Gitarre schreddern.«

»Und wer ist Luis?«

»Tims neuer Lover – heißes Gerät!«, raunte Rocko.

Na, immerhin war der Stressfaktor Tim damit wohl Geschichte.

»Kommt, ich bring euch an die Bar!«, schlug Rocko vor und dirigierte uns zu dem kleinen Partyzelt, wo er uns mit Getränken versorgte.

Ich setzte mich mit Rocko an einen der Tische neben dem Zelt, wo man einen guten Überblick hatte, aber vom Haus aus nicht gleich gesehen werden konnte. Während Nessie und Sven die Reste des Büfetts plünderten, kümmerte sich Rocko rührend um mich. Sein pausenloses Gequatsche gab trüben Gedanken in meinem Kopf kaum eine Chance. Ich wusste, dass das seine Absicht war, und war ihm dankbar dafür.

»Hey, wen haben wir denn da? Hallo, Liv!«, begrüßte mich Lars, Leanders Vater. Er trug eine Schüssel mit irgendeinem Nachtisch ins Zelt, bevor er sich neben mich setzte.

»Schön, dass du da bist«, sagte er und rieb kurz meinen Arm. »Ich habe mitgekriegt, dass ihr gerade Ärger habt, du und Leo … Tut mir wirklich leid. Meinst du, ihr kriegt das wieder hin?«

»Ich … kann nicht darüber reden«, flüsterte ich.

»Musst du auch nicht. Aber du sollst wissen, dass wir dich mögen, Liv, und dass du uns immer willkommen bist. Vertragt euch wieder, hm?«

»Das liegt nicht an mir.« Ich schluckte schwer.

»Ja«, seufzte Lars, »Leander kann manchmal ziemlich stur sein. Das hat er wohl von mir. Egal was gewesen ist, Liv – man muss lernen zu verzeihen. Es ist schlimm zu sehen, wie ihr beide leidet. Du bist auch schon ganz blass und schmal im Gesicht.«

Und dann sah ich ihn.

Wie in einer Zeitlupenszene im Film erschien Leander in Großaufnahme, während alles andere in meinem Blickfeld verschwamm. Als würde ich ihn zum allerersten Mal erblicken, konnte ich nicht anders, als ihn fasziniert anzustarren: wie sich seine wundervollen Lippen bewegten, als er mit dem etwa zehnjährigen blinden Jungen sprach, den er gerade durch die Glastür nach draußen dirigierte. Seine Augen hatte er hinter einer Sonnenbrille verborgen, die von den frechen Haarsträhnen umtanzt wurde. Schwarze Jeans, schwarzes Hemd – er sah einfach umwerfend aus. Und doch wirkte er seltsam durchsichtig, sehr blass, irgendwie abwesend. Ein Stein formte sich in meinem Magen.

Lars tätschelte mir die Hand und flüsterte: »Wird schon …«, bevor er sich davonmachte.

Jemand hatte ein Feuer in der riesigen Eisenschale entfacht, was mich wehmütig an den schönen Abend mit Leanders Familie erinnerte. Von allen Seiten strömten Gäste herbei, um sich auf Stühlen und Decken rundherum zu drapieren. Der funkenstiebende Feuerschein hätte ein romantischer Anblick in der Dunkelheit sein können – wenn mir nicht vor Anspannung speiübel gewesen wäre. Tim, Jeremy und ein südländischer Typ schleppten Gitarrenkoffer und Verstärkerkästen auf die Terrasse.

»Was wird das?«, fragte ich Rocko zittrig.

»Kleines Abschiedskonzert. Jimmy zieht nächste Woche nach England und hat sich noch eine Gitarrensession mit Leo gewünscht. Die beiden haben früher oft zu zweit gespielt.«

»Wow! Lagerfeuerromantik«, schwärmte Nessie, als sie mit Sven an der Hand und einem angenagten Baguette in der anderen zu uns herüberkam. Sie setzte sich neben mich und strich über meinen Arm. »Mensch, Livie, du bist ja ganz kalt! Nicht, dass du uns noch aus den Latschen kippst.«

»Bin nur etwas aufgeregt«, murmelte ich.

»Etwas?«

Da jaulte die E-Gitarre auf, und alle verstummten, als Jeremy eine langsame Variante von »Happy Birthday« zum Besten gab – die dann in eine coole, rockige Version überging und mit einem schrillen Tremolo endete, vom Publikum mit johlendem Applaus belohnt.

Leander konnte ich hinter den Schattengestalten der Leute nicht sehen. Doch als er die ersten Akkorde auf seiner Konzertgitarre anschlug, deren Klang elektrisch verstärkt wurde, waren sie wieder da – meine Farben. Ganz zart nur, aber deutlich. Unsere Verbindung war also noch da. Ob das dieselbe Gitarre war, mit der ich bis vor kurzem noch geübt hatte? Die Erinnerung an unsere ständig durch Kuschelpausen unterbrochenen Unterrichtsversuche verursachte mir einen brennenden Schmerz in der Kehle.

Staunend lauschten wir den beiden Virtuosen am Lagerfeuer, die nun stilecht einen mir vage bekannten Hippiesong spielten, den die Zuhörer fröhlich mitsangen – irgendwas mit San Francisco. Es folgten diverse Ohrwürmer, die fast jeder mitsingen konnte, bis Lasse sich am Ende der Show mit einem lauten Pfiff Gehör verschaffte.

Wie von einer unsichtbaren Schnur gezogen, stand ich auf und ging näher heran. Rocko und die anderen folgten mir. Jetzt konnte ich ihn endlich sehen: Leander saß neben Jeremy und stellte gerade die Gitarre ab, als sein Bruder sich theatralisch vor dem Publikum verbeugte.

»Ich hab hier noch einen kleinen Auftrag zu erledigen«, verkündete Lasse mit seiner sonoren Stimme. »Tja, Lillebror, vielleicht hast du geglaubt, das wäre schon alles gewesen, was du heute kriegst – aber ein kleines Leckerli wartet hier noch in meiner Hand: Es ist ein Gutschein, gesponsert von deinen Freunden, der dir einen Wunsch erfüllen soll, mit dem du uns schon seit deiner Kindheit nervst!« Allgemeines Gekicher. »Lena hier war vorhin so freundlich, sich deine Braille-Maschine zu mopsen und den Text für dich abzutippen – danke, Lena.« Er legte lächelnd die Hand auf die Schulter eines blinden Mädchens. »Okay – lange Rede, kurzer Sinn: Möge das hier ein unvergessliches Erlebnis für dich werden!«

»Was ist es?«, flüsterte ich Rocko zu.

Er schüttelte nur den Kopf. »Wart's ab.«

Lasse gab seinem Bruder einen Umschlag, aus dem Leander ein weißes Blatt hervorzog. Von weitem sah es vollkommen leer aus, aber ich wusste, dass es voll mit winzigen Papierpickeln war, deren geheime Botschaft nur seine Finger lesen konnten.

Vor Staunen riss er den Mund auf. »Nee, oder? Das ist nicht euer Ernst!«

Lasse grinste und gab Leander eine kleine Figur in die Hand – keine Ahnung, was das war. Dann hielt er ein Plakat hoch, auf dem mehrere bunte Halbmonde über den Himmel segelten.

Ein Raunen und Klatschen hob an, und jemand rief: »Cool – Gleitschirmflieger!«

Lasse bestätigte dies. »Yeah! Leo hat sich schon immer gewünscht, fliegen zu können. Und das soll er jetzt endlich mal erleben, bei einem Tandemflug mit dem Gleitschirm.«

Dann nahm er Leander die Miniatur aus der Hand und warf sie in die Luft – ein winziges Männchen segelte an einem Plastikschirm zu Boden.

»Ihr seid echt verrückt, Leute! Das ist … unfassbar. Danke«, rief Leander und nahm seinen Bruder in den Arm.

»Das ist ja toll!«, freute ich mich.

Rocko grinste vielsagend. »War meine Idee.«

»Wie, und Lasse erntet die Lorbeeren?«

»Du weißt doch, ich bin eher der Mann im Hintergrund«, sagte Rocko mit einem Augenzwinkern.

Eine Weile ging das Geraune und Gestaune weiter. Nessie stellte sich neben mich und legte den Arm um meine Taille.

»Na, Maus, wie geht's dir?«, fragte sie.

»Frag lieber nicht«, seufzte ich und legte den Kopf an ihre Schulter.

Ein paar Jugendliche begannen »Zugabe!« zu skandieren und nötigten die beiden Gitarrenspieler, sich wieder hinzusetzen.

»Ohh, bitte spielt doch das Langsame von Metallica!«, rief die blinde Lena, an einen Jungen gelehnt, der genau wie sie eine Sonnenbrille trug.

»Nein, auf keinen Fall«, wehrte sich Leander. Jeremy redete auf ihn ein, aber Leander schüttelte immer wieder den Kopf. »Nein, das … kann ich jetzt nicht.«

»Komm, das war unser Meisterstück am Samstag! Tu's für mich. One last time, please«, bettelte Jeremy.

Leander pustete heftig die Luft aus und willigte schließlich mit verkniffenem Mund ein.

Als Jeremy die ersten Töne anschlug, verstummten alle Anwesenden. Da wusste ich, warum Leander sich so vehement geweigert hatte, denn dies war die schönste Instrumental-Version, die ich je von diesem Song gehört hatte. Jeremy übernahm mit der E-Gitarre Melodie und Singstimme, und Leanders kraftvolle Akkorde imitierten gekonnt den Hintergrundsound von »Nothing Else Matters«.

»Wahnsinn«, wisperte Nessie, während ich schon wieder mit den Tränen kämpfte.

Plötzlich stand Rocko hinter mir und legte seine Hände auf meine Schultern. »Auf dem Konzert in SPO haben die beiden den Song auch performt. Hast du den Film im Netz noch nicht gesehen?«

»Wann hätte ich denn bitte *daran* denken sollen?«, zischte ich ihm zu.

»Hätte sich gelohnt! Er hat den Song dir gewidmet, vor allen Leuten.«

Sprachlos drehte ich mich zu ihm um. Mir schossen Tränen in die Augen. Rocko tätschelte mir die Wange und lächelte verständnisvoll.

Als der Song endete, flippten die Zuhörer aus wie auf einem Konzert, und die Jungs verschwanden in einer Traube von begeisterten Umarmern.

Die ersten Verabschiedungen begannen, und allmählich löste sich das Gewusel auf. Nur eine Handvoll Leute blieb am Feuer sitzen. Ich erspähte Tim, der mit dem Südländer flüsterte und kicherte – war das dieser Luis, sein neuer Lover? Die anderen waren am Einpacken und begannen, das Equipment ins Haus zu schaffen.

»Ach Livie«, seufzte Nessie. »Das ist vielleicht eine schöne Scheiße mit euch, hm? Willst du nicht doch mal zu ihm hingehen?«

»Wie stellst du dir das denn vor? Ich kann ihm doch jetzt nicht vor allen Leuten um den Hals fallen. Sollen wir hier ein öffentliches Drama aufführen? Nein, ich warte lieber ab.«

»*Oh oh*, ich fürchte, das Warten hat sich erledigt. Tim hat uns gerade entdeckt.«

»Scheiße«, flüsterte ich. Wir standen keine fünf Meter

von ihm entfernt, und unsere Deckung war soeben aufgestanden und weggegangen.

Als sich unsere Blicke trafen, runzelte Tim die Stirn. Natürlich hatte er nichts Besseres zu tun, als mich in die Pfanne zu hauen. Er stupste Leander an und sagte leise, aber unüberhörbar: »Sie ist hier.«

Leander erstarrte. Seine Lippen formten ein tonloses »Wo?«, und Tim drehte ihn in meine Richtung.

»Und jetzt?«, zischte ich. »Soll ich hingehen oder nicht?«

»Keine Ahnung«, sagte Nessie.

Aber Leander nahm mir die Entscheidung ab: Er drehte sich um und flüchtete nach drinnen.

»Ignoriert dich einfach, der Feigling«, schimpfte Nessie.

»Schon gut«, schniefte ich. »Ich hab's ja nicht besser verdient.«

»Jetzt red nicht so 'n Scheiß! Du – hast – nichts – verbrochen! Jedenfalls nichts, was über eine Ordnungswidrigkeit hinausgeht. Also, kneif die Muschi zusammen und sag dem Blödmann, dass er sich benimmt wie im Kindergarten. Na los, hinterher!« Sie schubste mich sanft Richtung Glastür.

Ich fand Leander am Treppenaufgang, wo er sich gerade mit Rocko zoffte.

»... und du hast es die ganze Zeit gewusst, oder was?«, hörte ich ihn schimpfen.

»Mann, komm mal runter!«, sagte Rocko. »Wir wollten dir nur Stress ersparen.«

»Das ist euch ja vorzüglich gelungen! Habt ihr euch jetzt gegen mich versch...«

Er hatte mich gehört. Zögernd kam ich näher und stellte mich neben Rocko, der mir ermutigend über den Rücken strich.

»Hi«, sagte ich und versuchte, nicht allzu schwächlich zu klingen.

Leander schnaubte. »Was willst du hier?« Seine Stimme war kalt. Ich erschauerte innerlich.

»Wie redest du denn mit ihr?«, empörte sich Rocko.

»Lass nur«, bat ich und trat dichter an Leander heran. Nessie hatte recht. Mit Entschuldigungen und Selbstanklagen würde ich diese Eismauer nicht durchbrechen.

»Du hast mich eingeladen, damals beim Stadtfest – schon vergessen?«, sagte ich.

»Pfff …« Sein ganzer Körper strahlte Anspannung und Abwehr aus. Wohin war all das Weiche, Liebevolle verschwunden? Ich kämpfte gegen die aufsteigenden Tränen und straffte mich.

»Nessie und Sven sind auch da. Wir wollten dir nur zum Geburtstag gratulieren. Sind extra spät gekommen, damit du dich in Ruhe um deine Gäste kümmern kannst.«

»Das hättet ihr euch sparen können«, sagte er gepresst. »Diese blöde Feier geht mir so was von am Arsch vorbei! Am liebsten hätte ich die ganze Sache abgeblasen.«

»Na super! Dann erklär das mal deinen Gästen, vor allem denen, die von sonst woher angereist sind. Sag mal, wie alt bist du geworden – zwölf, dreizehn? Oder lässt ein *zwanzig*jähriger Mann seine Freundin tagelang im Ungewissen und ignoriert jeden Kontaktversuch? Warum kannst du nicht mit mir reden, sondern ziehst hier so 'ne Kindergarten-Nummer ab?«

»Weil ich nicht reden will! Ich will überhaupt nichts mehr von dir. Und jetzt lass mich in Ruhe. Ich muss mich um meine Gäste kümmern«, sagte er mit vor Sarkasmus triefender Stimme und wandte sich zur Treppe.

Er hat doch jetzt nicht etwa mit mir Schluss gemacht?!

Alles in mir zog sich zusammen.

Rocko schüttelte fassungslos den Kopf. »Der spinnt ja total!« Er blickte Leander hinterher, der auf dem Weg nach oben war.

Verzweifelt sah ich Rocko an. Meine Mundwinkel zitterten, und heiße Tränen sammelten sich, um mein mühsam aufgebautes Selbstvertrauen wegzuspülen. Aus dem Augenwinkel bemerkte ich, wie Lars und Susanne durch die Glastür hereinkamen und abrupt stehen blieben. Sie mussten ihren Sohn noch gesehen haben. In diesem Moment war mein einziger Gedanke, was diese beiden wohl von mir halten würden, wenn ich jetzt klein beigab.

Dann rastete irgendein Schalter in mir ein – ich hatte die Schnauze voll! Und ich schrie ihm wütend hinterher: »Leander Johansson! Du kannst nicht immer weglaufen, nur weil es mal schwierig wird!«

Oben an der Tür hielt Leander kurz inne, dann trat er hindurch und war verschwunden.

»Richtig so!«, lobte Rocko und tätschelte mir die Schulter. »Das ist meine Drummer-Queen!«

Ein kurzer Seitenblick auf Susanne machte mir Mut: Sie nickte anerkennend. Als auch Rocko mir aufmunternd zuzwinkerte und mit dem Kopf nach oben wies, hielt mich nichts mehr.

Ich platzte einfach in sein Zimmer.

»So lasse ich mich nicht von dir abspeis… oh!«

Abrupt blieb ich stehen. Das orange Licht der Kommodenlampe offenbarte ein Schlachtfeld: Ein wildes Gebirge aus Büchern und CDs türmte sich vor dem leergefegten Wandregal; in einer Ecke trauerte ein Hocker um sein gebrochenes Bein; der Boden war mit Schachteln und Papier gepflastert – und inmitten dieses Chaos saß Leander auf seinem Schwingsessel, die Ellbogen auf die Knie gestützt, das Gesicht in den Händen verborgen. Dieser Anblick ließ meine Wut auf einen Schlag in sich zusammenfallen. Leise schloss ich die Tür hinter mir und schob mit dem Fuß einen Karton beiseite, bevor ich mich, ohne zu fragen, auf das Sofa setzte. Wie hatte er hier bloß die letzten Tage existieren können, ohne sich den Hals zu brechen?

Minutenlang schwiegen wir. Merkwürdigerweise wurde ich dabei innerlich ganz ruhig. Vielleicht spürte er das, denn irgendwann nahm er die Hände vom Gesicht und richtete sich auf. Erschrocken zog ich die Luft ein – ohne die Sonnenbrille sah er zum Fürchten aus: blass wie ein Vampir, mit geschwollenen Lidern und dunklen Schatten unter den Augen. Und das alles wegen mir – und wegen einer Sache, die bei Licht betrachtet eigentlich kein Weltuntergang war. Oder doch? Mir wurde klar, dass ich Leander eigentlich überhaupt nicht kannte und dass er mir hier zum ersten Mal seine dunkle Seite präsentierte. Ich war mir nicht sicher, ob ich ihr standhalten konnte.

Er atmete tief durch. »Okay«, seufzte er. »Ich werde nicht weglaufen.«

Die Erschöpfung in seiner Stimme war unüberhörbar.

»Das ist doch schon mal ein Anfang«, sagte ich erleichtert. »Meinst du, wir könnten uns eine Weile unterhalten, ohne dass du mir an die Gurgel gehst? Robin wird dafür sorgen, dass uns keiner stört.«

Er schnaubte kopfschüttelnd. »Dass du auch noch meinen Cousin vor deinen Karren gespannt hast …«

»Hab ich gar nicht! Er war es, der mich angerufen hat – weil er sich ernsthaft Sorgen um dich gemacht hat! Wenigstens hat *er* mir in Ruhe zugehört. Du hast ja anscheinend noch nicht mal meine Nachrichten geöffnet.«

»Doch, hab ich. Aber …« Er zögerte.

»Aber was?«

»Irgendwie sind die Worte nicht zu mir durchgedrungen. Vielleicht … ach, ich war so wütend, ich wollte keine Entschuldigungen hören.«

»Aber wieso um alles in der Welt hast du so komplett dichtgemacht?«

»Liv, du hast mich so dermaßen enttäuscht, dass ich nicht weiß, ob ich dir jemals verzeihen kann«, erklärte er mit seltsam tonloser Stimme. »Die letzten Tage waren echt die Hölle für mich. Ich war drauf und dran, Schluss zu machen, glaub mir.«

»Ohne mich anzuhören? Ohne dass du überhaupt erfährst, was wirklich gelaufen ist? Das ist doch nicht dein Ernst! Nach allem, was zwischen uns war … Ich erkenne dich echt nicht mehr wieder«, sagte ich verzweifelt.

»Ich weiß nicht, wie ich dir je wieder vertrauen soll. Das war so ein Schlag ins Gesicht … So will ich einfach nicht weitermachen, immer auf der Hut vor der nächsten Katastrophe.«

»Mann, glaubst du, du bist der Einzige, der gelitten hat? Das waren auch für mich die schlimmsten Tage meines Lebens! Weißt du, was für ein Scheißgefühl das ist, diese verdammte Ungewissheit? Wenn man genau weiß, dass alles nur wegen einem dummen Missverständnis schiefgelaufen ist, aber man keine Chance hat, es aufzuklären?

»Was denn für ein Missverständnis?«, regte er sich auf. »Da erfahre ich – rein zufällig! – an einem einzigen Tag, dass meine Freundin a) mit einem anderen Kerl nach Flensburg gefahren ist und dort mit ihm übernachtet hat; b) dass sie auf einer Party eine erotische Tanzshow abgezogen hat; und c) dass sie besagten anderen Typen vor allen Leuten geküsst hat und dann mit ihm ins Bett gegangen ist! Was bitte schön soll ich deiner Meinung nach daran falsch verstehen?«

»Ich bin *nicht* mit ihm ins Bett gegangen!«, rief ich empört. »Ich hab nur dort übernachtet, weil ich so betrunken war. Die Feier war bei Felix' Eltern.«

»Und es gab da natürlich keinen anderen Schlafplatz als ausgerechnet im Bett von einem Kerl, der bekanntermaßen scharf auf dich ist!«

»Ich hatte einen Filmriss, meine Güte! Ich weiß kaum noch etwas von dem Abend, geschweige denn, wie ich in sein Bett gekommen bin. Was meinst du, wie peinlich mir das war? Aber es ist überhaupt nichts Schlimmes passiert!«

Leander kräuselte die Lippen. »Willst du mir ernsthaft weismachen, dass da nichts gelaufen ist? Woher weißt du das, wenn du einen *Filmriss* hattest?«

»Ich weiß es einfach. Erstens hatte ich beim Aufwachen noch meine Wäsche an …«

»Das heißt gar nichts«, winkte er ab.

Doch ich ließ mich nicht beirren. »Außerdem gehören dazu immer noch zwei, oder? Und Felix hat geschworen, dass er mich nicht angerührt hat. Vielleicht hätte er das gerne gewollt, aber selbst er ist nicht so drauf, dass er sich an Bewusstlosen vergreift.«

»Und wenn du klar im Kopf gewesen wärst …?«

»Dann hätte ich überhaupt keinen Grund gehabt, dort zu bleiben, sondern wäre brav nach Hause geradelt«, antwortete ich. »Leander, du kannst mir ruhig glauben: Ich hab nicht mit Felix geschlafen. Punkt!« Ich seufzte und fügte leise hinzu: »Der Einzige, mit dem ich das tun möchte … bist immer noch du.«

Er schloss die Augen und atmete heftig aus. »Aber warum zum Teufel musstest du ihn küssen? Das war offenbar auf der Tanzfläche, also warst du da noch nicht *bewusstlos.*« Er knetete seine Haare. »Ich weiß gerade nicht, was ich schlimmer finden soll: die Vorstellung, du hättest mit ihm geschlafen, oder dass du ihn aus freiem Willen geküsst hast. Liv, ein richtiger Kuss … das ist so was Intimes! Das teilt man nicht mit jedem. Erzähl mir bloß nichts von *im Eifer des Gefechts* – du hattest einen Grund. Und wenn das so war, dann war es garantiert nicht das einzige Mal.«

Ich beschloss, ihm die Wahrheit zu sagen, auch wenn es ihn verletzen würde. »Du hast recht. Felix hat mich geküsst, und ich hab mich nicht gewehrt. Und kurz davor ist das schon mal passiert.«

Leander sprang auf und stolperte fast, als er Richtung Tür stapfte.

»Nein, bitte bleib hier!«, rief ich. »Du hast versprochen, nicht wegzulaufen!«

Er hielt inne und lehnte sich rücklings an seinen Schreibtisch, so dass er mich scheinbar ansah.

»Ich wollte nicht weg. Ich brauche nur dringend ein bisschen Abstand. Das ist gerade ziemlich hart – zu erfahren, dass du zweimal einen anderen geküsst hast, während wir längst zusammen waren.«

»Ich weiß. Und ich würde alles dafür geben, wenn ich

es ungeschehen machen könnte. Aber das geht nun mal nicht. Ich weiß, ich hab Mist gebaut, aber ich hab dich niemals bewusst angelogen. Wann hätte ich dir das alles denn erzählen sollen? In den paar schönen Stunden, die wir danach noch zusammen hatten? Ich musste doch erst mal selbst damit klarkommen.«

»Wann war es?«, fragte er matt.

»Ich werde dir die ganze Geschichte in Ruhe erzählen, aber … kann ich kurz Pause machen? Ich müsste dringend mal ins Bad, sorry.«

»Klar.« Er senkte den Kopf.

»Lauf nicht weg, okay?«, versicherte ich mich, als ich an ihm vorbei zur Tür ging.

Dabei streifte ich unabsichtlich seinen Arm – und der Blitz schlug ein! Wie bei unserer allerersten Begegnung. Beide zuckten wir zusammen. Für einen winzigen Augenblick knisterte die Luft zwischen uns. Dann war der Zauber wieder vorbei, und ich verließ den Raum.

Im Bad schaufelte ich mir kaltes Wasser ins Gesicht und versuchte mich innerlich zu wappnen. Ein winziger Funken Hoffnung begann in meinem Herzen zu glühen: Er hörte mir zu. Er lief nicht weg. Und er begann, Gefühle zu zeigen …

Auf dem Flur lauschte ich kurz nach unten. Immer noch lief irgendwo leise Musik, und vereinzelte Stimmen waren zu hören. Vermutlich hockten Lasse, Rocko und ein paar hartnäckige Bleiber im Wohnzimmer und ließen die Party ausklingen. Wie spät mochte es sein? Ein Wunder, dass noch keiner gestört hatte, um sich von dem Geburtstagskind zu verabschieden.

Rocko, ich bin dir was schuldig …

Leander kam mir entgegen. »Ich geh auch noch mal

kurz, okay? Keine Sorge, ich komm wieder«, versprach er.

Ich kam mir vor wie nach einem Tausend-Meter-Lauf. Aber der Kampf war noch nicht vorbei, und es war auch nicht klar, wie er ausgehen würde. Tief durchatmend versuchte ich mich zu entspannen.

Als Leander zurückkam, schien sich etwas verändert zu haben. Vielleicht lag es nur an dem sanften Licht oder meiner vernebelten Wahrnehmung, aber seine aggressive Aura schien verschwunden. Es war, als hätte die Eismauer um ihn herum zu schmelzen begonnen. Als er sich wieder auf den Sessel fallen ließ, streifte mich sein unverkennbarer, betörender Duft, und ein dicker Kloß formte sich in meinem Hals.

Atmen, Liv, atmen …

Ich musste mich extrem konzentrieren, um mich nicht von der aufsteigenden Traurigkeit überwältigen zu lassen – die mir klarmachte, was ich verlieren würde, wenn das hier schiefging.

34. I WANT MORE

Leander saß keine Armlänge von mir entfernt auf seinem Sessel und strich sich die wilden Strähnen aus dem Gesicht. Wie immer vergeblich. Ich hatte so eine unbändige Sehnsucht, ihn zu berühren, denn all meine Worte konnten nicht annähernd das ausdrücken, was ich ihm eigentlich vermitteln wollte: dass ich ihn so sehr liebte und dass er mir vertrauen konnte. Ich erzählte ihm die ganze Geschichte – in schonungsloser Offenheit: das böse Erwachen nach meinem Filmriss, die Ereignisse auf der Party und alles, was davor mit Felix gelaufen war. Ich verschonte ihn auch nicht mit meinen leisen Zweifeln, die durch Felix' hartnäckige Annäherungsversuche geschürt worden waren. Ich nahm mir viel Zeit und ließ nichts aus. Ich wollte keine Geheimnisse mehr.

Er hörte zu, ohne mich zu unterbrechen – doch seine Mimik sprach Bände: Unablässig mahlte sein Kiefer, immer wieder kniff er die Augen zusammen. Noch nie hatte ich in seinem Gesicht so viel Bewegung auf einmal gesehen. Als ich schließlich zu dem Punkt kam, wo ich Felix nach unserer Rückkehr aus Flensburg geküsst hatte, brach Leanders Fassade endgültig zusammen, und Tränen kullerten seine Wangen hinunter.

Ich konnte sie buchstäblich vor mir sehen: all die aufgestauten Eisberge, die nun ins Meer stürzten und die

Luft zwischen uns endlich erwärmten. Da konnte auch ich meine Tränen nicht mehr zurückhalten.

»Dieser Kuss hat doch nur bestätigt, was mein Herz längst wusste«, schniefte ich. »Dass meine Gefühle für Felix nur freundschaftlich sind. Inzwischen glaube ich, dass das Ganze vielleicht notwendig war … damit ich kapiere, dass ich mich auf mein Herz verlassen kann. Und das hat immer nur nach dir gerufen! Sogar in der besagten Nacht.«

Er wischte sich die Augen. »Was meinst du damit?«

»An dem Morgen nach der Party hat Felix mir erzählt, dass ich im Schlaf geredet habe. Ich hab immer wieder deinen Namen gesagt. Da hat er verstanden, dass ich nur dich liebe, und endgültig aufgegeben. *Man ist nie ehrlicher als im Traum* – das hast du selbst einmal gesagt.«

Leander vergrub sein Gesicht in den Händen und schüttelte den Kopf. Glaubte er mir etwa nicht?

»Ich rufe Felix auf der Stelle an, wenn du mir nicht glaubst!«, betonte ich. »Ist mir scheißegal, ob ich ihn aus dem Bett klingle.«

»Tu das nicht«, sagte er ruhig und nahm die Hände von den Augen. »Ich glaube dir ja.«

»Was?« Ich starrte ihn an.

Auf einmal stand er auf, ging zur Kommode und holte eine Packung Taschentücher heraus. Er schnäuzte sich, zögerte kurz – und dann setzte er sich neben mich auf das Sofa. Seine plötzliche Nähe ließ mein Herz hüpfen.

»Du glaubst mir wirklich?«, krächzte ich verschnupft.

»Ja, wirklich.«

Er hielt mir ein Taschentuch hin. Als ich ganz undamenhaft hineintrompetete, stahl sich ein zaghaftes

Lächeln auf sein Gesicht. Wie sehr ich diesen Anblick vermisst hatte!

»Kannst du mir verzeihen, Leander?«

»Es gibt nichts mehr zu verzeihen.« Er seufzte tief. »Wenn ich ehrlich bin, kann ich dich sogar ein bisschen verstehen. Ich hatte schon immer befürchtet, dass du dich irgendwann von den Vorzügen eines, na ja, *normalen* Mannes verlocken lässt. Und offenbar hattest du tatsächlich Zweifel, ob Felix nicht die bessere Alternative wäre. Das muss ich wohl einfach schlucken. Du hast sicher nicht die beste Methode gewählt, aber letztendlich … hast du nichts Schlimmeres getan, als deine Gefühle auszutesten. Im Gegensatz zu mir – ich bin vor meinen Gefühlen einfach davongelaufen.«

»Das ist wohl wahr«, seufzte ich und lehnte mich erschöpft zurück. Ein Teil von mir konnte noch nicht ganz begreifen, was gerade zwischen uns geschehen war. Ich ließ den Blick durch den Raum schweifen. »Musstest du deswegen eine Bombe in dein Zimmer schmeißen?«

Er krauste die Nase. »Sieht's sehr schlimm aus?«

»Na ja, ich konnte dich gerade noch ohne Schaufel finden«, sagte ich mit einem leisen Schmunzeln in der Stimme.

»Im Nachhinein ist mir das alles ganz schön peinlich«, gab er zu. »Du musst mich ja für vollkommen verrückt gehalten haben! Aber ich war so furchtbar wütend und enttäuscht – ich wusste einfach nicht, wohin damit.« Er fuhr sich durch die Haare und seufzte. »Liv, es tut mir leid, dass ich mich wie ein pubertierender Vollidiot benommen habe. Ich habe dich ignoriert und beleidigt und nur an mich selbst gedacht. Kannst *du* mir denn verzeihen?«

Die Erinnerung an die letzten Tage, in denen ich so sehr gefürchtet hatte, ihn zu verlieren, ließ mich aufschluchzen.

»Hey«, hauchte er, rückte näher und fand meine Hand. Als unsere Finger sich verschränkten, durchlief mich ein kribbelnder Strom.

»Du warst so kalt und abweisend zu mir, so völlig fremd«, schniefte ich. »Das hat mir solche Angst gemacht. Aber so, wie du jetzt bist, kann ich dich endlich wieder erkennen.«

Er zog die Hand nicht weg, als ich auch seine andere in meine nahm. Als hätte sich damit ein Stromkreis geschlossen, wurde mir zum ersten Mal seit Tagen wieder innerlich warm. Eine unendliche Erleichterung ließ mich tief durchatmen.

»Bitte versprich mir etwas«, bat ich und hielt seine Hände ganz fest. »Sollte ich je wieder Mist bauen, dann schimpf lieber gleich mit mir. Schmeiß mit Sachen, so viel du willst, aber lass mich nie wieder so ratlos im Regen stehen!«

»Ich versprech's.« Seine Stimme war wieder so warm und samtig, wie ich sie liebte.

Eine Weile sagten wir kein Wort. Ich schloss die Augen und lauschte auf unseren Atem. Langsam, ganz langsam sickerte die Erkenntnis in mein Herz: Leander hatte mir verziehen! Ich konnte meine Mundwinkel nicht davon abhalten, sich nach oben zu ziehen. Da spürte ich, wie seine Hände sich lösten und meine Arme hinaufstrichen. Heiße Funkenschauer folgten ihrer Spur. Er strich meine Haare zurück und begann, mit den Fingerspitzen mein Gesicht zu streicheln – so sanft, als würde er es zum allerersten Mal betrachten.

»Ich hab dich so vermisst, meine Liv«, flüsterte er.

»Und ich dich erst«, hauchte ich und presste meine Lippen auf seinen Mund.

Wie ausgehungert drängte ich mich an ihn und saugte jedes Molekül seines umwerfenden Duftes ein, bis ich völlig berauscht war. Als wäre ich in eine Badewanne mit heißem Sekt gefallen, begann alles in mir zu glühen und zu kribbeln. Er fühlte sich so wunderbar vertraut an – und doch aufregend neu. Ich wollte gar nicht mehr aufhören, ihn zu küssen.

Nach einer Ewigkeit löste er sich von mir und schmiegte seine Stirn an meine. »Heißt das … wir fangen noch mal von vorne an?«, flüsterte er.

»Von vorne?« Ich schmunzelte. »Och nöö, lass uns lieber da weitermachen, wo wir aufgehört haben.«

Und ehe er wusste, wie ihm geschah, saß ich rittlings auf seinem Schoß. Überrumpelt stöhnte er auf. Dieser Laut hatte wie immer eine fatale Wirkung auf mich: Mein Bauch wurde zum glühenden Kohleofen, und alles in mir schrie: *Mehr!*

»Setz dich niemals so auf meinen Schoß, wenn du willst, dass ich bei Verstand bleibe«, raunte er.

»Und du? Stöhn nicht so aufregend in mein Ohr, wenn du nicht willst, dass ich über dich herfalle.«

»Ich liebe deine Überfälle …«

»Und ich liebe dich«, hauchte ich und küsste ihm seinen Verstand einfach weg.

Ich hätte ihn auffressen können, so sehr begehrte ich ihn. Genug der Tränen, genug der Worte – ich wollte nur noch fühlen. Und ihm schien es genauso zu gehen. Ich konnte gar nicht schnell genug die Knöpfe seines Hemdes öffnen, so sehr sehnte ich mich nach seiner Haut.

Schon hatte er mir das Top über den Kopf gezogen, und endlich – *endlich!* – lag mein Bauch an seinem. Da war er wieder, der unsichtbare Sternenstrom, der heiß und kribbelnd zwischen uns hin und her rauschte. Doch blieb er diesmal nicht zwischen unseren Bäuchen – er strömte überall hin, erhitzte jede Zelle in mir. Unsere Lippen und unsere Hände hatten eine Menge nachzuholen.

»Ich glaub, ich brauch mal frische Luft«, keuchte ich wenig später in einer Atempause. »Kann ich mal kurz das Fenster aufmachen?«

»Gute Idee«, antwortete er. »Soll ich vielleicht … die Tür abschließen?«

»Oh, ähm … ja. Ist wohl besser«, antwortete ich verlegen und stand auf.

Ich lehnte mich weit aus dem Fenster und atmete die duftende Waldluft ein. Draußen war alles ruhig und dunkel. Es schien niemand mehr da zu sein. Ich hörte Schritte hinter mir, drehte mich um – und mir klappte der Mund auf bei dem wunderschönen Anblick: Mit seiner im orangen Licht weichgezeichneten Haut, der schwarzen Jeans und den verruchten Ponysträhnen sah Leander aus wie ein Filmstar in einer Liebesszene.

»Wo bist du?«, fragte er.

»Ich stehe am Fenster.«

Sein Körper schien zu leuchten, als er vor mir stand. Sanft fuhr ich seine Konturen entlang, als müsste ich mich noch einmal versichern, dass dies kein Film, sondern Wirklichkeit war.

Glühende Lava flutete meinen Unterleib, als er mich an sich zog und leidenschaftlich küsste. Ich wollte nicht, dass er jemals wieder damit aufhörte. Doch eigentlich …

wollte ich noch viel mehr. Ich wollte ihn! Mit jeder Faser meines Körpers. Und diesmal gab es keinen Zweifel, keine Angst mehr vor irgendetwas.

»Schlaf mit mir«, flüsterte ich an seinem Mund.

Überrascht stieß er die Luft aus. »Meinst du das ernst?«

»Ja, und wie«, hauchte ich.

»Aber du wolltest doch warten, bis …«

»Schon passiert.«

»Wirklich? Seit wann?«

»Seit fünf Tagen.«

»Oh nein«, seufzte er und ließ den Kopf gegen meine Stirn sinken. »Das heißt, wir hätten das auch schon früher haben können, wenn nicht …«

»Schhht! Ist doch egal jetzt«, flüsterte ich. »Warte mal kurz …«

Ich angelte nach meiner Tasche, die hinter ihm auf dem Sofa lag.

»Halt die Hand auf«, bat ich ihn und legte den Blister mit den fünf leeren Pillenfächern hinein. »Damit du sicher sein kannst, dass ich die Dinger auch brav einwerfe.«

»Du brauchst mir nichts zu beweisen. Ich vertraue dir.«

»Du vertraust mir?«, schmunzelte ich. »Einfach so?«

»Ja, meine Liebste«, hauchte er und küsste mich so heiß, dass mir schwindelig wurde.

Ohne unsere Lippen zu lösen, schafften wir es irgendwie zum Fußende seines Bettes und plumpsten auf die Matratze, wo wir uns in Windeseile unserer lästigen Restklamotten entledigten. Endlich durfte ich ihm so nahe sein wie noch nie! Am liebsten hätte ich fünf Hände gehabt, um ihn überall gleichzeitig streicheln zu können. Ich war verrückt nach ihm! Und wie er duftete … Diese besondere Note, die nur hervortrat, wenn er erregt war, raubte mir den Verstand.

»Komm her«, flüsterte ich und verschloss seine Lippen.

Es war so leicht. Wir wussten ja schon ein wenig, was der andere gernhatte und brauchte. Trotzdem war es auch spannendes Neuland, weil endlich alles erlaubt war. Jede seiner Berührungen hinterließ eine Flammenspur auf meiner Haut. Jeder Kuss schickte einen heißen Blitz in die Tiefen meines Schoßes. Die Hitze zwischen uns pulsierte, als wir uns immer heftiger küssten und streichelten.

Gleich würde es also tatsächlich passieren …

Doch auf einmal überkam mich Unsicherheit. Leander spürte meine Anspannung und hielt inne.

»Hast du Angst?«, fragte er leise.

»Ein bisschen«, wisperte ich. »Dass es weh tut und ich verkrampfe … und dann nichts mehr geht.«

»Dabei bist du schon so herrlich weich«, raunte er und strich sanft durch meine Feuchtigkeit.

Mir entfuhr ein kehliges Stöhnen.

»Hmm …«, schmunzelte er. »Vielleicht finde ich ja noch eine Möglichkeit, dich etwas mehr zu entspannen.«

Und dann küsste er sich meinen Bauch hinab …

Er wusste genau, was er tun musste, um meine Angst zu vertreiben. Ich quietschte und stöhnte, als seine Zunge über meine empfindlichsten Stellen tanzte. Die Lava in mir schlug Flammen. Schon bald hielt ich es nicht mehr aus – ich wollte ihn endlich in mir spüren.

»Komm zu mir«, keuchte ich und zog ihn auf mich.

Einen Augenblick hielten wir inne, lauschten unserem schnellen Atem.

Und dann tat er es.

Als er vorsichtig in mich eintauchte, schoss eine Feuersäule durch meinen Bauch, und ich stöhnte laut auf. Es tat überhaupt nicht weh, als er langsam tiefer glitt. Im Gegenteil: Das Gefühl, so vollkommen ausgefüllt zu sein, war unbeschreiblich. Was auch immer wir vorher Aufregendes miteinander geteilt hatten – das hier war mit nichts zu vergleichen.

»Tu ich dir weh?«, flüsterte er und senkte seinen Oberkörper vorsichtig zu mir herunter.

»Nein«, hauchte ich. »Du fühlst dich toll an.«

»Und du dich erst«, stöhnte er dunkel in mein Ohr. »Ich liebe dich so sehr … Olivia …«

Ihn so intensiv überall gleichzeitig zu spüren war unbeschreiblich. Als er begann, sich langsam zu bewegen, hätte ich schreien können, so unfassbar schön war das! Instinktiv machte ich mit, und wir fanden unseren ganz eigenen Rhythmus. Ich vergaß völlig, dass vielleicht jemand im Haus unser lautes Stöhnen mitbekommen könnte – jegliches Denken war abgeschaltet. Wie zwei Tänzer überließen wir uns völlig dem Rausch des Moments und verschmolzen mit den Schwingungen einer Musik, die nur wir beide hören konnten.

Leander keuchte heftig. Lange würde er sich nicht mehr zurückhalten können. Die Lava in mir kochte und brodelte, glühende Feuerströme bahnten sich ihren Weg ins Freie – und ich hörte Laute, die zu animalisch waren, als dass sie meine gewesen sein konnten.

Und dann brach er aus, der Vulkan – ich schrie auf,

als alles in mir explodierte. Gleichzeitig bäumte Leander sich laut stöhnend auf, bevor er sich heiß und pulsierend in mich ergoss. Das Beben wollte nicht enden, immer wieder schossen funkelnde Feuersäulen in mir hoch. Ich wusste nicht mehr, wo er anfing und ich aufhörte. Wir waren eins. Ich schlang meine Beine um seine Hüften und wollte ihn noch lange Zeit nicht wieder hergeben.

Erschöpft und nassgeschwitzt lagen wir irgendwann nebeneinander, um uns abzukühlen. Die Glut in mir glomm immer noch vor sich hin, als Leander sich zu mir drehte und begann, mit den Fingerspitzen meine Konturen zu streicheln.

»Hey«, hauchte er und lächelte wie ein Sonnenaufgang.

Ich strich ihm die feuchten Haare aus dem Gesicht. »Hey …«

Er zog mich an sich, hielt mich ganz fest und wiegte uns sanft hin und her. Das sternenfunkelnde Energiefeld zwischen uns hatte sich verwandelt: Wenn ich die Augen schloss, konnte ich es sehen! Es durchdrang und umhüllte uns, war überall – wie in meinem Traum. Ein tiefes Gefühl von Liebe und Vertrauen überflutete jede Zelle in mir und ließ meine Gefühle überschwappen.

»Weinst du etwa?«, flüsterte er und streichelte meine Wange. »Hab ich was falsch gemacht?«

»Nein. Im Gegenteil«, schnupfte ich. »Ich lauf nur ein bisschen über, weil ich so glücklich bin.«

Er küsste mir die Tränen weg und steckte mich mit seinem wunderschönen Lächeln an.

»Weißt du, wie glücklich du *mich* gemacht hast, Olivia?«

Ich schmunzelte. »Du tust es schon wieder.«

»Was?«

»Meinen richtigen Namen sagen.«

»Nicht gut?«

»Na ja … Wenn du ihn so stöhnst wie vorhin, könnte ich mich glatt an ihn gewöhnen.«

»Das werde ich mir merken«, grinste er und küsste mich lange.

»Ich fürchte, ich muss dringend mal ins Bad«, sagte ich, als wir uns voneinander gelöst hatten.

Als ich mich aufsetzte, fiel mein Blick auf das Bord am Kopfende des Bettes.

»Du hast ja jetzt eine Lampe hier«, bemerkte ich.

»Die ist extra für dich«, antwortete er.

»Wirklich? Das ist ja lieb von dir«, sagte ich gerührt bei der Erinnerung an unsere erste Nacht, als ich hier im Dunkeln herumgeirrt war.

»Ich will doch nicht, dass du dir deine wundervollen Beine brichst.«

»Wundervoll? Na ja«, zweifelte ich.

»Ich liebe deine Beine! Sie sind wunderschön. Genau wie alles andere an dir …« Schon hatte er mich wieder geschnappt. »Und ich kann nicht genug von dir kriegen!«

»Hey!«, kicherte ich und versuchte mich loszumachen. »Ich muss wirklich mal ins Bad! Bitte …«

Widerstrebend gab er mich frei, und ich krabbelte aus dem Bett.

»Wie spät ist es eigentlich?«, fragte ich.

Er langte hinter seinen Kopf und betastete den Wecker, dessen Zifferblatt erhaben geprägt war. »Kurz nach eins.«

»Oh. Dann zieh ich mir lieber was an. Dein Bruder ist bestimmt noch wach. Hoffentlich hat er nicht an der Tür gelauscht.«

»Und wennschon«, schmunzelte Leander und streckte sich gähnend. »Was meinst du, was ich mir aus seinem Zimmer schon alles anhören musste?«

Verstohlen lugte ich durch den Türspalt, bevor ich über den Flur huschte, der nur von fahlem Mondschein beleuchtet wurde.

Nachdem ich mich versorgt hatte, stand ich eine Weile vor dem Spiegel. Es war der berühmte *Sieht man es mir an?*-Blick. Ich fand, ich sah einfach nur fertig aus. Aber dann entdeckte ich in meinen Augen einen seltsamen Glanz, den ich kaum beschreiben konnte. Doch! Ich konnte es mir ansehen … und schenkte meinem Spiegelbild ein verschmitztes Lächeln.

Vor Leanders Zimmertür blieb ich verwundert stehen. An der Wand daneben lehnte ein flaches Paket. Es war unverkennbar mein Geschenk, das ich Susanne zur Aufbewahrung gegeben hatte. – Oh nein! War sie etwa vorhin hier hochgekommen, während wir beide lautstark … beschäftigt gewesen waren? Wie peinlich! Im Schummerlicht entdeckte ich jedoch auf dem Geschenkpapier eine handgeschriebene Botschaft, die definitiv nicht von seiner Mutter stammte:

»Das hat mir Susanne in die Hand gedrückt. Hab die Jungs mit zu mir genommen. Viel Glück, ihr beiden. Gruß, R.«

»Robin sind wir definitiv was schuldig«, sagte ich zu Leander, der gerade mit einer Wasserflasche auf der Bettkante saß. Ich erzählte ihm von der Botschaft.

»Ja, ich hab wohl einiges bei ihm gutzumachen«, seufzte er.

»Allerdings. Er ist der beste Freund, den du hast.«

»Ich werde mir was überlegen – aber nicht mehr heute.

Kommst du zurück ins Bett?«, bat er und streichelte das Laken neben sich. »Ist so kalt und einsam hier ohne dich.«

»Kalt?«, kicherte ich angesichts der Wärme im Zimmer. Ich setzte mich neben ihn auf die Bettkante und nahm einen Schluck Wasser.

»Ich hab hier übrigens noch was für dich«, verkündete ich. »Auch wenn dein Geburtstag eigentlich schon vorbei ist.«

»Aber du hast mir doch gerade das schönste Geburtstagsgeschenk gemacht, das ich mir wünschen konnte.«

»Das konnte ich ja nicht … vorausahnen«, entgegnete ich. »Also hab ich schon vor einiger Zeit etwas für dich gemacht.«

»Wie – selbst gemacht?«

»M-hm.« Ich nahm seine Hand und legte sie auf das Paket. »Happy Birthday«, hauchte ich und küsste ihn auf die Wange.

Leander entfernte das Papier und riss erstaunt den Mund auf, als er über das Relief des Fühlbildes fuhr, das ich aus Balsaholz geschnitzt und in Blautönen lackiert hatte. Blau wie seine Augen, auch wenn er es nie sehen würde.

»Wow! Ein Adler? Aber wie kannst du so etwas denn *selber machen*? So filigran ausgearbeitet – Wahnsinn!«

Ich sah, wie er den Hintergrund des Bildes ertastete. Sein Gesicht war ein einziges Staunen.

»Das sind ja Braille-Zeichen! Wann hast du dich denn damit beschäftigt?«

»Immer mal wieder zwischendurch. Hoffentlich hab ich keine allzu peinlichen Fehler gemacht.«

Seine Finger glitten über die kleinen Acrylpunkte, die ich in bestimmten Mustern draufgetupft hatte.

»Lass uns fliegen …«, las er vor.

Wie Juwelen glitzerten seine ozeanblauen Augen, als er mich anlächelte. »Du bist echt unglaublich, Liv. Womit hab ich dich eigentlich verdient?«

»Weil du so bist, wie du bist?«, zitierte ich seine Worte von damals, als wir gemeinsam in der Dusche gestanden hatten.

»Ich liebe dich so sehr«, flüsterte er mir ins Ohr.

Ich kuschelte mich an ihn. »Und ich liebe dich.«

Ganz sanft war sein Kuss, und doch begann ich wieder überall zu glühen. Langsam ließen wir uns nach hinten sinken.

»Sag mal, wieso hast du eigentlich so viel an?«

Und ehe ich mich's versah, hatte er mich wieder komplett ausgezogen.

Ich lag auf dem Bauch, während seine Hände genussvoll die Täler und Hügel meiner Rückseite nachfuhren und auf meiner Haut neue Flammenspuren hinterließen. Leander seufzte tief.

»Was ist?«, murmelte ich ins Kissen.

»Ich stelle mir gerade vor, wie ich von dieser wundervoll kurvigen Landschaft hier ein Fühlbild modelliere …«

Schmunzelnd hob ich den Kopf. »Dann müsstest du es aber gut verstecken. Oder willst du etwa, dass Robin – oder schlimmer noch: dein notgeiler Bruder – es angrabbelt?«

»Um Himmels willen, nein!«, lachte er auf. Dann wurde seine Stimme ernster. »Ich würde es natürlich *dir* schenken. Damit du endlich mal – im wahrsten Sinne des Wortes – *be-greifst*, wie schön du bist.«

»Das ist ja … süß von dir«, sagte ich gerührt. »Aber ich

glaube, es ist effektiver, wenn du mir zu diesem Thema weiterhin Unterricht *am lebenden Objekt* gibst.«

»Nur zu gern«, hauchte er und setzte seine Landschaftsstudien fort.

Auf einmal begann er, uns herumzukullern, bis wir kichernd am Fußende der Matratze liegen blieben. Da drückte etwas unangenehm in meinem Rücken – meine zerknautschte Hose!

»Tja. Damit kann ich wohl morgen nicht mehr auftreten«, seufzte ich und warf sie auf den Boden. »Sag mal, wo ist eigentlich meine Reisetasche?«, fiel mir ein. »Ich hab überhaupt nichts mehr zum Anziehen.«

»Wozu brauchst du Klamotten?«, raunte er und zog mich wieder an sich. »Du glaubst doch nicht, dass ich dich in den nächsten Tagen aus meinem Bett rauslasse!«

»Ups – auch nicht für das Allernötigste, wie Bad und Essen oder so?«

»Darüber ließe sich *eventuell* noch verhandeln, aber sonst …«

Plötzlich zog er mein Knie über seine Hüfte, rollte sich auf den Rücken, und schon saß ich auf ihm – so wie neulich am See, als er sich gewünscht hatte, genau dies einmal mit mir zu tun. Deutlich spürte ich unter mir, dass er die Erfüllung dieses Wunsches immer noch genauso reizvoll fand wie damals.

»Hey, mein Liebster«, flüsterte ich. »Bist du etwa immer noch nicht satt?«

»Von dir? Niemals …«

***

Posteingang SMS:
Sonntag, 12. 8. – 17.07 Uhr
Eine neue Mitteilung
Von Nessie: *Nun erzähl schon, Süße!*

Liv: *Was zuerst? Das Gute oder das Schlechte?*
Nessie: *Himmel, erst das Gute natürlich!*
Liv: *Wir haben uns wieder versöhnt.*
Nessie: *Na, Gott sei Dank. Und das Schlechte?*
Liv: *Du darfst nur den* **alkoholfreien** *Sekt auf-machen …*
Nessie: ♥♥♥♥♥♥♥♥♥♥♥♥♥♥!!!!!

***

EPILOG

»Opi, du fährst zu schnell!«, rief ich. »Da war eben ein Ortsschild.«

»Hebb ik doch sehn«, antwortete er und schaltete einen Gang runter.

Wir fuhren in seinem Wohnmobil durch die hügelige Landschaft der hessischen Rhön, die sich in ihren schönsten Frühlingsfarben präsentierte. Für Mitte April war es erstaunlich warm. Bestes Wetter für unser Vorhaben.

»Wir müssen doch nicht hetzen«, erinnerte ich ihn. »Nach der nächsten Ortschaft sind wir schon fast da. Außerdem sollst du dein Herz schonen.«

Immer noch gab es mir einen Stich, wenn ich an die furchtbaren Tage dachte, als er im Krankenhaus gelegen hatte. Doch zum Glück hatte sich Opa erstaunlich gut von dem Infarkt erholt und war wieder voller Energie und Tatendrang – nach dem Motto: *Jetzt erst recht.*

Ich fuhr mit dem Finger über die Karte auf meinem Schoß. Opa weigerte sich immer noch, mit einem Navi zu fahren, diesem »neumodischen Tinneff«.

Er tätschelte mein Knie. »Wart Tied, dass du endlich dien Föhrerschein makst«, grinste er. »Dann kannst du mich durch die Gegend kutschieren, und ich sitz daneben und darf rummeckern.«

Opa hatte mir zu meinem achtzehnten Geburtstag vor zwei Wochen ein Sparbuch über zweitausend Euro geschenkt – unglaublich! Ohne Wissen meiner Mutter hatte er es für meinen Führerschein angespart.

»Ich hoffe, ich schaff das noch vor dem Winter«, seufzte ich. »Hab keine Lust, bei Eis und Schnee Prüfung zu machen, womöglich in einer fremden Stadt.«

»Du büst doch 'ne plietsche Deern, dat schaffst du!«, ermunterte er mich. »Aber dass du mit ihm wegziehen willst … Der Junge is'n feiner Kerl, aber er soll meine Livie nicht zu weit entführen.«

»Dann drück die Daumen, dass es mit der Musikhochschule in Hamburg klappt. Das wäre mir auch das Liebste.«

»Hat er immer noch keinen Bescheid?«

»Das dauert noch. Die Aufnahmeprüfung war erst vorletzte Woche. Zwei Prüfungen hat er außerdem noch vor sich, in Lübeck und Dresden. Aber letztendlich kommt es nicht darauf an, wo er einen Studienplatz kriegt. Hauptsache, wir sind zusammen. Meine Fachhochschulreife kann ich doch überall zu Ende bringen.«

Ich hatte mich in der Fachoberschule für Gestaltung eingeschrieben, hoffte aber nach wie vor auf einen Ausbildungsplatz in einer Goldschmiede.

»Jaja, so is dat, wenn die Küken flügge werden«, seufzte Opa. »Und wenn die große Liebe ruft, muss man ihr wohl folgen.«

Ich schmunzelte und betrachtete meinen Ring, den Leander mir zum Geburtstag geschenkt hatte. Er hatte ihn extra von seinem Freund, dem Goldschmied, nach dem Vorbild seines eigenen Ringes anfertigen lassen.

Opa warf einen Seitenblick auf meine Hand. »Verlobt seid ihr jetzt aber nicht, oder?«

»Natürlich nicht. Ich hab's ja nicht so eilig wie Nessie«, schmunzelte ich.

»Wie geht's denn deiner Freundin so mit Kind und Kegel?«

»Oh, die Kleine hält sie ganz schön auf Trab. Aber Nessie und Sven packen das schon. Sie wollen Leonie im Mai bei ihrer Hochzeit in der Kirche gleich mit taufen lassen. Ich soll Patin sein.«

Wenigstens würde ich keinen Lachanfall am Taufbecken riskieren, da Nessie zu guter Letzt bei der Namenswahl einsichtig gewesen war.

»Du lässt dir aber noch'n büsch'n Zeit mit Nachwuchs, ja?«

»Opa! Du redest wie Mama«, sagte ich und verdrehte die Augen. »Wir haben noch ein paar andere Dinge zu tun, als Babys zu machen.«

Obwohl ... da mussten wir gut aufpassen, dachte ich mit einem Schmunzeln. Denn das *Machen* – wenn auch zum Glück nicht von Babys – war in den ersten Monaten nach der Versöhnung unsere Hauptbeschäftigung gewesen ...

Ich lehnte mich ans Fenster und genehmigte mir einen prickelnden Moment des Rückblicks: Leander hatte seine damalige »Drohung« wahr gemacht und mich am Wochenende nach seinem Geburtstag tatsächlich nicht mehr aus dem Bett herausgelassen – außer für das Allernotwendigste. Den Rest des Sommers hatte ich praktisch bei ihm gewohnt, und wir waren völlig in unserem Liebesrausch versunken. Die Tage, an denen wir keinen Sex gehabt hatten, konnte ich an einer Hand abzählen. Vielleicht war das normal, wenn man frisch verliebt war – jedenfalls konnten wir einfach nicht genug voneinander kriegen.

Seine Eltern waren zum Glück nicht oft zu Hause – und sehr tolerant, wenn sie einmal da waren, so dass wir uns frei entfalten konnten. Lasse hingegen hatte es sich nicht verkneifen können, hin und wieder einen dummen Spruch zu bringen, wenn er in den Ferien ein paar Tage mit uns unter einem Dach verbringen musste. Ich grinste bei der Erinnerung an seinen Kommentar, als er seinem Bruder am Weihnachtsmorgen im Flur begegnet war: »Mann, dass dir noch nicht der Schwanz abgefallen ist bei dem ganzen Gevögel! Ich hab diese Woche schon 'ne Großpackung Ohropax verbraucht!«

»Pfff… reiner Neid«, hatte Leander trocken geantwortet und war wieder zurück ins Bett gekommen – wo wir dann dafür gesorgt hatten, dass Lasse genügend Motivation fand, um eine Runde joggen zu gehen …

Na ja, hin und wieder machten wir auch mal andere Dinge, zum Beispiel Musik. Leander hatte ein paar leichte Stücke für mich komponiert, und es machte total Spaß, mit Gitarre und Klavier herumzuexperimentieren. Auch gönnte ich mir hin und wieder eine Mußestunde beim Zeichnen oder Modellieren, und manchmal machten wir Tandemausflüge. Die meiste Zeit jedoch waren wir einfach voll auf Droge – in unserem Liebesrausch. Immerhin hatte die ständige Überflutung mit Glückshormonen dafür gesorgt, dass mir meine Lieblingsjeans wieder passte. Trotzdem blieb ich sehr kurvig, was Leander nur allzu lecker fand.

Seufzend betrachtete ich die Bäume, die die ansteigende Straße säumten, und hatte schon wieder Sehnsucht nach unserem Liebesnest im Wald. Vier Tage hatten wir uns jetzt nicht gesehen. So lange waren wir nach seinem Geburtstag nie getrennt gewesen. Leander war mit Robin zum Geburtstag eines gemeinsamen Freundes nach Fulda gefahren, das ganz in der Nähe unseres heutigen Zieles lag. Ich hatte erst gestern Ferien bekommen und war auch deshalb nicht mitgefahren, weil ich ihm mal eine »Auszeit unter Männern« gönnte. Morgen wollten wir alle gemeinsam zurückfahren. Aber heute Nacht würde er nur mir gehören … wenn wir das hier überlebten.

Opa riss mich aus meiner Träumerei: »Livie, guck mal, da vorne ist ein Schild. Geht es da schon rein?«

»Ja, das muss der Parkplatz der Flugschule sein.«

Der Blick von der Wasserkuppe war atemberaubend. Der höchste Berg Hessens ragte angeblich keine tausend Meter über die Landschaft, mir kam es jedoch weit höher vor. Unter dem strahlend blauen Himmel kuschelte sich ein bunter Teppich aus Feldern, Wiesen und Waldflecken an die sanft geschwungenen Hügel. Zum Malen schön. Opa und ich stiegen aus, und ich machte sofort ein Foto. Genau hier sollte heute unser Traum vom Fliegen wahr werden. *Unser* Traum – denn genau wie Leander hatte ich zum Geburtstag einen Gutschein für einen Tandemflug bekommen. Von Mama und Andy – die beiden waren übrigens immer noch zusammen, und wie es aussah, würde das wohl auch langfristig so bleiben. Mama war wesentlich besser drauf seitdem und hatte außerdem eine Therapie begonnen. Und wenn es doch mal wieder zwischen uns hakte, dann hatte ich meinen Fluchtpunkt oben im Wald.

Opa und ich vertraten uns ein wenig die Beine. Der riesige Gebäudekomplex mit dem Flugplatz, den Geschäften, den Restaurants und der berühmten Radarkuppel wirkte wie eine Forschungsstation auf einem anderen Planeten.

Opa legte den Arm um meine Schulter. »Herrlich, dieser Ausblick – was, Deern? Büst schon aufgeregt?«

»So langsam wird mir doch ein bisschen mulmig – wenn ich sehe, wie weit es da runtergeht.«

In diesem Moment hätte ich gern mit Leander getauscht und lieber keine Vorstellung von Entfernungen und Höhen gehabt. Doch Opa zeigte in die Ferne, und ich entdeckte zwei bunte, halbmondförmige Schirme, die über das Tal segelten. Und auf einmal kribbelte es in mir: Das wollte ich auch!

Als wir eben wieder zum Parkplatz zurückschlenderten, röhrte Rockos alter Opel auf die Einfahrt.

Auch nach einem Dreivierteljahr bekam ich noch Herzklopfen, sobald ich Leander sah – erst recht nach vier Tagen Trennung. Als er aus dem Wagen stieg, war es wieder wie beim ersten Mal: Alles um mich herum verschwamm, und ich sah nur noch *ihn* in Großaufnahme. Blaue Jacke, blaue Jeans – er wusste, dass ich diese Farbe an ihm liebte. Seine Ponysträhnen trug er jetzt etwas kürzer, aber der Wind hier oben sorgte dafür, dass sie trotzdem schön wild aussahen.

Ich lief auf ihn zu, fiel ihm wortlos in die Arme und küsste ihn leidenschaftlich.

»Oh Mann, nehmt euch ein Zimmer«, stöhnte Rocko nach einer Weile, als wir immer noch nicht mit der Knutscherei aufhören wollten.

Grinsend lösten wir uns voneinander, blieben aber Arm in Arm stehen.

»Hey, wir sind auf Entzug!«, entschuldigte ich mich. »Schaff dir endlich auch mal 'ne Freundin an, dann weißt du, wie das ist.«

Leander schmunzelte. »Die Chancen stehen gar nicht so schlecht.«

»Wieso?«, fragte ich.

Rocko grinste verlegen.

Leander senkte die Stimme. »Auf der Geburtstagsfeier vorgestern hat er ein Mädchen abgeschleppt.«

»Na, das macht er doch alle naselang«, gab ich zu bedenken.

»Ja, aber diesmal will er seine Eroberung wiedersehen. Stimmt's, Robin? Wie heißt sie noch?«

»Alice«, lächelte Rocko. »Sie spielt E-Gitarre in einer Weiberband.«

»Wow! Das klingt ja vielversprechend«, sagte ich.

Opa räusperte sich und tippte auf seine Uhr.

»Jungvolk! Wollt ihr hier Wurzeln schlagen, oder wollen wir langsam mal los? Ward Tied.«

Nachdem wir unsere Tandempiloten kennengelernt hatten und in die wichtigsten Sicherheitsvorkehrungen eingewiesen worden waren, halfen wir bei den Vorbereitungen. Leander strich über den riesigen Stoffschirm, der auf der Wiese ausgebreitet lag, und betastete die vielen Seile daran, die akribisch geordnet werden mussten – damit er eine ungefähre Vorstellung bekam, woran gleich sein Leben hängen würde. Aber er hatte Vertrauen zu dem Mann, der mit ihm fliegen sollte, denn dieser hatte in über fünfundzwanzig Jahren noch keinen Unfall gehabt und war, wie er sagte, schon einmal mit einem Blinden geflogen.

Vor dem Start mussten wir zusammen mit den Piloten ein paar Trockenübungen machen, um das Anlaufen zu lernen. Jeder bekam eine Art gepolsterten Stoffsitz umgeschnallt. Man saß dem Piloten dann praktisch auf dem Schoß – zwei gestapelte Sessel, die an Seilen hängend durch die Luft flogen … In meinem Magen rumorte es. Ich nahm Leanders Hand.

»Na, Livie?«, rief Rocko, der eifrig die Kamera auf das Geschehen hielt. »Kriegst du jetzt doch das große Flattern?«

»Willst du tauschen?«, gab ich zurück.

»Nö, ich bleib lieber auf dem Boden. Obwohl man ja sagt, Fliegen soll besser sein als Sex!«

»Das kann ich mir kaum vorstellen«, raunte Leander mir ins Ohr.

Ich wurde rot.

»So, wer will zuerst?«, rief Leanders Flugpartner und streckte einen Helm vor.

»Mach du«, ermunterte ich ihn.

Leander schluckte. Seine Hand wurde feucht. Ich gab ihm einen langen Kuss, was ihn sichtlich entspannte.

»Komm, mein Liebster – lass uns fliegen«, flüsterte ich.

Er lächelte und schmiegte seine Stirn an meine.

»Ja. Lass uns fliegen …«

Ich stellte mich neben Opa und beobachtete den Start mit gemischten Gefühlen. Opa legte den Arm um mich.

»Wird schon gutgehen, Deern«, erriet er meine Gedanken.

Leander und der Pilot klinkten sich in die Seile ein. Der Wind kam von vorn. Die beiden liefen ein paar Schritte den Hang hinab und blieben dann kurz stehen, während der Schirm sich aufrichtete – dann noch ein paar Schritte, und plötzlich schwebten sie in der Luft! Leander stieß einen freudigen Schrei aus – und flog davon. Rocko filmte alles von weiter unten.

»Mutig, de Jung«, sagte Opa.

»Ja, das ist er wirklich.«

Voller Bewunderung beobachtete ich, wie der Schirm, an dem Leander hing, immer kleiner wurde – wie ein großer Vogel, der nur noch als buntes Komma am Himmel schwebte. Er war einfach ins Nichts gelaufen, ohne zu sehen, was auf ihn zukam.

Genauso verhielt es sich auch mit der Zukunft, dachte ich. Ich hatte keine Vorstellung davon, was vor uns lag. Es würde sicher nicht immer einfach werden – unser Zusammenleben, die Ausbildung und das Studium. Würde unsere Beziehung diesen Belastungen standhalten? Keine Ahnung. Aber ich hatte unbändige Lust, einfach drauflos-zulaufen und es darauf ankommen zu lassen.

Ich setzte meinen Helm auf und machte mich bereit.

***

DANKSAGUNG

Diesen Roman zu schreiben war ein faszinierendes Abenteuer für mich. Dass daraus schließlich ein *Buch* werden würde, hätte ich vor drei Jahren, als ich die ersten Zeilen tippte, nie für möglich gehalten.

Ich danke von Herzen …

… meiner Familie und meinen Freunden – für eure Liebe und Unterstützung, und eure Nachsicht, wenn ich tage- und nächtelang in meine Welt abgetaucht war. Ihr freut euch bestimmt schon darauf, mal wieder über etwas anderes mit mir zu reden ;)

… meinen tapferen Testlesern – fürs Mutmachen, aber vor allem für eure ehrliche Kritik.

… meinem Agenten Peter Molden und seinem Team, dass sie schneller, als ich gucken konnte, für mein »Baby« einen gemütlichen Platz im Eulennest gefunden haben.

… den kreativen Köpfen vom Ullstein Verlag, die mir meinen Traumtitel gelassen sowie dieses tolle Cover gestaltet haben.

… meiner Lektorin Aylin Salzmann – danke für deine Geduld mit einer Ungeduldigen, für die manchmal bittere, aber äußerst wirksame Medizin gegen meine Schwafelitis und für die wertvollen Impulse, durch die der Text noch viele neue Blüten bekommen hat.

… Edigna Hackelsberger für den letzten Schliff und unerwartet spritzige Formulierungen.

… meinen Freundinnen Cassie und Christiane, für eure Treue und für lebensrettende Sofortmaßnahmen auf der LLC ☺ – knuddel!

Aber ganz besonders danke ich meinem geliebten Steppenwolf, der seit zwanzig Jahren mit mir durchs Leben streift. Ohne deine Hilfe und deine Ermutigungen hätte ich es nie gewagt, diese Geschichte in die Welt zu schicken. Danke für deine unerschütterliche Liebe – und all das *More* …